VERLIEBT AM GRAND CANYON

Aus der Serie: Wings of the West (Buch 3)

KRISTY MCCAFFREY

Übersetzt von
STEFANIE KERSTEN

Bücher von Kristy McCaffrey in englischer Sprache

Wings-Of-The-West-Serie

The Wren

The Dove

The Sparrow

The Blackbird

The Bluebird

The Songbird (Novella)

Echo of the Plains (Short Story)

The Starling

The Canary

The Nighthawk

The Swan

The Falcon

Weitere Romane

Into the Land Of Shadows

Deep Blue

Cold Horizon

Ancient Winds

Sapphire Waves

Kurzromane

The Crow Brothers Collection

The West: A Romance Collection

Bücher von Kristy McCaffrey auf Deutsch

Wings-Of-The-West-Serie

Verliebt in Texas

Verliebt in New Mexico

Verliebt am Grand Canyon

Verliebt in Arizona

Verliebt in Colorado

Wiedersehen in Texas

Echo über der Prärie

Verliebt in den Rockies

Die englische Originalausgabe erschien bei Whiskey Creek Press, 2011.

Die englische Neuauflage erschien unter dem Titel „The Sparrow".
Copyright © 2014 bei Kristy McCaffrey
Alle Rechte vorbehalten

Cover Design: earthlycharms.com

Deutsche Erstveröffentlichung 2020

Deutschsprachige Übersetzung: Stefanie Kersten
Lektorat der deutschsprachigen Übersetzung: Corinna Weija
Korrektorat der deutschsprachigen Übersetzung: Julia Funcke
Für Indie Translations, www.indie-translations.com

Verlag: K. McCaffrey LLC, Scottsdale, 85266 Arizona, USA

Printed by Amazon

German Edition Ebook ISBN-13: 978-1-952801-11-2
German Edition Print ISBN-13: 978-1-952801-02-0

kmccaffrey.com
kristy@kmccaffrey.com

Rezensionen der Wings-of-the-West-Serie

Verliebt in Texas

„… McCaffreys Westernromane zeichnen sich durch ein realistisches Setting und die detailgetreue Darstellung historischer Ereignisse aus." ~ Romantic Times BOOKclub

„Ich bin ein großer Fan von Western-Liebesromanen, und dieses Buch ist wirklich außergewöhnlich. Ein schöner Auftakt zu einer tollen Serie." ~ The Romance Studio

„Attraktive, verwegene Helden, starke Heldinnen und eine ausgezeichnete Story machen diesen Roman zum bleibenden Lesegenuss." ~ The Best Reviews

Verliebt in New Mexico

„… eine wundervolle Beschreibung des Sangre-de-Cristo-Gebirges, von Las Vegas im späten 19. Jahrhundert und der Ranch der Ryans. Die Rezensentin fühlte sich beim Lesen in diese Zeit und an die beschriebenen Orte versetzt." ~ Love Romances

Für meine Schwester

„It is a region more difficult to traverse than the Alps or the Himalayas, but if strength and courage are sufficient for the task, by a year's toil a concept of sublimity can be obtained never again to be equaled on the hither side of Paradise. "
~John Wesley Powell (referring to Grand Canyon)

„In order to arrive at a place you do not know you must go by a way you do not know. "
~St. John of the Cross

Kapitel Eins

Arizona-Territorium
Fort Lees Ferry
23. August 1877

F*rauen fällt das Lügen so leicht.*
    Permelia und Samantha Johnson, Ehefrauen des Fährmanns Warren Johnson, schüttelten die Köpfe und reichten Nathan Blackmore die Fotografie zurück. Angeblich wussten sie also nichts über den Verbleib von Emma Hart, der jungen Frau, die darauf abgebildet war.

Nathan war klar, dass sie ihn anschwindelten, doch er musste sich in Geduld üben und sich eine Taktik überlegen, mit der er die beiden Mormonenfrauen zum Reden bringen würde. Im Moment war er nach der verdammt langen Reise, bei der ihn auf dem letzten Stück ein Navajo-Führer begleitet hatte, vor allem müde und überaus schmutzig. Nathan befand sich quasi am Ende der Welt, und doch hatte er nur einmal mehr ein glühend heißes Höllenloch gegen ein anderes getauscht – Texas war nicht so viel anders als dieser gottverlassene Landstrich, außer dass es hier Wasser gab.

Wasser im Überfluss.

Den Colorado River.

Das dunkelblaue Band hatte ihn aus der Ferne gelockt und weckte in ihm den beinahe unwiderstehlichen Wunsch, sich ans Ufer zu stellen, um seiner uralten Kraft nachzuspüren. Flüsse hatten schon immer eine große Faszination auf ihn ausgeübt, von der er nicht loskam. Und er hatte sich geschworen, den mächtigen Strom wenigstens einmal von Nahem zu sehen, bevor er weiterzog. Wenn er Glück hatte, würde Miss Hart ihm dabei Gesellschaft leisten.

Vielleicht würden sich die beiden gottesfürchtigen Frauen mit Bibelsprüchen überzeugen lassen. Aber Nathan war nicht religiös und kannte sich damit genauso wenig aus wie mit Gebeten. Den Glauben an Gott hatte ihm seine Ma gründlich genug ausgetrieben.

Einschüchterungsversuche würden wahrscheinlich auch keinen Erfolg zeitigen, obwohl sie sichtlich Angst vor ihm hatten. Sah er tatsächlich so bedrohlich aus? Er hatte sich ein paar Tage lang nicht rasiert und war größer als die meisten Männer. Nachdenklich schaute er zu seinem Pferd, einem pechschwarzen Hengst von beeindruckender Statur. Ja, vermutlich machten sie zusammen einen ziemlich Furcht einflößenden Eindruck.

Verdammt, ich habe keine Zeit für so etwas. Black brauchte eine Verschnaufpause und Nathan ebenso. Sein Freund Matt schuldete ihm für all diese Strapazen einen wirklich großen Gefallen.

Aus dem Inneren der kleinen Hütte drangen Kinderlaute zu ihnen, was Nathan als Zeichen deutete, dass er wahrscheinlich nicht mehr Informationen von den Damen erhalten würde. Wenn er die Kinder erschreckte, hatte er schnell auch noch Mr Johnson am Hals, auch wenn der im Moment nirgendwo zu entdecken war. Nathan vergriff sich nicht an Unschuldigen.

Unschuldige. Was, wenn die Johnsons Emma Harts Aufenthaltsort nicht aus reiner Nächstenliebe verschwiegen? Die Leute waren Mormonen – in ihrem Leben drehte sich alles um ihren Glauben und die Familie, mehrere Ehefrauen waren üblich –, doch das bedeutete nicht, dass sie nicht auch zu kriminellen Handlungen fähig waren. Ein verlässlicher Hinweis hatte Nathan hierhergeführt, an die einzige Stelle weit und breit, an der man den Colorado River überqueren konnte. Die Mormonen nutzten den flachen Fährkahn regelmäßig auf ihren Reisen zwischen Utah und dem Arizona-Territorium. Und da Miss Hart vermutlich auf dem Weg dorthin war, musste sie hier vorbeigekommen sein.

In der Ferne knallte ein Schuss.

Die beiden Mrs Johnsons zuckten heftig zusammen und starrten ihn aus großen Augen an.

Volltreffer.

Wenn Frauen logen, brauchte man auf die Schwierigkeiten nicht lange zu warten.

„Gehen Sie im Haus in Deckung." Erleichtert, weil er das Verhör damit beenden konnte, lief Nathan zu seinem Pferd, das er an einer Pappel angebunden hatte. Er zog die Winchester aus dem Holster am Sattel.

Seine Sinne reagierten instinktiv auf die drohende Gefahr und den möglicherweise bevorstehenden Kampf. Bei den Texas Rangers hatte er die hohe Kunst der Geduld erlernt, und bei der Army das Kämpfen. Beides zusammen hatte dafür gesorgt, dass er die vergangenen zehn Jahre überlebt hatte.

„Ruhig, Black." Nathan legte seinem treuen Gefährten eine Hand auf den Hals. „Darum kümmere ich mich allein."

Mit einem Ohr lauschte er auf weitere Schüsse oder sich nähernde Personen, während er routiniert seine Munition überprüfte. Mit genügend Patronen ausgerüstet, zog er seine Hutkrempe ein wenig tiefer und ließ die kleine Farm hinter sich. Noch nie zuvor hatte er erlebt, dass jemand einen derart entlegenen Ort gewählt hatte, um sich mit seiner Familie dort niederzulassen. Der Außenposten bestand lediglich aus der Hütte, in der es nur einen Raum gab, einem Holzschuppen und einem erst halb fertiggestellten zweigeschossigen Wohnhaus im Tal. In der näheren Umgebung befanden sich Felder und Weideland, auf dem einige Tiere grasten. Der Paria River, ein Fluss von ansehnlicher Größe, sorgte dafür, dass sich die Pflanzen in sattem Grün zeigten. Dennoch musste die Abgeschiedenheit den Siedlern wohl nicht selten zu schaffen machen, so weit, wie man hier von jeglicher Zivilisation entfernt war.

Nathan nutzte die Deckung des Unterholzes, um sich zum Zusammenfluss von Paria und Colorado River vorzuarbeiten. Sein weißes Hemd klebte ihm an Schultern und Rücken, denn die sengende Sonne brannte auf alles nieder, was nicht von wertvollem Schatten geschützt wurde. Er hatte ungefähr eine Viertelmeile hinter sich gebracht, als weitere Schüsse die friedliche Stille des Nachmittags durchbrachen. Rasch versteckte sich Nathan hinter dem dicken Stamm einer großen Weide und legte das Gewehr an.

Sein Blick schweifte über den Paria River zum mächtigen Colorado River, und für einen kurzen Augenblick stockte ihm der Atem. Die starke Strömung ließ kleine Schaumkronen auf der Oberfläche tanzen; die schiere Menge an Wasser strahlte eine ungeheure Erhabenheit aus. Unweigerlich spürte man die Gefahr, die von dem Fluss ausging, doch Nathan wurde urplötzlich von einer Sehnsucht erfasst, die ihn beinahe in die Knie zwang. Er wollte diesen Fluss erkunden.

Die Schüsse verhallten, aber Nathan blieb weiterhin in Deckung.

Am sandigen Ufer des Colorado River standen drei Männer mit dem Rücken zu ihm. Sie waren mit Revolvern oder Pistolen bewaffnet und fuchtelten damit nachlässig durch die Luft, während sie jemanden im Wasser anbrüllten. Allzu kampferprobt sahen sie nicht aus, und das konnte Nathan durchaus zu seinem Vorteil nutzen. Die Männer ballerten erneut wild herum und einer rannte stromabwärts. Seine Bewegungen wirkten ungelenk, als hätte der Kerl erst gestern festgestellt, dass er seine Beine auch für solch eine Ertüchtigung nutzen konnte.

Nathan zog sich zurück und watete ein Stück in den Paria River hinein, um einen besseren Blick auf denjenigen zu erhaschen, der sich darin befand. Langsam bewegte er sich hinter den Rücken der beiden anderen Männer auf den Colorado River zu, verhielt jedoch mitten im Schritt, als er endlich an ihnen vorbeischauen konnte.

Eine Frau – erkennbar an dem langen, kastanienbraunen Zopf, der ihr über eine Schulter fiel – saß in einem großen Boot und ruderte wie eine Wahnsinnige. Nur wenn eine Kugel über ihren Kopf hinwegpfiff, hielt sie kurz inne und duckte sich. Ein Hut mit breiter Krempe beschattete ihr Gesicht, dennoch hegte Nathan keinen Zweifel an ihrer Identität.

Miss Emma Hart.

Die Frau, der er seit drei Wochen auf den Fersen war und die er bislang nur von einer verblassten Fotografie kannte. Eine Fotografie, die er in letzter Zeit viel zu oft betrachtet hatte.

Er hatte sie endlich gefunden, doch lange hielt seine Erleichterung darüber nicht an.

Miss Hart war flussabwärts unterwegs. Allein.

Ihm blieb nicht viel Zeit, denn schon bald würde er sie aus den Augen verlieren – wenn sie nicht einer dieser drei Dummköpfe vorher erschoss.

Ohne zu zögern, rannte Nathan auf die beiden Männer am Ufer zu und schlug einen von ihnen mit dem Gewehrkolben nieder. Als der andere Mann ihn mit dem Arm abwehren wollte, rammte Nathan ihm ein Knie zwischen die Beine und hielt ihn dann am Boden fest, indem er die Winchester quer über seine Kehle legte und zudrückte. Der Mann japste und ruderte mit den Armen hilflos durch die Luft. Nathan verpasste ihm einen gezielten Schlag, durch den er das Bewusstsein verlor.

Der dritte Mann stürmte auf ihn zu. Mit einer schnellen Bewegung rollte Nathan sich zur Seite, um der Kugel zu entgehen, die der Kerl auf ihn abfeuerte. Er wollte ihn nicht töten, deshalb zog er seinen Revolver aus dem Beinholster und verpasste dem

Mann lediglich eine Kugel in die Schulter. Sein Ziel ging prompt zu Boden.

„Ich bin getroffen! Oh Gott!", schrie der Mann schmerzerfüllt auf. „Bitte legen Sie mich nich' um! Reggie? Hersch? Helft mir!"

Nathan kam auf die Beine, sammelte die Waffen der beiden Bewusstlosen ein und warf sie in den Fluss. Dann ging er zu dem Mann hinüber, der sich von einer Seite auf die andere wälzte. Selbst durch die Stiefel hindurch konnte Nathan die Hitze des Sandes spüren, daher musste es ziemlich unangenehm sein, auf dem Boden zu liegen. Beinahe bekam er Mitleid mit dem Kerl und seinen Kumpanen – aber auch nur beinahe. Zu leicht hätte eine verirrte Kugel Miss Hart treffen können.

Auch die Waffe des Verletzten landete im Wasser. Ein Blick flussabwärts zeigte ihm, dass die Frau das Geschehen beobachtete, während sie weiter flussabwärts trieb. Ihr Gesicht jedoch war aus der Entfernung nur schwer auszumachen.

Nathan ließ den stöhnenden Mann liegen. „Davon werden Sie schon nicht sterben", meinte er im Vorbeigehen. „Sorgen Sie dafür, dass die Blutung gestoppt wird, und halten Sie die Wunde sauber." Wild gestikulierend lief Nathan Miss Hart hinterher. „Halt! Kommen Sie ans Ufer!" Er hoffte, dass sie noch genug Kraft hatte, um das Boot durch die Strömung zu ihm zu bringen.

Sie sah in seine Richtung, machte allerdings keine Anstalten, seiner Aufforderung Folge zu leisten, sondern prüfte nur von Zeit zu Zeit die Richtung, in die das Boot glitt.

Nathan kletterte über einige große Steine, umrundete ein paar weitere und rannte dann einen Sandstreifen entlang, bevor ihn ein steil abfallender Felsvorsprung daran hinderte, ihr weiter zu folgen.

„Miss Hart! Emma Hart! Ich muss mit Ihnen reden!"

Sie griff nach den Rudern, und Nathan atmete erleichtert auf, in der Annahme, dass sie endlich zu Verstand kam und sich auf den Weg zu ihm machte. Gleich darauf entfuhr ihm ein leiser Fluch, weil sie prompt in die Gegenrichtung steuerte. Er warf einen Blick zu der Stelle, an der Black auf ihn wartete.

Ein Mann sollte sich niemals zwischen seinem Pferd und einer Frau entscheiden müssen.

Dafür bist du mir einen Riesengefallen schuldig, Matt.

Entnervt warf er erst seinen Hut zu Boden, dann die Winchester ins nächste Gebüsch, wo sie gut verborgen war. Seinen Revolver steckte er wieder ins Holster und hoffte, dass er ihn nicht verlieren würde, bevor er das Boot erreichte. Die Waffe wäre dann zwar nass und damit für ein oder zwei Tage unbrauchbar, aber sein Überlebensinstinkt verhinderte, dass er sich diesem Unterfangen unbewaffnet stellte. Bevor er sich doch noch umentscheiden konnte, marschierte er zum Fluss und sprang kopfüber hinein.

Das Wasser war eiskalt, und seine Muskeln versteiften sich. Nur mit Mühe konnte er sich an der Oberfläche halten, während die Strömung ihn mit sich riss. Er konzentrierte sich auf seine Arme und bewegte sich vorwärts. Wärme breitete sich langsam in seinen Gliedern aus, und mit zunehmend kräftigeren Schwimmzügen hielt er auf Miss Hart und ihr Boot zu. Das sture Frauenzimmer ruderte weiterhin von ihm weg.

„Ich will nur mit Ihnen reden", rief er. Außerdem musste er aus dem Wasser raus, bevor er nicht mehr gegen die Strömung ankam.

„Halten Sie sich von mir fern." Ihre Stimme klang fest und nachdrücklich, aber er vernahm auch den Hauch von Angst, der darin mitschwang.

Er schwamm weiter auf sie zu. Aus dem Augenwinkel konnte er den Namen am Heck ihres Bootes erkennen: *Paradise*. Unwillkürlich fragte er sich, ob hier wirklich das Paradies auf ihn wartete. Rasch griff er nach der Seitenwand, bevor sie den Kahn von ihm weglenken konnte. Sie zog eines der Ruder aus seiner Führung, schwang es in seine Richtung und traf ihn am Kopf, als er versuchte, sich an Bord zu hieven.

„Zum Teufel noch eins!" Nathan fiel wieder ins Wasser und schaffte es nur mit Mühe, sich an der Holzplanke festzuhalten. Das hier war ganz sicher nicht das Paradies. Was in aller Welt hatte er sich dabei gedacht, dieser Frau hinterherzujagen? Er rieb sich den Kopf, doch der Schmerz wollte nicht weichen.

„Miss Hart, ich habe Nachricht von Ihrer Schwester", quetschte er zwischen zusammengebissenen Zähnen hervor.

Sie hatte bereits zu einem erneuten Schlag ausgeholt, doch nun hielt sie mitten in der Bewegung inne. Nathan nutzte ihr Zögern, um sie mit einem kräftigen Ruck am Boot aus dem Gleichgewicht zu bringen. Sie schrie auf und landete nicht gerade anmutig auf dem Boden des Kahns. Rasch schwang sich Nathan über die Seitenwand ins Boot.

Miss Hart fing sich jedoch schnell wieder und fasste erneut nach dem Ruder, das ihr Nathan dieses Mal jedoch ohne Schwierigkeiten entwand. Ihr Blick verriet schon, was sie vorhatte, noch ehe sie nach dem zweiten Ruder griff, das auf der anderen Seite des Bootes in seiner Halterung hing. Nathan zog es schnell an sich und brachte es so außerhalb ihrer Reichweite.

„Raus aus meinem Boot." Sie fixierte ihn von der gegenüberliegenden Seite des schwankenden Kahns aus.

Nathan musterte die mutige Frau vor sich. In ihren blauen Augen konnte er, außer Angst, vor allem wilde Entschlossenheit lesen. Gegen sie wirkte der Colorado River auf einmal fast harmlos.

„Ich will Ihnen nichts tun." Die Worte kamen ihm deutlich verärgerter über die Lippen, als er beabsichtigt hatte, doch hinter seiner Stirn hämmerte es immer noch schmerzhaft. „Setzen Sie sich besser hin, bevor Sie noch ins Wasser fallen."

Sie beugte sich jedoch nach unten und wühlte in einem ledernen Beutel herum. Nathan erkannte, dass sich mehrere davon sicher verstaut und festgebunden am Boden des Boots befanden. Das sah nach reichlich viel Ausstattung für eine kleine Ruderpartie aus. Zu spät erkannte Nathan, wonach Miss Hart gesucht hatte.

Sie zog einen alten Remington aus seinem Versteck und richtete den Revolver auf ihn. Das Boot wurde stetig weiter von der Strömung in den Canyon getragen, und obwohl sie

Schwierigkeiten hatte, das Gleichgewicht nicht zu verlieren, hielt sie die Waffe sicher in der Hand. Nathans Bauchgefühl sagte ihm, dass sie durchaus Ahnung davon hatte, wie man sie benutzte. Ihre Beharrlichkeit nötigte ihm Respekt ab. Er hatte sie ganz offensichtlich unterschätzt.

„Her mit der Waffe", forderte sie ihn auf.

„Sie ist nass. Das macht sie ohnehin nutzlos."

Wortlos richtete sie den Revolver zwischen seine Beine.

Ein Mann sollte wissen, wann er verloren hatte. Nathan löste die Schnalle des Holsters und legte es auf den Boden.

„Wer sind Sie?", fragte sie.

„Nathan Blackmore."

„Woher wissen Sie, wer ich bin?"

„Ich war auf der Suche nach Ihnen. Ich komme im Auftrag Ihrer Schwester."

Das schien die Frau stutzig zu machen. „Ich habe ihr nie gesagt, wohin ich wollte. Wie haben Sie mich gefunden?"

Nathan verstand ihre Verwirrung, zögerte jedoch mit einer Erklärung, während sie eine potenziell geladene Waffe auf einen Teil seines Körpers richtete, den er gerne unversehrt behalten würde. Gut möglich, dass keine Patronen in der Trommel waren, aber er wollte lieber kein Risiko eingehen.

„Ich gebe Ihnen mein Wort. Ich werde Ihnen nichts tun, also könnten Sie bitte die Waffe weglegen, damit ich Ihnen alles erklären kann?"

Miss Hart verharrte reglos; ein Ausdruck von Unschlüssigkeit huschte über ihr Gesicht. Nathan hatte sich ihre Züge auf dem langen Ritt von Texas hierher eingeprägt, die Fotografie wurde der jungen Frau indes kaum gerecht. Sie war wirklich hübsch – was jedem Mann auffallen würde, der tagelang allein durch die Wildnis geritten war –, aber vor allem ihre Augen zogen ihn in ihren Bann. In ihnen lag eine Ernsthaftigkeit und Tiefgründigkeit, die die Fotografie nicht hatte einfangen können. Diese hatte ein junges Mädchen gezeigt, doch die Frau vor ihm war eindeutig erwachsen und schien auf eine nicht greifbare Weise reifer zu sein, als sie sein sollte.

Neben den unendlich hohen Felswänden des Canyons wirkten sie beide winzig und ihre Auseinandersetzung bedeutungslos. Emma Hart war hingegen alles andere als bedeutungslos.

Langsam senkte sie die Waffe.

Nathan holte tief Luft. Ihm war gar nicht bewusst gewesen, dass er den Atem angehalten hatte.

Sie beäugten einander, während das Boot langsam weiter flussabwärts driftete und die Sonne allmählich hinter der westlichen Wand des Canyons verschwand, wobei sie die Felsen auf der linken Seite anstrahlte. Aus dem Augenwinkel nahm Nathan den atemberaubenden Anblick wahr, doch er wusste selbst nicht genau, ob er dabei an die grandiose, von Wind und Wasser geschaffene Landschaft dachte oder an die Frau vor ihm.

Alles hat sich verändert.

Der Gedanke kam wie aus dem Nichts.

„Ich habe keine Nachricht von Mary", sagte Nathan und bezog sich damit auf Miss Harts ältere Schwester. „Ich habe Nachricht von Molly."

Ihre Augen verengten sich, und Wut loderte in ihrem Blick auf. Nathan befürchtete, dass sie erneut die Waffe auf ihn richten und ihn dieses Mal wirklich erschießen würde.

„Was haben Sie gesagt?", fragte sie. Ihr Ton klang gefährlich leise. Das überraschte ihn, denn obwohl sie erstaunlich viel Durchhaltevermögen und Biss bewiesen hatte, wäre ihm das Wort „gefährlich" sicher nicht in den Sinn gekommen, hätte er sie wohl kaum als *gefährlich* beschrieben. Nun dachte er jedoch, dass sie eines Tages eine Mutter sein würde, die ihren Nachwuchs unerbittlich verteidigte. Das Bild übte einen gewissen Reiz auf ihn aus.

„Ich bin aus Texas hierhergekommen. Matt Ryan ist ein Freund von mir. Sie erinnern sich noch an die Ryans, oder?"

Sie starrte ihn unverändert misstrauisch an. Das interpretierte er als ein Ja.

„Vor zehn Jahren wurden Ihre Eltern bei einem Überfall auf die Ranch Ihrer Familie in Texas getötet", fuhr er fort. „Ihre ältere Schwester Molly wurde entführt und angeblich von den Comanche umgebracht. Aber die Leiche, die man gefunden hat, war die eines anderen Mädchens." Er hielt inne und versuchte sich vorzustellen, wie man sich wohl fühlte, wenn jemand, den man lange tot geglaubt hatte, plötzlich wieder zum Leben erwachte. Wie würde er sich wohl fühlen, wenn er erführe, dass sein Vater all diese Jahre am Leben gewesen wäre, anstatt ertrunken auf dem Grund des Mississippi zu liegen?

Sein Tonfall war mitfühlend, als er ihr die Nachricht überbrachte, die ihre Welt mit Sicherheit aus den Angeln hob. „Molly lebt."

Miss Hart stand stocksteif da – ihr Gesicht war zu einer ausdruckslosen Maske erstarrt. Wie in Trance ließ sie sich auf die Sitzbank sinken und legte die Waffe neben sich ab. Das Rauschen des Flusses füllte die Stille, und das Zwitschern der Vögel hallte von den Wänden des Canyons wider. Trotz ihrer offensichtlichen Überraschung nahm sie das Ganze recht gut auf.

Als sie schließlich zum Sprechen ansetzte, trug der Wind ihre Stimme wie ein leises Wispern zu ihm herüber. „Ich hab's immer gewusst."

Kapitel Zwei

E mma brauchte einen Moment, um Mr Blackmores Worte zu
verarbeiten. Er überbrachte ihr eine Wahrheit, deren sie sich
eigentlich ihr Leben lang bewusst gewesen war. Obwohl sie die
Gabe des Zweiten Gesichts besaß, war sie immer davon
ausgegangen, dass ihre Visionen nur der schmerzhaften Sehnsucht
nach ihrer geliebten Schwester entsprungen waren, die man ihr
auf so brutale Weise geraubt hatte. Emma hatte sich eingeredet,
dass sie niemals der Wirklichkeit entsprechen konnten.

Und jetzt erzählte ihr dieser Fremde das genaue Gegenteil.

Sie hatte jeden Grund, ihm zu misstrauen, und doch wusste sie,
dass er die Wahrheit sagte. Erleichterung machte sich in ihr breit.

Molly ist am Leben. Tränen stiegen ihr in die Augen. Es war ein
Wunder. Unwillkürlich huschte Emmas Blick zurück zu Nathan
Blackmore. Und in diesem Moment traf sie die Erkenntnis wie ein
Blitz.

Er.

Sie.

An diesem Ort.

Vor Überraschung konnte sie sich nicht rühren.

Emma war noch sehr jung gewesen, als ihre Eltern ermordet

worden waren. Mit vierzehn Jahren – sechs Jahre nach dem Tod ihrer Eltern – hatte sie die Gabe zum ersten Mal gespürt, und seitdem wurde sie von vielen Visionen geplagt und von Träumen heimgesucht, die sie nicht verstand. Die bloße Anwesenheit mancher Menschen machte sie krank. Deshalb hatte sie sich von allem und jedem zurückgezogen, unfähig, auch nur den geringsten gesellschaftlichen Anforderungen zu genügen.

Weder ihrer Tante Catherine noch ihrer Schwester Mary hatte sie je davon erzählt, weil sie schlicht nicht verstanden hatte, was mit ihr nicht stimmte. Die beiden hatten sich aufgrund von Emmas anhaltender Melancholie große Sorgen gemacht und ihr Bestes getan, um ihr zu helfen. Doch bis Emma schließlich Maeve kennengelernt hatte, war ihr nicht selten der Gedanke gekommen, dass sie dieses Leben so nicht mehr lange weiterführen konnte.

Die alte Irin hatte Emma geholfen, ihre Gabe als solche zu erkennen, und ihr beigebracht, sie zu kontrollieren. So lernte sie, sich vor den fremden Gefühlen, Erinnerungen und Sehnsüchten zu schützen, die sie zu jeder Zeit und überall umgaben. Emma fühlte sich ihren Visionen zunehmend verpflichtet und begann, ihre Fähigkeit zu nutzen, um anderen zu helfen – hauptsächlich, um verschwundene Kinder wiederzufinden. Zum ersten Mal schien ihr Leben einen Sinn zu haben.

Seit dem Beginn ihres fünfzehnten Lebensjahres hatte sie auch immer wieder von *ihm* geträumt.

Er war groß, dunkel, stark. Die romantischen Träume wirkten sehr real und waren ihr zunächst vollkommen unverständlich gewesen. Sie hatte versucht, das Thema vorsichtig bei ihrer Schwester Mary anzusprechen, als diese zur Geburt ihres zweiten Kindes nach San Francisco gekommen war. Mary hatte ihr erklärt, dass sie allmählich eine erwachsene Frau wurde und dass solche Sehnsüchte normal seien. Emma würde ohnehin bald heiraten, und dann würde sie es schon verstehen.

Mary wusste jedoch nicht, dass Emma nicht wie andere Mädchen war. Sie fühlte sich auf unerklärliche Weise zu dem

Mann aus ihren Träumen hingezogen. Allerdings redete sie sich ein, dass diese starken Gefühle nur eine Illusion waren und diese Träume nicht von ihrer Gabe herrührten, sondern bloß ihrer blühenden Fantasie entsprangen. Immerhin hatte sie ja auch unzählige Visionen von ihrer toten Schwester erlebt – Molly, die mit einem indianischen Mädchen durch einen Wald rannte. Molly, die von einer Klapperschlange in den Fuß gebissen wurde. Molly, die von einem Händler beinahe zu Tode geprügelt wurde. Doch Molly lebte.

Das hieß, was sie in ihren Visionen sah, war wirklich so passiert.

Emma rang nach Luft, als sie versuchte, zu begreifen, dass damit auch die Träume von ihrem mysteriösen Liebhaber real sein mussten. Sie hatte es immer für unmöglich gehalten, dass so ein Mann wirklich existierte.

Nathan Blackmore.

Und da saß er nun, kaum einen Meter von ihr entfernt, und wirkte beinahe klein angesichts der monumentalen Felswände des Canyons, die links und rechts des Flusses steil aufragten. Monatelang hatte Emma diese Reise geplant, und nun hatte sie unvermittelt einen Begleiter, der Stärke und Besonnenheit ausstrahlte. Seine feuchte Kleidung klebte ihm am wohlproportionierten Körper. Sein Haar war noch nass und wirkte zerzaust, und auf seiner linken Wange konnte Emma eine auffällige Narbe erkennen. Der undeutbare Blick seiner dunklen Augen ruhte weiter auf ihr.

Nathan machte Anstalten, sich ihr zu nähern. „Geht es Ihnen gut?", fragte er hörbar besorgt. „Vielleicht sollten Sie sich umdrehen und nach vorne sehen. Rückwärts zur Fahrtrichtung kann einem leicht schwindelig werden."

Er streckte die Hand nach ihr aus. Mit angehaltenem Atem wartete Emma auf die Welle von Visionen, die sie oft überwältigte, wenn Menschen sie berührten, doch dieses Mal waren die Auswirkungen überraschend mild.

Wärme breitete sich auf ihrem Oberarm aus, wo er sie festhielt. Sie spürte einen starken Willen … Selbstbeherrschung. Und noch etwas anderes. Ein Pferd. Sorge.

Nathan drehte sie so, dass sie auf den Fluss vor ihnen schaute, und setzte sich dann hinter sie.

„Ihrem Pferd wird es gut gehen", rutschte es Emma heraus. Es war ihr schon immer schwergefallen, die Sorgen ihrer Mitmenschen zu ignorieren. Vor allem, wenn sie diese beschwichtigen konnte.

„Wie bitte?"

„Sie machen sich Sorgen um Ihr Pferd." Sie schaute ihn über die Schulter an.

„Woher wollen Sie das wissen?"

Bisher hatte sie nur Maeve in ihr Geheimnis eingeweiht, und auch das hatte sich letzten Endes als Fehler herausgestellt. Emma kannte das Gefühl der Hilflosigkeit und des Verrats nur zu gut, das sich einstellte, wenn man versuchte, ihre Gabe auszunutzen. Deswegen hatte sie sich geschworen, nie wieder jemandem davon zu erzählen.

„War nur geraten", antwortete sie daher und schaute wieder nach vorn. „Die Johnsons sind anständige Leute. Sie werden sich gut um den Hengst kümmern."

„Das hoffe ich", meinte er mehr zu sich selbst. „Black kann ziemlich temperamentvoll sein."

„Haben Sie mit Molly gesprochen?" Erneut wandte Emma sich ihm zu.

Ihr fiel auf, dass seine Augen braun waren, nicht dunkel und unergründlich, nicht geheimnisvoll und voller Leidenschaft. Allmählich entspannte sie sich etwas. Mr Blackmore war nur ein Mann, nicht mehr und nicht weniger. Die langen Jahre der Einsamkeit hatten ihre Fantasie überschäumen lassen.

„Ja. Sie freut sich darauf, Sie zu sehen, und hat mich gebeten, Ihnen zu sagen, dass sie Sie vermisst. Sie hat Ihrer Tante Catherine in San Francisco geschrieben, aber offenbar waren Sie schon abgereist, als der Brief dort ankam. Molly und Matt wollten sich auf die Suche nach Ihnen machen, aber ich habe angeboten, das zu übernehmen. Ihre Tante hat in einem Brief an Matts Mutter erwähnt, dass Sie vielleicht hierherkommen wollten."

„Warum?"

„Warum Sie hierher reisen wollten? Also, das würde ich ja auch liebend gerne wissen."

„Nein." Sie schüttelte den Kopf. „Warum wollten *Sie* nach mir suchen?"

Mr Blackmore zögerte. „Ich musste sowieso in diese Richtung. Und Molly und Matt haben erst vor einem Monat geheiratet. Es lag also nahe, dass ich es anbiete."

„Geheiratet?" Diese unerwartete Nachricht entlockte Emma ein kleines Lächeln, denn das hatte sie nicht vorausgesehen. Manchmal war es schön, dass man sie noch überraschen konnte, auch wenn es selten vorkam.

„Beunruhigt Sie die Eheschließung?" In seinem Tonfall schwang etwas mit, das über bloße Sorge hinausging, doch Emma beschloss, es zu ignorieren.

„Nein. Das ergibt durchaus Sinn. In dem Sommer, als Molly verschwunden ist, hat sie ihm ständig an den Fersen geklebt. Er muss auf sie gewartet haben."

Nachdem Emma ihre Eltern an jenem späten Sommerabend durch den brutalen Überfall verloren und ein paar Tage später erfahren hatte, dass Molly angeblich bei lebendigem Leib verbrannt worden war, hatte ihr Leben in Trümmern gelegen.

Aber über die Jahre und mit zunehmender Kontrolle über ihre Gabe war ihr der Rhythmus des Lebens zunehmend bewusster geworden, und nun, wo sie ihn als solchen erkennen konnte, ergaben ihre Visionen auch einen Sinn. Dieses Wissen hatte Emma schließlich ein wenig Seelenfrieden geschenkt, den sie sich so sehr gewünscht hatte. Sie wusste jedoch auch, dass Frieden ebenso flüchtig war wie Glück. Ihre Welt war erneut aus den Fugen geraten, als Bethany in jener regnerischen Nacht in San Francisco in ihren Armen gestorben war.

„Darf ich Sie fragen, was Sie mit einem Boot voller Proviant vorhaben?", fragte Mr Blackmore. „Es kann sicherlich nicht in Ihrer Absicht liegen, allein den Fluss entlangzureisen."

„Warum nicht?"

„Weil das überaus gefährlich ist. Und warum haben diese Männer auf Sie geschossen?"

„Ich denke, sie wollten mich ausrauben. Ich weiß es nicht." Sie zuckte mit den Schultern. Sie war keine gute Lügnerin, doch sie hoffte, dass Mr Blackmore es nicht bemerkte.

Er sah sich im Boot um. „Sie haben jede Menge Ausrüstung dabei. Wie lange soll Ihre Reise denn dauern?"

„Ich bin von sechs Wochen ausgegangen, aber ich hatte nicht geplant, allein zu reisen. Ursprünglich wollte ich bei Lees Ferry warten, bis Mr Johnson einen Führer für mich findet, aber wegen des Angriffs dieser Männer musste ich ziemlich überstürzt ablegen." Zumindest dieser Teil entsprach der Wahrheit. „Seit ich vor zwei Jahren *Die Erforschung des Colorado River* von John Wesley Powell gelesen habe, wollte ich den Fluss selbst erkunden. Diese Reise ist von langer Hand geplant. Sobald ich sie beendet habe, werde ich Molly in Texas besuchen. Könnten Sie ihr das bitte ausrichten?"

Mr Blackmore schaute sie unverwandt aus seinen braunen Augen an, deren Ausdruck sie nicht entschlüsseln konnte. Wohin war der freundliche Blick verschwunden, den er ihr gerade eben noch geschenkt hatte?

„Ich bin mir sicher, dass wir hier irgendwo anlegen können", fuhr sie fort. „Dann können Sie zur Lees Ferry Ranch zurücklaufen und Ihr Pferd abholen. Ich bin Ihnen wirklich dankbar, dass Sie nach mir gesucht haben, und es tut mir leid, dass ich Sie mit dem Ruder geschlagen habe."

„Mir auch." Er griff nach dem hölzernen Griff ihrer improvisierten Waffe und schob das Ruder zurück in seine

Halterung. „Ich stimme Ihnen zu, dass wir anlegen sollten. Dann werde ich entscheiden, was zu tun ist."

Er drehte sich auf der Bank um und begann zu rudern, bevor sie auch nur einen Muskel rühren konnte. Mit jeder Bewegung stießen seine Schulterblätter gegen ihre, was sie zwang, ein wenig nach vorn zu rutschen, um der unangemessenen Berührung zu entgehen.

Unangemessen war daran jedoch vor allem, dass es ihr so sehr gefiel.

Kapitel Drei

Während Nathan den kleinen Kahn ans Ufer lenkte, überlegte er sich seine nächsten Schritte. Der Fußmarsch zurück nach Lees Ferry erschien ihm am sinnvollsten, denn dann könnte er sein Pferd abholen und anschließend Miss Hart nach Texas begleiten. Allerdings müssten sie dann das Boot zurücklassen. Außerdem hegte er die starke Vermutung, dass Miss Hart diesen Vorschlag ablehnen würde. Als sie das Boot ans Ufer zogen, spürte er deutlich, dass sie fest entschlossen war, ihre Reise fortzusetzen.

Die Alternative dazu war jedoch ebenso ein Abenteuer wie schlecht durchdacht. Und Nathan ahnte, dass sie ihm nicht erspart bleiben würde.

Aber vielleicht war Emma Hart ja gar nicht so stur und willensstark, wie sie auf den ersten Blick wirkte. Vielleicht konnte er sie zur Vernunft bringen. Einen Versuch war es zumindest wert. *Ja sicher, und vielleicht kehrt dann auch noch mein Pa von den Toten wieder zurück. Beides ziemlich unwahrscheinlich.*

Miss Hart kramte schon wieder in ihren Habseligkeiten. „Ich denke, ich habe hier irgendwo noch einen zweiten Hut."

Nathans Blick schweifte über die hohen Wände des Canyons,

über den wilden Colorado River und den schmalen Uferstreifen, auf dem sie sich befanden.

Das Wasser übte eine beinahe unwiderstehliche Anziehung auf ihn aus. Es war inzwischen mehr als zehn Jahre her, dass er zusammen mit seinem Vater auf Frachtschiffen den Mississippi hoch- und runtergefahren war. Mehr als zehn Jahre, seit er sich von diesem Leben abgewandt hatte, obwohl ihm das vorher immer unmöglich erschienen war. Mehr als zehn Jahre, seit sein Vater gestorben war.

Tief in Nathan glomm ein Funke Abenteuerlust auf, die Vorfreude auf das, was der Grand Canyon und der Colorado River für ihn bereithalten könnten. Vorfreude auf eine Reise, die er nicht geplant hatte, die ihn nun aber mit verführerischen Verheißungen lockte.

Verdammt. Er wollte sie begleiten.

„Hier."

Nathan wandte seine Aufmerksamkeit wieder Miss Hart zu, die nun vor ihm stand. In der ausgestreckten Hand hielt sie einen schwarzen Hut.

„Ich hatte noch einen in Reserve." Sie lächelte. „Nehmen Sie ihn gerne, Sie haben Ihren ja verloren."

Behutsam nahm er ihn entgegen. „Vielen Dank."

Sie wich ein wenig zurück und sah sich um. Sie wirkte nachdenklich, und Nathan musste nicht lange raten, was sie beschäftigte.

„Von hier aus komme ich zu Fuß nicht weg", meinte er.

Sie nickte. „Hier nicht, aber vielleicht weiter stromabwärts. Powell erwähnt Seitencanyons – ich bin mir sicher, dass Sie über einen von denen aus der Schlucht hinausgelangen."

„Wissen Sie, wo die sich befinden?"

„Nicht genau, aber offenbar gibt es an den Stromschnellen gewöhnlich einen. Das sollte nicht allzu schwer zu finden sein."

Nathan überdachte die Situation. Wenn sie die erste Stromschnelle erreichten, würde er über einen der angrenzenden

Canyons den Rückweg antreten, und Miss Hart würde dann was tun? Die Stromschnelle allein durchqueren? Keine gute Idee, seiner Meinung nach. Wie es schien, war ihm die Entscheidung bereits abgenommen worden.

„Wie lange reichen Ihre Vorräte für zwei Personen?"

„Mindestens sechs Wochen. Ich hatte schließlich geplant, einen Führer mitzunehmen."

„Als Führer tauge ich hier nicht viel, aber ich habe Erfahrung mit Booten."

„Wirklich?" Ihr Ton klang hoffnungsvoll.

„Darf ich Sie fragen, warum Sie diese Reise überhaupt unternehmen wollen?"

Sie schaute aufs Wasser und ermöglichte ihm so einen Blick auf ihr Profil. Sommersprossen zeigten sich auf ihrer kleinen, geraden und von der Sonne geröteten Nase. Die elegante Linie ihres Halses, die weich geschwungenen Wangenknochen, die rosigen Lippen – sie war eine sehr attraktive Frau, von natürlicher Schönheit und deutlich hübscher als viele der geschminkten Saloon-Mädchen, die sich für Gaffer und Kunden zurechtmachten.

Die Krempe ihres braunen Huts hatte schon bessere Tage gesehen und schien so gar nicht zu der zugeknöpft wirkenden jungen Dame zu passen, die seine Fotografie zeigte. Er hatte ein zartes Mädchen aus der Stadt erwartet, das von der ganzen Situation vollkommen überfordert sein würde. Diese Frau machte jedoch ganz den Eindruck, als wäre sie auf dem Fluss, der sich hier ein Bett in den harten Fels gegraben hatte, zu Hause.

„Hatten Sie jemals das Gefühl, etwas unbedingt tun zu müssen?" Sie warf ihm einen kurzen Seitenblick zu.

„Ja." Das war etwas, das Nathan sehr gut nachvollziehen konnte. „Warum haben Sie Ihrer Tante nichts davon erzählt?"

„Sie hätte es mir nie erlaubt, weil sie sich zu viele Sorgen um mich macht."

„Ich kann mir vorstellen, dass sie sich jetzt noch mehr Sorgen macht. Ihnen muss doch klar sein, wie gefährlich Ihr Unterfangen ist."

„Natürlich." Sie schwieg einen Moment lang. „Es tut mir leid, meiner Tante Kummer zu bereiten, aber ich musste trotzdem hierherkommen."

„Selbst wenn es den Tod für Sie bedeuten würde?" Nathan war noch nie ein Mensch gewesen, der um den heißen Brei herumredete. Er musste wissen, ob Miss Hart wirklich bereit war, dieses Risiko einzugehen.

„Der Tod schreckt mich nicht mehr", erwiderte sie leise. „Jagt er Ihnen Angst ein, Mr Blackmore?"

„Ich bin ihm oft genug begegnet, um zu wissen, dass Tote keine Angst mehr haben. Die Hinterbliebenen müssen diese Bürde tragen."

„Gut möglich. Ich werde mein Bestes tun, um am Leben zu bleiben, sodass meine Tante meinen Verlust nicht betrauern muss. Das hier ist indes eine Reise ins Ungewisse, und ich bin bereit, sie allein anzutreten. Sie müssen sich also nicht verpflichtet fühlen, mich zu begleiten."

Manchmal sagte sie seltsame Dinge. Als sie sein Pferd erwähnt hatte, hatte er gerade an Black gedacht. Es kam Nathan so vor, als könnte sie seine Gedanken lesen. Aber das waren nur billige Jahrmarktstricks. Diese Gabe besaß niemand.

„Ich schulde es Matt und Molly, Sie sicher nach Texas zu bringen", sagte er. „Wenn es Ihnen also recht ist, bleibe ich noch eine Weile."

Miss Hart nickte zögerlich. Und plötzlich ging Nathan auf, dass es für eine so behütet aufgewachsene junge Frau recht unangenehm sein musste, sich ohne Anstandsdame in der Gegenwart eines Mannes aufzuhalten. Allerdings hatte sie sich allein in eine der wildesten Gegenden aufgemacht, die die Natur je hervorgebracht hatte. Sie würden die gesellschaftlichen Regeln also wohl ein wenig anpassen müssen.

„Ich verspreche Ihnen, mich Ihnen gegenüber wie ein Gentleman zu verhalten", hörte er sich selbst sagen.

„Daran hege ich keinen Zweifel." Sie klang, als müsste sie sich rechtfertigen.

Diese Reaktion überraschte Nathan, und er fühlte sich verpflichtet, sie zu beruhigen. „Sie können mir vertrauen."

Miss Hart nickte erneut und ging zum Boot. „Ich würde gerne die restlichen Stunden Tageslicht nutzen und die Fahrt fortsetzen", meinte sie über die Schulter zu ihm.

Nathan entging ihr prüfender Blick stromaufwärts nicht. Sie befürchtete offenbar, dass ihnen jemand folgte, wahrscheinlich die drei Männer, die auf sie geschossen hatten.

„Sind Sie sicher, dass Sie die Männer nicht kannten, die versucht haben, Sie umzubringen?"

„Nein, ich kenne sie nicht. Ich glaube aber, dass sie mir schon eine Weile gefolgt sind. Es erschien mir zumindest so."

Sie plapperte wieder, offenbar war sie nervös, und Nathan ging davon aus, dass sie log. Typisch. Das traf ihn mehr, als es sollte.

„Ich glaube, dass sie mir von San Francisco aus gefolgt sind", fügte sie noch hinzu.

„Warum sollten sie?"

Miss Hart schüttelte den Kopf. „Vermutlich nehmen sie an, dass ich etwas bei mir habe, das für sie von Wert ist. Ich weiß es aber nicht mit Sicherheit." Sie hob abwehrend die Hände. „Verbrecher. Wer weiß schon, was in deren Köpfen vor sich geht?"

Sie hatte das Boot erreicht, doch Nathan packte sie an den Oberarmen, bevor er darüber nachdenken konnte, und hielt sie auf. Unwillkürlich versteifte sie sich. Nathan wusste natürlich, wie unangemessen diese Berührung war, immerhin kannten sie sich kaum.

„Ich werde Sie beschützen, Miss Hart. Ich bitte Sie im Gegenzug nur um die Wahrheit. Mir ist klar, dass Sie mich nicht kennen und ich kann Ihren Argwohn mir gegenüber nachvollziehen. Aber ich sage es gerne noch einmal: Sie *können* mir vertrauen.“

Miss Hart starrte ihn an wie das Kaninchen die Schlange. „Sie werden mich beschützen“, wiederholte sie leise seine Worte. „Nun, es wäre wohl besser, wenn Sie mich zukünftig nicht mehr anfassen würden.“ Mit einem Schritt zurück löste sie sich von ihm. „Die Wahrheit ist, dass ich hierhergekommen bin, weil ich etwas tun wollte, das so gar nicht meinem Naturell entspricht. Das klingt für Sie wahrscheinlich vollkommen verrückt, aber ich wollte sehen, ob ich es schaffe.“

„Eine Frau, die eine Herausforderung sucht.“ Die Tatsache, dass sie seiner Berührung ausgewichen war, stieß Nathan sauer auf. Er sagte sich, dass es keine Rolle spielte. Aber wer war nun der Lügner?

„Ich suche nicht unbedingt nach einer Herausforderung. Ich verspüre lediglich den Drang, die Reise zu machen.“

Sie sprach in Rätseln, und doch verstand er sie. Aus dem gleichen Grund hatte Nathan Missouri verlassen. Es war für ihn einfach an der Zeit gewesen, zu gehen. Gegen seinen Willen keimte Respekt für sie in ihm auf, und obwohl ihre Entscheidung für eine Reise durch den Grand Canyon durchaus mehr als bloß leichtsinnig war – tatsächlich war es ein absolut wahnwitziges Unterfangen –, wollte er gerne daran teilhaben.

„Ich würde jetzt wirklich gerne weiterfahren.“ Ihre Augen erinnerten ihn an das weiche Gefieder eines Blauhähers. Sie suchte aus ihrem Gepäck zwei Schwimmhilfen aus Kork heraus. „Die sollten wir von nun an besser tragen.“

Schnell waren die Westen angelegt. Emma kletterte ins Boot, während Nathan es ins Wasser schob und dann selbst hineinsprang. Schweigend lenkte er ihr Gefährt in die Mitte des Flusses.

„GEHT ES MOLLY GUT?“, fragte Emma irgendwann.

Mr Blackmore saß ihr gegenüber mit dem Rücken in Fahrtrichtung und bewegte von Zeit zu Zeit eins der Ruder, um sie in dem nun ruhigen, schlammigen Wasser auf Kurs zu halten. „Soweit ich das beurteilen kann, ja."

„Was müssen Sie nur von mir denken, weil ich meine Schwester nicht umgehend wiedersehen will." Erst jetzt wurde ihr bewusst, wie gefährlich die Lage war, in die sie sich gebracht hatte. Sie befand sich mitten in der Wildnis, allein mit einem Fremden. Allerdings hätte sie den Führer, den sie hatte anheuern wollen, auch nicht gekannt. Diesen Part ihrer Reise hatte sie offenbar nicht gut genug durchdacht.

Einerseits war sie dankbar für die Gesellschaft. Sich in dieser Gegend allein aufzuhalten, war mehr als waghalsig, und Mr Blackmore schien ihr in vielerlei Hinsicht ein fähiger Reisebegleiter zu sein. Andererseits fühlte Emma sich unbehaglich in der Gegenwart eines Mannes, den sie so … interessant fand. Dieses Dilemma hatte sie nicht vorausgesehen, da sie noch nie einen Mann als *interessant* empfunden hatte. Erneut erinnerte sie sich selbst daran, dass der Liebhaber ihrer erotischen Träume nicht zählte. Und sie glaubte keine Sekunde lang, dass Mr Blackmore dieser Mann sein könnte.

Ihre Visionen hatten dafür gesorgt, dass Emma oft ihre geistige Gesundheit hinterfragte – vielleicht würde sie niemals über gute Menschenkenntnis verfügen. Doch sie hatte verbissen dafür gekämpft, ihre Selbstzweifel zu überwinden, und ebenso hart dafür, sich diese Reise zu ermöglichen. Auf keinen Fall würde sie jetzt einen Rückzieher machen.

„Der Weg nach Texas ist weit. Wir sollten so bald wie möglich dorthin aufbrechen." Nathans Augen spiegelten die zahllosen Braun- und Rottöne der Canyon-Wände wider, die am Flussufer schier unendlich in den Himmel ragten. „Und ich kenne Sie nicht gut genug, um mir ein Urteil über Sie zu bilden."

Seine gleichmäßigen Ruderschläge lenkten ihren Blick auf

seine Unterarme, die deutlich sichtbaren Muskelstränge, auf seine großen Hände und langen Finger.

„Das behalte ich mir vor, bis ich mehr über Sie weiß", ergänzte er.

Emma schaute ihm rasch wieder ins Gesicht. Scham trieb ihr Hitze in die Wangen, weil er sie beim Starren erwischt hatte. Um den peinlichen Moment zu überspielen, nickte sie, setzte ein Lächeln auf und betrachtete die vorbeiziehende Landschaft. Ein Gedanke ließ sie jedoch nicht los.

„Hat Molly während ihrer Zeit bei den Comanche sehr gelitten?"

„Ich fürchte, das müssen Sie Ihre Schwester selbst fragen."

Die Erinnerungen an Molly waren verblasst und die eines Kindes. Wie wundervoll es wäre, sie zu besuchen, mit ihr zu sprechen, von Schwester zu Schwester. Von Frau zu Frau.

Und das würde sie auch. Emma schloss die Augen, und Vorfreude durchflutete sie, die sie in vollen Zügen genoss. Sie würde ihre Schwester noch in diesem Leben wiedersehen.

„Kannten Sie Matt schon vor Mollys Rückkehr?", fragte sie und öffnete die Augen wieder.

„Ja. Wir waren beide Ranger."

„Ranger?"

„Texas Rangers."

Von denen hatte Emma schon gehört. Damals, in ihrer Kindheit in Texas, hatte es diese Truppe noch nicht gegeben, aber später in San Francisco hatte sie Geschichten von Heldentaten und blutigem Gemetzel gehört.

„Haben Sie in vielen Schlachten gekämpft?"

„In einigen."

„Haben Sie Matt einen großen Gefallen geschuldet? Hat er Ihnen das Leben gerettet?"

„Nein, ich seins."

„Warum sind Sie dann hier?"

Mr Blackmore hielt im Rudern inne. Sein Blick schien ins

Leere zu gehen, und Emma wehrte sich gegen das Gefühl von Vertrautheit, das ihre Seele unvermittelt erfüllte, wie eine warme, duftende Brise, die angenehm über ihr Herz und durch ihren Verstand strich.

„Hat sich für mich richtig angefühlt." Er nahm die Ruder wieder auf.

Darauf wusste Emma nichts zu sagen, also lenkte sie ihr Augenmerk auf den Marble Canyon. Ihrer Berechnung nach würden sie mehrere Tage in diesem Abschnitt verbringen, bevor sie schließlich den Grand Canyon erreichten.

Sie erinnerte sich, dass Powell den nackten, sandfarbenen Fels in seinem Buch als Kalkstein bezeichnet hatte. Die cremefarbenen und grauweißen, von feinen Linien durchzogenen Wände reckten sich senkrecht empor und vermittelten ihr das Gefühl, sich auf dem Fluss in einem engen Korridor zu befinden.

Die vertikalen Felswände erstreckten sich unablässig flussabwärts, doch am Ufer des Flusses lag loses Geröll. Laut Powell bestand dieses aus einer Mischung aus Kalk- und Sandstein, was die hellgelbe und graue Farbe erklärte. Hier wuchsen auch einige Pflanzen.

Das Schweigen zwischen Emma und ihrem zufälligen Begleiter dehnte sich aus, während der Fluss eine weitere Facette der felsigen Landschaft enthüllte: Sandstein, der aus feinkörnigem Quarz bestand. Man konnte jede einzelne der riesigen, keilförmigen Schichten erkennen. Auf Emma wirkte es wie eine schlecht konstruierte Treppe, deren Stufen in einem seltsamen Winkel angebracht worden waren.

Der Anblick war außergewöhnlich und so beeindruckend, dass ein ungeahntes Glücksgefühl von ihr Besitz ergriff. Sie war wirklich hier. Sie hatte es geschafft und befand sich auf dieser Reise, die sie monatelang geplant hatte. Und vielleicht, möglicherweise, würde sie dadurch auch wieder ihren Platz in der Welt finden. Die Trauer um Bethany drohte ihre Freude zu überschatten, aber Emma schob sie rigoros beiseite. Sie musste im Hier und Jetzt bleiben.

Sie passierten sechs Nebenschluchten, von denen nur eine Wasser führte. Als sie die siebte erreichten, schlug Mr Blackmore vor, dort für die Nacht haltzumachen. Bei Einbruch der Dämmerung legten sie an der rechten Flussseite an.

„Was glauben Sie, wie weit wir gekommen sind?", fragte Emma.

„Sechs oder sieben Meilen von Lees Ferry, würde ich schätzen." Mr Blackmore zog den Kahn so weit wie möglich aus dem Wasser.

„Essensrationen und Decken sind dort verstaut." Emma deutete auf den vorderen Bereich des Bootes, während sie die Verschnürung einiger Lederbeutel löste. Mr Blackmore half ihr mit der übrigen Ausrüstung, die sie für die Nacht benötigten. „Ich habe ein Zelt, aber es sieht nach einer klaren Nacht aus."

„Wegen mir müssen wir es nicht aufbauen." Er wandte sich um und begann, Treibholzstücke aufzusammeln. Kurz darauf verschwand er hinter einem Felsvorsprung.

Emma hielt beim Sortieren der Nahrungsmittel inne.

Er hatte ihr vorhin versichert, dass er sich ihr gegenüber wie ein Gentleman verhalten würde, und sie glaubte ihm. Aber durfte sie das? Sie konnte ihm ja schlecht sagen, warum sie ihn tatsächlich nicht in ihrer Nähe haben wollte: Sie befürchtete, zu viel über ihn zu erfahren, zu viel wahrzunehmen, weil er sie faszinierte. Das ergab alles keinen Sinn – sie kannte ihn ja kaum.

Er war ein vollkommen Fremder, das durfte sie nicht vergessen. Tante Catherine würde einen Herzschlag bekommen, wenn sie wüsste, dass Emma sich allein mit einem Mann mitten in der Wildnis befand.

Während der letzten Jahre hatte Emma sich ganz bewusst körperlich und emotional von anderen Menschen zurückgezogen und hatte daher nur wenig Erfahrung im Umgang mit Männern. Sie konnte nur hoffen, dass Mr Blackmore die Situation nicht ausnutzen würde. Aber an ihrer Lage konnte sie nun nicht mehr viel ändern, und es nützte nichts, wenn sie in Panik geriet. Besser war es, wenn sie sich um etwas zu essen kümmerte und sich danach so schnell wie möglich schlafen legte.

Langsam holte sie nach diesem ereignisreichen Tag auch die Erschöpfung ein. Kurz hatte sie gedacht, dass die Baxter-Brüder sie wirklich erschießen würden. Ihre Beharrlichkeit hatte Emma überrascht. Sie hatte nicht damit gerechnet, dass die Männer ihr den ganzen Weg von San Francisco bis hierher folgen würden. Umso froher war sie, dass sie eine Waffe mit sich führte.

Emma atmete tief durch und breitete für sich und Mr Blackmore einige Decken auf gegenüberliegenden Seiten der Feuerstelle aus. Über die Baxters würde sie sich später Gedanken machen, ebenso wie über ihren Begleiter.

Mr Blackmore kehrte zurück und entfachte das Feuer. Schweigend bereitete Emma Kaffee zu, schnitt das Brot auf und kochte die Bohnen, die sie den Tag über im Topf eingeweicht hatte. Sie aßen zügig, und nachdem das Geschirr gesäubert war, betrachtete Emma den Fluss und tat ihr Bestes, um den Mann zu ignorieren, der nur wenige Meter von ihr entfernt saß.

Das feinkörnige Gestein am Ufer hielt Emma für Schiefer. *Mr Blackmore beschäftigt etwas.* Sie reckte den Hals und konzentrierte sich auf die Gesteinsformationen vor sich, doch sie waren im Halbdunkel nur schwer zu erkennen. *Er schaut zu mir.* Schnell holte sie Major Powells Werk und ihr Tagebuch aus der Tasche, doch ihr fehlte die Energie, um im unzureichenden Licht des Feuers zu lesen. *Er traut sich nicht, mir etwas Bestimmtes zu erzählen.* Das war es.

„Möchten Sie mir etwas mitteilen, Mr Blackmore?"

„Entschuldigen Sie bitte." Er musterte sie von der anderen Seite der Feuerstelle aus. „Ich weiß nur nicht recht, wie ich Ihnen den Rest Ihrer Familiengeschichte beibringen soll."

„Da ist noch mehr?" Sein Zögern beunruhigte sie.

Er nickte und trank seinen Kaffee aus. Sein dunkles Haar betonte sein kantiges Gesicht. „Nach Mollys Rückkehr haben wir herausgefunden, wer Ihre Familie umgebracht hat."

Emma starrte ihn verwirrt an. An die Tage vor und nach dem

Tod ihrer Eltern konnte sie sich nicht erinnern – sie war damals gerade erst acht Jahre alt gewesen. Jahre danach hatten Mary und Tante Catherine ihr von dem Überfall erzählt, doch die Ermordung ihrer Eltern war weiter unaufgeklärt geblieben. Weder ihre Mutter noch ihr Vater waren je in Emmas Visionen aufgetaucht. Damit nicht abschließen zu können, hatte sie immer verfolgt, bis sie diesen Teil ihrer Vergangenheit schließlich tief im hintersten Winkel ihres Gedächtnisses vergraben hatte, um ihn zu vergessen.

„Erinnern Sie sich an einen Mann namens George Sawyer? Er hat eine Zeit lang für Ihren Vater gearbeitet."

Emma schüttelte den Kopf. „Ich war noch sehr jung. Meine Erinnerungen sind bestenfalls vage."

Ein gequälter Ausdruck huschte über Mr Blackmores Gesicht.

„Erzählen Sie mir bitte, was Sie wissen." Aber wollte sie das wirklich hören?

„Sie erinnern sich nicht …" Er rutschte unruhig herum, winkelte ein Knie an und stützte seinen Arm darauf, bevor er sich räusperte. „Sie erinnern sich nicht daran, dass Ihr Pa Sawyer rausgeworfen hat?"

Emma schüttelte erneut den Kopf.

„Molly hat Sawyer mit Ihnen in der Schlafbaracke überrascht. Er hat … versucht, Ihnen wehzutun."

Emma wollte sich auf Mr Blackmores Worte konzentrieren, doch sie wurden von seinem Unbehagen und seiner Sorge in den Hintergrund gedrängt. Er tat sich schwer, ihr von diesem Vorfall zu erzählen.

Ihr fehlte jedoch jegliches Wissen darüber. „Ich erinnere mich nicht." *Ich will mich nicht daran erinnern.* Sie schloss die Augen und schüttelte den Gedanken rasch ab. Kein Verdrängen von Wahrheiten mehr. War das nicht der Zweck dieser Reise?

„Ich weiß nicht, wie ich es anders ausdrücken soll, aber Mollys Aussage nach wollte Sawyer sich Ihnen aufzwingen. Sie hat ihn dabei erwischt und Sie von ihm weggeholt. Anschließend hat sie es

Ihrem Pa erzählt, allerdings so getan, als hätte Sawyer sie selbst angegriffen."

Übelkeit stieg in Emma auf und drohte, sie zu überwältigen. „Ist das wirklich passiert?"

„Ich habe keinen Grund, Molly nicht zu glauben. Sawyer war für den Überfall auf die Ranch Ihrer Eltern verantwortlich, bei dem er Molly aus Rache entführte. Doch die Männer wurden kurz darauf von Comanche überrascht, und so ist sie bei den Indianern gelandet."

Emmas Schutzmauer schwand zunehmend, und Tränen stiegen ihr in die Augen. Welchen Preis hatte ihre Schwester für all das zahlen müssen? Und warum konnte sich Emma an nichts davon erinnern?

„Hat sie die ganze Zeit bei den Comanche gelebt?", fragte sie.

Mr Blackmores Züge entspannten sich etwas. „Sie ist eine starke Frau. Sie hat überlebt."

„Und was ist aus Sawyer geworden?"

„Tot. Molly hat ihn erledigt."

Das musste Emma erst einmal verarbeiten, doch plötzlich sah sie die Bilder deutlich vor sich. *Sawyer, der Molly in den Wald zerrte, sie schlug, nach ihr trat.* Emma sog scharf Luft ein. *Molly ist schwanger.* Ihre Visionen fingen immer besonders starke Emotionen ein. *Molly rannte, Sawyer war dicht hinter ihr. Sie wehrte sich gegen ihn. Dann stieß sie ihm ein Messer in die Brust.* Aber der Kampf kostete sie viel – Molly entglitt ihr. Emma konnte spüren, wie ihre Lebensenergie schwand.

„Sie ist dabei fast gestorben?"

Mr Blackmore nickte.

„Aber das Kind hat sie zurückgeholt", wisperte Emma.

„Welches Kind?"

„Erwarten Molly und Matt ein Kind?"

„Nicht, dass ich wüsste. Irgendwann aber bestimmt."

Emma hakte nicht weiter nach. Wie sollte sie auch erklären, woher sie von dem Sohn wusste, der im Bauch ihrer Schwester heranwuchs? *Und Eli würde ein guter Mann werden, der sich ebenso sehr mit dem Land verbunden fühlte wie seine Ma.* Wärme und Kraft durchfluteten Emma bei diesem Gedanken. Sie freute sich darauf, den Jungen kennenzulernen.

„Sawyers Tod war rechtens", stellte sie fest.

„Das könnte man so sagen."

Blackmores distanzierter Tonfall ließ Emma aufhorchen. Er starrte in die Dunkelheit, und durch seine angespannte Körperhaltung wirkte er, als müsste er eine Bürde tragen. Er hatte ihr noch mehr zu berichten.

Sie hegte zunehmend Bewunderung für diesen Mann, der nach ihr gesucht hatte, um ihr sehr intime Neuigkeiten von ihrer Familie zu überbringen, obwohl er sich sichtlich unwohl dabei fühlte und fürchtete, damit die Grenze der Schicklichkeit zu überschreiten.

Wo lag der Charakter eines Mannes? An der Oberfläche, festgemacht an Äußerlichkeiten, die jedem auf den ersten Blick auffielen? Oder lag er unter der Oberfläche, verborgen in der Tiefe seiner Seele, dort, wo Träume zugunsten von Pflicht- und Ehrgefühl überschattet und zurückgestellt wurden?

„Erinnern Sie sich an Davis Walker?", fragte er.

Emma nickte. „Er hatte eine Ranch, nicht weit von unserer, und drei Söhne, aber seine Frau war gestorben."

„Ja, im Kindbett. Danach hat Ihre Ma versucht, ihm unter die Arme zu greifen. Sie und Walker kannten sich schon, bevor sie Ihren Pa geheiratet hat."

Das hatte Emma nicht gewusst.

Mr Blackmore atmete langsam aus und fügte dann hastig hinzu: „Sie waren einander … sehr zugetan. Er ist Mollys Vater."

Emma erstarrte. Sie hatte die Worte gehört, aber deren Bedeutung drang nur langsam zu ihr durch. Ihre Gedanken wirbelten durcheinander, beinahe so schlimm wie bei den erschütternden Erkenntnissen nach Bethanys Tod. *Mollys Vater? Nicht Robert Hart, Emmas Pa, sondern Davis Walker?*

„Wissen Sie das mit Sicherheit?" Die Frage schnürte ihr beinahe die Kehle zu.

„Ich habe den ganzen Nachmittag hin und her überlegt, wie ich Ihnen das beibringen soll. Ob ich es Ihnen überhaupt erzählen soll. Es wäre wohl besser gewesen, wenn Sie das alles von Molly selbst erfahren hätten."

Hieß das etwa, dass Robert Hart auch nicht ihr Vater war?

Angst breitete sich in ihrer Brust aus. „Heißt das, dass ich …"

„Dass Sie auch Walkers Tochter sind? Nein. Molly hat erfahren, dass nur sie einen anderen Vater hat."

Erleichterung überkam Emma, aber nur flüchtig. Welche anderen Meilensteine ihres Lebens gründeten noch auf falschen Annahmen?

Wie konnte sie das nicht gewusst haben? Warum hatte keine einzige Vision, kein Traum ihr das, zumindest im Ansatz, enthüllt? Sie erhielt auf so vielen verschiedenen Ebenen Informationen – Maeve hatte es mit einem Schwamm verglichen, der Wasser aufsaugte –, aber zu den größten und wichtigsten Aspekten ihres Lebens hatte sie rein gar nichts empfangen.

„Warum erzählen Sie mir das?", fragte sie.

„Je schneller Sie über den Schrecken des Verrats hinwegkommen, desto schneller können Sie das alles hinter sich lassen und nach vorne blicken."

Emma zuckte heftig zusammen, denn unvermittelt sah sie den Verrat. Den Verrat, den Mr Blackmore mit sich herumtrug, den er nicht loslassen konnte, dem er zu entfliehen versuchte und der ihm doch überallhin folgte.

Das Gefühl verschwand allerdings so plötzlich, wie es gekommen war.

Kapitel Vier

Noch vor Sonnenaufgang erwachte Nathan aus unruhigem Schlaf. Dass er kaum ein Auge zugemacht hatte, wunderte ihn angesichts dessen, was er Miss Hart hatte mitteilen müssen, nicht. Noch nie zuvor hatte er den Boten für solch persönliche Nachrichten spielen müssen, und nun war er mehr als je zuvor überzeugt, dass er sich dafür auch nicht eignete.

Ein Blick zu Miss Hart zeigte ihm, dass sie, gegen die Morgenkühle fest in eine Decke eingewickelt, noch schlief, und in diesem Moment kam sie ihm erneut zu jung und viel zu verletzlich für diese Welt vor. Sein Beschützerinstinkt meldete sich sofort, aber auch das war nichts Neues für ihn. Er hatte schon immer für Menschen eintreten wollen, die das nicht selbst für sich tun konnten. Auch deswegen hatte er die letzten zehn Jahre mit dem Kampf gegen Tyrannen und Abschaum verbracht, die andere mit Gewalt unterdrückten und sie um jeden Preis kontrollieren wollten.

Miss Hart konnte jedoch durchaus auf sich selbst aufpassen – er hatte eine Beule am Kopf, die ihm das eindrucksvoll bewies. Sie war nicht hilflos und wohl auch nicht auf seinen Schutz angewiesen.

Trotzdem würde Nathan ein Auge auf sie haben. Das schuldete er Matt und Molly. Nun ja, eigentlich nicht. Denn wie gesagt, hatte er Matt das Leben gerettet, nicht umgekehrt. Doch Matt Ryan war Nathan sowohl in der Army als auch bei den Rangern unzählige Male zu Hilfe gekommen, und er gehörte zu den wenigen Menschen, denen Nathan vertraute. Und dazu kam, dass dieses Unterfangen zwar als Gefallen für einen Freund begonnen hatte, er jedoch aus anderen Gründen geblieben war.

Der Colorado River.

Der Grand Canyon.

Miss Emma Hart.

Nicht unbedingt auch in dieser Reihenfolge, aber damit wollte Nathan sich jetzt ganz bestimmt nicht auseinandersetzen.

Er erhob sich und schaute erneut zur anderen Seite der Feuerstelle, wobei ihm zwei Bücher ins Auge fielen, die neben Miss Hart lagen. Vielleicht sollte er sich ebenfalls mit John Wesley Powells Reisebericht vertraut machen.

Nathan umrundete den Aschehaufen, der von ihrem Kochfeuer übrig geblieben war, und schnappte sich das obere Buch. In ein paar Metern Entfernung setzte er sich auf einen Felsbrocken. Er wollte Miss Hart nicht stören; sicher konnte sie die Erholung gut brauchen.

Langsam verfärbte sich der Himmel zu einem hellen Blau, und man konnte die Nebelschwaden erkennen, die ihre Lagerstätte einhüllten. Die Vogelstimmen wurden lauter, bis sie das Hintergrundrauschen des Flusses beinahe überlagerten. Angenehmerweise hatte der Stein, auf dem Nathan saß, noch ein wenig Resthitze vom Vortag gespeichert.

Der frühe Morgen war schon immer Nathans liebste Tageszeit gewesen – Muße dafür, sich Strategien zurechtzulegen, sich vorzubereiten, sich den Dämonen zu stellen, die ihn während der Nacht verfolgt hatten.

Nathan blätterte die Seiten des Buches durch. Zuerst fiel ihm die Zeichnung eines Bootes ins Auge. Verschiedene Perspektiven und Maßstäbe füllten mehrere Seiten. Bei näherer Betrachtung erkannte er, dass die Darstellung Miss Harts Kahn ähnelte. Er blätterte weiter, bis er auf einen handschriftlichen Eintrag stieß.

5. Juni 1874: Der Ausflug ins Yosemite Valley war fantastisch. Der Natur so nah zu sein, scheint etwas tief in mir geweckt zu haben. Die atemberaubende Landschaft kann mit Worten kaum beschrieben werden.

Er überflog eine andere Seite.

14. Mai 1875: Die Gesetzeshüter haben die verschwundene Danziger-Tochter gefunden. Sie war genau an dem Ort, den ich ihnen genannt habe.

Erneut blätterte er weiter.

12. Januar 1876: Ich würde wirklich gerne zum Grand Canyon reisen, aber das würde Tante Catherine wahrscheinlich nie zulassen.

Hastig klappte Nathan das Buch wieder zu. Sein Blick huschte zu Miss Hart, doch sie hatte sich immer noch nicht gerührt. Leise brachte er das Buch zurück. Der Gedanke, dass er ihre Privatsphäre missachtet und ihr Tagebuch gelesen hatte, machte ihm zu schaffen. Woher hatte sie gewusst, wo ein verschwundenes Mädchen zu finden war?

Er dachte an die Zeichnungen des Bootes – sie mussten von Miss Hart stammen. Wahrscheinlich hatte sie den kleinen Kahn selbst entworfen und dann jemanden gefunden, der ihn ihr baute.

Offensichtlich mangelte es ihr nicht an Entschlusskraft. Vielleicht brauchte er sich tatsächlich keine Sorgen um sie zu machen.

EMMA DREHTE sich auf die Seite und drückte sich ihre Lieblingspuppe an die Brust, deren Haare sie an der Nase kitzelten. Sie lag unter ihrer weichen Decke und lauschte dem Gespräch der Erwachsenen nebenan. Ihre Mama hatte sie gerade ins Bett gebracht, und Emma spürte immer noch ihren liebevollen Kuss auf ihrer Wange.

„Schlaf gut, Emma", hatte sie geflüstert.

„Nacht, Mama. Wo ist Molly?"

„In Schwierigkeiten, wie immer." Doch in der Stimme ihrer Mutter schwang Belustigung mit. „Wir suchen sie, und sie kommt gleich nach. Träum von den Sternen, Knöpfchen."

Emma lächelte. „Mache ich."

Sie wurde von den kleinen Lichtern am Nachthimmel davongetragen.

Schüsse rissen sie abrupt aus dem Schlaf. Hufschläge erfüllten die Nacht, und Emma schaute sich panisch nach Molly um, doch das Bett ihrer Schwester war leer, ebenso wie das dunkle Zimmer. Wo war sie?

Der Schrei einer Frau durchschnitt den Lärm. Emma krabbelte auf den Boden und rutschte unter ihr Bett. Rasch schob sie ihre Puppe hinter sich, um sie zu beschützen, dann hielt sie sich die Ohren zu und wiederholte immer und immer wieder: Träum von den Sternen. Träum von den Sternen.

Tränen flossen ihr über die Wangen, und unendliche Hilflosigkeit erfasste sie. „Mama! Mama! Papa!" Sie schaukelte vor und zurück, kniff die Augen fest zusammen. Nein. Nein. Schluchzer entrangen sich ihrer Kehle. Ihre Familie war fort. Nein. Nein. Sie musste etwas tun, aber ihre Mama würde wollen, dass sie sich versteckte. Also tat sie das. Bitte, bitte, Mama. Wo bist du?

„Emma."

Speichel tropfte ihr aus dem Mund, und sie weinte noch heftiger.

„Emma!"

Sie versteifte sich und öffnete die Augen. Über ihr zeichneten sich die dunklen Umrisse eines Gesichts ab. „Mary?"

„Emma, komm her." In der Stimme ihrer Schwester schwang so viel Trauer mit, so viel Schmerz, dass Emma es kaum ertrug.

„Nein." Sie schüttelte den Kopf. „Nein, es ist nicht wahr."

„Emma." Mary entwich ein Schluchzen, als sie die Hände nach ihr ausstreckte. „Ich bin da. Ich passe auf dich auf."

„Ich will Mama!" Emma schlug mit der Faust auf den Holzfußboden, in der Hoffnung, dass der Schmerz in der Hand den in ihrem Herzen verdrängen würde. Ihre Brust fühlte sich an wie eingeschnürt, und ein Pochen breitete sich in ihrem Kopf aus. Mary zog sie unter dem Bett hervor und hielt sie fest umarmt, während Verzweiflung Emma überrollte. *„Ich will Mama."*

Emma erwachte mit einem Ruck. Hastig setzte sich auf und blinzelte in die anbrechende Dämmerung. Sie konnte Mr Blackmore nirgends entdecken. Zittrig wischte sie sich die feuchten Spuren vom Gesicht und atmete tief durch, da die Trauer um den Verlust ihrer Familie sie zu überwältigen drohte. Sie hatte den Vorfall so tief in sich begraben, dass der Schmerz sich bislang nur als dumpfes Ziehen bemerkbar gemacht hatte. Doch das war vorbei. Dafür konnte sie ihrem Reisebegleiter danken.

Bald darauf kehrte Mr Blackmore zurück. Bevor der Tag vollends begonnen hatte, war das Boot wieder gepackt und trug sie erneut über den Fluss. Sie sprachen nur wenig, was Emma ganz recht war, da der emotionale Traum sie immer noch nicht losließ.

„Steht in Powells Buch etwas darüber, wo wir gerade sind?"

Emma dachte einen Moment lang nach und versuchte, sich aus ihrer Trauer zu lösen. „Ja, ein wenig." Sie holte das Werk aus einem der Lederbeutel und blätterte darin. „Hier gibt es einen Abschnitt vom 5. August." Sie suchte mit dem Zeigefinger die entsprechende Stelle im Text. „Die Forschungsgruppe erkundet einen neuen Canyon. Powell beschreibt die Zusammensetzung des Gesteins – Kalk- und Sandstein – und stellt fest, dass sie dieses auch in einer Schlucht gefunden hätten, die als Cataract Canyon bezeichnet wird. Er geht davon aus, dass der Neigungswinkel des Felsens erkennen lässt, ob es in der Nähe Stromschnellen oder Wasserfälle gibt. Härtere Felsschichten oben und weicheres Gestein unten würden darauf hinweisen. Außerdem sagt er, dass man sich in diesem Fall auf *Mühe und Gefahr* vorbereiten soll." Sie klappte das Buch wieder zu. „Das ist wohl die Richtung, in die wir unterwegs sind." Mit einem Räuspern versuchte sie, ihre zunehmende

Beunruhigung zu überspielen. „Vielleicht hätte ich besser eine andere Textstelle auswählen sollen."

Mr Blackmore zuckte mit den Schultern. Da Emma ihm gegenübersaß, entging ihr keine seiner Regungen, während sie weiter auf dem Fluss dahinglitten. „Zumindest wissen wir nun, dass vor uns irgendwo eine Stromschnelle ist", meinte er. „Und dass uns *Mühe und Gefahr* bevorstehen." Er lächelte.

„Sind Sie nicht besorgt?", fragte Emma. Ihre Unsicherheit über das, was noch vor ihnen lag, nahm zu. Vielleicht war es doch ein Fehler gewesen, hierherzukommen. Vielleicht war es einfach zu viel – zu gefährlich, zu viel Angst. Hatte sie wirklich das Zeug dazu?

„Beruhigen Sie sich. Wir schauen uns die Stromschnelle an, bevor wir sie passieren. Wenn die Strömung zu stark ist, treideln wir das Boot mit Seilen vom Ufer aus. Notfalls trage ich es bis zu einer ruhigeren Stelle. Wir werden nur die Stromschnellen befahren, in die Sie sich wagen wollen." Er zögerte kurz. „Oder zumindest die, die meiner Einschätzung nach sicher durchquert werden können. Haben Sie genug Seil dabei?"

Sie nickte.

Mr Blackmore war offenbar vollkommen in seinem Element. Seine Ruhe und Gelassenheit vermittelte Emma eine Sicherheit, die sie davor bewahrte, in ihren Ängsten zu versinken. Sie hielt sie über Wasser, wenn auch gerade eben so. Sie hatte das Gefühl, dass ihre Gedanken – und ihr Verstand – umherirrten und ihr entglitten, ohne Halt und Anker. Und die Vorstellung, dass sie tatsächlich bald über Bord gehen und ertrinken könnte, jagte ihr Angst ein. Plötzlich schien das ruhige Fahrwasser, in dem sie sich befanden, nur eine trügerische Illusion zu sein.

Sie musste sich wirklich zusammenreißen.

„Meine Mama und Davis Walker." Emma war nicht bewusst, dass sie die Worte laut geäußert hatte, bis Mr Blackmore ihr antwortete.

„Jeder hat irgendein Geheimnis."

Sie wich seinem forschenden Blick aus. „Da haben Sie wohl recht."

„Ich bin mir sicher, dass Molly Ihnen das besser erklären kann."

„Sie hat so viel geopfert. Ist sie glücklich?"

Er nickte.

Die hohen Wände des Canyons gaben Emma das Gefühl, winzig klein zu sein, und in der gleißenden Sonne wurde ihr immer heißer. Sie rückte ihren Hut zurecht, um ihre Augen besser zu beschatten. Plötzlich kam ihr ein Gedanke. „Oh mein Gott, Mary. Hat sie jemand benachrichtigt?"

„Über Molly? Ja. Ich glaube, Matts Ma hat ihr einen Brief geschrieben. Aber ich weiß nicht, ob er sie erreicht hat."

„Jemand sollte ihr das persönlich sagen. Ich sollte das tun." Sie hatte ihre älteste Schwester vor drei Jahren zum letzten Mal gesehen, während der Geburt ihres zweiten Kindes. Sie hatte das entzückende Mädchen Molly Rosemary genannt – Molly nach der Schwester, die sie vermeintlich verloren hatten, und Rosemary nach ihrer Mutter. Der Fehltritt ihrer Mutter würde Mary besonders hart treffen. Bei der Ermordung ihrer Eltern war sie erst vierzehn Jahre alt gewesen.

„Wenn Sie möchten, bringe ich Sie im Anschluss an diese Reise zu ihr."

„Das würden Sie tun? Bieten Sie öfter Frauen, die Sie kaum kennen, Ihren Begleitschutz an?"

„Würde es einen Unterschied machen, wenn ich Ja sage?"

„Dann ist das also normal für Sie?" War er ein aufrichtiger Mann oder ein Opportunist? Würde er das Geld stehlen, das sie bei sich hatte? Aber so viel war das ohnehin nicht.

Mr Blackmore lachte. „Nein, aber ich hätte kein gutes Gefühl dabei, wenn Sie sich ohne Begleitung auf den Weg nach Tucson machen würden. Eine allein reisende Frau ist für Menschen mit unehrenhaften Absichten ein lohnendes Ziel."

Emma ließ den Blick über die Canyon-Wände wandern. „Das mag sein." Eine Frau zu sein, war tatsächlich in vielerlei Hinsicht schwierig, aber sie hatte es immerhin bis hierher geschafft und hatte dabei ziemlich erfindungsreich sein müssen. Trotz aller Hindernisse hatte sie jedoch niemals aufgegeben, und das musste sie sich immer vor Augen halten.

„Warum haben Sie das Boot *Paradise* genannt?", fragte Blackmore.

„Eine Referenz auf mein Lieblingsbuch: *Das verlorene Paradies* von John Milton. Haben Sie es gelesen?"

Er schüttelte den Kopf. „Worum geht's?"

„Satans Krieg mit Gott, nachdem dieser ihn aus dem Himmel vertrieben hat. Es geht auch um Adam und Eva und die Verbannung aus dem Paradies. Nach dem Vorfall mit der Schlange müssen sie den Garten Eden verlassen."

„Die Geschichte kenne ich."

„Milton erzählt seine eigene Version so großartig. Ich habe das Buch dabei, wenn Sie es lesen möchten."

„Ich komme womöglich auf Ihr Angebot zurück." Die Tageshitze nahm weiter zu, und Mr Blackmore korrigierte ihren Kurs ein wenig. „Denken Sie, dass Sie hier das Paradies finden?"

Emma zuckte mit den Schultern. „Das weiß ich nicht. Meine Lieblingsstelle in dem Buch ist die Szene, kurz nachdem Adam und Eva aus dem Garten Eden verbannt werden. Der Erzengel Michael sagt zu Adam, dass er nun ein Paradies in sich selbst trägt, das weit seliger ist als Eden. Vielleicht ist das Paradies ja nicht so sehr ein existierender Ort wie etwas tief in einem selbst, ein Platz in der eigenen Seele."

„Vielleicht sollten Sie sich *Paradies* dann lieber auf die Stirn schreiben."

Einen Moment lang war Emma sich nicht sicher, wie sie Mr Blackmores Tonfall interpretieren sollte. „Sarkastisch und unhöflich" war ihr erster Eindruck, doch dann fiel ihr das belustigte Funkeln in seinen Augen auf. Sie lächelte, wandte jedoch den Blick ab, bevor er am Ende noch den Eindruck bekam, dass sie ihn mochte.

„Wie haben Sie's gemacht? Also, wie sind Sie hergekommen?", fragte er.

„Nun ja, ich habe die Fähre nach Oakland genommen und dann den Zug nach Sacramento, einen weiteren Zug nach Ogden im Utah-Territorium …"

„Nein, ich meine, wie haben Sie das Boot hergeschafft? Wie sind Sie überhaupt darauf gekommen, sich eines bauen zu lassen?"

„Ich … wollte es einfach. Ich habe mir verschiedene Konstruktionspläne angeschaut und dann meinen eigenen entworfen. Dann habe ich einem Bootsbauer in Salt Lake City den Auftrag erteilt, es für mich herzustellen, auch wenn das ein paar Anläufe gebraucht hat. Schließlich habe ich einen Männernamen benutzt, und daraufhin wurde der Auftrag angenommen. Sie haben das Boot in Einzelteilen nach Lees Ferry transportiert. Ich habe ihnen erzählt, dass ich die Schwester des Auftraggebers bin und dass mein Bruder in Kürze eintreffen wird. Also haben sie es zusammengesetzt und sind wieder abgereist."

„Ich gehe davon aus, dass Ihre Tante von alldem nichts weiß?"

„Nein. Das war dann wohl *mein* Geheimnis. Ich habe zwei Jahre für die Vorbereitungen gebraucht."

Blackmore schwieg einige Ruderschläge lang. „All das haben Sie für die Aussicht auf ein Abenteuer auf sich genommen?"

Wenn er es so ausdrückte, klang es wirklich ungeheuerlich. Emma entschied sich für eine ehrliche Antwort. „Hatten Sie jemals einen Traum? Eine Sehnsucht, die Sie nächtelang wach gehalten hat und die Sie kaum einen Moment lang verdrängen konnten?"

Er hielt beim Rudern inne. „Einmal, aber das war vor langer Zeit."

Ihre Blicke trafen sich – Mr Blackmore musterte sie nachdenklich. Die Vision überrollte Emma so plötzlich, dass sie beinahe aus dem Boot gefallen wäre.

Sie stand am Ufer eines Sees mit türkisfarbenem Wasser, und

Mr Blackmore kam auf sie zu. Sein Oberkörper war nackt, sodass sie einen ungehinderten Blick auf seinen flachen Bauch und die dunklen Haare hatte, die in einem schmalen Streifen nach unten führten, wo … Mr Blackmores Absicht war deutlich in seinem Blick zu lesen. In jeder seiner Bewegungen sah sie das Begehren, bis er schließlich die Distanz zwischen ihnen überwunden hatte. Er kam … zu ihr. Und ihr Körper reagierte darauf, wartete, wollte, dass er sie berührte. Ein Schauer überlief sie und sie wurde von dem unerbittlichen Verlangen ergriffen, mit ihm vereint zu sein …

„Miss Hart? Alles in Ordnung?" Mr Blackmores Stimme holte Emma aus der Trance, und sie zuckte heftig zusammen.

„Wie bitte?" *Atme.* Ihr Herz hämmerte wie wild, und ihre Hände zitterten. Ihr war plötzlich unerträglich heiß.

Erneut nahm sie Powells Buch zur Hand, aber nicht, um darin zu lesen. Sie fächelte sich damit Luft zu, und eine kleine Stimme in ihrem Hinterkopf fragte, ob Mr Blackmore ihr wohl ihre ungebührlichen Gedanken ansehen konnte. Würde er ihr dann ins Gesicht lachen oder sie nett abweisen?

„Ja, mir geht's gut", antwortete sie und hoffte, dass sie ihre Scham gut genug verbarg. „Mir ist nur ein wenig zu warm."

AM SPÄTEN VORMITTAG erreichten sie die erste große Stromschnelle. Die schier unendlich hohen Klippen teilten sich in zwei Nebenschluchten zu beiden Seiten des Flusses. Nathan lenkte das Boot ans rechte Ufer und half Miss Hart beim Aussteigen. Rasch machte sie ein paar Schritte weg von ihm, und Nathan hatte erneut das Gefühl, dass sie sich in seiner Gegenwart nicht wohlfühlte. Er wusste jedoch nicht, woran das liegen könnte.

Nachdem er das Boot fest vertäut hatte, folgte er Miss Hart flussabwärts, um die Stromschnelle genauer in Augenschein zu nehmen. Fast bekam er den Eindruck, als würde die Frau vor ihm weglaufen, denn sie war schon ein gutes Stück vorausgeeilt und wich auf dem sandigen Untergrund geschickt Steinen und

Felsbrocken aus. Entweder wollte sie unbedingt die Stromschnelle sehen, oder sie war einfach nur froh, seiner Nähe zu entkommen.

Grübelnd betrachtete er ihre Beine, die in dunklen Wollhosen und derben braunen Stiefeln steckten. Das weiße Hemd, das sie trug, betonte ihre schmalen Hüften. Sehr ansehnliche Hüften, die beim Laufen hin- und herschwangen. Ihr dunkles Haar hatte Miss Hart zu einem Zopf geflochten, der ihr über den Rücken fiel, und ihr Hut verlieh ihr zusätzlich zur restlichen Aufmachung den letzten Schliff einer Abenteurerin.

„Können wir sie befahren?", fragte sie, als Nathan sie eingeholt hatte.

Das Wasser rauschte mit hoher Geschwindigkeit an ihnen vorbei, und sein dumpfes Grollen zeugte von der Kraft, die in ihm steckte. Nathan bemerkte auf der gegenüberliegenden Flussseite eine Felsansammlung, und das Kehrwasser vor ihnen deutete auf Felsen unter Wasser hin. Wenn sie diese Stromschnelle befahren wollten, war eine Route in der Flussmitte die beste Option. Sein Instinkt und sein Gewissen sagten ihm jedoch, dass er es nicht rechtfertigen konnte, Miss Harts Leben oder ihr einziges Boot zu riskieren, nur um sich der Herausforderung zu stellen.

„Ich denke, dass Treideln hier sinnvoller ist", erwiderte er deswegen.

Sie atmete tief durch. „Ja, vermutlich."

„Sind Sie enttäuscht?" Er musterte ihr Gesicht von der Seite.

„Enttäuscht?" Sie lächelte ein wenig. „Wie könnte ich? Ich bin hier, nicht wahr? Das ist mehr, als ich je zu träumen gewagt habe." Sie kniff die Augen zusammen, den Blick noch immer aufs Wasser gerichtet. „Ich bin ehrlich gesagt nur ein wenig überwältigt. Wildwasser ist … in der Realität ein bisschen Furcht einflößender, als die Beschreibung davon in einem Buch zu lesen."

„Das ist im Leben oft so. Wie alt sind Sie?"

Sie sah Nathan stirnrunzelnd an. „Achtzehn."

Jünger, als er gedacht hatte. Manchmal hatte er bei ihren Gesprächen den Eindruck, mit einer gesetzten älteren Dame zu reden, deren Umsicht jahrelanger Lebenserfahrung entsprang. „Sie haben noch Ihr ganzes Leben vor sich. Es wird noch andere Stromschnellen geben. Man muss sich nicht kopfüber in die Gefahr stürzen."

Nathan hatte jedoch das Gefühl, nicht über die Gefahren zu sprechen, die Miss Hart drohen könnten, sondern eher über das, was sie beide zu verbinden schien. Ihre Blicke trafen sich, und er fragte sich unwillkürlich, warum er bei all der Erfahrung, die er bisher gesammelt hatte, nie so unendlich viele Zukunftsmöglichkeiten in den Augen einer Frau wahrgenommen hatte.

Sichtlich verlegen wandte Miss Hart sich ab, um wieder flussaufwärts zu marschieren. „Wir sollten besser anfangen. Ich denke, das wird einige Zeit in Anspruch nehmen."

Verwirrt fragte sich Nathan erneut, ob sie über mehr sprachen als das Treideln des Bootes. Vielleicht interpretierte er aber auch zu viel in ihre Worte hinein.

Also konzentrierte er sich auf die vor ihm liegende Aufgabe und war dankbar für die körperliche Beanspruchung, die sie mit sich brachte. Harte Arbeit war immer eine gute Sache, um sich von einer Frau abzulenken.

NATHAN BEFESTIGTE JE ein Seil an Bug und Heck des Kahns und treidelte ihn zusammen mit Miss Hart vom Ufer aus durch die Stromschnelle. Dank der zahllosen Felsbrocken und Steine war das kein leichtes Unterfangen, weder auf dem Wasser noch außerhalb. Nathan schätzte, dass mehrere Stunden vergangen waren, bis sie das Schlimmste überstanden hatten.

Miss Hart hatte sich wacker geschlagen und war überraschenderweise kräftiger, als Nathan es ihr zugetraut hatte. Sie hielt das Seil eisern fest und bewegte sich am felsigen Ufer geschickt wie eine Berglöwin. Doch nun sah sie ebenso erschöpft aus, wie er sich fühlte. Sie ließ sich auf einem Stein nieder, um wieder zu Atem zu kommen.

Ohne viele Worte zu wechseln, nahmen sie ein Mittagessen aus Trockenfleisch, gedörrten Äpfeln und hartem Brot vom Vorabend ein.

„Wir sollten wieder auf den Fluss", schlug Miss Hart vor und trank einen Schluck Wasser aus der Feldflasche.

„Wir könnten das Nachtlager hier aufschlagen." Nathan wollte nicht, dass sie sich überanstrengte. Sie standen noch ganz am Anfang der Reise.

„Es sind sicher noch einige Stunden bis zum Abend. Wir sollten das Tageslicht ausnutzen." Miss Hart erhob sich und begann, die Nahrungsmittel zusammenzupacken, die sie fürs Essen aus dem Boot geholt hatten.

Nathan nickte stumm und entschied, für etwas mehr Schatten zu sorgen. Er nahm sich die beiden Ersatzruder, die Miss Hart in weiser Voraussicht mitführte, klemmte sie zu beiden Seiten des Boots fest und hängte eine Decke darüber, die er mit einem Seil befestigte.

„Wofür ist das?", fragte Miss Hart.

„Für Sie. Ich werde rudern, und Sie können sich ausruhen."

Er stützte sie am Ellenbogen, als sie wieder ins Boot stieg und sich in den Schatten am Bug setzte. Sie hatte ihn gebeten, sie nicht mehr anzufassen, doch anscheinend war er unfähig, ihrem Wunsch nachzukommen. Sie kommentierte seine Berührung jedoch nicht und holte erneut Powells Buch hervor.

Nathan schob den Kahn vom Ufer weg und sprang hinein. Den Rücken in Fahrtrichtung bewegte er die Ruder gleichmäßig durchs Wasser und beobachtete dabei die Frau, aus der er einfach nicht schlau wurde.

„Ich werde eine Weile ruhen und Sie dann ablösen, damit Sie eine Pause machen können." Kurz sah sie auf, wandte sich aber schnell wieder dem Buch zu.

Wenig später rollte sie sich auf der schmalen Bank zusammen, nutzte ihren Arm als Kissen und döste rasch ein.

Einige Meilen weit ließ Nathan das Boot den Fluss entlanggleiten. Die Wände des Canyons wurden immer höher, und der Anblick der friedlich schlafenden Frau löste etwas in ihm aus, ein Gefühl, das er nicht recht benennen konnte. Doch unvermittelt erkannte er es: Zufriedenheit.

EMMA FUHR aus dem Schlaf hoch und riss dabei das behelfsmäßige Zelt ein, das Mr Blackmore für sie gebaut hatte. Die Decke segelte auf sie herunter.

Mr Blackmore hob eine Ecke an und linste darunter. „Schlecht geträumt?"

„So etwas in der Art." Sie schob die Decke beiseite. An den Traum konnte sie sich nicht mehr erinnern. Sie versuchte, sich darauf zu konzentrieren, und löste eins der Ruder, das Nathan zwischen die Sitzbank und den Boden des Kahns geklemmt hatte. *Etwas mit dem Fluss.* Emma schüttelte innerlich den Kopf über sich. Es wäre ja ein Wunder, wenn sie gerade von etwas anderem als dem Fluss träumen würde.

Schau in den Fluss. Sie erhob sich und beugte sich nach vorn, um in das schlammige Wasser zu sehen. Das zweite Ruder hatte sich verhakt, und sie hantierte damit, doch plötzlich erregte etwas ihre Aufmerksamkeit. Eine Bewegung im Wasser. Plötzlich durchstieß ein Kopf die Oberfläche, und eine Schlange glitt am Rumpf des Kahns entlang.

Emma schrie auf, und im selben Moment löste sich das Ruder. Das plötzliche Nachgeben brachte sie aus dem Gleichgewicht, das Ruder schwang herum, bis es hart auf Widerstand traf.

Mr Blackmores Kopf.

„Oh nein!"

Er kippte nach hinten um und blieb bewegungslos liegen.

„Mr Blackmore!" Emma ließ ihre Ruderkeule fallen und kletterte hastig auf die andere Seite des Bootes, wobei sie ihr Gefährt gefährlich zum Schwanken brachte. „Nathan, geht es Ihnen gut?"

Sie bettete seinen Kopf in ihren Schoß und strich ihm über die Haare. Nathans ausdrucksloses Gesicht gab keinen Rückschluss darauf, ob sie einen bleibenden Schaden angerichtet hatte. *Wach auf. Bitte, wach auf.* Blut war zum Glück nicht zu sehen, aber auf seiner linken Wange – die Seite mit der Narbe – zeigte sich bereits eine Schwellung, und sein Ohr leuchtete rot.

Emma war mehr als überrascht, dass sie anscheinend die Kraft besaß, einen Mann von seiner Statur zu überwältigen. Er war so groß und muskulös, so distanziert und unnahbar. Und doch lag nun sein Kopf in ihrem Schoß, als wäre er ein Kind. Mütterliche Gefühle hegte sie ihm gegenüber aber ganz sicher nicht.

Angst raubte ihr beinahe den Atem. *Ich darf ihn nicht verlieren.*

Ein näherkommendes Rauschen erregte ihre Aufmerksamkeit. Dieses Geräusch sollte nicht da sein. Nach einem Blick über die Schulter schlug Emma das Herz bis zum Hals.

Eine Stromschnelle.

Erschrocken riss sie die Augen auf. Sie mussten vom Fluss runter. *Jetzt.*

„Mr Blackmore, wachen Sie auf!" Sein Kopf rutschte von ihrem Schoß, als sie sich erhob. Rasch kletterte sie über ihn, um an die Ruder zu gelangen, die noch in ihren Halterungen steckten. Seine Beine blockierten den Weg, und sie versuchte, sie beiseitezuschieben, wobei ihr einmal mehr vor Augen geführt wurde, wie gut er gebaut war. Kräftig, stark, standhaft. Unter anderen Umständen hätten solche Gedanken sie erröten lassen. Im Moment bedeutete das nur, dass sie ihn nicht zur Seite schleifen konnte.

In ihrer Verzweiflung versuchte sie, das Boot halb ausgestreckt über den bewusstlosen Mann zu lenken, doch sie hatte nicht genügend Kraft dafür.

Es war ohnehin zu spät.

Der Kahn wurde von der Strömung mitgerissen und hielt in Windeseile auf die Stromschnelle zu. Entsetzt erblickte Emma den riesigen Felsbrocken, der das Wasser teilte.

Sie musste diesem Stein ausweichen, sonst würden sie in ernste Schwierigkeiten geraten.

Nein. Sie steckten bereits bis zum Hals in Schwierigkeiten.

Kapitel Fünf

Nathan rieb sich über die Stirn. Schon wieder Kopfschmerzen. Wie lange würde er wohl noch darunter leiden? Und warum schwankte das Boot so stark? Miss Hart landete der Länge nach auf ihm.

Nett, aber hatte er irgendetwas verpasst?

„Mr Blackmore!", schrie sie panisch.

Erst jetzt bemerkte er das viel zu laute Rauschen des Wassers. Ruckartig setzte er sich auf, Miss Hart fest an seine Brust gedrückt.

„Eine Stromschnelle! Wir stecken gleich mittendrin!" Sie stemmte sich von ihm weg und kletterte zum Bug.

Nathan verschaffte sich rasch einen Überblick über die Lage: Sie hielten mit dem Heck voran auf einen Felsen mitten im Fluss zu. Kein Wunder, dass Miss Hart sich im vorderen Teil des Bootes in Sicherheit bringen wollte.

„Halten Sie sich irgendwo fest!" Er schnappte sich die Ruder und versuchte mit aller Kraft, den Kahn herumzudrehen, sodass sie die Stromschnelle mit dem Bug voran passieren konnten. Die Strömung war jedoch bereits zu stark und riss sie mit sich. Nathan wusste, dass sie nichts weiter tun konnten, als sich festzuhalten und auf das Beste zu hoffen.

Das Heck traf auf den Felsen, und die Wucht des Aufpralls schleuderte das Boot in die Wellen des Wildwassers. Nathan wurde von der Bank geworfen, drehte sich um und stemmte die Knie gegen das Holz, um sicheren Halt zu finden. Schnell zog er die Ruder ins Innere des Kahns und klemmte sie in ihrer Halterung fest, damit sie nicht im Fluss verloren gingen. Miss Hart, die sich am Bug festklammerte, und den steilen Abfall der Stromschnelle behielt er dabei gleichermaßen im Auge. Er hoffte, dass sie ihre Position halten konnten, weil das Boot dann nicht so leicht kentern würde.

Dann ging es abwärts – drei, vielleicht vier Meter –, das rauschende, schäumende Wasser umgab sie von allen Seiten, und Nathan sackte der Magen in die Kniekehlen.

Durch eine Gegenströmung türmten sich über drei Meter hohe Wellen auf und nahmen ihm jede Sicht. Es würde einem Wunder gleichkommen, wenn sie es schafften, im Boot zu bleiben.

„Halten Sie sich fest! So fest Sie können!" Nathan widerstand dem Bedürfnis, sich schützend über Miss Hart zu werfen – er wagte es nicht, seinen halbwegs sicheren Halt loszulassen. Kurz blitzten hier und da Felsen in seinem Sichtfeld auf, und die Stromschnelle schleuderte den Kahn weiter herum wie Treibholz.

Noch eine Welle. Das Boot kippte zur Seite weg, hüpfte auf und nieder, auf und nieder. Der Strudel traf sie mit voller Wucht, und Nathan musste hilflos zusehen, wie Miss Hart in den tosenden Strom flog, wo ihr Aufschrei vom Wasser erstickt wurde.

Ihr Kopf durchbrach kurz die Oberfläche, bevor eine weitere Welle das Boot zum Kentern brachte und Nathan ihr in die eisigen Fluten folgte. Er strampelte sich nach oben und zog die Beine an, um nicht von einem der unter Wasser liegenden Steine aufgeschlitzt zu werden.

„Emma!" Er konnte sie nirgends entdecken. „Emma!" Rasch packte er das umgekippte Boot und hielt sich daran fest, während es von der Strömung weitergetragen wurde. Mit der Hüfte stieß er gegen einen Felsen, bei dem Aufprall entrang sich ihm ein schmerzerfülltes Keuchen.

„Ich bin hier!", rief Miss Hart plötzlich zu seiner Linken, doch er sah sie immer noch nicht.

„Ziehen Sie die Beine dicht an den Körper! Nicht ausstrecken!"

Wasser drang ihm in Mund, Nase und Augen. Eine gefühlte Ewigkeit lang hing er so seitlich am Boot, bis sich der Fluss eine Viertelmeile weiter schließlich langsam wieder beruhigte und Nathan das Boot ans Ufer schleppen konnte. Erleichterung breitete sich in ihm aus, als er bemerkte, dass Emma dicht hinter ihm schwamm. Schnell watete er wieder in den Fluss, um ihr zu helfen.

Nachdem er sie vorsichtig ans Ufer gebracht hatte, sank er neben ihr auf die Knie. „Sind Sie verletzt?"

Miss Hart schüttelte schwer atmend den Kopf. „Aber Sie doch bestimmt." Sie hob eine zittrige Hand und strich Nathan mit den Fingerspitzen über die linke Augenbraue und dann hinunter zu der Narbe auf seiner Wange. „Es tut mir so leid. Sie denken inzwischen wahrscheinlich, dass ich versuche, Sie umzubringen."

Nathans Körper verspannte sich unter ihrer Berührung, doch er konnte dieser Frau einfach nicht böse sein.

„Gott sei Dank sind Sie in letzter Minute wieder zu sich gekommen." Sie zog ihre Hand zurück. „Sie hätten ertrinken können." Der Schrecken war ihr deutlich anzumerken.

„Wohl kaum", antwortete Nathan beruhigend. „Die Schwimmhilfe hätte mich an der Oberfläche gehalten. Was ist passiert?" Er erinnerte sich an nichts vor dem Moment, als sie in die Stromschnelle geraten waren.

„Ich habe eine Schlange gesehen und mich erschrocken. Dann habe ich Ihnen versehentlich das Ruder übergezogen." Inzwischen zitterte sie am ganzen Körper.

Nathan nahm ihre Hände in seine. „Es ist alles gut, Emma." Sie schien verwirrt, weil er ihren Vornamen benutzte und damit eine Grenze des Anstands überschritten hatte, doch immerhin ließ ihr Zittern allmählich nach. Sacht rieb er mit den Daumen über ihre kalten Hände.

Er steckte bis zum Hals in Schwierigkeiten. Und sein Leben war durch diese Ruder schwingende, abenteuerlustige junge Frau auf einmal wieder unendlich aufregend geworden. Ob er das wohl überleben würde?

Zögerlich gab er ihre Hände wieder frei. „Wahrscheinlich sollte ich Ihnen verbieten, je wieder ein Ruder anzurühren." Nathan erhob sich, um festzustellen, welche Schäden die Stromschnelle bei ihrem Boot angerichtet hatte.

Auch Emma kam wieder auf die Füße. „Ich helfe Ihnen."

Gemeinsam drehten sie den Kahn um und machten eine Bestandsaufnahme ihrer Ausrüstung. Ein Ruder steckte noch in seiner Halterung, das andere war in der Mitte durchgebrochen. Die beiden Ersatzruder waren weg, ebenso wie die Decke, die Emma zuvor Schatten gespendet hatte, und ihre Hüte. Aber die Lederbeutel waren alle noch sicher vertäut.

Alles in allem hätte es schlimmer sein können, auch wenn das gebrochene Ruder repariert werden musste.

„Wir haben keine Vorräte verloren", meinte Nathan. „Sie haben sich da ein verdammt gutes Boot angeschafft."

Emma schaute ihn an, sichtlich überrascht von dem Kompliment. „Danke."

„Wir schlagen hier unser Nachtlager auf. Ich denke, wir haben beide genug erlebt für heute."

„Da kann ich Ihnen nicht widersprechen."

EMMA STARRTE ins Feuer und beobachtete die tanzenden Flammen, während sie sich fragte, ob die Zukunft sich ihr heute wohl offenbaren würde.

Sie hoffte nicht. Was morgen auf sie wartete, wollte sie gerade nicht wissen.

Plötzlich stiegen ihr Tränen in die Augen, und sie schloss rasch die Lider. Vor Mr Blackmore wollte sie ganz bestimmt nicht weinen, auch wenn er gerade wieder einmal im Dunkel der Nacht verschwunden war.

Sie hatten das Boot komplett entladen, um alles zu trocknen. Essen, Kleidung, Seile und Waffen lagen nun entlang des sandigen Ufers verteilt, und Mr Blackmore hatte sich an die Reparatur des Ruders gemacht. Emma war dankbar, sich für einen Moment ans Feuer setzen zu dürfen, da später noch Arbeit auf sie wartete, bevor sie sich zur Nachtruhe begeben konnten. Das Essen musste wieder verpackt werden, damit kein Ungeziefer davon angelockt wurde.

Vielleicht hätte sie sich doch keine Pause gönnen sollen, weil sie die Angst – und die Sorge, die ihre Gedanken beherrschte – besser im Zaum halten konnte, wenn sie etwas zu tun hatte.

Was, wenn Mr Blackmore heute ertrunken wäre? Ihr Herz raste bei der Erinnerung an den Schrecken – die starke Strömung, die Hilflosigkeit und die sehr reale Möglichkeit, dass einer von ihnen oder sie beide sich schwer verletzten. Panik erfasste sie und schnürte ihr die Kehle zu, schien ihr den Atem aus dem Körper zu pressen und den Mut aus dem Herzen.

Sie hätte niemals hierherkommen dürfen.

Himmel, sie hatte Mr Blackmore schon wieder mit einem Ruder geschlagen. Es war ein Wunder, dass er sie nicht postwendend wieder in den Fluss geworfen hatte. Emma wurde von einer Welle aus Schuldgefühlen und Scham überrollt, und sie erinnerte sich prompt auch an die andere unangenehme Erfahrung, die sie an diesem Tag gemacht hatte. Als sie Mr Blackmores Gesicht berührt und mit den Fingern die lange, wulstige Narbe gestreift hatte, hatte sie sofort Bilder davon vor Augen gehabt, wie sie entstanden war.

Mr Blackmores Hände waren hinter seinem Rücken gefesselt, und der Comanche-Krieger zerschnitt ihm das Gesicht. Er ging in die Knie und wurde geschlagen. Mehrere Monate war er gefangen gehalten worden, vielleicht länger.

Schnell hatte sie die Hand wieder weggenommen, weil sie das Gefühl gehabt hatte, sich unberechtigt eine sehr persönliche Erinnerung anzusehen. Wahrscheinlich hatte Mr Blackmore noch nie jemandem von diesem Erlebnis erzählt. Emma wollte ihm so gerne Trost spenden, doch das war nicht das einzige Verlangen, das sie empfand.

Sie konnte jedoch nicht zulassen, dass sie diesen Gefühlen zu viel Bedeutung beimaß. Damit würde sie nur die unsinnige Vorstellung nähren, dass es ihr bestimmt war, seine Geliebte zu werden, und ihre Visionen von dem dunklen, geheimnisvollen Mann schon immer ihn dargestellt hatten. Wenn sie Mr Blackmore das jemals erzählte, würde er sie wahrscheinlich auslachen. Und seinem Spott wollte sie sich nicht stellen.

Außerdem sollte sie sich doch für den Mann aufsparen, den sie einmal heiraten würde. Dieser Grundsatz war ihr von klein auf von ihrer Tante eingebläut worden. Allerdings hatte sie diese Moralpredigten weniger oft zu hören bekommen, nachdem ihre Schwester Mary geheiratet und schon acht Monate später ihr erstes Kind zur Welt gebracht hatte. Das vor Emma geheim halten zu wollen, war vollkommen sinnlos gewesen; sie hatte noch vor Mary selbst gewusst, dass diese guter Hoffnung gewesen war.

Maeve hatte ihr erklärt: *Bei einer Ehe bekennen zwei Menschen einander ihre Absichten. Dieses Gelübde kann auch vor der kirchlichen Hochzeit unter vier Augen abgelegt werden und sie ebenso stark aneinander binden wie der Eheschwur in einer Kirche.*

Emma blinzelte. Wenn Mr Blackmore sie begehrte und sie ihn, gab es keinen Grund, warum sie dem nicht nachgeben sollte. Ihre Tante würde dem wohl kaum zustimmen, also war es wohl besser, diesen Gedanken für den Moment ruhen zu lassen. Sie bewegte sich hier auf gefährlichem Terrain.

Mr Blackmore konnte nicht der Liebhaber aus ihren Fantasien sein, so genau waren ihre Visionen gewöhnlich nicht. Und nur, weil ihr in ihren Träumen ein großer, geheimnisvoller, starker Mann begegnet war, hieß das nicht, dass sie sich dem erstbesten großen, geheimnisvollen, starken Mann an den Hals werfen musste, der in ihr Leben trat.

Sie ermahnte sich, ihre Sinne beisammenzuhalten, denn jeder Fehler konnte tödlich enden.

Auf einmal sah sie Bethany wieder deutlich vor sich.

Emma war diejenige gewesen, die das Mädchen gefunden hatte. Ihre Haut war eiskalt gewesen, ihre Augen geöffnet und auf die Welt – und ihren Mörder – gerichtet, als sie starb. Emma hatte den Kampf *gefühlt*, bevor Bethanys Leben endete, die Angst und den Widerstand. Die Erkenntnis, was passiert war, hatte Übelkeit in ihr aufsteigen lassen und sie für Tage, vielleicht auch Wochen gelähmt – wie lange genau, wusste sie nicht.

Bethany waren nur zehn kurze Lebensjahre vergönnt gewesen, bevor ihr eigener Vater sie ermordet hatte.

Emma legte den Kopf in den Nacken und schaute hinauf zu den Sternen, die am dunklen Nachthimmel funkelten. Kleine Lichter, so unendlich weit entfernt. *Träum von den Sternen, Knöpfchen.* Das hatte sie getan, und mit dem Traum war eine Gabe gekommen, die Fluch und Segen zugleich war. Ihr war das Wissen um Ereignisse geschenkt worden, bevor sie eintraten. Doch von Davis Walker, Mollys Vater, hatte sie nichts gewusst.

Emma sah sich nach Mr Blackmore um, doch noch immer war weit und breit nichts von ihm zu sehen. Sie rieb sich über die Schläfen, um die pochenden Kopfschmerzen zu lindern.

So sehr sie auch versuchte, sich an Mr Walker zu erinnern, vor ihrem inneren Auge tauchten nur vage Bilder eines großen Mannes auf, eines unglücklichen Mannes. Er hatte drei Söhne – Cale, der älteste, hatte manchmal auf der Ranch ihrer Familie ausgeholfen und war in Mary verliebt gewesen.

Wie hatte ihr entgehen können, dass ihre Mutter eine Liebesbeziehung mit Davis Walker geführt hatte?

Emma versuchte, sich an ihren Pa zu erinnern. Robert Hart war stark und freundlich gewesen, und sie hatte ihn sehr geliebt. Hatte er seiner Ehefrau verziehen? Er hatte Molly ebenso geliebt wie Mary und Emma, aber auch oft gesagt, dass seine mittlere Tochter die Rebellin in der Familie sei. Molly hatte ein abenteuerlustiges Gemüt besessen – sie war viel lieber mit den Söhnen der Ryans und Walkers durch die Gegend gezogen, als mit ihren Puppen zu spielen. Doch sie hatte, wie ihre Schwestern, Rosemarys dunkles Haar geerbt, ebenso wie ihre Launenhaftigkeit. Vielleicht waren die Unterschiede zwischen Molly und ihren Schwestern so verschwindend gering gewesen, dass nicht einmal Robert Hart sie bemerkt hatte.

Was spielte das letzten Endes noch für eine Rolle?

„Alles in Ordnung?"

Emma fuhr erschrocken zusammen, als Mr Blackmore aus der Dunkelheit trat.

„Sie sehen ein bisschen blass aus." Nachdem er sich ihr gegenüber niedergelassen hatte, begann er, an einem großen Stück Holz zu schnitzen. Das Messer dazu hatte er ihrer Ausrüstung entnommen.

Emma zog ihre Beine etwas an und richtete den Blick wieder aufs Feuer. „Es geht mir gut."

Eine leichte Brise brachte die Flammen zum Tanzen.

„Ich denke, wir werden gut zurechtkommen." Mr Blackmore konzentrierte sich auf das Holz, aus dem er gerade ein Ruder schnitzte. „Vielleicht finden wir flussabwärts die verlorene Ausrüstung wieder. Wir sollten mehr Stromschnellen befahren. Wenn wir vorbereitet sind, können wir sie gut meistern."

„Mehr befahren?" Emmas Stimme klang schrill in ihren Ohren.

„Vorausgesetzt, ich bin am Ruder." Mr Blackmore schaute zu ihr, und Emma erkannte das Funkeln in seinen Augen. „Ich bin nützlicher, wenn ich nicht bewusstlos bin."

Sie nickte bedächtig. Wie konnte der Mann die Ereignisse des Tages so gelassen sehen?

Mr Blackmore hielt inne. „Hat Ihnen diese kleine Wellenpartie Angst gemacht?"

Emma räusperte sich. „Nein", antwortete sie dann kühl. „Ich bin eine gute Schwimmerin. In San Francisco bin ich oft im Meer gewesen."

„Dann irre ich mich."

„Wobei?"

„Ich hatte angenommen, dass Sie ziemlich naiv sind, aber vielleicht sind Sie auch einfach nur unglaublich mutig."

Das verschlug Emma glatt die Sprache. Konnte sie ihm glauben? Konnte sie es wagen, an sich selbst zu glauben?

„Ruhen Sie sich aus", meinte er. „Ich verstaue das Gepäck wieder."

Emma wollte einwenden, dass sie sich nicht vor ihren Pflichten drückte, aber sie wusste, dass sie die Erholung brauchte. Nur, wie sollte sie Ruhe finden, solange Mr Blackmore sich in ihrer Nähe aufhielt und sie sich dessen so stark bewusst war?

Sie beobachtete, wie er mit seinen geschickten, starken Händen weiter an dem Ruder arbeitete, und spürte deutlich seine Zurückhaltung. Ob absichtlich oder nicht, er gab ihr Zeit für sich und die würde sie sicher nicht verschwenden. Morgen würde sie wieder all ihre Kraft brauchen.

„Danke, Mr Blackmore."

„Nennen Sie mich Nathan. Wir sind heute beinahe ertrunken. Ich denke, da können wir auf einige Förmlichkeiten verzichten." Er suchte ihren Blick, und für einen kurzen Moment flammte die Verbindung zwischen ihnen hell auf. Dann wandte er sich wieder dem Holz zu, und der Moment verflog.

Förmlichkeiten. Emma legte sich mit dem Rücken zu ihm hin und schloss erleichtert die Augen. Es war sicher keine gute Idee, die gesellschaftlichen Barrieren zwischen ihnen, so fadenscheinig sie auch sein mochten, noch weiter abzubauen, aber hier ging das Leben einen anderen Weg. Und Emma brachte es nicht über sich, ihm den Wunsch abzuschlagen.

Nathan. Sein Name geisterte immer noch durch ihre Gedanken, als der Schlaf sie übermannte.

Kapitel Sechs

Bei Tagesanbruch waren Emma und Nathan bereits wieder auf dem Fluss. Und das Glück war ihnen tatsächlich hold. Eine halbe Meile stromabwärts entdeckte Nathan die verloren gegangenen Ruder und Hüte in einer Felsgruppe am rechten Ufer. Das hob seine Laune beträchtlich.

Emma war weiterhin sehr schweigsam. Wenn Matt oder ein anderer der Ranger Zeit für sich gebraucht hatte, war Nathan stets bereit gewesen, ihnen diese zu lassen, doch nun war er zum ersten Mal mit einer Frau in dieser Situation. Allerdings war so gut wie alles, was mit Emma zu tun hatte, für Nathan mehr als ungewohnt. Sie war ihm ein Rätsel – eine attraktive Frau voll jugendlichem Leichtsinn und dennoch von einer Weisheit, die ihrem Alter weit voraus war. Ängstlich und mutig und eine unverfrorene Lügnerin.

Log sie, um ihn mutwillig zu täuschen? Davon ging Nathan nicht aus, aber vielleicht war das auch nur Wunschdenken.

Der Fluss schlängelte sich durch die felsige Landschaft, und sie durchquerten einige kleine Stromschnellen, die jedoch vollkommen ungefährlich waren. Emma umklammerte den Bootsrand dabei so fest, dass Nathan befürchtete, sie würde sich dadurch zahlreiche

Splitter einziehen. Nachdem sie jedoch jede Stelle problemlos hinter sich gebracht hatten, entspannte sie sich allmählich.

Zur Rechten ragten die Canyon-Wände in hellem, ausgebleichtem Braun auf, und Felsüberhänge beschatteten das Ufer mit seinen gelegentlichen Sandstränden. Flach abgeschliffene Steine zeigten sich knapp über der Wasseroberfläche, und zunehmend zogen sich schwarze Schlieren durch das monotone Braun der Farbpalette der Umgebung.

„Ist das schon der Grand Canyon?", fragte Nathan.

„Nein, der Marble Canyon. Wir sind noch nicht im Grand Canyon."

Das Boot beschleunigte erneut.

„Wir sollten anlegen." Emma war die Unsicherheit deutlich anzuhören. So viel zur Entspannung.

Sie passierten eine kleine, gewundene Nebenschlucht zu ihrer Linken, doch die starke Strömung machte es unmöglich, das Boot ans Ufer zu bringen. Die Wände des Canyons schienen bedrohlich näher zu rücken, als der Fluss immer schmaler wurde. Zweifellos hielten sie erneut auf eine Stromschnelle zu, doch da mussten sie nun durch.

„Können wir nicht anhalten?", fragte Emma.

Große Felsbrocken säumten das Ufer, als wollten sie es gegen Eindringlinge bewachen. Nathan schüttelte den Kopf. „Das ist keine gute Idee." Der Kahn könnte dabei zerschellen, aber das sprach er nicht aus. „Wir schaffen das, Emma. Sie müssen mich leiten." Da er mit dem Rücken zur Fahrtrichtung saß, konnte er nur immer wieder kurze Blicke über die Schulter werfen, doch bei ihrem panischen Gesichtsausdruck schwante ihm nichts Gutes.

Würde sie etwa die Nerven verlieren? Das wäre wohl der denkbar schlechteste Zeitpunkt dafür.

Emma lehnte sich ein wenig zur Seite, um an ihm vorbeizuschauen, dann nickte sie.

„Wir sollten keinen der Felsen unter Wasser mitnehmen, also

leiten Sie mich, wenn möglich, zwischen ihnen hindurch." Nathan steuerte mit einem kräftigen Ruderschlag nach links.

„In Ordnung." Sie nickte erneut. „Mehr nach links. Also von Ihnen aus rechts."

Nathan machte sich einen gedanklichen Vermerk, ihr einige nautische Begriffe beizubringen.

Das Boot hüpfte auf den Wellen auf und ab, und sie wurden prompt nass, als sie in die Stromschnelle eintraten. Nathan musste all seine Kraft aufwenden, damit sie nicht ins Trudeln gerieten.

„Sie müssen mehr nach rechts. Mein rechts!" Sie deutete mit der Hand die Richtung an.

Ächzend kämpfte Nathan weiter gegen die Strömung. Und dann war es unvermittelt vorbei.

Sie erreichten ruhigeres Wasser. Emma nahm ihren Hut ab, strich sich das nasse Haar aus dem Gesicht, und Nathan hielt inne, um wieder zu Atem zu kommen.

„Das war gar nicht so schlimm. Aber wie wäre es, wenn wir ab sofort ‚steuerbord' und ‚backbord' benutzen, wenn Sie mir sagen, wohin ich lenken soll?"

Zu seiner Überraschung lachte Emma laut auf. Ein wehmütiges Ziehen machte sich in seiner Brust breit. Sein Kopf war erfüllt von Kindheitserinnerungen. Als Junge war er fest entschlossen gewesen, in die Fußstapfen seines Vaters zu treten und eines Tages seinen eigenen Raddampfer über den Mississippi zu lenken. Damals hatte die Zukunft so klar vor ihm gelegen. Die gleiche Ausgelassenheit voller Hoffnung und Zuversicht erfüllte ihn nun, erweckt von der Frau, die ihm gegenübersaß.

„Ich kenne die Seemannsbegriffe", antwortete Emma. „Tut mir leid, ich habe in meiner Panik nicht daran gedacht. Beim nächsten Mal mache ich es besser. Dieser Fluss macht mich nur unsäglich nervös."

„Wir können das Boot zurücklassen und zu Fuß weiterlaufen." Doch im gleichen Moment, als Nathan die Worte aussprach, spürte er, wie sein Herz heftig protestierte. Das war das erste Boot, das er seit dem Tod seines Vaters lenkte, und es fühlte sich gut an, wieder auf dem Wasser zu sein.

Emma dachte über seinen Vorschlag nach und sah mit zusammengekniffenen Augen zur gleißenden Sonne hoch, bevor sie ihren Hut wieder aufsetzte. „Nein", antwortete sie dann leise. „Ich will die Flussfahrt fortsetzen."

Eine Frau nach seinem Geschmack.

Nathan unterdrückte ein Lächeln und nahm die Ruder wieder auf.

DIE MÜNDUNG EINER WEITEREN, deutlich gefährlicheren Stromschnelle sorgte am späten Nachmittag dafür, dass erneut Unbehagen in Emma aufstieg. Sie legte mit Nathan an einem Strand am rechten Ufer an, und gemeinsam begutachteten sie die Stelle, bevor sie übereinkamen, dass das Boot getreidelt werden musste.

„Vielleicht sollten wir unser Lager hier aufschlagen und es morgen früh angehen", schlug Nathan vor.

Emma wog das Für und Wider gegeneinander ab, doch ein unbestimmtes Gefühl riet ihr zur Weiterfahrt. „Wie haben noch ein paar Stunden Tageslicht. Ich möchte die Stelle gern hinter mich bringen."

Nathan nickte. „Sie haben hier das Sagen."

„Habe ich das?"

Er zuckte mit den Schultern. „Ich bin nur Ihre Begleitung. Die schwierigen Entscheidungen überlasse ich gerne Ihnen."

Emma schnaubte fassungslos. Wollte er sie etwa aufziehen?

Plötzlich bereitete ihr die Stromschnelle nicht länger die größte Sorge. Sie konnte Nathan auf Abstand halten, solange er sich unnahbar und distanziert verhielt, solange sie sich klarmachte, dass er groß, geheimnisvoll und stark und damit für sie unerreichbar war. Aber wenn er sie zum Lachen brachte, wusste sie nicht, wie lange sie sich beherrschen konnte.

Sie benötigten den ganzen Nachmittag, um das Boot durch die Stromschnelle zu manövrieren. Die Strömung wollte es direkt gegen eine Wand aus Sandstein und Schiefer tragen. Zusätzlich machte Kehrwasser ihnen das Leben schwer und es erforderte viel Kraft, den Kahn nahe am Ufer zu halten. Als sie ein Stück flussabwärts endlich wieder im Boot saßen, war Emma vollkommen erschöpft. Die Sonne verschwand aus ihrem Sichtfeld, und der Canyon wurde in lange Schatten gehüllt.

„Da ich die Entscheidungen zu treffen habe", erklärte Emma, „denke ich, dass wir die Stromschnellen, wenn möglich, durchfahren sollten. Das Treideln wird immer anstrengender."

Nathan schien in ihrem Gesichtsausdruck nach etwas zu suchen. „Könnte gefährlich werden", erwiderte er. „Was, wenn wir das Boot verlieren?"

„Ich habe nicht gesagt, dass es einfach wird."

„Was, wenn ich *Sie* verliere?"

Überrascht schaute Emma ihm in die tiefgründigen braunen Augen. „Dann haben Sie abends mehr zu essen."

„Das stimmt allerdings." Er ruderte mit gleichmäßigen Schlägen weiter. „Na schön, dann werden wir morgen ein paar Stromschnellen befahren."

Ihr Herz klopfte wie wild bei dieser Aussicht, und noch heftiger, als sie bemerkte, dass Nathans nachdenklicher Blick noch immer auf ihr ruhte.

DREI MEILEN weiter gelangten sie an einen geeigneten Lagerplatz in einer breiten Nebenschlucht, kurz vor einer weiteren Wildwasserstelle. Die Dämmerung brach bereits herein, als sie das Boot aus dem Wasser zogen. Emmas Hand rutschte von der

Seitenwand ab und strauchelte, doch Nathan, der hinter ihr lief, fing sie noch rechtzeitig auf.

„Verzeihung." Nathan umfing ihre Taille einen Moment länger, als es unbedingt nötig war, und sie richtete sich rasch auf. Um ihr dabei zu helfen, stützte er sie unter den Achseln, und ein heißer Blitz schoss durch ihren Körper, als seine Finger dabei seitlich ihre Brüste streiften.

Emma erstarrte, als er seine Hände auf ihre Schultern legte. „Ist Ihnen übel?", hörte sie seine Stimme.

Sie schüttelte den Kopf, hin- und hergerissen zwischen dem Wunsch, sich loszumachen, und dem, in seiner Umarmung zu verharren. Wenn sie blieb, würde ihm das vielleicht ein falsches Signal senden und ihn annehmen lassen, dass sie seine Berührung genoss. Wenn sie sich losmachte, könnte er möglicherweise denken, dass sie ihn nicht mochte. Und sie mochte ihn ja auch nicht, jedenfalls nicht auf diese Art. Oder? Oh großer Gott, sie hatte wirklich ein Problem. Letzten Endes rührte sie sich nicht, sondern verharrte bebend wie ein Feigling auf der Stelle, weil ihre Beine ihr den Dienst versagten.

„Vielleicht sollten Sie sich einen Moment setzen?" Er drehte sie vom Fluss weg.

Langsam lief Emma weiter, und Nathan zog die Hände zurück. Ihre Schultern brannten von den unsichtbaren Malen, die seine Finger hinterlassen hatten. Noch nie hatte sie bei der Berührung eines anderen Menschen solch starke Gefühle empfunden, solche Unschlüssigkeit und Verwirrtheit, und doch war sie sich seiner Nähe äußerst bewusst. Emma brauchte keine Vision, um das Verlangen in Nathans Körper zu spüren, um es in seiner Stimme zu hören. Begehrte er sie wirklich? Das war für sie nur schwer zu begreifen, und doch reagierte ihr Körper mit ungehemmter Zustimmung darauf. Ob er nun der Liebhaber ihrer Träume war oder nicht, Nathan Blackmore war ein Mann, den man schwerlich ignorieren konnte.

„Ich denke, ich brauche einen Augenblick allein." Sie drehte sich nicht um, sah ihn nicht an, weil sie befürchtete, dass er dann erkennen würde, welche Auswirkungen seine Nähe auf sie hatte. Und weil sie befürchtete, dass sich in seinen Augen nicht die gleichen Empfindungen spiegeln würden. „Ich werde mich dort ein wenig umsehen." Sie deutete zur Nebenschlucht.

„Seien Sie vorsichtig. Entfernen Sie sich nicht zu weit."

Ohne einen Blick zurück suchte sie sich einen Weg über die Felsen, während das letzte Tageslicht zu Grau verblasste. Konzentriert darauf, wohin sie ihre Füße setzte, bewegte sie sich immer weiter vom Fluss weg, bis sie das Gefühl hatte, wirklich allein zu sein. Ein paar tiefe Atemzüge beruhigten ihre Nerven, und als sie sich umsah, entdeckte sie, dass die Schlucht in einen schmalen, ausgewaschenen Sandsteinpfad mündete. Kleine Rinnsale suchten sich ihren Weg mitten hindurch. Die Szenerie wirkte so überirdisch schön, dass Emma einen Moment lang innehielt. Als sie schließlich weiterwanderte, geriet sie zweimal beinahe ins Stolpern, weil sie Steinen ausweichen wollte.

Die Canyon-Wände schienen nahtlos in den dunkler werdenden Nachthimmel überzugehen. Unendliche Einsamkeit umgab sie, das Geräusch ihres Atmens hallte als Echo wider, und nur das Scharren ihrer Stiefel auf dem Sandstein durchbrach die Stille.

Erneut rutschte sie auf dem glatten Grund aus und stützte sich hastig an den Wänden ab. Die wellige Oberfläche glich der rauen Haut des Elefanten, den Emma einmal in einem Zoo gesehen hatte.

Sie hielt inne und lauschte der Stille.

So friedlich.

Sie war vollkommen allein an diesem fremden Ort – einem Ort, bei dem sie sich spielend leicht vorstellen konnte, dass er gar nicht mehr auf der Erde lag, sondern vielleicht irgendwo weit weg am Himmel. Aus einem Impuls heraus setzte sie sich an einer Stelle nieder, wo sich das Wasser zu einem kleinen Tümpel sammelte, und lehnte sich gegen die raue, glatt geschliffene Felswand, die bei der ersten Berührung ein täuschendes Gefühl von Weichheit versprach. Doch das war Emma kaum bewusst, als ihre Gedanken dorthin schweiften, wo sie so oft Zuflucht vor dem Durcheinander in ihrem Verstand suchte.

EMMA ÖFFNETE die Augen und erschrak. Auf der anderen Seite des Tümpels stand ein indianischer Junge. Ohne ihn aus den Augen zu lassen, stand sie langsam auf. Er musste etwa fünf oder sechs Jahre alt sein, und sie konnte sich nicht vorstellen, wie er hierhergekommen war. Der Kleine musste die Schlucht von der anderen Seite aus betreten haben, sonst hätte Mr Blackmore ihn bemerken müssen. Mit Sicherheit war er nicht allein hier. Vielleicht hatte er sich verlaufen.

„Hallo." Emmas Stimme hallte von den Wänden wider und klang wegen der Enge seltsam verzerrt. „Ich werde dir nichts tun."

Der Junge starrte sie nur an. Was er dachte oder fühlte, konnte sie ihm nicht ansehen. Sein hübsches junges Gesicht wurde von rabenschwarzen Haaren eingerahmt, und er musterte sie sichtlich interessiert. Sie konnte seine Neugier spüren. Seine Kleidung bestand lediglich aus einem Lendenschurz, Schuhe trug er nicht.

Wahrscheinlich verstand der Kleine kein Wort von dem, was sie sagte, doch Emma sprach dennoch weiter, in der Hoffnung, dass ihre Stimme ihre freundlichen Absichten übermittelte. „Hast du dich verlaufen? Kann ich dir helfen, wieder zu deiner Familie zurückzukommen?"

Plötzlich erschallte ein Platschen, weil mehrere Objekte von oben ins dunkle Wasser des Tümpels fielen. Emma zuckte zusammen und schaute ungläubig auf das Bild, das sich ihr bot. Fünf tote Vögel trieben auf der Wasseroberfläche. Sie war keine Expertin auf dem Gebiet der Vogelkunde, aber die schwarzen Kehlen und das graubraune Gefieder deuteten auf Sperlinge hin.

Emma beugte sich vor, um die Tiere besser begutachten zu

können. Ein Lichtstrahl zeigte ihr, dass es keine Anzeichen für einen gewaltsamen Tod gab, nur die leblosen Körper der Vögel. Alarmiert schaute sie nach oben, in Erwartung eines Blitzes. Zog ein Sturm über ihr auf?

Erschrocken fuhr sie zurück, als ein heftiger Schmerz ihre Stirn durchzuckte. Übelkeit stieg in ihr auf, ihr wurde schwindlig, und Emma musste all ihre Beherrschung aufwenden, um ihre Sinne beisammenzuhalten. Sie kam auf die Füße, doch der helle Sandstein verschwamm vor ihren Augen. Hier stimmte etwas ganz und gar nicht. Um sie herum schien sich eine unheilige Macht zusammenzubrauen. Eine bösartige Macht. Sie stolperte und fiel auf die Knie.

Der Junge. Sie musste dem Jungen helfen.

„Wo bist du?" Die Welt drehte sich immer noch um sie, und Emma schloss die Augen, damit das Schwindelgefühl verschwand. Das Rauschen in ihren Ohren übertönte alle anderen Geräusche, als würden Wellen über ihr zusammenschlagen.

„Wo bist du?" Sie streckte eine Hand aus, in der Hoffnung, dass der Junge sie ergreifen würde und sie ihn festhalten konnte, bis der Sturm vorbeigezogen war und der Schmerz in ihrem Kopf abebbte. Vielleicht konnte sie dann einen Weg aus dem Canyon hinausfinden.

Aus dem Nichts wurde sie gegen die Felsen geschleudert und rang verzweifelt nach Luft.

Kapitel Sieben

„E mma? Emma?"
    Nathans Stimme durchdrang den Nebel ihrer Sinne,
doch sie konnte die Augen nicht öffnen. Ihr Körper gehorchte ihr
nicht.

Unvermittelt kehrte die Erinnerung zurück.

„Wo ist der Junge?" Die Worte quollen ihr beinahe
unverständlich über die Lippen. Neuer Versuch. „Der Junge, wo ist
der Junge?"

Nathan hielt sie in den Armen. „Hier ist niemand außer uns.
Als Sie nicht wieder aufgetaucht sind, habe ich mir Sorgen
gemacht und bin Ihnen nachgegangen. Sie sind offensichtlich
ohnmächtig geworden. Was ist passiert?"

In der beinahe undurchdringlichen Dunkelheit konnte Emma
kaum die Umrisse von Nathans Gesicht ausmachen, obwohl er ihr
so nahe war. Sie streckte eine Hand aus, um erst über seine Wange,
dann über seine Lippen zu streichen. *Immerhin er ist real.*

Er half ihr, sich aufzurichten, und Emma schaute zu dem
Tümpel hinüber. „Haben Sie die Sperlinge gesehen?"

„Wovon reden Sie?"

„Sie sind dort auf der Oberfläche getrieben." Sie machte eine Handbewegung in Richtung Tümpel.

Nathan kroch hinüber und ließ die Hand durch das dunkle Gewässer gleiten. Das leise Geräusch der Wellen auf dem Stein schickte Emma einen kalten Schauer über den Rücken. „Hier ist nichts. Sind Sie jemandem begegnet? Hat Ihnen jemand etwas getan?"

Jetzt erst verstand Emma – sie hatte eine Vision gehabt. Aber noch nie zuvor war ihr diese so greifbar erschienen. Und sie hatte noch nie ein Problem damit gehabt, sie von der Realität zu unterscheiden.

„Ich muss wohl erschöpfter gewesen sein, als ich dachte", sagte sie, um ihre Worte zu entkräften, die sicher ziemlich verrückt geklungen hatten. „Wahrscheinlich bin ich eingeschlafen und habe einen Albtraum gehabt."

Nathan stand auf. „Können Sie laufen? Wir sollten zum Lager zurückkehren."

„Ja." Emma ergriff die Hand, die er ihr anbot, und erhob sich ebenfalls, auch wenn ihre Beine sofort wieder unter ihr nachgaben und sie gegen ihn stolperte.

„Kommen Sie." Mr Blackmore schlang einen Arm fest um ihre Taille. „Stützen Sie sich auf mich."

Emma war todmüde und wurde noch immer von Schwindel geplagt, weswegen sie keine Einwände vorbrachte. Das Laufen fiel ihr jedoch so schwer, dass Nathan sie nach ein paar Schritten kurzerhand hochhob.

„Ich bin zu schwer", murmelte sie an seinem Hals.

„Wohl kaum." Sein warmer Atem strich ihr über die Stirn. Bildete sie sich das nur ein, oder ging es ihr prompt besser?

Nathan hatte die Arme besitzergreifend um sie geschlungen, und Emma klammerte sich an ihn, während sie seinen Geruch, seine Körperwärme und die pure Lebendigkeit genoss, die sie in ihm spürte. Langsam fühlte sie sich wieder mehr wie sie selbst, und die Verwirrtheit ebbte ab. Das Böse, das sie zuvor wahrgenommen hatte, war verschwunden oder zumindest so weit zurückgedrängt, dass es Emma nichts mehr anhaben konnte. Vielleicht hatten sie sich auch schon weit genug von diesem seltsamen Ort entfernt.

Emma zweifelte keine Sekunde daran, dass hier mächtige und böse Kräfte am Werk waren.

Sie verstärkte ihren Griff um Nathan und vergrub ihr Gesicht an seiner Schulter. Zum ersten Mal in ihrem Leben fühlte sie sich vor den Dämonen sicher.

NATHAN SCHLIEF wie schon zu seiner Zeit als Ranger: leicht und mit geschärften Sinnen. Nicht dass er einen Angriff auf Emma und sich befürchtete, aber er machte sich Sorgen um die junge Frau.

Am Morgen war er zutiefst erleichtert, dass sie wieder wohlauf zu sein schien. Vielleicht hatte sie bloß eine Nacht erholsamen Schlaf gebraucht. Der gestrige Tag war überaus anstrengend gewesen, möglicherweise zu anstrengend für sie, und das hatte zweifellos seinen Tribut gefordert.

Nathan machte Bohnen und Bratkartoffeln zum Frühstück, während Emma sich am Flussufer das Gesicht wusch und anschließend ihren Zopf neu flocht. Bei ihrer Rückkehr drückte er ihr eine Tasse Kaffee in die Hand, woraufhin sie sich schweigend setzte und trank. Endlich kehrte auch die Farbe in ihre bleichen Wangen zurück, was Nathan beruhigte.

Irgendwann stellte Emma die Tasse beiseite. „Wir werden heute also jede Stromschnelle befahren, auf die wir treffen, oder?"

Ihr plötzlicher Mut war Nathan nicht recht geheuer. Sie hatte gestern Nacht ein paar wirklich seltsame Sachen gesagt, nachdem er sie auf dem Felsen gefunden hatte. „Sind Sie sicher, dass es Ihnen dafür gut genug geht?"

„Ich war nur übermüdet. Jetzt fühle ich mich viel besser. Allmählich werde ich wohl wirklich seetüchtig."

Nathan reichte ihr einen vollen Teller. „Essen Sie."

„Ja, Sir. Habe ich nicht mehr das Sagen?"

„Wir werden sehen, wie Sie sich heute schlagen."

Emma schenkte ihm ein aufrichtiges Lächeln, das ein Kribbeln bis in die Zehenspitzen in ihm auslöste.

„Ich habe mir fest vorgenommen, mich an der Bootsfahrt zu erfreuen und mich nicht mehr so sehr zu ängstigen", meinte sie. „Und Sie?"

Erneut rührte sie etwas in ihm an, das schon seit einer halben Ewigkeit dort schlummerte. Er antwortete ehrlich: „Ich werd's versuchen."

***

Es war ein denkwürdiger Tag. Die Sonne lachte vom wolkenlosen Himmel, und die Wände des Canyons fühlten sich inzwischen wie ein heimeliger Kokon an.

Sie durchquerten Stromschnellen. Ziemlich viele.

Für Emma war es eine willkommene Gelegenheit, die Machenschaften der *Anderswelt* zu verdrängen, des Ortes, dessen Geister sie als Medium genutzt hatten, um in die reale Welt zu gelangen. An diesem Tag war sie nur eine Frau, der das Abenteuer ihres Lebens geschenkt wurde, noch dazu in der Gesellschaft eines Mannes, der dieses Erlebnis noch unvergesslicher machte.

Nathan brachte ihr bei, den Fluss und das Wildwasser zu lesen. Er zeigte ihr, an welchem Punkt man am besten in eine Stromschnelle eintrat, woran man Felsen unter Wasser erkannte und wie man das Boot führte. Sie saßen nebeneinander, das äußere Bein über die Seitenwand des Kahns gehakt, und bedienten jeweils ein Ruder. Sie schrien, lachten und wurden vollkommen durchnässt. Zwischen den wilden Fahrten lagen kurze Strecken voller Stille und einvernehmlichem Schweigen. Es schien Nathan nichts auszumachen, dass Emma sich nicht gerne unterhielt.

Wann immer möglich, begutachteten sie die Stromschnellen vor der Befahrung genau.

„Lenken Sie nach backbord, an dem Hindernis vorbei und dann zurück in die Mitte. Versuchen Sie dabei, die Wellen von vorne zu treffen."

Emma hörte aufmerksam zu und lernte.

„Wir sollten das Loch unter diesem Felsen meiden. Da verfängt man sich ziemlich leicht."

Nathan liebte die Fahrt auf dem Fluss und besaß ausgezeichnete Instinkte für die Gefahren der Stromschnellen.

„Umfahren Sie diese Felsen weiträumig. Wenn Sie ins Wasser fallen, könnte die Strömung Sie nach unten reißen."

Außerdem legte er großen Wert auf Sicherheit.

„Falls Sie aus dem Boot fallen, Emma, sehen Sie zu, dass Sie mit den Füßen voran in die Stromschnelle geraten. Halten Sie den Kopf möglichst über Wasser. Ich werfe Ihnen ein Seil zu, oder Sie tun das für mich, falls ich über Bord gehen sollte." Er band ein Seil am Boot fest, um es so für einen Notfall griffbereit zu haben, auch aus der Sorge heraus, dass Emma nicht kräftig genug war, um ihn im Fall der Fälle wieder ins Boot zu ziehen.

Die kantigen Wände des Canyons beschatteten die steinigen Uferstreifen, die sich zu beiden Seiten am Fluss entlangzogen. Hin und wieder tauchte auch dichte Vegetation auf; Wacholder, Pappeln und Weiden dominierten hier die Pflanzenwelt. Kleine Gruppen von Mesquite-Büschen gediehen prächtig in der feuchten Umgebung und verteidigten ihre Zweige effektiv mit langen Dornen. Die dünnen, grünen Halme des Meerträubels wucherten und zeigten ihre gelbe Blütenpracht, und an den höher gelegenen Wasserständen konnte man hier und da auch eine Apachenpflaume sehen.

Auf ihren zahlreichen Erkundungstouren entdeckte Emma immer wieder Eidechsen im Unterholz, eine Kröte oder zwei, und auch eine harmlose Bullennatter. Ihr Selbstbewusstsein wuchs, da sie nicht erschrocken zurückzuckte, als das Reptil sich kurz über ihren Stiefel schlängelte. Emma empfand den Anblick tatsächlich als wahren Glücksfall, und sie beobachtete das Tier, wie es durch den Sand und die Büsche davonkroch. In San Francisco hatte sie Derartiges nie erlebt.

Nathan machte sie auf Finken aufmerksam, bei denen die Männchen ein prächtiges dunkelblaues Gefieder besaßen, während die Weibchen sich mit schnödem Braun begnügen mussten. Die Natur gab den Frauen offenbar nicht viel mit auf den Weg, um die Aufmerksamkeit eines geeigneten Partners zu erringen. Unwillkürlich fragte sich Emma, ob das wohl auch auf sie selbst zutraf. Vielleicht sollte sie darüber nachdenken, mehr aus sich zu machen, wenn es an der Zeit war, sich einen Ehemann zu suchen. Was fand Nathan bei Frauen wohl als attraktiv?

Sie erschreckten Streifen- und Eichhörnchen, Mäuse und sogar ein Stinktier. Bei Letzterem schnappte sich Nathan Emma hastig und warf sie praktisch zurück an Bord, um möglichst schnell vom Ufer wegzukommen. Lächelnd schaute Emma dem kleinen Tier nach, wie es in der Ferne verschwand, während Nathan auf einen anderen Uferabschnitt zusteuerte, wo sie rasten wollten.

Am frühen Nachmittag passierten sie eine große Nebenschlucht, die nach Westen führte. Sie machten erneut eine Pause, um sich umzusehen, und entdeckten die Überbleibsel einer verlassenen Indianersiedlung. Das überraschte Emma kaum, da Powell Orte wie diese in seinem Buch beschrieben hatte, aber dennoch fand sie es aufregend, solche Ruinen nun mit eigenen Augen zu sehen.

„Schwer vorstellbar, dass jemand hier dauerhaft leben will", meinte Nathan hinter ihr.

„Der Zugang wirkt in der Tat ziemlich mühsam." Emma strich mit einer Hand über eine der verfallenden Steinwände. „Die Navajo nennen die früheren Bewohner Anasazi, das Alte Volk."

„Ich frage mich, wie alt das hier wohl ist."

Die Vision tauchte urplötzlich vor ihrem inneren Auge auf. *Kleine, gedrungen wirkende Menschen gingen ihrem Tagesgeschäft nach, arbeiteten, sammelten, bereiteten Essen zu, unterhielten sich über Probleme im Volk.* Emma blinzelte und atmete tief durch, bevor sie ihren Weg fortsetzte. *Die Brocken da links sind die Überreste einer* Kiva, *eines unterirdischen Zeremonienraums. Ein überaus heiliger Ort. Die Männer gelangten von oben durch ein Loch in der Decke hinein.*

„Siebenhundert Jahre." Sie wusste, wann diese Menschen gelebt hatten.

„Möglich. Genau werden wir es wohl nie erfahren." Nathan trat neben sie.

Die Vision veränderte sich. Jetzt bewegten sich die Menschen nicht mehr in ihrer physischen Form, sondern als eine Art von energetischer Erscheinung. Verschwommene grüne Umrisse umgaben Nathan und sie.

Fantastisch.

Hier herrschte auch nach all der Zeit noch eine freundliche Atmosphäre, und der Geist der einstigen Bewohner war immer noch zu spüren.

Emma blieb stehen und ließ sich von der Präsenz dieser Menschen erfüllen, von ihrer Klugheit, ihrem Fleiß und Erfindungsreichtum. Die Kraft, die von der *Kiva* aufstieg, lockte sie zum Weitergehen. Die Bewohner waren offenbar von einer starken Spiritualität beseelt gewesen, und Emma war gespannt, was sie noch alles entdecken würde.

Plötzlich blieb sie wie angewurzelt stehen, als etwas die Friedlichkeit des Augenblicks empfindlich störte, auch wenn sie es im ersten Moment nicht greifen konnte.

Sie verstecken sich.

Dann erblickte Emma ihn, den Jungen aus der Nacht zuvor. Die Lichtgestalten verschwanden. Nur der Junge stand noch immer in den Ruinen, die von der *Kiva* übrig geblieben waren. Er hatte die Geister der Anasazi verjagt.

„Emma?" Nathans Stimme klang wie aus weiter Ferne.

„Sehen Sie ihn nicht?", fragte sie leise.

„Wen denn?"

„Den Jungen."

Nathan packte sie an den Schultern und drehte sie ruckartig zu sich herum, was sie abrupt aus der Trance holte. Das Kind wirkte so real. Doch so sehr die ätherischen Erinnerungen an die Anasazi Emma faszinierten, der Junge ängstigte sie zutiefst. Das ergab keinen Sinn. Ihre Visionen hatten noch nie solch eine Furcht einflößende Gestalt angenommen.

„Geht es Ihnen gut?" Nathan musterte sie aufmerksam aus braunen Augen.

Emma nickte.

„Sie benehmen sich seltsam. Was hat es mit diesem Jungen auf sich?"

„Ich bin mir nicht sicher." Sie machte einen Schritt nach hinten, und seine Hände rutschten von ihren Schultern. Nathan war oft undurchschaubar, aber das war nicht der Grund, warum sie seine Berührungen fürchtete. Vielmehr lösten sie Hitze und eine ungeahnte Sehnsucht in ihr aus, und Emma hatte keine Ahnung, wie sie damit umgehen sollte.

Noch immer beobachtete Nathan sie besorgt und ... zweifelnd? Erschauernd rieb sich Emma über die Arme und wandte sich ab. Sie wollte nicht, dass er sie für verrückt hielt. „Als ich noch ein Kind war, habe ich mir immer Geschichten ausgedacht", sagte sie, was zumindest zum Teil der Wahrheit entsprach. „Das mache ich manchmal noch immer." Das war nun allerdings eine glatte Lüge.

„Warum erzählen Sie mir nicht ein paar davon?"

„Vielleicht mache ich das irgendwann", meinte sie über die Schulter und ging weiter. Traurigkeit schnürte ihr die Kehle zu.

Letzten Endes würden sich die Wege von Nathan und ihr wieder trennen. Es war besser, wenn er nichts von ihren übersinnlichen Fähigkeiten erfuhr, und davon, dass sie Dinge sah, die anderen Menschen verborgen blieben. Möglicherweise würde er sie dann in guter Erinnerung behalten.

Nathan folgte Emma am Ufer entlang. Ihr Verhalten beunruhigte ihn. Vielleicht war sie krank. Aber wie sollte er das beurteilen? Es schien ihr nicht schlecht zu gehen, doch er kannte sie nicht gut genug, um ein für sie normales Verhalten von abweichendem, krankhaftem Auftreten unterscheiden zu können. Es kam ihm so vor, als würde sie halluzinieren und wäre gleichzeitig fest entschlossen, es ihn nicht merken zu lassen.

Das ärgerte ihn am meisten.

Wie sollte er Emma helfen, wenn sie ihn nicht ließ?

Er sorgte sich um ihr Wohlergehen. Er wollte nicht, dass sie ihm womöglich wegen einer unerkannten Krankheit unter den Händen wegstarb. Er wollte, dass sie sich ihm anvertraute, ihre Gedanken und Ängste mit ihm teilte.

Er wollte, dass sie ihm vertraute.

Emma blieb neben einer großen Felsansammlung stehen und stemmte die Hände in die Hüften. Ihr Blick glitt prüfend über den Fluss. „Ich frage mich, ob es hier am Canyon wohl Höhlen gibt." Da Nathan nicht antwortete, drehte sie sich zu ihm um. „Vielleicht sollten wir uns trennen und uns später wieder hier treffen."

„Ich will bloß wissen, was mit Ihnen los ist."

„Ich weiß nicht, was Sie meinen."

„Sind Sie krank? Wenn dem so ist, müssen Sie es mir sagen. Falls Sie es noch nicht mitbekommen haben: Wir sind hier mitten im Nirgendwo. Ich muss es wissen, falls Sie einen Arzt brauchen. Ich muss das hier und jetzt wissen."

„Ich bin nicht krank", entgegnete Emma leise, doch ihr Tonfall war schneidend. Sie drängte sich an ihm vorbei. „Ich werde mir diese Nebenschlucht anschauen."

Nathan sah ihr nach, überrascht von ihrer ablehnenden Reaktion. Schnell holte er Ersatzmunition für seinen Revolver aus dem Boot und ging ihr dann nach.

Emma bewegte sich flink über Büsche und Felsen hinweg, um die schmale Schlucht zu erkunden. Nathan hatte sie noch im Blick, doch sie befand sich bereits ein gutes Stück von ihm entfernt.

Dunkle Wolken zogen heran und öffneten prompt ihre Schleusen. Der unverhoffte Regenguss durchnässte ihn in kürzester Zeit. Er blieb stehen und wog seine nächsten Schritte ab.

Dieser Ort machte ihn nervös. Emma drehte sich um, entdeckte ihn hinter sich, und er spürte ihre Verärgerung selbst über die Entfernung hinweg. Hatte sie wirklich gedacht, dass sie ihn so leicht loswurde?

Nathan winkte sie zu sich heran, und sie folgte der Geste, wenn auch nur zögerlich.

Regenwasser tropfte in einem steten Rinnsal von ihrem Hut. Ihr Hemd war klatschnass, und das weiße Material enthüllte die festen Rundungen ihrer Brüste.

„Ach, zum Teufel." Nathan wandte den Blick ab und lachte. Was sollte er auch sonst tun?

Endlich war Emma bei ihm angelangt. „Was ist denn so lustig?"

„Sie." Sein Ärger verpuffte.

„Sie finden es lustig, dass ich im Regen stehe?"

„Nein. Sie sind nur die seltsamste Frau, die ich je getroffen habe."

„Wie kommen Sie darauf?"

Regenwasser rauschte die Felshänge neben ihnen herunter. „Wir sollten schleunigst von hier verschwinden."

Emma schaute sich um. „Sturzfluten. Daran hätte ich früher denken sollen."

Nathan schnappte sich Emmas Hand und zog sie zu einer höher gelegenen Stelle. Plötzlich ertönte ein lautes Krachen, Geröll löste sich über ihnen und polterte rasend schnell auf sie zu.

„Der Hang rutscht ab!", schrie Emma.

„Runter!" Nathan drängte sie unter einen Felsvorsprung, der ihnen wenigstens ein bisschen Schutz versprach.

Aus den klaren Sturzbächen wurden schnell kleine Schlammlawinen, in die sich schließlich immer mehr Geröll mischte. Emma schrie erschrocken auf, als ein größerer

Felsbrocken neben ihnen einschlug. Nathan schlang einen Arm um sie und zog sie an sich. Sie vergrub ihr Gesicht an seiner Schulter, während das Getöse um sie herum zunehmend lauter wurde.

Jetzt konnten sie nur noch in Deckung bleiben und beten, dass sie nicht lebendig begraben oder von der Schlammlawine mitgerissen wurden, die sich über den Felsvorsprung in den rauschenden Sturzbach vor ihnen ergoss.

Emma schirmte ihr Gesicht mit ihrem Hut ab, und Nathan legte die Arme über ihren Kopf und vergrub die Finger in ihrem Haar. Er sollte sie nicht so vertraulich berühren, aber es war seine Aufgabe, sie zu beschützen.

Und die nahm er verdammt ernst.

Kapitel Acht

D er Regen hörte so schnell wieder auf, wie er gekommen war, und sie kehrten zum Boot zurück. Nathan wollte noch ein Stück weiterfahren, bevor sie ihr Nachtlager aufschlugen, und das war Emma nur recht. Peinlich berührt von ihrer nassen Kleidung und ihrem unschicklichen Verhalten, wickelte sie sich in eine Decke ein, setzte sich in den hinteren Teil des Bootes und überließ Nathan das Rudern. Als der Felsbrocken neben ihnen aufgeschlugen war, hatte sie sich Nathan an den Hals geworfen wie eine dumme Gans, die noch nie ein Gewitter erlebt hatte.

Bemüht, seinem Blick auszuweichen, beobachtete sie fasziniert das Spiel der abendlichen Schatten auf den Wänden des Canyons.

„Ist Ihnen kalt?", fragte Nathan irgendwann.

„Wie bitte?" Doch dann fiel Emma auf, dass sie sich noch immer an die Decke klammerte, die um ihre Schultern lag. „Ja, ein bisschen."

„Ich mache uns nachher ein größeres Feuer für die Nacht."

Emma konnte ihm noch immer nicht in die Augen sehen. Sie glaubte, seine Stärke und die Berührung seiner Finger in ihrem Haar zu spüren, als hätten sie sich ihr eingebrannt. Nathan hatte sie beschützt, und das hatte in ihr das Bedürfnis geweckt, ihm etwas dafür zurückzugeben. Ihre wilde Fantasie präsentierte ihr auch prompt mehrere Möglichkeiten, wie sich eine Frau einem Mann erkenntlich zeigen konnte. Ein Kuss stand dabei an erster Stelle.

Erschauernd drehte sie sich zur Seite.

„Da ist eine der Höhlen, die Sie sehen wollten." Nathan deutete mit dem Kopf nach links.

Emma betrachtete die große Öffnung in der Felswand. Sie war nicht allzu hoch gelegen, aber dennoch schwierig zu erreichen.

„Dort haust vermutlich einiges an Getier", meinte Nathan und ruderte weiter. „Kein guter Schlafplatz."

Emma nickte. Zu mehr war sie im Moment nicht in der Lage. Kleine Tiere wären jedoch ihr geringstes Problem gewesen. Die Höhle hatte zwar eine breite Öffnung, wirkte aber dennoch so klein, dass sie die Nacht wohl viel zu nah neben Nathan hätte verbringen müssen.

Sie ließen sich ein wenig treiben, und nachdem sie eine Flussbiegung passiert hatten, fiel Emma auf einmal ein Wasserfall ins Auge, der direkt aus der rotbraunen Felswand entsprang. Üppige waldähnliche Vegetation breitete sich darunter aus, und große Felsbrocken wachten am Fuß des Wasserfalls, als ob es etwas überaus Wertvolles zu beschützen gäbe.

Emma erinnerte sich an die Stelle in Powells Buch. „Das muss *Vasey's Paradise* sein." Glücklicherweise hatte sie ihre Stimme wiedergefunden, den Blick hielt sie jedoch weiterhin fest auf die dicht wachsende Pflanzenwelt in der sonst so öden Landschaft gerichtet.

„Sollen wir hier anlegen?", fragte Nathan.

„Nein, der freie Uferstreifen ist nicht breit genug."

Eine weitere Kurve enthüllte eine große Höhle auf der linken Flussseite. Während sie sich langsam näherten, beäugte Emma den riesigen Eingang.

„Da haben wir mehr als genug Platz." Nathan ruderte zu dem lang gezogenen Sandstreifen.

„Powell berichtet davon in seinem Buch", erklärte Emma. „Er meinte, wäre es ein Theater, würden sicher fünfzigtausend Menschen darin Platz finden." Der Anblick war noch grandioser, als in ihrer Vorstellung.

„Damit könnte er durchaus recht haben."

Emma kletterte aus dem Kahn und reckte den Hals, um weiter in die Höhle hineinschauen zu können. Durch die schlechten Lichtverhältnisse konnte man kaum etwas erkennen, dennoch erinnerte die Felsöffnung eher an einen überdachten Alkoven als an eine Höhle. „Hier könnte man durchaus ganz gut leben."

Nathan zerrte das Boot aus dem Wasser. „Das habe ich mir auch gerade gedacht. Wir werden hier unser Nachtlager aufschlagen." Er machte ein paar Schritte vom Boot weg und deutete auf die dunklen Linien, die sich über das Innere der Wände zogen. „Ich bezweifle aber, dass man gerne dauerhaft hier leben würde. Das sind Spuren von Hochwasser. Wahrscheinlich steht die Höhle regelmäßig unter Wasser. Gewiss haben das die Leute, deren verfallene Behausungen wir vorhin gesehen haben, auch schnell gemerkt."

Emma stimmte ihm innerlich zu und ging weiter in die Höhle hinein. Auf dem weichen Sand kam sie nur langsam voran, und ihre kleine Exkursion förderte nichts Interessantes zutage – es war bloß eine riesige Grotte, ein leerer, einsamer Schrein. Vielleicht hatten die Anasazi diesen Ort einst genutzt, um einem Flussgott zu huldigen. Zumindest hatten die Indianer den einsamen Canyon lange genug bewohnt, um sich der Macht der *Anderswelt* bewusst zu sein.

Sie kehrte zum Boot zurück, um Nathan beim Ausladen der Ausrüstung zu helfen und ihr Lager aufzubauen. Nach einem Abendessen, bestehend aus Brot, Dosentomaten, roten Bohnen und starkem Kaffee, verschwand Nathan wieder in Richtung Boot.

Emma musste eine ganze Zeit lang in ihren Habseligkeiten suchen, bis sie schließlich ihre Brille, ihr Tagebuch, Federhalter und Tinte gefunden hatte. Seit Beginn ihrer Reise hatte sie keine Einträge mehr verfasst, und es war höchste Zeit, das nachzuholen. Das Feuer spendete ihr genug Licht, sodass sie sich im Schneidersitz auf dem Boden niederließ und sich an die Arbeit machte.

Nach einiger Zeit kam Nathan zurück, doch Emma tat ihr Bestes, um ihn zu ignorieren.

„Wo ist Ihre Waffe?", fragte er.

„Im Boot." Emma sah stirnrunzelnd auf. Er war doch gerade erst dort gewesen.

Nathan ging noch einmal zurück und brachte dieses Mal ihren alten Revolver mit.

„Halten Sie das mal." Er reichte Emma ihre Waffe zusammen mit seiner eigenen.

Als sie sich nach vorn lehnte, um die Revolver entgegenzunehmen, rutschte ihr das Tagebuch vom Schoß. Nathan breitete auf der gegenüberliegenden Seite des Feuers eine Decke auf dem Sand aus. Anschließend nahm er Emma die Waffen wieder ab, wobei seine Finger ihre berührten und ein aufregendes Kribbeln über ihre Haut schickten. Die Berührung war nur federleicht gewesen, aber zu Emmas Überraschung dennoch von unglaublicher Intensität. Diese rührte jedoch nicht von einer Vision her.

Sie beobachtete Nathan, wie er sich auf der Decke niederließ und sorgsam beide Revolver zerlegte, reinigte und überprüfte. Fest entschlossen, sich lieber mit ihrem Tagebuch zu beschäftigen, zwang sich Emma, den Blick abzuwenden.

Ausführlich notierte sie ihre Reiseeindrücke – waren wirklich erst vier Tage vergangen, seit sie Lees Ferry verlassen hatte? Sie beschrieb den Fluss, die Tiere und topografische Besonderheiten, an die sie sich noch erinnerte. Ein paar Zeilen widmete sie unwillkürlich auch Nathan, doch sobald sie es merkte, erzählte sie rasch von einer anderen Erinnerung. Was, wenn er die Einträge irgendwann las?

Emmas Gedanken kreisten immer wieder um ihre Mutter. Sie wusste nicht recht, wie sie sich diesem Thema nähern sollte. In der Nacht, in der Rosemary Hart gestorben war, hatte erst ohrenbetäubender Lärm die Luft erfüllt und danach eine solch unheimliche Stille geherrscht, dass Emma sich kurz gefragt hatte, ob sie wohl ihr Gehör verloren hatte. Mary hatte ihr die furchtbare Nachricht überbracht, dass ihre Eltern tot waren. Sie hatte Emma im Arm gehalten und so fest an sich gedrückt, dass sie kaum noch atmen konnte, und Emma hatte nichts lieber gewollt, als den süßen Duft ihrer Mutter noch einmal wahrzunehmen.

Nie zuvor hatte Emma sich so lebhaft an jene Nacht erinnern können. Deshalb schrieb sie alles rasch auf, wobei sie gegen die Tränen ankämpfen musste, die in ihr aufstiegen.

Sollte sie auch den Betrug ihrer Mutter niederschreiben? Diese Geschehnisse hatten lange vor Emmas Geburt stattgefunden. Sie hielt inne und dachte darüber nach, was wohl zu dieser Zeit im Leben ihrer Mutter passiert war. Irgendwie schien es Emma, als wäre ihre eigene Geburt ein Zeichen für … ja, für was eigentlich? Ein reuiger Versuch ihrer Mutter, den Treuebruch wiedergutzumachen? Ihrem Ehemann – Emmas Pa – zu beweisen, dass sie immer noch Zuneigung für ihn verspürte?

Die Liebe einer Mutter. Warum war ihre Mutter nie in einer Vision zu ihr gekommen, um ihr einen Rat zu geben, um die Vergangenheit zu erklären, um Emma die Liebe zu schenken, die sie in all den Jahren so schmerzlich vermisst hatte?

Die Leere, die der Tod ihrer Familie in ihrem Leben hinterlassen hatte, tat noch immer weh. Emma dachte an Molly und ihre wundersame Wiederauferstehung von den Toten. Das Schlechte und das Gute. Dunkelheit gegen Licht. Eines konnte nicht ohne das andere existieren. Das hatte Maeve ihr beigebracht.

Emma hatte seit jeher versucht, die Welt und die Ereignisse um sie herum zu hinterfragen, doch dieses Mal wurde sie einfach nicht schlau daraus. Sie rieb sich über die Stirn und warf Nathan einen kurzen Blick zu, bevor sie sich für ein wenig Ablenkung entschied und ihrer Neugier freien Lauf ließ.

„Wo wurden Sie geboren?"

Ohne aufzusehen, legte Nathan vorsichtig ein Teil des Revolvers auf die Decke. „Missouri."

„Haben Sie Geschwister?"

„Eine Schwester."

Emma wartete darauf, dass er fortfuhr, doch er schwieg. „Wie heißt sie? Wo lebt sie?"

„Jane. Sie lebt in Kalifornien."

Geschickt setzte er die Waffe wieder zusammen, und Emma beobachtete ihn fasziniert dabei. „Besuchen Sie sie oft?"

„Nein. Aber ich war auf dem Weg dorthin, bevor ich mich auf die Suche nach Ihnen gemacht habe. Sie hat kürzlich ein Kind bekommen."

„Das ist großartig. Sie freuen sich sicher sehr für sie. Mädchen oder Junge?"

„Ein Junge." Endlich hob Nathan den Blick. „Sein Name ist Jackson."

„Das ist ein guter Name. Er zeugt von Stärke. Woher wissen Sie so viel über das Befahren von Flüssen?"

Er polierte den Lauf ihres Revolvers mit einem Lappen. „Mein Pa war Frachtschiffer auf dem Mississippi. Ich habe ihm geholfen, als ich alt genug dafür war."

„Warum sind Sie nicht dortgeblieben?"

„Ich bin nach dem Tod meines Pas weggegangen."

Emma zögerte. Sie spürte die Mauer um Nathans Herz und wollte nicht ohne Erlaubnis vorpreschen. Aber jeder normale Mensch würde wohl sein Mitgefühl bekunden. Und Nathan hielt sie für normal.

„Das tut mir leid. Wie alt waren Sie zu dem Zeitpunkt?"

„Sechzehn."

„Wie ist er gestorben?"

Nathan hielt inne, den Blick jedoch weiterhin auf die Waffen vor sich gerichtet. „Er ist ertrunken."

„Wirklich?" Das überraschte Emma.

Nathan schaute sie nun doch an. Das flackernde Feuer vertiefte die Schatten auf seinem kantigen Gesicht. „Das Leben ist voller unerklärlicher Dinge."

„Ich weiß. Das muss sehr schwer für Sie gewesen sein."

„Nicht schwerer als für andere."

Emma starrte ins Feuer.

Derweil fuhr Nathan fort, die Waffen wieder zusammenzusetzen. „Sie sind dran."

„Wie bitte?"

„Ich habe Ihnen etwas über mich erzählt. Jetzt sind Sie dran. Erzählen Sie mir etwas von sich."

„Sie scheinen bereits ziemlich viel über mein Leben zu wissen."

„Ich wusste nicht, dass Sie eine Brille tragen", meinte er.

Unwillkürlich hob Emma die Hand und hätte sich dabei beinahe das Drahtgestell von der Nase gefegt. Sie hatte ganz vergessen, dass sie die Brille noch trug, und setzte sie nun schnell ab, weil es ihr peinlich war. „Nur wenn ich Tagebuch schreibe."

„Bestimmt benötigen Sie ziemlich viele davon."

„Wie kommen Sie darauf?"

„Ich vermute, dass Brillen kaputtgehen, wenn man sie sich aus dem Gesicht schlägt."

Bevor sie es verhindern konnte, entwich Emma ein kleines Lachen.

„Wie war Ihr Leben in San Francisco so?" Es klickte immer mal wieder leise, während seine Finger die Teile an ihren Bestimmungsort setzten.

„Ganz gut, denke ich. Aber wahrscheinlich bin ich einfach nicht fürs Stadtleben gemacht."

Nathan lächelte, und Emmas Herz setzte einen Schlag aus. Der Mann besaß definitiv einen gewissen Charme.

„Was machen Sie gerne in Ihrer Freizeit?"

Darüber musste Emma einen Moment lang nachdenken. „Nichts Besonderes. Ich lese gerne. Und viel." Na, wenn das mal nicht unglaublich spannend klang. Zeit, das Thema zu wechseln. „Wie war das Leben als Texas Ranger?"

Nathan legte die Waffen beiseite. „Die Arbeitstage sind lang, die Nächte kalt, und die Bezahlung ist miserabel."

„Warum haben Sie es dann gemacht?"

Er griff nach dem letzten Treibholz und legte zwei weitere Stöcke aufs Feuer. „Ich dachte, dass ich damit das Richtige tue, und mir gefiel es, nicht lange an einen Ort gebunden zu sein."

Dieses Gefühl kannte Emma sehr gut. Besaßen einige Menschen diese Rastlosigkeit schon von Geburt an? Oder war Nathan einfach nur vor den Schwierigkeiten in seinem Leben davongelaufen?

„Wie waren Sie als Kind?", fragte er.

Emma sann der Frage nach. „Still. Ich bin gern für mich geblieben. Und Sie?"

Ohne eine Miene zu verziehen, antwortete Nathan: „Still. Ich bin gern für mich geblieben."

„Sie sollen sich nicht über mich lustig machen", erwiderte Emma mit einem schiefen Lächeln.

In seinen Augen stand ein amüsiertes Funkeln. „Würde ich nie tun."

„Wie haben Sie sich mit Matt Ryan angefreundet?"

„Wir haben uns etwa zur selben Zeit bei der Army verpflichtet."

„Warum sind Sie nicht in Missouri geblieben, um Ihrer Ma zu helfen?"

Nathan stocherte mit einem krummen Stock im Feuer herum. „Hätte ich wohl besser machen sollen."

Emma wartete ab, ob er noch mehr dazu sagen wollte, was er schließlich auch tat.

„Ich wollte damals einfach nur weg. Ich war jung und zornig und wollte die Welt verbessern. Ich musste mir Luft machen."

„Und jetzt trifft das nicht mehr zu?"

Gedankenverloren schob Nathan das brennende Treibholz in der sandigen Feuerstelle herum. „Wohl nicht." In seinem Ton schwang Resignation mit und auch eine gewisse Ablehnung.

Emma rutschte unruhig auf ihrem Platz herum. Sie nahm sich eine Decke und legte sie sich um die Schultern, um sich gegen die beginnenden Risse in Nathans Panzer zu wappnen. „Haben Sie vor, je wieder nach Hause zurückzukehren?"

Sein Gesicht blieb ausdruckslos, sein Blick war immer noch auf das Feuer gerichtet. „Texas ist mir inzwischen mehr zum Zuhause geworden als Missouri."

„Ich glaube, dass das Zuhause weniger ein realer Ort als vielmehr ein Gefühl der Geborgenheit in einem selbst ist."

Jetzt schaute er Emma an. „Manchmal klingen Sie wie eine alte, weise Frau."

Emma lächelte. „Ich denke mir oft, dass Menschen bei ihrer Geburt noch *leer* sind, wie ein Fass, das gefüllt werden will. Sie fangen ganz von vorne an, erwerben Wissen auf ihrem Lebensweg, und doch verstehen sie die Wendungen ihres Lebens erst, wenn sie sehr alt sind." Sie zog die Decke etwas fester um sich. „Aber mir kommt es so vor, als wäre mein Fass bei der Geburt bereits halb voll gewesen. Ob das ein Fluch oder ein Segen ist, habe ich noch nicht entschieden."

Das Schweigen, das sich zwischen ihnen ausbreitete, erschien Emma seltsam aufgeladen, so laut wie das Knacken und Knistern des Feuers. Warum hatte sie so viel von sich preisgegeben? Wahrscheinlich, weil sie sich insgeheim wünschte, dass Nathan ihr wahres Ich sah. Zu gern hätte sie ihm von ihrer Gabe erzählt.

„Ich kann mir nicht vorstellen, dass Ihr Leben irgendetwas anderes ist als ein Segen, Emma."

Seine Worte schnürten ihr die Kehle zu. Um ihre Verletzlichkeit zu überspielen, stand sie auf, bereitete sich aus der Decke ihr Nachtlager und legte sich darauf nieder. Einen Moment später folgte Nathan ihrem Beispiel.

Emma starrte zur Höhlendecke hinauf und lauschte den Geräuschen des Flusses im Hintergrund.

„Schlafen Sie gut, Nathan."

„Sie auch, Em."

Kapitel Neun

Nathan erwachte früh am Morgen. Emma schlief noch. Sie hatte das Gesicht von ihm abgewandt, und ihre Haare waren zerzaust. Irgendwann während der Nacht musste sie ihren Zopf gelöst haben. Ihm gefiel die entspannte, natürliche Ausstrahlung, die ihr das offene Haar verlieh und die so viel anziehender war als die eines parfümierten Saloon-Mädchens. Nicht, dass er so viel Zeit mit denen verbringen würde, aber die eine oder andere aufgetakelte Frau hatte es schon gegeben. Generell bevorzugte er aber deutlich weniger Putz und Chichi.

Er ließ Emma weiterschlafen und ging zum Fluss hinunter. Die Sonne war noch nicht über den Felswänden aufgegangen. Gegenüber ihrem Nachtlager befand sich eine kleine Sandfläche am Ufer – nicht groß genug für ein Boot –, die vor dem Eingang zu einer höhlenartigen Ausbuchtung lag. Gruben sich Tiere hier Bauten am Wasser? Dieser Ort war so karg und einsam, und doch schenkte er dem Betrachter so etwas wie tiefen Seelenfrieden. Nathan fühlte sich zunehmend wohler.

Mithilfe des Kochmessers aus Emmas Gepäck und einem Stück Seife machte er sich an eine Rasur. Nachdem er so viele Stoppeln wie möglich losgeworden war, spülte Nathan sich die Seifenreste von den Wangen und säuberte das Messer. Anschließend suchte er sich zum Baden einen Platz neben der Höhle, wo Emma ihn nicht sehen konnte, falls sie aufwachte, bevor er sich wieder angezogen hatte.

Schnell watete Nathan ein paar Schritte in den Fluss, wusch sein Hemd und seine Hose und breitete danach beides zum Trocknen auf einem großen Stein aus. Zurück im Wasser, seifte er sich komplett ein und wusch sich auch die Haare. Anschließend legte er sich auf eine Decke und genoss die kühle Brise, die in der Morgendämmerung über seine Haut strich.

Ein leises Knurren riss ihn aus der Entspannung. Langsam setzte Nathan sich auf und drehte sich um.

Ein Puma kauerte sprungbereit nur ein paar Meter von ihm entfernt bei einigen Felsen und fixierte ihn. Die Raubkatze war mit Sicherheit gut zwei Meter groß und bereits erwachsen. Wenn nötig, würde sie sicher nicht zögern, anzugreifen und sich bis zum Tod zu verteidigen. Der Blick ihrer bernsteinfarbenen Augen war starr auf Nathans Gesicht gerichtet, das hellbraune Fell tarnte sie perfekt und sorgte dafür, dass sie zwischen den Steinen kaum erkennbar war. Hätte sie nicht geknurrt, hätte Nathan sie wahrscheinlich gar nicht bemerkt.

Aber das kluge Versteck des Berglöwen verhinderte auch, dass Nathan sich unauffällig zurückziehen konnte. Wenn er das Tier erschreckte, würde es ihn wahrscheinlich angreifen. Und falls es in der Höhle Schutz suchen würde, träfe es dort unweigerlich auf Emma.

Langsam und vorsichtig kam Nathan auf die Füße, wobei er die Decke mitnahm. Er wickelte sich den Stoff um die Hüften. Seine Waffe – und Emmas – lag in der Höhle. Im Schneckentempo bewegte er sich rückwärts in diese Richtung.

Der Puma knurrte erneut und verlagerte sein Gewicht auf die Hinterbeine. Lange würde das schreckhafte Tier nicht mehr an Ort und Stelle bleiben.

„Nathan." Emmas leise Stimme holte ihn aus seiner

Erstarrung, und er zuckte zusammen, doch er hatte sich sofort wieder unter Kontrolle.

„Rühren Sie sich nicht", flüsterte er, ohne den Puma aus den Augen zu lassen.

„Ich sehe die Raubkatze", erwiderte Emma. „Sie ist wunderschön."

Plötzlich kam ihm ein Gedanke. „Gehen Sie ins Wasser."

„Gerade haben Sie noch gesagt, ich soll mich nicht bewegen."

„Hab's mir anders überlegt. Gehen Sie ins Wasser. Das Tier wird Sie dort wahrscheinlich nicht angreifen. Sie haben nicht zufällig meinen Revolver bei sich?"

„Wollen Sie den Puma erschießen?"

„Nur wenn es nötig wird."

Kaltes Metall berührte seine Finger, als Emma ihm die Waffe in die Hand schob.

Ohne Vorwarnung sprang der Berglöwe auf sie zu. Nathan packte Emma und riss sie mit sich ins Wasser. Emmas erschrockener Aufschrei hallte von den Felswänden wider. Rasch kam Nathan wieder auf die Beine und hielt nach der Raubkatze Ausschau.

Ein schlanker brauner Schatten huschte über die Klippe zu ihrer Linken, weit neben dem Höhleneingang. Gott sei Dank wollte das Tier nur weg von ihnen. Die steilen Felsen entlang des Flusses wirkten unüberwindbar, aber irgendwie schaffte es der Puma, sich einen Weg nach oben zu suchen.

Nathan atmete auf, während sein Verstand noch verarbeitete, dass die Gefahr gebannt schien. Sein Herzschlag normalisierte sich langsam wieder. Erst jetzt spürte er das Gewicht der Waffe in seiner Hand.

Sie war nass. Schon wieder. *Verdammt.*

Emma schnappte hinter ihm nach Luft.

Und in diesem Moment ging ihm auf, dass er splitterfasernackt im Fluss stand und die Decke irgendwo um seine Beine trieb.

„Tut mir leid." Er watete ein Stück von ihr weg, konnte aber dem Drang nicht widerstehen, ihr einen Seitenblick zuzuwerfen. Ihr nasses Haar klebte ihr am Kopf, und auf ihren Wangen hatte sich eine hübsche Röte ausgebreitet.

Emma erhob sich. „Nein, ich sollte mich entschuldigen." Sie schaute überallhin, nur nicht zu ihm. „Es war nicht meine Absicht, Sie beim Baden zu stören." Sie trug immer noch Hosen, doch anstatt des dicken weißen Hemdes hatte sie nur ein ärmelloses Mieder an. Dank des unfreiwilligen Sprungs in den Fluss klebte ihr der Stoff nun wie eine zweite Haut am Oberkörper.

Rasch wandte Nathan sich ab, doch der Anblick hatte sich ihm eingebrannt.

Emma marschierte ans Ufer. „Lassen Sie sich gerne Zeit", rief sie über die Schulter und verschwand hastig wieder in der Höhle.

Nathan musste ziemlich lang im kalten Fluss bleiben.

Es bestand kein Zweifel.

Er hatte ein Problem.

EINE STUNDE später waren sie wieder auf dem Fluss. Emma bot an zu rudern, in der Hoffnung, dass die körperliche Ertüchtigung sie von den Gedanken an einen vollkommen unbekleideten Nathan Blackmore ablenken würde. Sie versuchte, die Erinnerung zu verdrängen, schaffte es jedoch nicht. Der Anblick seiner nackten Kehrseite hatte ihren Puls beschleunigt und ihr Mund war staubtrocken geworden. Daneben verblasste die Bedrohung durch den Puma völlig.

Nathan war ... atemberaubend.

Das Wort geisterte Emma immer wieder durch den Kopf. Noch nie zuvor hatte sie einen Mann nackt gesehen. Die Muskeln, die sich unter seiner Haut abgezeichnet hatten, hatten auf sie wie die Verkörperung perfekter Männlichkeit gewirkt. Allerdings hatte sie dergleichen durchaus schon erlebt – mit dem Mann in ihren Visionen. In der Realität war es dann aber doch sehr anders.

Die Realität ist besser.

Emma überspielte ihre Scham und den Ärger über sich, indem sie wie besessen ruderte und Nathans Blick konsequent auswich. Der Fluss zog sich ruhig und breit dahin, und über ihrer kleinen, isolierten Welt spannte sich der strahlend blaue Himmel wie eine Decke.

Irgendwann musste Emma dann doch verschnaufen, und ihr Respekt vor Nathans Ausdauer wuchs. Über ihnen kreiste ein Habicht, und Emma legte den Kopf in den Nacken, um ihn zu beobachten. Wie anders musste die Welt aus der Sicht des Vogels wohl im Vergleich zu der ihren sein? Wahrscheinlich sah er den Fluss lediglich als Teil der Landschaft, während das Wasser für Emma einen Großteil ihres Umfeldes dominierte und für sie über Leben und Tod entscheiden konnte.

„Woher hatten Sie das Geld dafür, das Boot bauen zu lassen?", fragte Nathan.

Fest entschlossen, so gelassen wie möglich zu wirken, betrachtete Emma ihn, als wäre er ein Ladenbesitzer, der danach fragte, wie viel Mehl sie für die kommende Woche benötigte. „Vor zwei Jahren hat das ziemlich feine Palace Hotel in San Francisco eröffnet, und ich konnte dort eine Stelle als Zimmermädchen ergattern. Außerdem habe ich Besorgungen für ältere Damen in unserem Wohnhaus erledigt. Die meisten von ihnen waren verwitwet, und ich habe für sie gekocht und geputzt, solche Sachen eben." Sie nahm die Ruder wieder auf.

„Das klingt so, als hätten Sie viel gearbeitet. Sind Sie nicht zur Schule gegangen?"

„Doch, natürlich."

„Dann blieb Ihnen sicher nicht viel Zeit für sich."

„Das hat mir nichts ausgemacht. Es tut mir nicht gut, wenn ich zu viel Zeit mit Nichtstun verbringe."

„Wieso das?", hakte Nathan nach.

Die Wahrheit konnte Emma ihm nicht erzählen – dass sich ihre Gedanken dann endlos um ihre Visionen drehten –, also log sie. „Ich habe manchmal Schwierigkeiten, mich zu konzentrieren."

„Was ist mit Ihrer Schwester Mary? Hat sie nicht auch bei Ihrer Tante gewohnt?"

„Ja. Eigentlich wollte sie auf die Schwesternschule und hat viel dafür gelernt, doch dann kam ihr die Liebe dazwischen. Mir war von Anfang an klar, dass die Begegnung mit Tom Simms nicht spurlos an ihr vorbeigehen würde. Aber er hat das Richtige getan und sie geheiratet."

„Das Richtige?"

„Sie war guter Hoffnung."

Nathan nickte.

Emma ruderte mit kräftigen Schlägen durchs Wasser.

„Haben Sie Kinder?"

„Nicht, dass ich wüsste."

„Also könnten Sie irgendwo welche haben?"

„Wenn, dann sind sie unabsichtlich entstanden."

„Kinder entstehen nicht einfach so." Erneut stieg Ärger in ihr auf, und sie bewegte die Ruder noch kräftiger. „Was ist das denn für eine Sicht auf die Welt?"

„Eine ehrliche. Ich mache Frauen keine Versprechungen."

„Warum nicht?"

Nathan schaute sie einen Moment lang an, in seiner Wange zuckte ein Muskel. „Bisher hatte ich nicht das Verlangen danach. Ich bin nicht gern angekettet."

„Das muss schön sein", murmelte Emma.

„Was?"

„Freiheit. Aber fühlen Sie sich nicht auch einsam?"

„Man gewöhnt sich dran."

Emma hielt plötzlich inne, als eine Vision sie überwältigte. *Nathan, nach dem Tod seines Vaters. Tiefe Verzweiflung. Enttäuschung. Hoffnungslosigkeit wegen seiner Mutter.*

Die Gefühle verschwanden so schnell, wie sie gekommen waren.

„Was ist mit Ihnen?", fragte er. „Warum sind Sie nicht verheiratet?"

Der kurze Blick in Nathans Seele hatte sie erschöpft. Emma seufzte. „Mich hat nie jemand gefragt."

Nathan lachte. „Es mag vielleicht nicht so weit gekommen sein, aber ich bin mir sicher, es haben sich einige Männer für Sie interessiert." Plötzlich war da ein angespannter Unterton in seiner Stimme.

Emma ruderte weiter, doch das Boot schien sich keinen Meter zu bewegen.

„Müde?", fragte Nathan. „Ich löse Sie ab."

„Nein, alles in Ordnung. Die Bewegung tut gut zur Abwechslung."

„Sie wirken verärgert. Ich langweile Sie doch nicht etwa?"

„Sie sind nun gewiss alles andere als langweilig." Emma kniff die Augen zusammen, weil das gleißende Sonnenlicht sie blendete. Ihr war ein wenig schwindelig.

„War das gerade ein Kompliment?"

„Wollten Sie denn eins hören?" Die Welt drehte sich vor ihren Augen, und es fiel ihr zunehmend schwerer, aufrecht zu sitzen.

„Raubt mein Charme Ihnen die Sinne? Sie sehen blass aus."

Nathan streckte die Arme aus und verfrachtete Emma auf seine Sitzbank, um anschließend ihren Platz an den Rudern einzunehmen. Ihre Haut brannte an den Stellen, die er berührt hatte.

„Ich glaube, Sie haben zu viel Sonne abbekommen. Vielleicht sind Sie doch mehr an das Stadtleben gewöhnt, als Sie dachten." Sein Blick schien sie herauszufordern.

Emma musterte ihn und fragte sich, warum *er* nun auf einmal wütend auf *sie* war.

Nathan warf einen Blick über die Schulter. „Stromschnelle."

Schweigend brachte er sie ans Ufer, damit sie das Wildwasser auskundschaften konnten.

Kapitel Zehn

E mma übernahm wieder die Ruder. Der Schwindel war nur von kurzer Dauer gewesen, und sie führte ihn auf den Mann zurück, der ihr gegenübersaß. Während sie das Boot durch das rauschende Wasser manövrierte, musste sie sich beherrschen, um Nathan nicht zu einem unfreiwilligen Bad zu verhelfen. Sie lenkte den Kahn seitwärts, sodass er von den Wellen hin und her geworfen wurde. Wasser schlug ins Boot, das meiste bekam jedoch Nathan am Heck ab.

„Herrgott noch mal, Emma", brüllte er. „Soll ich über Bord gehen?"

Sie warf ihm einen finsteren Blick zu und kämpfte verbissen, um die Kontrolle über das Boot in der wilden Strömung nicht vollkommen zu verlieren. Sie war noch nie ein Mensch gewesen, der anderes etwas Böses wünschte. Was war nur los mit ihr?

Nathans Augenbrauen zogen sich noch weiter zusammen, als er erneut von einer Welle getroffen wurde. „Nach Backbord!" Er verdeutlichte die Richtungsangabe mit einer ruckartigen Geste.

„Ich versuch's ja!"

Das Boot sackte urplötzlich nach unten weg, und Emma spürte, wie ihre Kehrseite den Kontakt zur Sitzbank verlor, nur um gleich darauf hart wieder zu landen. Aufschreiend klammerte sie sich an die Ruder. Nathan wurde nach vorn auf den Bauch geschleudert und hielt sich rasch an der hölzernen Seitenwand fest. Wieder und wieder hüpfte der Kahn auf und ab.

Panik breitete sich in Emma aus, als sie den riesigen Felsen vor ihnen entdeckte, an dem sich der Fluss schäumend teilte. Die Strömung riss ihr Boot mit sich, führte es geradewegs auf das Gestein zu und damit unweigerlich der möglichen Zerstörung entgegen.

„Wir müssen zur Seite!" Nathan stemmte sich mühsam hoch.

Mit weit aufgerissenen Augen und wild hämmerndem Herzen riss Emma die Ruder hart nach hinten und brachte das Boot so vom direkten Kollisionskurs ab. Rasch wollte sie nun vorwärtsrudern, doch das gestaltete sich schwierig, da die Hölzer immer noch in ihrer Halterung steckten.

Nathan landete mit einem hastigen Sprung neben ihr auf der Bank, packte die Ruder, und da er deutlich mehr Kraft besaß als sie, gelang es ihm, sie in letzter Sekunde von dem Felsen wegzulenken.

Schließlich hatten sie die Stromschnelle hinter sich gebracht und glitten in ruhigeres Wasser. Emmas Hut hing ihr auf dem Rücken, Haarsträhnen klebten ihr nass im Gesicht, und sie rang keuchend nach Luft.

„Erinnern Sie mich daran, Sie nie wieder zu verärgern." Nathan war ebenso außer Atem wie sie.

Immer noch aufgewühlt beeilte sich Emma, seiner Nähe zu entfliehen, bevor sie sich zu wohl fühlte.

Nathan drehte sich auf der Bank mit dem Rücken zur Fahrtrichtung und schaute zu ihr, während er das Boot geschickt durchs Wasser führte. Seinem Blick ausweichend, angelte Emma nach ihrem Hut und setzte ihn wieder auf. In ihren erotischen Visionen hatte ihr Liebhaber nie mit ihr gestritten. Noch ein Punkt, der gegen Nathan sprach. Er war nicht der Mann, der für sie bestimmt war. Er konnte es einfach nicht sein.

Wie war sie überhaupt auf diesen Gedanken gekommen?

Etwa vier Meilen stromabwärts entdeckte Emma eine Nebenschlucht. „Können wir anhalten und uns die Beine vertreten?"

„Sicher", antwortete Nathan. Es war ihm immer noch unbegreiflich, warum er zunehmend schneller die Geduld mit ihr verlor, doch *ihr* Temperament hatte ihn noch weit mehr überrascht. Er mochte Frauen mit Rückgrat, doch er vermutete, dass Emma genug davon besaß und er sich im Zweifelsfall die Zähne daran ausbeißen würde.

Nachdem sie das Boot gesichert hatten, schnappte sich Emma ihr Tagebuch und schlenderte durch die Nebenschlucht. Nathan vermutete, dass sie Pflanzen skizzierte, denn sie hatte sich unauffällig die Brille auf die Nase gesetzt.

Sie war wirklich hübsch.

Verdammt. Ich finde sie anziehend.

Er unterdrückte einen unflätigen Fluch.

Eine Frau zu mögen, war nichts Besonderes. Das hatte Nathan schon oft erlebt. In diesem Fall machte es nur leider eine ohnehin schon ungewöhnliche Situation noch komplizierter.

Er hatte sich noch nie von Gefühlen leiten lassen. Und in diesem Moment schwor er sich, dass er auch jetzt nicht damit anfangen würde.

Um sich abzulenken, packte er das vom Frühstück übrig gebliebene Brot und etwas Trockenfleisch aus, während er auf Emmas Rückkehr wartete, damit sie zusammen essen konnten. Er suchte sich einen bequemen Platz, und mit dem Rücken an einen Stein gelehnt, döste er bald darauf ein.

Die schlanke Frau in dem einfachen weißen Baumwollkleid lächelte. Sie streckte eine Hand nach ihm aus, umfasste seine Finger und geleitete ihn in eine schmale Schlucht mit glatten Wänden in Brauntönen und Weiß. Er war erregt.

Er begehrte sie. Vorfreude erfüllte ihn, da sie ihn offenbar zu einem Ort führte, an dem sie miteinander allein sein konnten.

Sie drehte sich zu ihm um, und nun erkannte er sie. Emma. Gott sei Dank. Sein Verlangen nach ihr wurde schier unbezwingbar. Seine Erregung wuchs. Er wollte jede Minute mit ihr genießen, sich ihr hingeben wie noch keiner Frau zuvor.

Plötzlich fielen tote Vögel vom Himmel und prallten um sie herum auf den Boden. Nathan spürte, dass etwas nicht stimmte, und nahm gleichzeitig Emmas Trauer wahr.

„Die Sperlinge, Nathan." Sie klang bestürzt. „Wir müssen ihnen helfen."

„Gscht! Weg mit euch!" Emmas Stimme holte Nathan aus seinem Traum.

Er öffnete die Augen und fand sie neben sich kniend vor. „Sie haben den Eichhörnchen ein nettes Mittagessen beschert", meinte sie.

Nathan schaute auf das Essen. Überall darauf fanden sich Biss- und Kratzspuren, das Brot war zerbröselt und das Fleisch ganz verschwunden. Er rieb sich die Augen. „Tut mir leid. Ich habe nicht damit gerechnet, dass ich einschlafe." Langsam kam er auf die Beine, und ein prüfender Blick auf den Sonnenstand verriet ihm, dass einige Zeit vergangen sein musste.

„Hier ist alles anders, oder?" Emma verengte die Augen ein wenig. „Alles hat seinen eigenen Rhythmus – es ist beinahe hypnotisierend."

Vielleicht erklärte das ja seinen seltsamen Traum. Diese Gegend brachte ihn ziemlich aus dem Gleichgewicht. Oder möglicherweise die Frau an seiner Seite.

Kurz schoss ihm der Gedanke durch den Kopf, dass diese beiden Dinge untrennbar miteinander verbunden waren.

NACH DER RAST kamen Emma und Nathan gut voran. Sie passierten eine scharfe Flussbiegung, die von Osten nach Westen verlief, und eine weitere Stromschnelle. Die angespannte Stimmung zwischen ihnen hatte sich wieder gelegt, sodass Emma den Nachmittag ungetrübt genießen konnte. Nathan erzählte von seiner Ausbildung bei der Army und seiner Freundschaft mit Matt Ryan. Emma steuerte einiges über ihr Leben in San Francisco zum Gespräch bei – wo sie in Nob Hill lebte, dass man von ihrem Wohnhaus aus nur zehn Blocks weit zur großen Bucht laufen musste, von deren Ufer aus man die Schiffe mit ihren hohen, dünn wirkenden Masten im Hafen beobachten konnte.

Einige Meilen weiter erreichten sie eine ausgedehnte, aber nicht besonders gefährlich wirkende Stromschnelle. Während sie diese vom Land aus begutachteten, entdeckte Emma hoch oben an den Felswänden erneut uralte Ruinen.

„Ich frage mich, warum sie ihre Häuser so weit oben gebaut haben", meinte sie.

Nathan reckte den Hals, um die verfallenen Behausungen besser erkennen zu können. „Wahrscheinlich wurden sie zur Lagerung von Lebensmitteln genutzt. Dort oben zu leben, wäre unmöglich. Viele Raubtiere gab es hier wahrscheinlich nicht."

„Abgesehen von den Pumas, nicht wahr?"

Er lächelte. „Wahrscheinlich haben sie gelernt, mit ihnen zurechtzukommen. Aber wie schützt man seine Vorräte vor den Eichhörnchen?"

„Darin wären Sie nun kein Experte gewesen, Nathan."

„Wenn Sie weiter so undankbar sind, mache ich mir beim nächsten Mal nicht mehr die Mühe, Sie vor dem Puma zu retten."

„Keine Sorge", erwiderte Emma. „Beim nächsten Mal springe ich einfach direkt in den Fluss." Sie wandte sich ab, weil sie sich nur allzu gut an Nathans unbekleideten Zustand bei ihrem unfreiwilligen Bad am Morgen erinnerte.

Bevor der Streit erneut aufflammen konnte, widmete Emma sich wieder dem Wildwasser. Es gefiel ihr deutlich besser, wenn sie gut miteinander auskamen. Nathan war intelligent, und seine klugen Antworten machten ihn zu einem angenehmen

Gesprächspartner, wenn er nicht darauf aus war, sie zu provozieren.

Emma war froh, dass sie keine weitere Vision von den Menschen empfing, die die alten Lagerräume gebaut haben mochten, und bald darauf befuhren sie die Stromschnelle. Nach weiteren drei Meilen entschieden sie dann, das Nachtlager vor einer etwas schwierigeren Wildwasserstelle aufzuschlagen.

Wie am Abend zuvor setzte Emma sich ans Feuer und schrieb eine Weile Tagebuch. Heute reinigte Nathan jedoch nicht die Waffen, sondern suchte am Ufer, bis er ein Stück Treibholz in der passenden Größe gefunden hatte, um ein weiteres Ruder zu schnitzen.

„Haben Sie schon mal von toten Sperlingen geträumt?", fragte er unvermutet.

Emma fuhr hoch und stieß dabei ihr kleines Tintenfass um. Rasch stellte sie es wieder auf und rutschte von dem schwarzen Fleck auf dem Boden weg. „Was haben Sie gesagt?"

„Als ich heute Mittag eingeschlafen bin, hatte ich einen wirklich seltsamen Traum, in dem tote Sperlinge vorkamen."

Emma wusste nicht recht, was sie davon halten sollte. Machten sich die Kräfte, die in dieser Gegend offenbar wirkten, nun auch bei Nathan bemerkbar? Sie war sich nicht einmal sicher, ob ihr Erlebnis mit dem Jungen und den Vögeln tatsächlich eine Vision gewesen war.

„Als ich Sie vor zwei Tagen bewusstlos in dieser Nebenschlucht gefunden habe", fuhr Nathan fort, „haben Sie Sperlinge erwähnt. Erinnern Sie sich?"

„Nein, nur vage." Sie gab vor, sich auf ihr Tagebuch zu konzentrieren.

„Der Traum kam mir unglaublich real vor."

Unsicher, was sie darauf antworten sollte, fragte Emma zögerlich: „Möchten Sie darüber reden?"

„Ein Teil des Traums war sehr persönlich."

„Oh. Dann geht es mich natürlich nichts an." Erleichterung breitete sich in ihr aus.

Nathan machte sich daran, ein glattes, flaches Holz mit einer Schnur an ein weiteres, längeres Stück zu binden. „Überall um uns herum fielen tote Sperlinge auf den Boden, und Sie haben gesagt, dass wir uns um sie kümmern müssen."

Emma wusste, dass sie jetzt sehr vorsichtig sein musste. Dass Nathan ihre Theorie von einer Parallelwelt verstand, war unwahrscheinlich. Aber der Traum schien ihm zu schaffen zu machen, also musste sie zumindest versuchen, ihm zu helfen. Tatsächlich beunruhigte sie das Erlebnis mit den Sperlingen selbst in einem Maß, das ihr nicht geheuer war, aber sie ging nicht davon aus, dass es von Vorteil wäre, wenn sie das erwähnte.

„Glauben Sie an Dinge, die Sie nicht sehen können?", fragte Emma.

„Ich weiß nicht recht, was Sie damit meinen."

„Vielleicht ist dieser Ort von einer Energie erfüllt, die in die Träume der Menschen eindringt", erklärte sie. „Vielleicht wurden die Sperlinge hier krank." Im selben Moment, als Emma die Worte aussprach, wurde ihr bewusst, dass sie damit recht hatte. Die Vögel erzählten ihr – und nun auch Nathan – von ihrer Not.

Nathan lachte – ein sarkastischer und verächtlicher Laut – und schüttelte den Kopf. „Das klingt, als würden sie an Geistergeschichten glauben."

Emma schaute ihm direkt in die Augen. „Glauben Sie, dass Sie alles, was auf dieser Welt existiert, mit eigenen Augen sehen können?"

„Ja." Seine Antwort klang nachdrücklich. „Sich über Gespenster und Nachrichten aus dem Jenseits Gedanken zu machen, ist reine Zeitverschwendung. Das Leben ist auch so schon schwer genug." Er klang zunehmend verärgert.

Emma versuchte, den Stich zu ignorieren, den ihr seine Worte versetzten. Welchen Ansatz sollte sie nun wählen? „Möglich", meinte sie. „Aber warum kümmert Sie dieser Traum dann so sehr?"

„Ich habe nur nach Gesprächsstoff gesucht." Nathan wickelte die Schnur um den oberen Teil des Ruders.

„Haben Sie jemals etwas erlebt, das Sie sich nicht erklären konnten?", fragte Emma.

Er schwieg so lange, dass sie schon dachte, er würde gar nicht mehr auf die Frage antworten.

„Einmal vielleicht", sagte er schließlich. „Letztes Jahr, als ich Matt in Mexiko befreit habe. Er war monatelang an der texanischen Grenze von einem Mann gefangen gehalten worden, dem wir beide schon seit einiger Zeit auf den Fersen waren. Ich habe versucht, ihn aufzuspüren, bin Hinweisen und Spuren gefolgt ... Ich habe alles Mögliche ausprobiert ..." Nathan verstummte, legte das Ruder beiseite und kratzte sich gedankenverloren am Kinn. „Eines Abends habe ich an der Peyote-Zeremonie einiger Apachen teilgenommen, die in der Gegend manchmal als Kundschafter anheuerten. Ich war mir sicher, dass es vollkommen sinnlos sein würde, aber wenn man verzweifelt ist, lässt man sich manchmal auch auf Dummheiten ein – sogar auf Rauschmittel."

Emma unterbrach ihn nicht, sondern wartete ab.

„Die Visionen waren ziemlich verstörend." Jetzt wurde Nathan sehr ernst. „Das gefiel mir nicht, und verstanden habe ich es auch nicht, aber ich konnte Matt sehen und wusste plötzlich, wo er war. Und als ich am nächsten Tag irgendwann aufs Pferd steigen konnte, ohne sofort wieder herunterzufallen, bin ich losgeritten und habe ihn tatsächlich gefunden."

Eine Ahnung von Gewalt und Schmerz huschte am Rand von Emmas Wahrnehmung vorüber, doch sie hakte nicht weiter nach. Sie wusste nicht, ob sie die Einzelheiten überhaupt erfahren wollte.

„Sie haben auf etwas vertraut, das Sie nicht verstanden haben. Ist das nicht die Definition von Glaube?", fragte sie in dem Versuch, ihm eine positive Sicht auf das Erlebte zu vermitteln.

„Glaube an was? Einen Abgrund, in dem man sich selbst verliert?"

„Vielleicht ist es die Tür zu einer Welt, die wir nicht sehen können."

„Haben Sie schon einmal zu Rauschmitteln gegriffen, Em?"

Sie war ein anständiges Mädchen, das noch nicht mal einen Tropfen Whiskey angerührt hatte. „Nein."

„Man verliert die Verbindung zu sich selbst. In diesem Zustand kann man unmöglich wichtige Lebensentscheidungen treffen." Nathan streckte ein Bein aus und stützte einen Arm auf das angewinkelte andere.

„Aber Sie haben Matt gefunden."

„Das war nur Zufall."

Emma riss der Geduldsfaden. „Zufälle gibt es nicht! Halten Sie sich für etwas Besonderes, dass Ihnen so viel Glück vergönnt ist? Glauben Sie, dass Gott nichts Besseres zu tun hat, als sich oben im Himmel zu überlegen, wie er Nathan Blackmore das Leben erleichtern könnte? *Sie* haben das geschafft. *Sie* haben etwas erlebt, das außerhalb unserer normalen Wahrnehmung existiert. Warum haben Sie davor Angst? Ich für meinen Teil bin dankbar dafür."

Nathan starrte sie unverwandt an, und Emma bereute ihren Ausbruch sofort.

„Sie haben offenbar eine ziemlich fest gefasste Meinung zu diesem Thema", sagte er schließlich.

Sie wandte den Kopf zur Seite. „Ich habe mich dafür entschieden, an die unendliche Vielfalt zu glauben, die diese Welt für uns bereithält. Sonst würde ich wahnsinnig werden."

„Ich verstehe nicht, was Sie damit meinen."

„An was glauben Sie?", fragte Emma.

Darüber dachte er einen Moment lang nach. „Ich glaube an Sonnenauf- und Sonnenuntergang. Ich glaube daran, dass es in der Natur des Menschen liegt, andere zu verletzen."

„Was ist mit Hoffnung? Oder Liebe?"

Die Flammen tanzten und knacksten und erhellten ihren

Lagerplatz. Der einzige Lichtschein im Umkreis vieler Meilen, vermutete Emma.

„Ich weiß es nicht", antwortete Nathan.

Die Ehrlichkeit, die in seinen Worten mitschwang, traf Emma bis ins Mark.

Den Blick fest auf das Feuer gerichtet, erwiderte sie leise: „Vielleicht ist das alles, was wir wissen. Nichts."

Emma wandelte an der Grenze zwischen zwei Welten – der irdischen und dem Reich des Übersinnlichen –, doch ein Mann wie Nathan würde nie verstehen, wie es sich anfühlte, auf diesem schmalen Grat gefangen zu sein, hin- und hergerissen zwischen der Wahrnehmung beider Welten.

„Wir sollten uns schlafen legen", sagte sie deshalb.

Sie packte ihr Tagebuch weg, nahm ihre Brille ab und machte es sich mit dem Rücken zum Feuer zwischen ihren Decken bequem.

„Ist alles in Ordnung?"

„Ja, alles bestens", murmelte sie in die Dunkelheit. „Hoffentlich träumen wir heute beide nicht. Gute Nacht."

„Nacht, Em. Schlafen Sie gut."

Das hoffte sie.

Kapitel Elf

A m nächsten Morgen ließen sie sich viel Zeit, überwanden zwei Stromschnellen und erkundeten drei große Nebenschluchten. Emma hielt sich, so gut es ging, von Nathan fern und sprach kaum mit ihm. Zwischen ihnen entwickelte sich so etwas wie eine Kameradschaft, die zwar auf tönernen Füßen stand, aber nicht unangenehm war. Während Nathan das Boot über den ruhigen Fluss lenkte, vertiefte Emma sich in Powells Buch.

Der Canyon wurde breiter und die Felswände noch höher. Die verschiedenen Felsschichten leuchteten in allen nur erdenklichen Brauntönen, und man hatte das Gefühl, in eine natürliche Kathedrale zu blicken, die sich erhaben gegen den bewölkten Himmel abzeichnete. Überall waren auch immer wieder grüne Flecken zu entdecken, die bewiesen, dass das Leben selbst an den unwirtlichsten Orten gedieh.

Emma betrachtete die atemberaubenden Steilhänge. Das Tal wirkte so überirdisch schön und majestätisch, dass es nicht schwierig war, sich hier das Zuhause der Götter vorzustellen. Die Landschaft passte zu einem riesigen Empfangssalon in einem felsigen Heim. Wie wäre es wohl, auf diese Berge zu klettern? Ein aufregendes Kribbeln breitete sich bei diesem Gedanken in ihr aus. Emma wurde bewusst, wie sehr sie sich nach Abenteuer sehnte, doch das war nicht alles. Indem sie Grenzen überschritt, die sie seit jeher eingeengt hatten, erkannte sie nach und nach, wozu sie tatsächlich fähig war. Sie begann sogar allmählich eine gewisse Freude an den Widrigkeiten zu finden – diese zeigten ihr schließlich auf, dass sie sehr gut mit sich und der Welt zurechtkam.

All das schenkte ihr Selbstbewusstsein, so stark, wie sie es noch nie zuvor empfunden hatte.

„Ist er das?", fragte Nathan und holte Emma damit aus ihren Gedanken zurück in die Wirklichkeit.

Sie folgte seinem Blick. „Ja, ich denke schon." Sie blätterte in Powells Buch, bis sie die entsprechende Stelle fand. „Das ist der Colorado Chiquito."

Der Zusammenfluss des Little Colorado River mit dem Colorado River war unverkennbar. Zwar war der Little Colorado nicht besonders breit, doch die Vereinigung der beiden Ströme wirkte, als würden die Götter ein Gebräu von einer Welt in die andere gießen.

„Wenn wir die Stelle passiert haben, befinden wir uns nicht mehr im Marble Canyon, sondern im eigentlichen Grand Canyon", erklärte Emma und legte ihre Schwimmhilfe ab. „Wir sollten anlegen und die Gegend ein wenig erkunden."

Nathan kam ihrer Bitte nach und ruderte ans linke Ufer, wo das blaue Wasser des Little Colorado sich in dem seines großen Bruders verlor. Emma beugte sich hinunter, um sich Gesicht und Hals zu waschen und sich dabei etwas abzukühlen.

„Es ist salzig", stellte sie fest.

„Dann sollten wir hier nicht unseren Wasservorrat auffüllen." Nathan schleppte den Kahn aufs Ufer und zog sich ebenfalls die Schwimmhilfe aus.

„Powell ist hier auch an Land gegangen. Er erwähnt, dass er mehreren Klapperschlangen begegnet ist." Emmas Blick wanderte über die Schlucht des Little Colorado, in der sich der Fluss sein

Bett gegraben hatte. Auf dem Weg irgendwohin. Ein Fluss hielt nur inne, wenn er dazu gezwungen wurde.

Wohin würde Emmas Pilgerreise führen?

Ihre eigene Zukunft konnte sie nie klar erkennen. Ob sich das Universum damit wohl einen Scherz auf ihre Kosten erlaubt hatte? Sie hatte das Zweite Gesicht, sah jedoch nie sich selbst in ihren Visionen. Nein, das stimmte nicht. Sie fürchtete sich nur vor der Verantwortung, die ein solches Wissen mit sich bringen würde. Es war recht einfach, Menschen zu helfen, die sie kaum kannte. Keine emotionale Bindung, nichts, was Emma persönlich berührte. Ganz anders sah die Sache jedoch aus, wenn es dabei um sie selbst ging.

Also ignorierte sie die Stimme in ihrem Kopf und ihrem Herzen, so gut sie konnte. Doch je weiter sie an Nathans Seite in den Grand Canyon vordrang, desto lauter wurde das Flüstern in ihrer Seele. Schicht für Schicht, den Felsen der hohen Canyon-Wände nicht unähnlich, schwanden die Mauern, die Emma um sich errichtet hatte. Zum Vorschein kam dabei die Sehnsucht nach einem Leben, das vollkommen anders war als jenes, das sie die letzten zehn Jahre über geführt hatte.

Nathan legte seinen Revolvergurt an. „Danke für die Warnung."

EMMA KLETTERTE an der Böschung des Little Colorado entlang. Auf der anderen Uferseite entdeckte sie erneut Ruinen und watete durch das seichte Wasser hinüber. Nathan heftete sich ihr an die Fersen und betrachtete mit ihr die Überreste der längst verlassenen Behausungen. Zahlreiche Tonscherben zeugten jedoch noch von den ehemaligen Bewohnern.

Emma betrat eins der Häuser. Es bestand nur aus einem einzigen Raum, die Wände waren Opfer der Naturgewalten geworden. Ihre Hutkrempe verdeckte ihr Gesicht, als sie in die Hocke ging, um einige Tonscherben genauer zu begutachten.

„Ich frage mich, warum sich diese Menschen ausgerechnet an diesem Ort niedergelassen haben", meinte sie leise.

„Vielleicht gefiel ihnen die Einsamkeit." Nathan konnte sich gut vorstellen, dass das Leben hier gar nicht so übel gewesen war. Einsamkeit, Frieden und Stille – das fand er durchaus erstrebenswert.

Plötzlich lösten sich Steinchen über ihnen, und Nathan griff zu seinem Revolver. Ein junger Krieger stand auf einem Felsvorsprung, unbewaffnet, aber sichtlich angespannt. Sein Oberkörper war unbekleidet, und er strahlte Kraft und Behändigkeit aus, die schnell zur Gefahr werden konnten.

„Emma, stellen Sie sich hinter mich."

Sie befolgte Nathans Aufforderung umgehend.

„Du bist die weiße Frau vom Fluss?", fragte der Mann. Seine Worte waren von einem deutlich hörbaren Akzent geprägt.

Nathan musterte den Mann, den dunkelblauen Stoff, den er sich um den Kopf gewickelt hatte, das tiefschwarze Haar, das ihm bis auf die Schultern reichte. Seine einzige Kleidung bestand aus einer weißen, knielangen Hose und ledernem Schuhwerk. Nun entdeckte Nathan auch den Bogen und einen Köcher voller Pfeile auf dem Boden und ein ziemlich großes Messer an der Hüfte des Kriegers.

„Wer bist du?", fragte Nathan, die Waffe noch immer auf den Mann gerichtet.

„Ich werde euch nichts tun", antwortete dieser. „Ich warte seit zwei Tagen auf die Frau."

Was zum Teufel …?

„Warum?"

„Eine unserer Ältesten hat ihre Ankunft gesehen." Der Indianer deutete auf Nathan. „Aber nicht deine. Ich weiß nicht, wer du bist." Er nickte in Emmas Richtung. „Sie. Auf sie habe ich gewartet."

„Wie heißt du?", erkundigte sich Emma. „Zu welchem Stamm gehörst du?"

Nathan musste sich zusammenreißen, damit er sich Emma nicht schnappte und sie schnellstmöglich wieder zum Boot brachte. Ihm war die Situation alles andere als geheuer.

„Man nennt mich Masito. Ich bin vom Volk der Hopi."

„Ich habe von euch gelesen", erwiderte Emma, die von der Begegnung zunehmend fasziniert schien. „Es gibt einige Hopi-Dörfer hier in der Gegend, nicht wahr? Auf den Mesas?"

„Ja." Der Indianer nickte, wandte den Blick aber nicht von Nathan ab. „Ich werde euch nichts tun. Du kannst die Waffe wegnehmen."

„Nathan", meinte Emma. „Ich denke, es ist in Ordnung. Wir sollten uns anhören, was er zu sagen hat."

Zögernd senkte Nathan den Arm, behielt den Revolver aber weiterhin in der Hand. Das schien Masito nicht zu entgehen. Auch wenn Emma sich anscheinend mit dem Mann anfreunden wollte, erkannte Nathan eine potenzielle Bedrohung, wenn er sie sah. Und der Blick, mit dem der Fremde Emma bedachte, störte ihn aus mehreren Gründen, und nicht alle hatten etwas mit ihrer Sicherheit zu tun.

„Pakwa sprach von einer Frau auf dem Fluss, nicht weit vom *sipapu*."

„Was ist ein *sipapu*?", fragte Emma.

„Ein heiliger Ort, an dem wir auf diese Welt gelangt sind."

„Wo hast du unsere Sprache gelernt?"

„Einer eurer heiligen Männer lebte einige Zeit bei uns. Ich lernte von ihm."

„Wer ist Pakwa?" Emma war sichtlich neugierig.

„Eine weise alte Frau. Ich bin gekommen, um dich zu uns zu bringen."

„Woher wusste sie, dass ich hier sein würde?"

„Einige hören die Stimmen der Geister besser als andere."

Emma nickte ernst, während Nathan sein Missfallen nur schwer verbergen konnte.

„Warum soll ich dich begleiten?", fragte sie weiter.

Der Mann schaute Nathan in die Augen, und er spürte, dass er ihnen etwas verheimlichte.

„Bei uns lebt ein Junge. Er ist sehr krank. Pakwa hat von deiner Hilfe erzählt."

„Ein Junge?" Jetzt schlich sich Angst in Emmas Stimme. „Was hat er?"

„Das wissen wir nicht. Keiner von uns kann ihn heilen."

„Wieso glaubt ihr, dass Emma es kann?", mischte sich Nathan ein.

„Du wirst Emma genannt?" Masito ignorierte den Rest von Nathans Einwurf. „Wir nennen dich die Weiße Heilerin, *Bahanas Healer*."

„Ich bin keine Heilerin", protestierte Emma, doch dass sie Masitos Bitte nicht rundheraus ablehnte, sagte Nathan, dass er überzeugend auf sie wirkte.

„Vielleicht hast du es noch nicht versucht." Masito ließ sich nicht von seiner Mission abbringen.

Nathan warf Emma einen Seitenblick zu. Sie starrte konzentriert zu Boden. „Wissen Sie, wovon er da redet?"

Als sie ihn kurz anschaute, erkannte er Angst, Sorge, aber auch Entschlossenheit in ihrer Miene. „Ich glaube, ich sollte mit ihm gehen." Ihre Stimme war leise, aber ihr Tonfall nachdrücklich.

„Sie wissen ja nicht mal, wohin er Sie bringen will." Wut stieg in Nathan auf. War sie wirklich so dumm?

„Es ist nicht weit", meldete Masito sich wieder zu Wort. „Wir haben ein Lager auf der großen Ebene aufgeschlagen. Der Junge ist dort. Aber wir müssen aufbrechen, wenn wir vor Sonnenuntergang dort sein wollen."

Emma nickte und wandte sich dann an Nathan. „Sie müssen mich nicht begleiten, aber ich sollte mitgehen."

„Warum?"

„Das ist kompliziert. Ich würde es Ihnen ja erklären, aber dafür ist jetzt keine Zeit."

„Ich verstehe Sie nicht."

„Das weiß ich. Aber ich werde ihn in jedem Fall begleiten."

„Den Teufel werden Sie tun." Am liebsten hätte er Emma geschüttelt, bis sie wieder zu Verstand kam, doch ihre versteinerte Miene sagte ihm, dass er bereits verloren hatte. „Sie werden mit ihm gehen, egal ob es mir passt oder nicht?"

Sie nickte erneut.

Nathan schob den Revolver zurück ins Holster, doch das hieß nicht, dass er sie beide außer Gefahr wähnte. „Gut, dann komme ich mit."

„Kannst du mir mehr über den *sipapu* erzählen?", fragte Emma. Sie lief hinter Nathan, der darauf bestanden hatte, zwischen ihr und Masito zu bleiben. Von dem jungen Mann ging keine Gefahr aus, das spürte sie – der Junge, den er erwähnt hatte, bereitete ihr jedoch Sorge.

„Dort gelangten die Hopi aus der Dritten Welt in die Vierte Welt."

„Es ist also ein Loch in der Erde?"

Masito nickte.

Emma wischte sich den Schweiß von der Stirn. Der Marsch bergauf war anstrengend. „Darf ich es mir irgendwann einmal ansehen?"

„Das wäre nicht richtig."

„Oh." Emma musste sich darauf konzentrieren, wohin sie ihre Füße setzte. „Was bedeuten die verschiedenen Welten?"

„Unser Schöpfer Dawa brachte uns von der Ersten Welt – in der wir Insektenwesen waren – in die Zweite Welt. Dort machte er uns zu Tieren. Dann brachte er uns in die Dritte Welt und machte uns zu Menschen."

„Warum hat er das getan?"

„Weil wir den Sinn des Lebens nicht verstanden haben."

„Wer tut das schon?", murmelte Nathan. Emma bedachte seinen Rücken mit einem finsteren Blick.

„In welcher Welt befindet ihr euch jetzt?" Inzwischen war sie deutlich außer Atem.

„Der Vierten Welt. Masau'u, der Wächter, herrscht über diese Welt. Er wandelt zwischen dem Reich der Lebenden und dem der Toten. Er führt uns, und er wacht auch über die Toten. Durch den *sipapu* sind wir hierhergekommen."

„Warum musstet ihr die Dritte Welt verlassen?"

„Dort hat das Böse geherrscht. Die Menschen mit gutem Herz sind zur Vierten Welt gegangen. Dort hat Yawpe, die Spottdrossel, sie ausgewählt. Du wirst Hopi, du wirst Apache, bis alle einem Volk zugeteilt waren. Alle bekamen Mais, und die Hopi wurden zum Volk des kurzen, blauen Maises."

„Hat das eine besondere Bedeutung für euch?", fragte Emma.

„Wir haben zu langsam gewählt, und so blieb für uns nur noch der kleinste Kolben übrig. Deswegen ist unser Leben so hart, dafür aber auch lang. Andere Völker vergehen, doch wir überleben alle Widrigkeiten." Der Stolz in Masitos Stimme war unüberhörbar.

Emma gefiel diese Geschichte. Und sie ergab irgendwie auch Sinn. Menschen, die lernten, stiegen in neue Welten auf – das traf vielleicht universell auf alle zu. Sie hoffte, dass sie dem kranken Kind helfen konnte. Würde es der Junge aus ihren Visionen sein? Die Hopi hatten gewusst, dass sie kam, also war es vielleicht an der Zeit, dass Emma auf das Wirken des Schicksals vertraute. Ihre Erfahrungen hatten sie gelehrt, an diese Macht zu glauben, auch wenn man sie nicht sehen konnte.

Oder?

Kapitel Zwölf

I m Westen erstrahlte der Himmel in einem wundervollen
Sonnenuntergang, als Emma nach mehreren Stunden
Wanderung mit Masito und Nathan das Lager der Hopi betrat. Es
lag auf einem von Kiefern bewaldeten Plateau. Eine starke Böe
wehte Emma ins Gesicht, und sie hatte das Gefühl, endlich wieder
frei atmen zu können. Erst jetzt wurde ihr bewusst, wie eingeengt
sie sich am Grund des Canyons in den letzten Tagen gefühlt hatte
und wie viel heißer es dort im Vergleich zu den höher gelegenen,
kühleren Ebenen war.

Nathans breiter Rücken war ein Anblick, der Emma Sicherheit
versprach, und sie war froh, dass er sie begleitet hatte. Bei dem
Gedanken daran, was ihr nun mit dem Jungen und den Hopi
bevorstand, war ihr unwohl zumute.

Der Junge.

Ein kalter Schauer rieselte ihr über den Rücken, und Emma
fragte sich, ob sie wohl eine Art Prüfung bestehen musste. Davon
hatte sie schon gehört – dass Menschen mit besonderen
Geistesgaben und heilenden Fähigkeiten verschiedene Aufgaben
bewältigen mussten, um ihre Charakterstärke und Tapferkeit, ihre
Geduld und ihren Mut unter Beweis zu stellen.

Stand ihr jetzt so etwas bevor? Besaß sie womöglich versteckte Heilkräfte? Wenn ja, dann wusste sie nicht, wie sie diese wecken sollte.

Das Lager bestand aus einigen provisorischen Zelten aus Tierhäuten, deren Enden im Wind flatterten. Emma schätzte, dass sich wohl zwanzig oder dreißig Hopi hier aufhielten, darunter auch Frauen und Kinder. Auf mehreren Feuerstellen wurde das Abendessen zubereitet.

Die Menschen erkannten Masito offenbar, hielten jedoch Abstand und verharrten bei ihren Tätigkeiten, um die beiden Fremden anzustarren.

Emma spürte deutlich den Zorn und die Eifersucht einiger jüngerer Frauen, deren Haar zu kunstvollen Knoten zu beiden Seiten des Kopfes frisiert war.

„Warum hassen mich die Frauen?", fragte sie leise. Die Ablehnung der versammelten Menschen traf sie mit voller Wucht.

„Das frage ich mich auch", murmelte Nathan.

Emma atmete erleichtert auf. Sie bildete es sich also nicht ein und war sich der Situation auch nicht nur aufgrund ihrer Gabe bewusst.

Masito blieb stehen und drehte sich zu ihnen um. „Ich habe euch nicht alles gesagt. Pakwa hat noch mehr gesehen. Deswegen mögen dich die Frauen des Volkes nicht." Er schaute Emma fest in die Augen. „Du, Weiße Heilerin, wirst außerdem meine Frau werden."

„Das kannst du vergessen." Nathan stellte sich schützend vor sie.

Emma wurde übel. Masito war nicht der Mann, nach dem ihr Herz sich sehnte, das wusste sie mit absoluter Gewissheit. Mit ihm verbunden zu sein, würde nur eins bedeuten: dass sie nicht mit Nathan zusammen sein konnte. Der Inbegriff ihrer Wünsche stand direkt vor ihr und verteidigte sie. Durfte sie vielleicht hoffen, dass Nathan auch etwas für sie empfand?

„Dich hat die Älteste nie erwähnt", meinte Masito. Sein Blick ruhte skeptisch auf Nathan, als wollte er die Gefahr abschätzen, die von seinem Gegenüber ausging. Der Hopi schien größer zu sein als die meisten der anwesenden Männer, doch Nathan überragte ihn mit seiner muskulösen Statur deutlich.

Emma merkte, dass die beiden Männer kurz davor standen, aufeinander loszugehen. Rasch versuchte sie, die Situation zu entschärfen.

„Das muss ein Missverständnis sein." Sie wollte sich an Nathan vorbeidrängen, doch er stellte sich ihr in den Weg. „Ich habe nur zugestimmt, mir den Jungen anzusehen."

Ein Raunen ging durch die Versammlung. *Powaka.* Emma fröstelte unwillkürlich. Sie verstand das Wort nicht, aber die Stimmung der Menschen sagte ihr, dass es nichts Gutes bedeutete.

Nathan packte sie am Arm und zog sie ein paar Meter von Masito und den Hopi weg, die sie noch immer anstarrten. Er stellte sich mit dem Rücken zum Wind, schirmte sie damit ab. „Das ist doch verrückt, Emma."

Sie betete, dass sie das Richtige tat.

„Wissen Sie, was diese Leute vielleicht mit uns machen werden, wenn Sie ihnen nicht geben, was sie verlangen?", fragte er. „Sie kommen mir ziemlich abergläubisch vor, das müssen Sie doch auch merken."

Inzwischen hielt er sie an beiden Armen fest. Seine Berührung war warm und kribbelte angenehm, doch Emma spürte auch seine Ungeduld und Sorge. Als sie in seine inzwischen so vertrauten braunen Augen blickte, akzeptierte sie zum ersten Mal für sich, dass er es war. Der Mann aus ihren Visionen, der Liebhaber, der nicht nur ihren Körper, sondern auch ihre Seele berührte. Aber ihre Visionen existierten auf einer Ebene ihres Bewusstseins, die nicht zwingend immer in die Realität überging. Eine Zukunft mit Nathan war alles andere als in Stein gemeißelt.

„Ich wünschte, wir hätten mehr Zeit, damit ich Ihnen alles erklären kann", flüsterte sie. „Ich bitte Sie lediglich darum, etwas zu beherzigen, gleich, wie diese Sache hier endet."

Seine Kiefermuskeln spannten sich sichtlich an. „Was denn?"

„Sie müssen Ihrem Vater verzeihen."

Emma wollte sich abwenden, doch Nathan hielt sie noch einen Moment länger fest, und sie fragte sich unwillkürlich, ob er sie wohl küssen würde. Sie hätte es ihm erlaubt.

„Ich lasse Sie keine Sekunde aus den Augen", meinte er dann, und seine Stimme klang deutlich heiserer als zuvor.

DER DUFT nach gebratenem Fleisch stieg Emma in die Nase, und ihr Magen knurrte vernehmlich. Masito brachte sie zu einem der Zelte und bedeutete ihnen, einzutreten. Hungrig und nervös nahm Emma neben Nathan auf dem Boden Platz. Ihnen gegenüber saß eine alte Frau mit langem, von vereinzelten schwarzen Strähnen durchzogenem grauen Haar, das ihr in zwei geflochtenen Zöpfen über die Schultern fiel. Sie trug ein schlichtes, dunkles Kleid, das den Blick auf eine ihrer Schultern freigab. Auf ihrem runden Gesicht mit der breiten, flachen Nase zeigte sich ein sorgenvoller Ausdruck. Neben ihr hatte ein jüngerer Mann Platz genommen, der Masito kurz zunickte.

Masito wandte sich an Emma und Nathan: „Das sind Pakwa und ihr Sohn Na'i."

Pakwa musterte Nathan und sagte etwas in ihrer Muttersprache, wobei Emma auffiel, dass der alten Frau mehrere Zähne fehlten. Dann wartete sie, bis Masito übersetzt hatte.

„Sie will wissen, wer du bist."

„Nathan Blackmore."

„Sie will wissen, warum du hier bist."

„Ich passe auf Miss Hart auf."

Masito gab das an die Älteste weiter. Sie schwieg einen Moment lang, bevor sie antwortete.

„Sie sagt, dass du stark bist. Du bist ein Krieger." Masito schien sich ein Lächeln nicht verkneifen zu können. „Aber hast du ein gutes Herz?"

„Warum? Willst du es essen?"

Das brachte Masito zum Grinsen. Er übersetzte für Pakwa, doch sie lächelte nicht, sondern zog lediglich eine Augenbraue nach oben. Ihr Missfallen war ihr deutlich anzusehen.

Pakwa richtete ihr Augenmerk nun auf Emma, und sie sprach weiter.

„Sie sagt, dass du jung bist", meinte Masito. „Zu jung."

Emma fühlte sich zunehmend unwohl unter Pakwas prüfendem Blick.

„Sie weiß nicht, ob du den Jungen heilen kannst."

„Schön", mischte sich Nathan ein. „Dann können wir ja wieder gehen."

Emma räusperte sich. „Nein", erwiderte sie deutlich selbstbewusster, als sie sich fühlte. „Ich würde es gerne versuchen, unter ihrer Führung."

Pakwas Blick war unlesbar. Dann nickte die Älteste und schickte die Anwesenden mit einer knappen Geste nach draußen.

„Sie will mit Emma allein sein", erklärte Masito.

„Nein." Nathan rührte sich nicht vom Fleck.

„Es ist in Ordnung. Sie können draußen warten", versuchte Emma ihn zu beschwichtigen.

Nathan sah sie für einen langen Moment stumm an.

„Wirklich", bekräftigte sie. „Es wird mir schon nichts passieren."

Sie wusste, dass Nathan anderer Ansicht war, doch schließlich gab er nach. „Ich bleibe in der Nähe, rufen Sie mich, wenn Sie mich brauchen."

Emma nickte, während er sich erhob und die provisorische Unterkunft zusammen mit Masito und Na'i verließ.

Pakwa nahm einen Stock, an dessen Ende die verkohlten Überreste eines Tieres aufgespießt waren, und hielt ihn Emma hin. Sie zögerte kurz, nahm das Holz dann aber entgegen. Es war ein mittelgroßer, gerupfter Vogel. Offenbar sollte sie das essen. Emma nahm dankbar an und riss kleine Fleischstücke direkt mit den Zähnen ab. Schnell war die kleine Mahlzeit verspeist.

Pakwa lachte gackernd, und der Laut weckte in Emma die Vorstellung, sich in einem Hexenhäuschen zu befinden. Sie stellte sich vor, wie die alte Frau *sie* am Spieß briet, um sie als Festmahl zu genießen. Als Emma sich schließlich mit dem Handrücken das Fett vom Mund abwischte, reichte die Hopi-Frau ihr ein Kürbisgefäß. Ein Blick hinein verriet ihr, dass es sich nur um Wasser handelte, und sie trank gierig einige Schlucke.

Pakwa rückte etwas näher, und Emma musste gegen den Impuls ankämpfen, nach hinten auszuweichen. Die alte Frau berührte mit ihren kurzen, kräftigen und ziemlich schmutzigen Fingern Emmas Gesicht. Bevor sie sich zurückziehen konnte, bevor sie sich gegen die bevorstehende mentale Verbindung wappnen konnte, pikte die Älteste sie in die Wangen, drückte auf ihre Nase und zog dann Emmas Lider nach oben, um ihre Augäpfel zu begutachten. Erschrocken über diese Behandlung versuchte Emma, sich von ihr loszumachen.

Pakwa packte Emma jedoch an den Schultern und hielt sie so an Ort und Stelle. Ihr Griff verstärkte sich, und sie schüttelte Emma kurz. Dann schnappte sich die alte Frau ihre Hände und drehte sie mit den Handflächen nach oben. Plötzlich durchströmte eine ungeahnt warme Energie Emmas Unterarme, kroch ihr in die Schultern und den Oberkörper. Sie spürte Lebensfreude und echte Neugierde.

Als die Vision Emma überrollte, kam es ihr vollkommen natürlich und richtig vor.

Pakwa stand mit einem Säugling in den Armen auf einem Steinhügel, an dessen Fuß eine junge Frau wartete. Emma wusste, dass Pakwa ihren Enkel hielt und dass die andere Frau seine Mutter war. Starker Wind kam auf, und der Himmel verdunkelte sich nachtschwarz, obwohl es noch mitten am Tag war. Die junge Frau wandte sich dem Wind zu, breitete die Arme aus und reckte das Gesicht gen Himmel.

„Nein, Lenmana", ermahnte Pakwa sie, während sie gleichzeitig versuchte, das Kind abzuschirmen.

„Ich kann nicht anders", flüsterte die junge Frau mit geschlossenen Augen. „Ich muss es einfach tun."

„Es ist eine Lüge, und tief in deinem Herzen weißt du das auch." Pakwa hatte Mühe, das Kind in den immer stärker werdenden Böen festzuhalten.

„Woher willst du das wissen? Das kannst du nicht. Ebenso wenig wie ich."

„Deine Sicht ist getrübt", sagte Pakwa. „Komm zu mir. Schnell, bevor es zu spät ist."

Auf einmal regnete es in Strömen, dann erfüllte lautes Rauschen die Luft. Ohne Vorwarnung ergoss sich eine Sturzflut auf sie und setzte innerhalb kürzester Zeit die komplette Umgebung unter Wasser. Pakwa verharrte auf dem Steinhügel, doch die jüngere Frau war fort. Nachdem der reißende Strom abgeebbt war, regte sich das Kind nicht mehr. Seine Augen starrten blicklos ins Leere.

Pakwas Brust entrang sich ein klagender Laut voller Schmerz und Verzweiflung.

„Stahk", meinte Pakwa, die noch immer Emmas Hände umklammert hielt. Dann hob sie Emmas linken Arm an. „Stahk." Sie ließ den Arm los und deutete auf Emmas Brust. „Stahk?" Ihr Zeigefinger wanderte zu Emmas Kopf. „Stahk?"

Die alte Frau sah die Stärke in ihrem Körper, doch besaß sie diese auch in Kopf und Herz?

„Ich denke schon", murmelte Emma, während sie versuchte, die Vision zu verstehen. Sie ging nicht davon aus, dass es sich dabei um eine tatsächliche Begebenheit handelte – was dadurch untermauert wurde, dass Pakwa und die junge Frau nicht in der Hopi-Sprache miteinander gesprochen hatten –, also musste die Vision eine symbolische Bedeutung haben.

Pakwa rutschte zurück auf ihren ursprünglichen Platz und wirkte nicht sehr überzeugt von Emmas Antwort. „Dei-n Spra-ch. Klahin."

Die Kommunikation würde schwierig werden, aber das war zu erwarten gewesen.

„Kind?", begann Emma. „Es gibt ein Kind?"

Pakwa runzelte die Stirn.

Emma versuchte es anders. „Gibt es einen Jungen? Einen kranken Jungen?"

„Loloma."

„Loloma", wiederholte Emma.

„*Soyoko.*"

Emma schüttelte den Kopf, sie verstand nicht.

„Schlä-ä-cht Ga-i-i-st."

„Warum hast du ihm nicht geholfen? Du weißt sicher mehr darüber als ich."

Pakwa verstand sie ebenso wenig.

Emma deutete auf die Älteste. „Du. Pakwa. Loloma heilen."

Die Frau schwieg.

„Wer ist Lenmana?", flüsterte Emma.

Pakwa erstarrte sichtlich, schaute Emma aber weiterhin direkt in die Augen. „Tot."

———

NATHAN GELANGTE ZU DEM SCHLUSS, dass diese Hopi Ausgestoßene sein mussten, die aus irgendeinem Grund aus ihrem Dorf vertrieben worden waren. Befanden sie sich auf der Flucht, oder hatten sie rebelliert? Er blieb weiterhin neben dem Zelt sitzen, in dem Emma und die alte Frau versuchten, miteinander zu sprechen.

Irgendwann kam Masito wieder zu ihm. „Sind sie fertig?"

„Nein, noch nicht. Warum habt ihr euer Lager hier aufgeschlagen?"

„Wir sind schon viele Tage hier. Viele Hopi gehen nach Westen zu unseren Freunden, den *Havsuw 'Baaj* oder den *Havsuw Paia*. Dort ist ein großes Fest."

„Ihr seid also auf dem Heimweg?"

Masito zögerte. „Ja."

„Aber ihr reist nicht mit den anderen von eurem Volk?"

Das schien Masito zu verwirren.

„Gibt es Streit um den kranken Jungen?", fragte Nathan.

Masito nickte. „Mit einigen."

„Warum?"

„Es geht um den Mann, der es getan hat."

„Was ist passiert?"

Masito wandte den Blick zur großen Feuerstelle inmitten des Lagers. Junge Frauen und ein paar Kinder spazierten zwischen den Behelfszelten umher oder saßen in ihrem Schutz. Ein paar Männer standen offenbar Wache. Diese Wachsamkeit verriet Nathan, dass hier nicht alles so war, wie es schien. Diese Menschen waren vorsichtig und rechneten offenbar mit einer Bedrohung.

„Es gibt einen weißen Mann. Er wird Diamond genannt. Ich kenne seinen anderen Namen nicht, aber so nennen wir ihn. Vor vielen Monden lebte er eine Zeit lang bei uns. Vor fünf oder sechs. Kennst du ihn?"

Nathan schüttelte den Kopf.

„Er war Prediger, ein heiliger Mann. Oder vielleicht auch nicht. Wir dachten es. Unsere Leute mochten ihn. Er heilte, aber es war nicht echt. Für einige war es zu spät, als wir erkannten, was er getan hatte."

„Was hatte er denn getan?"

„Er hat ihre Seelen gestohlen."

Nathan zog die Augenbrauen zusammen. Dass Masito in Rätseln sprach, wunderte ihn nicht, aber wie zum Teufel überlebten diese Menschen in einer Gemeinschaft, die von Märchen geprägt war? „Was ist mit diesen Menschen passiert?"

„Sie sind nicht bei uns, nicht mehr bei uns."

„Er hat sie ermordet?"

„Nein", antwortete Masito. „Sie atmen noch, sie leben noch. Aber er hat ihnen etwas genommen und will es nicht zurückgeben."

„Habt ihr keinen Medizinmann, der sich darum kümmern kann?"

„Wir haben einen Priester, aber er ist alt. Und er hat nicht geglaubt, dass das passiert ist. Einige denken, Diamond hat seinen Geist verwirrt."

„Aber ihr seht das anders?"

Masito nickte. „Der Junge ist der Sohn meiner Schwester. Er heißt Loloma. Er ist schon länger und weiter fort als die anderen."

„Er ist nicht ansprechbar?"

„Er schläft immer."

„Wie ein Koma."

Masito zuckte mit den Schultern. „Das Wort kenne ich nicht."

Nathan konnte das Handeln dieser Menschen durchaus nachvollziehen und verspürte Mitleid, da offensichtlich etwas Furchtbares geschehen war. Die wahre Ursache der Krankheit lag jedoch offenbar nach wie vor im Dunkeln. Es war immer einfacher, die Schuld an einem Unglück übernatürlichen Wesen und unsichtbaren Geistern zuzuschreiben, als sich mit der Realität auseinanderzusetzen.

„Deine Schwester macht sich sicher große Sorgen."

Masito sog scharf Luft ein und wandte den Blick gen Himmel. „Lenmana ist tot."

Angesichts der Trauer des Mannes musste Nathan an seine eigene Schwester denken. Darüber bemerkte er erst, dass Emma aus dem Zelt kam, als sie direkt neben ihm stand.

„Sie hat ihr Kind zurückgelassen", sagte sie. „Aber Pakwa hat es vor dem sicheren Tod gerettet."

Nathan schaute zu ihr auf und bemerkte ihren sorgenvollen Gesichtsausdruck. Sie glaubte diesen ganzen Humbug. Nathan dagegen konnte nur hoffen, dass sie alle den Ausgang dieser Geschichte nicht bitter bereuen würden.

Nathan legte sich neben Emma. Masito hatte ihnen sein Zelt überlassen – oder besser gesagt: Er hatte es Emma angeboten, doch Nathan wollte sie weiterhin nicht aus den Augen lassen. Sie hatte sichtlich nervös zugestimmt, die Schlafstatt mit ihm zu teilen, und er war überrascht, dass er sich ebenso unwohl dabei fühlte.

Nun ruhten sie nebeneinander wie zwei Menschen, die sich schon lange sehr vertraut waren, aber ihm fiel nichts ein, was er sagen oder tun könnte, um die Anspannung zwischen ihnen zu mildern. Glücklicherweise hatte jeder seine eigene Decke, und sie mussten sich nicht auch noch damit auseinandersetzen, sich eine zu teilen.

„Was glauben Sie, wie Sie diesen Menschen helfen sollen?", fragte Nathan ins Halbdunkel des Zelts. Der Wind hatte sich inzwischen gelegt, und die Nacht war lau.

Emma drehte sich auf den Rücken. „Das weiß ich nicht."

„Masito hat sich mit mir darüber unterhalten, und ich glaube, der Junge liegt im Koma."

Sie warf ihm einen kurzen Seitenblick zu. „Das könnte gut möglich sein."

„Sie sind keine Ärztin, Emma. Ich kann nur hoffen, dass diese Leute nicht wütend auf Sie werden, wenn Sie nicht helfen können."

„Das macht mir keine Sorge. Und ich denke nicht, dass sie uns dafür steinigen werden, wenn es das ist, was Ihnen Sorgen bereitet. Diese Menschen haben Angst und sind so verzweifelt, dass sie nach jedem Strohhalm greifen."

„Was wollen Sie denn für sie tun?"

Emma schwieg einen Moment lang. „In der jenseitigen Welt nach Antworten suchen."

Nathan seufzte und konnte ein Auflachen nicht unterdrücken. „Sie können doch nicht ernsthaft annehmen, dass das die Lösung ist."

„Sie können doch nicht ernsthaft annehmen, dass diese Welt

nur aus dem besteht, was Sie mit eigenen Augen sehen können." Der Unmut war ihr deutlich anzuhören.

„Ich will nur nicht, dass Sie Hoffnung in Hirngespinste setzen. Wenn der Junge wirklich krank ist, sollte man ihn zu einem Arzt bringen. Diese Leute gefährden sein Leben, wenn sie das nicht tun."

„Das können wir nicht beurteilen."

„Vielleicht nicht, aber ich möchte nicht, dass Ihnen etwas zustößt. Missverständnisse führen manchmal zu mehr als Enttäuschung und Wut. Manchmal stirbt jemand deswegen."

„Deswegen sind Sie doch hier", konterte sie. „Damit das nicht passiert."

„Ich gebe mein Bestes." Den Sarkasmus konnte er sich nicht verkneifen.

„Während Ihrer Tage als Revolverheld haben Sie doch sicher schon derlei Dinge gesehen."

„Wunderheilung und Gesundbeten wecken falsche Hoffnungen."

„Warum sagen Sie das? Ich bin keine Wunderheilerin."

Er schwieg eine Weile, bevor er erklärte: „Meine Mutter war eine."

„Was für ein Glück Sie hatten."

„Nein. Es war unheimlich und unnatürlich, und es gefiel mir nicht. Und es war peinlich."

„Warum? War sie eine Hochstaplerin?"

Darüber musste Nathan nachdenken. „Ich weiß es nicht", antwortete er aufrichtig. „Ich wollte einfach nur, dass sie damit aufhört."

Er beließ es dabei, und Emma hakte nicht weiter nach. Irgendwann schlief Nathan schließlich ein.

EMMA ERWACHTE VOR SONNENAUFGANG, der Himmel kündigte gerade erst zaghaft die aufgehende Sonne an. Nathan schlief immer noch neben ihr, und seine Nähe war beruhigend. In ihr stieg das Verlangen nach mehr Intimität auf, und einen Augenblick gab sie sich diesem Gefühl hin. Dann kehrten ihre Gedanken jedoch zu Loloma zurück. Pakwa hatte sie angewiesen, sich auszuruhen, damit sie bei Kräften war, wenn sie heute versuchen würden, dem Jungen zu helfen.

Vorsichtig schlug Emma die Decke zurück und strich sich die Haare aus dem Gesicht, bevor sie ihre Stiefel anzog. Anschließend kroch sie aus dem provisorischen Zelt und atmete die kühle, nach Kiefernnadeln duftende Luft tief ein. Der Himmel erschien ihr unendlich weit, so wunderschön und voller Verheißung. Dieser Anblick beruhigte sie und weckte gleichzeitig freudige Erwartung in ihr. Ihr ganzes Leben lag noch vor ihr. Was hielt die Zukunft wohl noch für sie bereit? In diesem Moment kam ihr sogar die Aussicht auf ein Leben im Einklang mit ihrer Gabe nicht unrealistisch vor.

Emma schaute über die Schulter zu dem Zelt, das sie mit Nathan geteilt hatte. Ob er wohl Teil ihres Lebens bleiben würde? Irgendwann würde sie nach Texas zurückkehren, um ihre Schwester Molly wieder in die Arme zu schließen. Konnte sie sich dort auch ein Leben aufbauen? Kalifornien war nie zur Heimat für sie geworden, auch wenn sie ihrer Tante Catherine sehr zugetan war. Vielleicht war es nun an der Zeit, auf eigenen Beinen zu stehen.

Sie suchte den Schutz einiger Büsche auf, um sich zu erleichtern. Bei ihrer Rückkehr sah sie, dass Masito und Na'i das Kochfeuer zu neuem Leben entfachten. Die beiden Männer nickten ihr zu.

Na'i sagte etwas in der Hopi-Sprache und blickte sie dann an. Masito schüttelte den Kopf.

„Was hat er gesagt?", fragte Emma.

„Nicht wichtig", antwortete Masito.

Na'i sprach erneut, woraufhin Masito heftig auf ihn einredete. Es war offensichtlich, dass sie miteinander stritten.

„Soll ich euch allein lassen?" Emma hatte das Gefühl, zu stören.

„Nein, du bist uns willkommen."

Na'i schien ihn zum Weitersprechen zu drängen.

Masito zögerte, schaute Emma dann aber in die Augen. „Gehörst du zu Blackmore?"

Die Frage überraschte sie, doch die Lüge ging ihr leicht über die Lippen. „Ja." Sie rechtfertigte sie vor sich selbst damit, dass sie das Missverständnis so ein für alle Mal ausräumte. Sie würde Masito nicht heiraten, und sie war sich nicht sicher, ob Na'i nicht vielleicht auch Interesse an ihr hatte. So viel Aufmerksamkeit von Männern hatte sie in ihrem ganzen Leben noch nicht bekommen.

Die Aufmerksamkeit der beiden richtete sich nun jedoch auf einen Punkt hinter ihr, was ihr sagte, dass Nathan dort stand und das Gespräch gehört hatte. Am liebsten wäre sie vor Scham im Boden versunken, doch sie blieb, wo sie war.

Na'i ergriff das Wort.

„Du kannst uns nicht übel nehmen, dass wir es versuchen", übersetzte Masito.

„Es sollte nur besser das letzte Mal sein", erwiderte Nathan.

Emma konnte seine Körperwärme hinter sich spüren, schaffte es jedoch nicht, sich zu ihm umzudrehen und ihm in die Augen zu sehen.

„Wir verstehen", erklärte Masito. „Du hast Glück. Aber wenn du sie nicht willst, ist sie hier willkommen."

„Ich will sie."

Emmas Herz pochte so schnell, dass es ihr beinahe den Atem raubte, doch sie wusste immer noch nicht, was sie tun sollte.

Plötzlich ertönte Pakwas laute Stimme, und Emma zuckte zusammen. Nathan legte ihr eine Hand auf den Rücken, sie konnte die Wärme durch den Stoff ihres Hemdes spüren.

„Sie sagt, wir essen jetzt, und dann wirst du dich um den Jungen kümmern", erklärte Masito.

Emma nickte, doch ihr Magen krampfte sich schmerzhaft zusammen. Nathans Nähe und die Angst davor, was sie bei dem Kind erwarten würde, beunruhigten sie gleichermaßen.

Ihr Frühstück, bestehend aus Kürbis und Mais, wurde gebracht, und Emma ließ sich zusammen mit Nathan am Kochfeuer nieder. Masito, Na'i und Pakwa saßen ihnen gegenüber. Die Sonne kroch langsam über den Horizont, und ihr goldener Schein lenkte Emma kurzzeitig von ihren Gedanken ab. Sie verspürte ohnehin keinen Hunger, dazu war sie viel zu aufgewühlt.

Sie stellte sich vor, wie das helle Licht ihren Körper erfüllte, sie wärmte und ihr Kraft und Durchhaltevermögen schenkte. Einen Moment lang wurde sie ganz ruhig.

„Wie lange werdet ihr hierbleiben?", wandte Nathan sich an Masito.

„Wir gehen, wenn wir müssen. Pakwa führt uns."

„Werdet ihr in euer Dorf zurückkehren?"

„Irgendwann. Ihr könnt bei uns bleiben."

Nathan warf Emma einen Seitenblick zu. „Nein. Wenn Emma hier fertig ist, machen wir uns auf den Weg zum Fluss." Er wandte sich ihr ganz zu. „Es sei denn, Sie möchten lieber nach Texas reisen?"

Emma stopfte sich einen Bissen Essen in den Mund. „Noch nicht", nuschelte sie, kaute und schluckte.

Pakwa erhob sich und klopfte sich die Hände ab. Sie sagte etwas und deutete auf Emma.

„Es ist Zeit", übersetzte Masito. „Lolomas Körper ist vorbereitet worden."

Übelkeit stieg in Emma auf. Sie und Nathan kamen ebenfalls auf die Beine und folgten den drei Hopi auf die andere Seite des Lagers. Sie blieben vor einem Zelt stehen, das ein wenig besser ausgestattet zu sein schien als die anderen, doch der Blick in sein Inneres war versperrt.

Pakwa sprach leise zu ihnen, Masito übersetzte. „Sie sagt, dass du allein heilen kannst oder mit anderen. Wie du es willst."

Emma zögerte. Bislang hatte sie immer allein gearbeitet – Visionen erforderten keine Helfer –, doch sie spürte instinktiv, dass sie es hier nicht nur mit ein paar Geistern zu tun hatte.

„Ihr könnt alle dabei sein", antwortete sie, bevor sie ganz bewusst tief durchatmete, um das beengende Gefühl in ihrer Brust loszuwerden. Ihr Herz schlug ihr jedoch weiter bis zum Hals.

Pakwa hob die Klappe vor dem Eingang an und ging ins Zelt, Emma und die drei Männer folgten ihr. Es dauerte einen Moment, bis Emmas Augen sich an das Halbdunkel gewöhnt hatten.

Ein kleiner Junge mit schwarzem Haar lag auf einer Schlafstatt auf dem Boden. Seine Augen waren geschlossen, und sein Atem ging sehr flach. Emma trat näher heran und musterte sein Gesicht. War er der Junge aus ihren Visionen? Sie war sich nicht ganz sicher, vermutete es aber. Plötzlich erfasste sie der unbändige Wunsch, ihm zu helfen. Ein Kind verdiente es immer, dass sie all ihre Fähigkeiten einsetzte, um es zu retten, falls ihr dies möglich sein sollte.

Aber sie traute sich nicht, ihn zu berühren.

Pakwa bespritzte Emma und die Männer mit etwas Wasser und einem Pulver, das nach Maismehl aussah. Danach begann sie zu singen.

Emma kniete sich neben den Jungen. Sie nahm sich einen Moment Zeit, bevor sie ihre Hände auf seinen Körper legte und nach einer Art Anfangspunkt suchte. Ein Hauch streifte und durchströmte sie, als wären die Geister anderer Menschen anwesend. Es wirkte, als würden sie Emma schützend umringen, sie abschirmen. Entschlossen richtete sie ihre volle Aufmerksamkeit auf das Kind.

Die Zeit dehnte sich unendlich aus, und Pakwas Gesang hallte in Emmas Körper wider. Er schien sie in die Erde hineinzutragen. Ihre Umwelt verblasste, und sie fand sich in einem Tunnel wieder.

Vorsichtig griff sie nach der Hand des Jungen.

Vögel! Flattern, kein Ausweg, Flügel, Kreischen.

Keuchend ließ Emma den Jungen los. Sie war noch immer in dem Tunnel.

„Emma?" Nathans Stimme drang wie aus weiter Ferne zu ihr.

Sie legte eine Hand auf die Brust des Jungen.

Sperlinge, überall. Blauer Himmel, grüne Bäume, ein Fluss in der Nähe. Glück. Freiheit. Die Vögel sind frei.

Emma zog ihre Hand zurück. Sie verstand nicht, warum, aber es kam ihr so vor, als versuche das Herz des Jungen die wahre Ursache für die Krankheit zu verbergen. Ihr Instinkt sagte ihr, dass sie ihn auf anderem Weg erreichen musste. Sie musste einen anderen Tunnel finden.

Sie wappnete sich innerlich gegen noch schlimmere Bilder. Dann legte sie eine Hand auf seine Stirn und wurde sogleich in einen stockdunklen Gang gezogen. Schwärze umgab sie, eine gespenstische Leere, das Nichts. Verzweifelt versuchte sie, etwas zu erkennen, doch sie befand sich an einem Ort, wo es weder Schatten noch Licht noch irgendeine Form von physischer Beschaffenheit gab. Panik stieg in ihr auf.

War das die Hölle?

Emma streckte die Arme aus und suchte fieberhaft nach einem Weg, fand jedoch nichts, woran sie sich orientieren konnte. Plötzlich ertönte ein hallender Laut um sie herum, und sie erstarrte. Dann fiel sie, drehte sich immer schneller und wurde wie durch einen Strudel hinabgerissen.

Als die Dunkelheit schließlich ein wenig wich, erblickte sie den Schrecken und floh in blinder Panik.

„WAS IST MIT IHR LOS?", fragte Nathan. Er hielt Emmas zuckenden Körper in den Armen. Sie rang japsend nach Luft. „Gott! Emma! Können Sie mich hören?" Vorsichtig richtete er sie auf, damit sie nicht erstickte.

Emma wälzte sich von einer Seite auf die andere, als hätte sie Schmerzen, und ihrer Kehle entrang sich ein gequälter Schrei. Nathan konnte sie nur mit Mühe festhalten.

„Was zum Teufel hast du mit ihr gemacht?", schrie er Pakwa an. Die Angst um Emma sorgte dafür, dass er beinahe die Beherrschung verlor.

Die alte Frau redete auf ihn ein.

„Es war eine Falle, für sie", sagte Masito, dem die Furcht deutlich ins Gesicht geschrieben stand.

„Was soll das heißen?"

Masito übersetzte weiter. „In den anderen Welten gibt es jene, die Fallen für Menschen stellen, die dorthin gelangen."

Nathan kochte vor Wut, doch ihm war klar, dass eine Diskussion ihm nicht weiterhelfen würde. Das kostete nur wertvolle Zeit. „Was machen wir jetzt?"

Diesmal sprach Masito mit Pakwa, bevor er antwortete: „Na'i wird versuchen, sie zu finden."

Na'i legte sich neben Emma und schloss die Augen. Pakwa schlug rhythmisch auf eine Trommel, und Emmas Körper schien sich ein wenig zu entspannen, sodass Nathan es wagte, sie neben den Mann auf den Boden zu legen. Ihre Hand behielt er jedoch fest in seiner. Alles in ihm schrie danach, sie festzuhalten. Während sie warteten, breitete sich zunehmend Verzweiflung in Nathan aus, weil diese Menschen so überzeugt von ihrem Aberglauben waren.

Aber warum war Emma nicht aufgewacht? Was hatte sie gesehen? Wohin war sie gegangen? Irgendetwas war geschehen, und Nathan konnte sie nicht davor beschützen.

Nach einiger Zeit öffnete Na'i die Augen wieder und setzte sich auf. Er sagte etwas in seiner Sprache und schüttelte den Kopf. Das verriet Nathan alles, was er wissen musste, noch bevor Masito übersetzte.

„Er sagt, er kann sie nicht finden. Er hat überall gesucht. Er hat die Geister gebeten, ihren Geist zu finden, aber sie konnten es nicht."

„Wo ist sie?", fragte Nathan.

„Sie könnte sich verlaufen haben, oder vielleicht ist sie geflohen."

„Wie können wir ihr helfen?"

„Wir brauchen einen mächtigeren Priester."

„Gibt es hier einen?" Nathan wusste, dass diese Fragen eigentlich vollkommen sinnlos waren.

Masito schüttelte den Kopf. „Pakwa und Na'i können viel tun, aber nicht genug, um Loloma zu finden. Deswegen dachten sie, dass Emma helfen kann. Ihre Verbindung zu den Geistern ist nicht stark genug, um den Jungen und Emma zu finden."

„Wird sie von allein wieder aufwachen?"

„Vielleicht. Wir werden warten und aufpassen."

Am liebsten hätte Nathan seiner Verzweiflung und Wut freien Lauf gelassen, doch er verkniff sich eine entsprechende Antwort. Herumzuschreien oder Forderungen zu stellen, würde ihnen auch nicht weiterhelfen.

„Der Junge lebt schon eine Weile so", fügte Masito hinzu und klang dabei sehr ernst.

Nathan schloss die Augen. „Das klingt nicht sehr beruhigend."

NATHAN TRUG Emmas Körper behutsam in das Zelt zurück, das sie in der Nacht zuvor miteinander geteilt hatten. Er machte es ihr so bequem wie möglich, flößte ihr alle paar Stunden einige Tropfen Wasser ein und wich ihr nicht von der Seite. Die Hopi-Frauen brachten ihm etwas zu essen. Emma schlummerte tief und fest, wie Nathan es zuvor auch bei Loloma gesehen hatte.

Am späten Nachmittag ließen seine Kräfte allmählich nach,

und irgendwann schlief er neben ihr ein. In seinen Träumen befand sich Emma an einem dunklen Ort, und plötzlich verwandelte sie sich: Aus ihren Armen sprossen Federn, ihre Beine wurden zu Krallen und ein Schnabel wuchs ihr aus dem Kopf. Sie kämpfte offenbar dagegen an und gab dabei kehlige Vogelschreie von sich. Verzweifelt versuchte Nathan, zu ihr zu gelangen und ihr zu sagen, dass er ihr helfen würde, doch seine Worte wurden von den Geräuschen der Verwandlung verschluckt.

Nathan fuhr aus dem Schlaf hoch. Die Nacht war hereingebrochen, und er stemmte sich auf einen Ellenbogen hoch, um Emma ins Gesicht sehen zu können. Sie lag immer noch reglos neben ihm. Der Traum verfolgte Nathan, und so legte er sich mit wild klopfendem Herzen wieder hin und griff nach Emmas Hand.

Was hatten diese Bilder zu bedeuten? Waren sie real? Oder konnte er sich einfach nur nicht der unheimlichen Stimmung entziehen, die durch den Glauben der Hopi an eine böse Macht verursacht wurde? Eine Macht, die angeblich von Loloma Besitz ergriffen hatte und nun vielleicht auch Emma gefangen hielt.

Wach bitte auf, Emma. Der brennende Wunsch schickte einen heißen Blitz durch seinen Körper, bis hinauf in seinen Kopf. Langsam drehte er sich auf die Seite, sodass er Emma zugewandt war, und rutschte dicht an sie heran. Kurze Zeit später schlummerte er wieder ein.

EIN LAUTES KEUCHEN schreckte Nathan aus dem Schlaf. Emma hatte es von sich gegeben, und sie hatte die Augen geöffnet. Rasch half er ihr, sich aufzurichten.

„Alles in Ordnung", beruhigte er sie, da sie reichlich desorientiert wirkte. „Es ist alles in Ordnung, Em." Vorsichtig rieb Nathan ihr über den Rücken.

„Wie lange war ich fort?", fragte sie.

„Einen Tag und eine Nacht. Was ist passiert?"

Sie schüttelte den Kopf. „Wir müssen hier weg. Ich will zurück zum Fluss."

„Ich weiß nicht, ob das ein guter Plan ist. Sie sind geschwächt, und ich bin mir nicht sicher, was mit Ihnen geschehen ist."

„Ich wurde reingelegt, das ist passiert." Emma schob seine Hand weg. „Ich will wieder zum Fluss."

„Ich denke nicht, dass Sie diesen Marsch durchhalten werden."

„Das schaffe ich schon."

„Was haben Sie gespürt, als Sie den Jungen berührt haben?" So schnell ließ Nathan nicht locker.

Emma fasste sich mit beiden Händen an den Kopf und murmelte etwas Unverständliches. Ihr zerzaustes Haar hing ihr wie ein Vorhang vor dem Gesicht und verbarg es vor seinem Blick. Schließlich strich sie sich ein paar Strähnen hinter die Ohren, und erst jetzt sah Nathan ihre tränenüberströmten Wangen.

Sie schloss die Augen und flüsterte: „Da waren überall Ungeheuer." Sie begann zu schluchzen.

Ohne zu zögern, nahm Nathan sie fest in die Arme.

„Sie haben mich nicht gewarnt. Ich wusste nicht, was ich tun sollte", schniefte sie. „Ich musste weglaufen, mich verstecken. Ich wusste nicht, wo ich war. Und dann kam der Sperling zu mir, und ich dachte, er wäre mein Freund, aber er ist in mich hineingesprungen, und das wollte ich nicht. Ich habe versucht, es aufzuhalten, aber es tat so weh."

Emma sprach so schnell und weinte so heftig, dass Nathan die Erwähnung des Vogels beinahe entgangen wäre. Er erstarrte. Ihre Erzählung glich seinem Traum.

„Jetzt sind Sie wieder in Sicherheit, Emma."

„Bitte. Wir sollten gehen."

Irgendwann gab Nathan schließlich nach.

Im grauen Zwielicht des anbrechenden Morgens stahlen sie sich aus dem Lager und nahmen den Pfad hinunter zum Fluss, auch wenn Nathan weiterhin davon überzeugt war, dass Emma den langen Marsch nicht schaffen würde. Dass sie so vehement darauf bestand, Abstand zwischen sich und die Hopi zu bringen, bereitete ihm Sorge. Doch sie hatte nicht lockergelassen, bis er zugestimmt hatte, klammheimlich und ohne Abschied aus dem Lager zu verschwinden.

Kapitel Dreizehn

Die Wanderung auf dem ausgetretenen Pfad, der sich den Canyon hinunter zum Little Colorado schlängelte, dauerte mehrere Stunden. Wie sie das schaffte, war Emma ein Rätsel. Sie war so erschöpft, dass sie einfach nur wie in Trance einen Fuß vor den anderen setzte, als wäre sie eine Marionette. Jedes Mal, wenn sie stolperte oder ausrutschte, war Nathan da, um sie zu stützen.

Emmas Erinnerungen an den vergangenen Tag waren ein einziges Durcheinander, und ihr Verstand schreckte davor zurück, sich näher mit den Ereignissen zu beschäftigen. Die körperliche Anstrengung half ihr dabei, nicht zu gründlich darüber nachzudenken, und nach einer Weile kam ihr das Erlebnis nur noch wie ein böser Traum vor.

Sie sehnte sich nach dem Fluss, als wäre er ein sicherer Hafen, der sie vor dem Schrecken schützte, der in ihrer Erinnerung auf sie lauerte. Dieser Gedanke – dieses Gefühl – trieb sie weiter den Pfad hinab, half ihr über den Schmerz in ihren Beinen hinweg und machte den Schweiß, der ihre Kleidung durchtränkte, erträglich.

Einmal rasteten sie in der brütenden Hitze. Nachdem Emma ihren Hut zurechtgezogen hatte, reichte Nathan ihr ein

Maisfladenbrot, etwas getrocknetes Hasenfleisch und eine Wasserflasche.

„Wo haben Sie das denn her?", fragte Emma überrascht.

„Mir war klar, dass Sie Nahrung und Wasser brauchen würden, also habe ich es mitgehen lassen. Wie fühlen Sie sich?"

„Es geht schon."

Mit dem Ärmel ihres Hemds wischte sie sich das Wasser von den Lippen. Offenbar reinigte der Schweiß ihren Körper von den vorherigen Erlebnissen, denn sie fühlte sich wieder mehr wie sie selbst, je näher sie dem Fluss kamen.

„Sie haben mir gestern Nacht einen gehörigen Schrecken eingejagt", murmelte Nathan, der sie keinen Moment aus den Augen ließ.

„Danke, dass Sie bei mir geblieben sind."

„Erzählen Sie mir irgendwann, was passiert ist?"

Emma wusste, dass er nicht nur um eine einfache Erklärung bat. Er wollte, dass sie ihm vertraute.

Sie nickte. „Ich werde es versuchen. Später."

„Es ist nicht mehr weit." Sein Blick ging in Richtung des Wegs, der noch vor ihnen lag. „Sind Sie fertig?"

Tief durchatmend stand Emma auf. „Ja."

Nathan erhob sich ebenfalls. Wenig später gelangten sie zu der Nebenschlucht, die sie hoffentlich zurück zu ihrem Boot führen würde. Dieser Ort war den Hopi heilig, hier war ihr *sipapu*, wo ihrem Glauben nach alle Hopi von der Unterwelt in diese Welt gelangten.

Emma fragte sich, wo sie auf die Ungeheuer getroffen war. In der Unterwelt?

Vielleicht war die Ebene, auf der sie und Nathan sich gerade bewegten, die beste – trotz der Einschränkung, die ihr Körper ihrem Geist auferlegte. Sie war von Herzen froh, wieder hier zu sein und zusammen mit Nathan diesen Pfad zu beschreiten, während die Sonne sie mit ihrer intensiven Hitze wärmte und so die Kälte und die Schatten vertrieb, die am Rande ihres Bewusstseins auf sie lauerten.

———

ZURÜCK BEIM BOOT ließ Nathans Sorge allmählich nach. Gott sei Dank lag es noch immer am Ufer. Mit kräftigen Schlägen ruderte er sie nun über den Fluss, und als sie endlich die Mündung erreichten, wo der Colorado River den Little Colorado verschluckte, verschwand langsam auch das schmerzhafte Ziehen in seinen Schultern. Hier auf dem Wasser fühlte er sich wieder seltsam zu Hause.

Irgendwann fielen ihm Emmas gerötete Wangen auf.

„Warum ruhen Sie sich nicht etwas aus?" Rasch zog er eine Decke aus ihrem Beutel und faltete sie zu einem Kissen für die Sitzbank. Gehorsam legte Emma sich auf den Boden und bettete Arme und Kopf auf die Decke.

„Danke." Kurze Zeit später war sie friedlich eingeschlafen.

Nathan ruderte weiter, behielt sie aber immer im Blick. Der Flusslauf blieb ruhig, und die sinkende Sonne schickte lange Schatten über die Wände der Felsschlucht, deren Vorsprünge und verschiedene Schichten deutlich hervortraten. Je weiter sie kamen, desto Ehrfurcht gebietender wurde die Aussicht. Man hatte das Gefühl, von einer riesigen Schlange verschluckt und in ihrem Bauch weitergetragen zu werden. In diesem Moment wurde Nathan bewusst, dass sie den Canyon nun nicht mehr so einfach verlassen konnten, doch das beunruhigte ihn weit weniger, als er vermutet hätte.

Trotz der bisherigen Erlebnisse war er gern auf dem Fluss unterwegs. Ihm gefiel es, nicht zu wissen, wohin die Reise führen würde. Und mehr noch gefiel ihm Emmas Gegenwart.

———

EMMA SCHRAK ABRUPT AUF. *Keine Träume.* Welch ein Segen.

„Wir schlagen hier unser Lager auf." Nathan sprang aus dem Boot und zog es höher auf das sandige Ufer hinauf.

Vorsichtig stellte Emma die Füße auf den Untergrund.

„Setzen Sie sich", wies Nathan sie freundlich an. „Ich kümmere mich um den Rest."

Er geleitete sie zu einem großen, flachen Stein, auf dem sie sich niederließ und Nathan dabei zuschaute, wie er ihre Vorräte auspackte und Treibholz für ein Feuer zusammensuchte.

Nach einer Tasse Kaffee klärten sich ihre Gedanken, die bislang in den Erinnerungen festgehangen hatten, endlich wieder ein wenig. Ihr Blick suchte Nathan auf der anderen Seite der rot glühenden, knisternden Flammen, und sie wartete auf die ersten Fragen. Doch er legte schweigend Holz nach und blickte nur gelegentlich zu ihr herüber.

„Ich weiß nicht, wie ich es erklären soll", ergriff Emma schließlich leise das Wort. Sie wusste, dass sie ihm die ganze Wahrheit über sich anvertrauen musste. So viel von sich hatte sie noch nie einem anderen Menschen offenbart.

„Lassen Sie sich Zeit. Ich gehe nirgendwohin."

Emma legte sich eine Decke um die Schultern, zog die Knie an und ließ die Arme darauf ruhen. Ihr Haar hing ihr offen über die Schultern. „Wahrscheinlich sollte ich bei mir selbst anfangen", begann sie zögerlich. „Eines Abends, als ich vierzehn Jahre alt war, hatte ich eine Vision über den Aufenthaltsort eines kleinen Mädchens. Sie war in der Stadt als vermisst gemeldet worden, und ich hatte ihr Bild beim Abendessen mit Mary und meiner Tante in der Zeitung bemerkt. Urplötzlich wusste ich, wo sie sich befand. Sie war die Tochter eines namhaften Advokaten und seit drei Tagen verschwunden. Ich wusste, wo sie war und wer sie entführt hatte."

Nathans Gesicht zeigte keine Reaktion im Schein des Feuers, doch er musterte sie aufmerksam. „Was haben Sie getan?"

„Zuerst gar nichts." Sie nahm sich einen Moment Zeit, um sich daran zu erinnern, wie wenig sie der Vision zunächst hatte glauben wollen. „Tatsächlich war das nicht das erste Mal, dass ich Visionen hatte. Nur das erste Mal, dass mir ein so klares Bild vor Augen stand. Oder besser gesagt, dass es mir so ... eine Verpflichtung aufgedrängt hat. Ich musste etwas unternehmen, aber weder Mary noch meine Tante ahnten etwas von meinen Fähigkeiten. Ich habe mich bis heute nicht getraut, ihnen davon zu erzählen. Daher konnte ich mein Wissen nicht mit ihnen teilen."

„Warum nicht?"

„Die Fähigkeiten, die ich damals besaß ... heute noch besitze ... widersprechen dem religiösen Glauben meiner Tante. Ich habe einen Tag lang hin und her überlegt, was ich tun soll, und mich dann schließlich für einen anonymen Hinweis an die Polizei entschieden."

„Haben sie das Mädchen gefunden?"

„Ja. Und den Mann verhaftet, der sie entführt hat."

„Und niemand hat je erfahren, dass der Tipp von Ihnen kam?"

Emma schüttelte den Kopf.

„Wie ging es weiter?"

„Ich wurde immer öfter von Visionen gequält. Die Flut von Informationen war sehr belastend, und ich wusste nicht, wie ich damit umgehen sollte. Dann bin ich eines Tages mit den Baxter-Brüdern aneinandergeraten. Sie lebten mit ihrer Tante Maeve Baxter unweit von uns. Maeve hat mich gerettet. Bald darauf hat sie meine Gabe erahnt und bot mir ihre Hilfe an. Übrigens waren es die Baxters, die mich bei Lees Ferry verfolgt haben."

„Warum?"

„Ich habe etwas, das sie wollen. Nachdem ich Maeve von meinen Visionen erzählt hatte, bot sie mir an, die Informationen anonym an die Polizei weiterzugeben, damit meine Identität geheim bleibt. Das erschien mir so großzügig, und ich war so froh darüber, dass sie mir half, anderen zu helfen. Aber dann habe ich irgendwann ein Kassenbuch bei ihr zu Hause gefunden. Erst wollte ich es nicht glauben, aber sie hatte tatsächlich Kapital aus meinem Wissen geschlagen und es an die Familien der Opfer verkauft. Was aber weitaus schlimmer war: In dem Buch hatte sie auch mehrere Entführungen dokumentiert, die ihre Neffen – Reggie, Hersch und Abner – begangen hatten. Sie fingierte Straftaten, die sie dann selbst aufklärte. Warum ich das nicht vorhergesehen habe, ist mir schleierhaft, aber bei diesen Taten hatte sie mich nie hinzugezogen oder mir davon erzählt, wie sie es bei anderen machte. Also habe ich die Stadt mitsamt dem Buch so schnell wie möglich verlassen."

„Und sind hierhergekommen?"

Sie nickte. „Ich habe meine Sachen gepackt und bin weg aus San Francisco."

„Aber Sie haben Ihrer Tante gesagt, wohin Sie wollten?"

„Ja, ich habe ihr einen Brief geschrieben. Ich habe allerdings nicht damit gerechnet, dass mir jemand folgt. Meine Tante hat nicht die Möglichkeiten dazu, und Mary lebt bei ihrem Ehemann. Das klingt jetzt vielleicht dumm, aber ich wollte, dass Tante Catherine weiß, wo ich bin, damit wenigstens ein Mensch sich an Emma Harts wahnwitzigen Wunsch erinnert, ein Abenteuer zu erleben. Dass vielleicht jemand nach mir sucht, falls ich nicht zurückkehre. Und mein Tagebuch findet."

„Wie fühlt sich eine Vision an?"

„Ich empfange Eindrücke und Gefühle und manchmal zufällige Bilder. Sie tauchen einfach in meinem Kopf oder in meinem Körper auf."

„Woher wissen Sie, dass das von außen kommt und nicht aus Ihnen selbst?"

„Sehr lange wusste ich das nicht. Jetzt merke ich den Unterschied. Eine Vision vermittelt mir ein intensiveres, klareres Bild. Manchmal fühlt es sich wie ein Faustschlag an. Wenn es eher unklar und verschwommen ist, beschäftigt sich mein Verstand normalerweise mit einem Gedanken oder einer Idee, dreht alles von links nach rechts und zurück. Das ist dann mehr Wunschdenken."

„Hatten Sie eine Vision, bevor Sie hergekommen sind?"

Das Feuer knackste und prasselte, während das Holz zunehmend von der Hitze der Flammen verzehrt wurde. Emma beobachtete diese beinahe grausame Schönheit. *Feuer verschlingt und zerstört, lässt nichts als Asche zurück. Manchmal muss das Alte erst vollständig verschwinden, bevor etwas Neues Platz findet.*

Sie veränderte sich. Und dank der Hopi hatte sie nun Angst vor ihrer Gabe, vor dem, was ihre Fähigkeiten ihr offenbaren konnten, und davor, welcher Gefahr sie sich dadurch aussetzte. Unwissenheit schuf nur Probleme. Das hatte Maeve oft genug gesagt. Doch die Frau war eine Lügnerin und Gaunerin.

„Ich habe einen Ort gesehen, an dem ich verschwinden kann", antwortete Emma.

„Warum haben Sie angenommen, dass Sie dem Indianerjungen helfen können?", hakte Nathan nach.

Emma atmete tief durch. Es fiel ihr nicht leicht, sich den Ereignissen der letzten Nacht zu stellen. „Ich habe meine Gabe lange unterdrückt. Wahrscheinlich wollte ich es einfach drauf ankommen lassen. Oder ich wollte daran glauben, dass ich aus einem bestimmten Grund hier, an diesem Ort, bin, dass ich hierhergeführt wurde, um mich des Jungen anzunehmen. Außerdem war ich ihm zuvor schon in einer Vision begegnet, während wir unterwegs waren. Vielleicht war es Schicksal."

„In der Vision mit den toten Sperlingen?"

Sie nickte.

„Aber Sie sind keine Heilkundige." Nathan stellte nur eine Tatsache fest.

„Ich weiß nicht mehr, was ich bin", erwiderte Emma und merkte, wie sie sich zunehmend in sich zurückzog. Die Verbindung mit dem Jungen und dem, was sie gesehen hatte, war stark gewesen.

„Was ist passiert, als Sie ihn berührt haben?"

Emma starrte ins Feuer, und in ihrem Magen breitete sich ein flaues Gefühl aus. Sie wollte sich nicht daran erinnern. Am liebsten wäre sie vor allem weggelaufen. „Wenn ich Menschen berühre, empfange ich manchmal Gedanken, Gefühle oder Erinnerungen von ihnen. Einige sind wie ein offenes Buch, einfach zu lesen, und ihre Emotionen quellen praktisch über. Bei anderen fällt es mir dagegen schwerer." Sie suchte seinen Blick, damit er verstand, dass sie von ihm sprach. „Sie sind verschlossen, als wäre ihr Leben umgeben von einer unüberwindbaren Mauer. Aber bei dem Jungen war gar nichts."

„Wie meinen Sie das?"

„Es fühlte sich an wie ein riesiger, leerer Raum." Sie schloss die Augen und suchte nach den richtigen Worten, um die Empfindungen zu beschreiben. „Doch dann habe ich einen Blick in seinen Verstand werfen können." Ihre Kehle wurde immer enger und ihre Stimme zunehmend heiser.

Emma senkte den Kopf und fuhr leiser fort: „Seine Mutter ist brutal ermordet worden. Er hat zugesehen, wie ihr Körper in Stücke gehackt und das Fleisch von ihren Knochen gelöst wurde. Ihr skalpierter Kopf landete über einem Feuer. Das Fleisch wurde gegessen, ebenso wie ihr Hirn, das man durch den Hinterkopf herausgelöffelt hat. Aus den Knochen wurde das Mark herausgeholt." Tränen liefen Emma über die Wangen, und sie kniff die Augen fest zu. „Der Junge wurde gezwungen, mitzuessen", flüsterte sie. Sie hatte Angst, dass die falschen Geister sie hören könnten, wenn sie es zu laut aussprach.

Als sie die Augen wieder öffnete, bemerkte sie Nathans schockierten Gesichtsausdruck.

„Dann bin ich weggerannt", fügte sie noch hastig hinzu. „Aber ich fand keinen Weg hinaus. Ich wurde immer tiefer und tiefer in einen bodenlosen Abgrund gezogen. Es war stockdunkel, und ich fand keinen Ausgang. Ich habe die Geister um Hilfe angefleht und da kam ein riesiger Vogel – ein Sperling –, doch er hat versucht, mich zu verändern, sich mit mir zu verbinden, und das wollte ich nicht, also habe ich dagegen angekämpft." Sie schaute zur Seite. „Ich weiß, dass das verrückt klingt."

Nur das Knacksen des Feuers erfüllte die Stille, die ihren Worten folgte.

„Ich weiß nicht mehr, was ich glauben soll", sagte Nathan schließlich. „Aber ich bin froh, dass Sie zurückgekommen sind."

Emma hörte und spürte die Aufrichtigkeit in seinen Worten, sah in seinen Augen, dass es ihm ernst war.

„Danke, dass Sie auf mich gewartet haben", antwortete sie.

NATHAN STAND mit nacktem Oberkörper am mächtigen Colorado River, der Grand Canyon zeugte von der Kraft und und Urgewalt des Flusses. Über Jahrmillionen hatte sich das Wasser ins tiefste Innere der Erde gegraben und ihr Geheimnisse entlockt. Gerade floss es ruhig dahin, aber Nathan spürte, dass er am Ufer bleiben musste, wo er in Sicherheit war.

Der Junge stand mitten auf dem Fluss. Nathan wusste, dass das Kind nicht auf dem Wasser laufen konnte, also musste es ein Traum sein.

Jemand trat hinter Nathan. Als er über seine Schulter blickte, erkannte er seinen Vater. Überrascht starrte er auf das Messer und die Gabel, die dieser in den Händen hielt.

„Behalt den Jungen im Auge", wies sein Vater ihn an.

Nathan tat, wie ihm geheißen, während sein Vater ihm ein Stück Fleisch aus dem Rücken schnitt und es aß.

Erschrocken fuhr Nathan aus dem Schlaf. Er rieb sich die Augen, und ein Blick zu den Sternen sagte ihm, dass es noch mitten in der Nacht war. Das Feuer zwischen ihm und der schlafenden Emma war zu einem glimmenden Aschehaufen heruntergebrannt.

Es war lange her, dass er Angst verspürt hatte – Todesangst. Natürlich war ihm klar, dass es an Emmas verstörender Geschichte über den Jungen und dem Eingeständnis ihrer übernatürlichen Fähigkeiten lag.

Das verunsicherte ihn.

Nathan erhob sich, schnappte sich seine Decke und ging zu Emma hinüber. Dort breitete er den Stoff aus, legte sich nieder und schlang einen Arm um sie.

Er wollte nicht allein sein.

Kapitel Vierzehn

Mitten in der Nacht erwachte Emma. Nathan schlief neben ihr, hielt sie fest an sich gedrückt, einen Arm um ihre Taille geschlungen. Wärme breitete sich in Emmas Bauch aus, und seine Nähe weckte eine Sehnsucht in ihr, die sie sich bei Tageslicht nicht anmerken ließ. Noch im Halbschlaf drehte sie sich zu ihm um, vergrub das Gesicht an seinem Hals, sog tief seinen Duft ein und spürte der Wärme seines Körpers nach. Es war schön.

Nathan regte sich, als sie sich bewegte, und legte nun beide Arme um Emma. Sacht drückte sie die Lippen auf seinen Hals und zog eine Spur zarter Küsse bis hinunter zu seiner Brust. Sie wollte ihn so gerne richtig küssen, traute sich jedoch nicht. Würde ihm das denn überhaupt gefallen?

Er schob eine Hand in ihr Haar, eine unglaublich intime Geste. Emma lehnte den Kopf nach hinten, und im nächsten Moment lagen Nathans Lippen auf ihren. Ihr erster Kuss war feurig und wild. Emma verlor sich in dem brennenden Verlangen, das Nathans Liebkosung in ihr weckte, und sie antwortete ihm mit gleicher Leidenschaft.

Zärtlich erforschte er sie mit den Lippen – ihr Gesicht, ihren Hals, ihr Dekolleté, doch weiter ging er nicht. Sie genoss es, ihn zu berühren, ihre Finger durch sein Haar gleiten zu lassen, über seine Wangen und die rauen Bartstoppeln zu streichen und die Kraft in seinen Schultern zu ertasten.

Nathan drängte sich gegen sie, und Emma spürte seine Erregung. Sie machte ihr Angst, und doch konnte sie nicht genug davon bekommen. Würde es wehtun? Ihr Körper bog sich ihm entgegen. Ganz egal, ob es Schmerzen verursachte oder nicht, sie begehrte ihn. Sie wollte ihm so nah sein wie nur möglich, um das Feuer zu löschen, das lichterloh in ihr brannte.

Ungeschickt nestelte sie an den Knöpfen seines Hemds, während Nathan sie erneut sinnlich küsste. Schließlich löste er sich von ihr und zog sich das Hemd über den Kopf, bevor er ihren Körper mit seinem bedeckte. Als ihre Lippen erneut miteinander verschmolzen, schlang Emma beide Arme um ihn. Sie hätte sich nie träumen lassen, dass ihre Vereinigung so sein würde – stürmisch, berauschend, vollkommen überwältigend.

Er schmiegte sich an sie, und ihre Fingernägel kratzten über seinen Rücken. Purer Instinkt leitete sie, als sie sich ihrer Kleidung entledigte. Sie schob Nathan gerade weit genug von sich, dass sie sich das Hemd ausziehen und aus ihrer Hose schlüpfen konnte. Er half ihr dabei. Mit den Fingern zog er eine Spur über ihre nackte Haut, den Bauch und weiter hinunter zu ihren Beinen, um ihr die Unterwäsche abzustreifen. Die Berührung schickte ein heißes Kribbeln über ihren Körper.

Nathan verlagerte sein Gewicht ein wenig und küsste sie erneut, während seine rechte Hand federleicht unterhalb ihrer Brüste ruhte. Zärtlich streichelte er sie, und sie schwelgte in der Wonne, dass sie ihm offenbar gefiel. Genau wie in den Visionen von ihrem Traumliebhaber fühlte sie sich schön und begehrenswert. Jegliche Zurückhaltung löste sich in Luft auf.

Sie kam seinem fordernden Kuss gierig entgegen, zerrte an seiner Hose. Schnell zog er sie aus, und damit verschwand auch die letzte Barriere, die sie noch voneinander trennte. Emma genoss es, dass er sich an ihr rieb, doch er ließ es langsam angehen, zu langsam für ihren Geschmack. Sehnsüchtig presste sie sich an ihn, wollte mehr, doch er verharrte unvermittelt reglos, die Hände um ihre Hüften geschlungen. Nach einem ihr schier ewig erscheinenden Moment erfüllte er sie endlich ganz. Wieder verharrte er, und Emma schwelgte in der Verbindung mit ihm, in der Mischung aus Sehnsucht und unendlicher Erleichterung, der Befriedigung ihres Verlangens nach ihm, das sie schon lange vor ihrem ersten Kennenlernen verspürt hatte. Sie bewegten sich im Einklang miteinander, Emma klammerte sich an Nathan fest, passte sich seinem Rhythmus an, bis der Höhepunkt sie mit einer Macht überwältigte, die an die Urgewalt der Stromschnellen erinnerte. Langsam ebbte die Ekstase ab und Nathan küsste sie noch einmal. Ihr Atem vermischte sich, und zwischen ihnen herrschte eine so tiefe Vertrautheit, wie sie es sich niemals hätte vorstellen können.

Dabei war ihre Vorstellungskraft wirklich gut.

IM ERSTEN MORGENGRAUEN erwachte Emma erneut neben einem schlafenden Nathan. Er hatte das Gesicht von ihr abgewandt, was ihr nur recht war, da er leise schnarchte. Sie fragte sich unwillkürlich, warum ihr das bisher noch nicht aufgefallen war, immerhin schliefen sie seit etlichen Nächten Seite an Seite. Das Geräusch brachte sie zum Lächeln.

Emma hatte sich nicht die Mühe gemacht, sich wieder anzuziehen, und Nathan ebenso wenig. Die Decke glitt von seinem Körper, was es ihr erlaubte, sich an dem wundervollen Mann sattzusehen. Irgendwann zog Emma die Decke jedoch wieder über sie beide und legte einen Arm über Nathans Brust. Nach der Dunkelheit, die sie bei dem Versuch, Loloma zu helfen, erlebt hatte, genoss sie nun diesen Moment mit Nathan und das stille Versprechen eines neuen Tages.

Innerlich hatte sie sich grundlegend verändert. Mit der

körperlichen Vereinigung war auch ein Band zwischen ihnen geknüpft worden, eine intime Verbindung, die nur schwer zu beschreiben war. Sie *spürte* es einfach – wie ein Kribbeln im Bauch. Es half ihr, die Ungeheuer der Nacht zu vertreiben.

Nathan regte sich. Sie schmiegte sich an ihn und küsste ihn erst auf die Wange, dann auf die Schulter. Als er den Kopf zu ihr drehte, berührten sich ihre Lippen flüchtig.

„Ich habe gestern Nacht schlecht geträumt", murmelte er an ihrem Mund. „Deswegen bin ich zu dir gekommen."

„Ich bin froh, dass du es getan hast."

Verschlafen musterte Nathan sie im Licht des jungen Morgens. „Ich habe dir nicht wehgetan, oder?"

„Nein." Sie drehte sich ein wenig und drängte ihre Brüste dabei gegen seinen Arm. „Habe ich *dir* etwa wehgetan?", fragte sie gespielt besorgt.

Er lachte. „Wohl kaum."

Emma verwob ihre Finger mit seinen und lehnte den Kopf an seine Schulter.

„Deine Visionen …", meinte er. „Wusstest du all die Jahre, dass Molly noch am Leben ist?"

„Ich habe ab und zu von ihr geträumt."

„Wusstest du, wo sie war?"

„Ich habe sie zusammen mit den Comanche gesehen, es aber nicht für real gehalten. Ich war davon überzeugt, dass sie tot war."

„Kam ich in deinen Visionen vor?"

Weil sie nicht antwortete, wandte Nathan sich ihr komplett zu. „Du hast mich gesehen, oder?", hakte er nach.

„Vielleicht."

„Also hast du bei unserer ersten Begegnung gewusst, wer ich bin?" Sein Tonfall klang tadelnd, doch Emma spürte keinen Ärger in der Frage.

„Eigentlich nicht", erwiderte sie. „Ich habe dir eins mit dem Ruder übergezogen, weißt du noch?"

„Ja, ich erinnere mich dunkel." Er rieb sich demonstrativ den Kopf.

„Ich hatte Visionen von einem Mann. Er sah sehr gut aus, deswegen bin ich wahrscheinlich auch nicht gleich darauf gekommen, dass du das sein könntest."

Nathan kniff sie leicht in den Oberschenkel.

„Autsch!" Sie lachte.

„Wie viel von der Zukunft hast du gesehen?"

„Oh, jetzt verstehe ich. Du hast Angst, dass ich schon weiß, wie das hier ausgehen wird."

„Es würde dir durchaus einen Vorteil verschaffen", brummte er.

„Keine Sorge. Ich weiß nichts über die Zukunft. Ich weiß genauso wenig im Voraus wie du, wann wir das nächste Mal beisammenliegen werden."

Seine Hände glitten über ihre nackte Kehrseite und drückten sanft zu. Dann zog er sie zu sich, um ihr mit einem stürmischen Kuss zu sagen, dass er ihre Herausforderung annahm.

AM VORMITTAG MUSSTEN sie zwei Stromschnellen überwinden, und auch wenn das Manövrieren im Wildwasser dieses Mal nicht besonders schwierig war, verlangte die rasante, nasse Partie Nathan viel Kraft ab. Weiter flussabwärts verbreiterte sich der Strom schließlich. Der Marble Canyon war schmal und beengend gewesen – die steilen Felswände so nah, dass man sie im Vorbeifahren beinahe mit der Hand berühren konnte. Doch nun, im Grand Canyon, nahm der Fluss nur noch einen Teil der flachen Talsohle ein, und die Canyon-Wände wirkten mehr wie Stufen zum Himmel.

Nathan sah immer wieder zu Emma, die ihm gegenübersaß, und musste sich dabei über sich selbst wundern. Jedes Mal stieg Erregung in ihm auf, und er konnte kaum einen klaren Gedanken fassen. Er war achtundzwanzig Jahre alt, und doch fühlte er sich in ihrer Nähe wieder wie ein Junge, der noch nicht trocken hinter den Ohren war. Noch verwirrender war für ihn aber die Reise, auf der sie sich befanden. Ohne festgelegtes Ziel war er sich eines jeden Augenblicks deutlich bewusster als sonst. Er hatte Emma, er hatte das Boot, und er hatte den Fluss. Was könnte besser sein als das? Insgeheim wünschte er sich, dass die Fahrt nie zu Ende gehen würde.

„Bist du ein gläubiger Mensch?", fragte Emma, während sie sich sanft schaukelnd vom stetig fließenden Wasser weitertragen ließen.

Nathan beugte sich über die Bordwand und spritzte sich Wasser ins Gesicht und über die Haare. Die Sonne brannte immer noch unbarmherzig auf sie und das Land herunter. Nachdem er sich den Hut wieder aufgesetzt hatte, zuckte er mit den Schultern, lehnte sich zurück und streckte die Beine aus. „Hat deine Tante dich gezwungen, in die Kirche zu gehen?"

„Wurdest du gezwungen?"

„Meine Ma wollte, dass ich mitkomme, aber seit dem Tod meines Vaters habe ich keine Kirche mehr betreten."

„Aber du warst bei Matts und Mollys Hochzeit."

Er nickte. „Sie wurden auf der Ranch der Ryans im Freien getraut."

„Dann wollte Matt wohl sicherstellen, dass du kommst", neckte ihn Emma.

„Ich bezweifle stark, dass er an seinem Hochzeitstag an mich gedacht hat", erwiderte Nathan lächelnd.

„Wie war die Zeremonie?"

Nathan erinnerte sich einen Moment lang daran zurück. „Wie jede andere auch, denke ich."

„Wie sah Molly aus?"

„Wie eine Frau, die heiratet."

Emma tauchte eine Hand ins Wasser und spritzte ihn nass. „Ich meine, ob sie glücklich oder aufgeregt gewirkt hat. Welches Kleid hat sie getragen?"

Darüber musste Nathan schon etwas länger nachdenken. „Also, glücklich hat sie schon gewirkt. Ja, ich würde sagen, sogar sehr glücklich. Und ihr Kleid? Es war weiß … glaube ich."

Emma seufzte. „Du weißt es wirklich nicht mehr, oder?"

„Nein. Ich weiß nur, dass Matt die Hochzeit kaum erwarten konnte und Molly mit einem Blick angeschaut hat, den ich noch nie zuvor bei ihm erlebt habe. Und sie hat die Augen praktisch gar nicht von ihm abwenden können. Ich schätze mal, dann weiß man es."

„Was weiß man?"

„Dass man den Menschen gefunden hat, ohne den man nicht mehr leben kann."

Sie senkte den Kopf. Die Worte schienen zwischen ihnen in der Luft zu hängen. Hatte er etwas Falsches gesagt?

„Glaubst du daran?", fragte sie schließlich. „An Seelenverwandtschaft?"

„Ich weiß nicht. Tust du es?"

„Ich rechne nicht damit, jemals zu heiraten." Emma kniff die Augen gegen das helle Sonnenlicht zusammen und betrachtete das vorbeiziehende Ufer.

„Du bist aber noch zu jung dafür, um das auszuschließen, Em."

Sie verzog das Gesicht. „Es liegt an meiner Gabe. Sie erschwert mir Beziehungen zu anderen Menschen."

„Willst du mir damit etwas sagen?" Nathan versuchte, die Worte beiläufig klingen zu lassen. Die Situation war für ihn ungewohnt. Normalerweise versuchten die Frauen, mit denen er sich einließ, von Anfang an, ihn an sich zu ketten.

„Ich weiß nicht, was du meinst", antwortete sie.

„Versuchst du mir zu erklären, dass die letzte Nacht eine einmalige Sache zwischen uns war?"

Emma runzelte die Stirn. „Nein. Ich will dich nur wissen

lassen, dass ich keine Erwartungen an dich stellen werde, wenn diese Reise vorüber ist."

Nathan wusste nicht, was er davon halten sollte. Vielleicht hatte sie in einer Vision bereits mehr über ihre Beziehung erfahren. Es machte ihm zu schaffen, dass sie offenbar keine gemeinsame Zukunft für sie beide sah.

Eine Weile lang schwiegen sie.

„Hast du einen großen Traum?", fragte Emma.

Nathan nahm die Ruder wieder auf und dachte über ihre Frage nach. „Seit ich Missouri verlassen habe, vermisse ich das Leben am Wasser. Ich habe das hier vermisst." Er deutete mit dem Kopf zum Fluss. „Wenn ich mir was wünschen könnte, würde ich mir wohl ein Haus an einem Fluss bauen."

„Am Mississippi?"

„So groß muss der Fluss gar nicht sein. Ich mag Texas. Vielleicht irgendwo am Brazos. Wenn ich einen Sohn hätte, würde ich ihm beibringen, auf dem Wasser zu navigieren." Erst als er die Worte laut aussprach, wurde Nathan bewusst, wie sehr ihm dieser Gedanke gefiel. Dabei hatte er sich bisher nie vorstellen können, einmal eigene Kinder zu haben.

Bis jetzt.

Bis er Emma kennengelernt hatte.

„Ich hoffe, dass dein Wunsch sich erfüllt", meinte sie.

Etwa eine Meile flussabwärts umrundeten sie eine Flussbiegung und steuerten auf eine Stromschnelle zu, die ziemlich gefährlich wirkte.

„Wir sollten anhalten und uns die Stelle vorher ansehen."

„Ja." Nathan lenkte den Kahn ans rechte Flussufer.

NACHDEM SIE DAS Boot gesichert hatten, schlenderte Emma am Ufer entlang. Das allgegenwärtige leise Gurgeln und Glucksen des Flusses begleitete sie. Grauweiße Wolken lockerten das eintönige

Blau des Himmels auf und betupften die Landschaft mit lebhaften Schattenspielen. Vom Wasser aus führten mit rotem Geröll bedeckte Hänge nach oben, die in steilen Klippen endeten, deren Schichtmuster überall in den Schluchten zu sehen war. Die Geschichte des Canyons war für jeden auf den ersten Blick ersichtlich und offenbarte das wahre Alter der Erde.

Emma erschien die trockene, lebensfeindliche Landschaft fremdartig, als würde sie durch eine Traumwelt wandeln. Die tägliche Fahrt auf dem Fluss war eine stetige Wiederholung von Abläufen und inzwischen tatsächlich nicht mehr besonders aufregend, doch dann gab es auch Momente wie diesen. Gerade wurde ihr wieder einmal das Ausmaß dessen bewusst, was sie erreicht hatte – wie weit sie von zu Hause fort war. Und das erfüllte sie mit Stolz. Sie hatte es geschafft. Sie hatte ihren Traum verwirklicht. Egal, wie die Sache ausging, diese Erfahrung konnte ihr niemand mehr nehmen.

Der Wind frischte auf, und die Sonne verschwand immer wieder zwischen den dahintreibenden Wolken. Emmas Blick fiel auf die kleine Steinruine einer ehemaligen Behausung, ein erneutes Zeugnis dessen, dass Menschen diese Gegend einst bewohnt hatten. Emmas Herzschlag verlangsamte sich, und sie lauschte der Stille.

Deswegen haben diese Leute damals hier gelebt.

Sie verlor jegliches Zeitgefühl. Die Schönheit der Welt erschien ihr mit einem Mal so klar, als hätte man ihr einen Schleier von den Augen gezogen. Dieser Ort war besonders, heilig, und die Grenzen zwischen den Welten beinahe fließend. Es war ein Ort, dem Göttliches innewohnte, bevor es in die irdische Welt überging.

Sie wandte sich um, doch als sie Nathan erblickte, stockte ihr der Atem. Er war am Ufer weitergegangen, um die Stromschnelle auszukundschaften. Neben ihm stand ein Mann.

Emma konnte sich nicht rühren, nur gebannt zusehen. Wenn Nathan sich bewegte, tat der Mann es ihm gleich. Er war ebenso groß wie Nathan, schlank und gut gekleidet, aber älter. Bei näherer

Betrachtung kamen ihr seine kantigen Züge bekannt vor. Dann wandte die Erscheinung sich zu ihr um, und in dem Moment wusste sie, dass sie Nathans Vater vor sich hatte.

Ein Blinzeln und er war verschwunden.

Nathan schien seinen Besucher nicht bemerkt zu haben.

Sollte sie es ihm sagen? Gestern Abend hatte sie ihm gestanden, dass sie Visionen empfing, und das hatte zu einer wundervollen Nacht in seinen Armen geführt. Offenbar akzeptierte er sie so, wie sie war. Oder vielleicht auch nicht. Da sie sich noch nicht traute, die Grenzen ihrer Beziehung zu testen, entschied sie, die Begebenheit vorerst für sich zu behalten.

„Stimmt etwas nicht?", fragte Nathan beim Näherkommen.

„Nein, es ist alles in Ordnung."

„Du wirkst nachdenklich. Hast du etwas gesehen?"

„Nein. Nur ein paar Ruinen." Sie deutete auf die Anhöhe.

„Hier haben wohl irgendwann einmal recht viele Menschen gelebt", meinte er.

„Was hältst du von der Stromschnelle?"

„Wir sollten sie nicht befahren. Zu gefährlich. Hast du noch genug Kraft für harte Arbeit?"

„Natürlich. Sicherheit geht vor."

Zusammen kehrten sie zum Boot zurück.

EMMA HALF NATHAN nicht nur bei dieser, sondern auch bei der nächsten Wildwasserstelle, das Boot hindurchzutreideln. Die Arbeit war langwierig und ermüdend und nahm den Großteil des Nachmittags in Anspruch. Gegen die dritte Stromschnelle waren die ersten beiden jedoch ein Kinderspiel. Trotz ihrer Erschöpfung regte sich Aufregung, gemischt mit einem Hauch von Angst, in Emma, als sie das neue Hindernis beäugte.

Auf der gegenüberliegenden Seite des breiten Flussbetts entsprang ein Damm aus schwarzem Gestein aus dem roten

Schiefer, der sich bis hinunter ins Wasser erstreckte. Die zahlreichen riesigen Felsbrocken im Wasser und an der linken Uferseite boten dem Fluss zusätzlichen Widerstand. Doch nur auf dieser Uferseite gab es eine Stelle, an der sie anhalten und eine Fahrtroute festlegen konnten. Sowohl im Wasser als auch vom Ufer aus würde es eine große Herausforderung werden, das Boot durch die Stromschnelle zu steuern.

Emma folgte Nathan, der sich vorsichtig einen Weg über das steinige Ufer suchte, um das Wildwasser genauer in Augenschein zu nehmen.

„Die werden wir definitiv nicht befahren", rief Nathan ihr über das Tosen des Flusses hinweg zu.

Sie betrachtete den schäumenden Fluss. „Aber das Treideln wird hier schwierig." Bisher hatten sie den Kahn nur bei weniger imposanten Wildwassern an Seilen geführt und mitunter auch ein Stück über Land transportiert. Die vorherigen Stromschnellen hatten allesamt weniger Felsen aufgewiesen, an denen das Boot hätte zerschellen können, und waren Emma dennoch schon schwierig vorgekommen.

Das Herz schlug ihr bis zum Hals, und ihr Sichtfeld schrumpfte auf einen schmalen Tunnel zusammen. Noch einmal betrachtete sie die Umgebung und den spätnachmittäglichen blauen Himmel. Sie hatte das starke Gefühl, dass ihnen etwas Unausweichliches bevorstand.

„Ich will sie befahren", verkündete sie.

Nathan schaute sie an, als wäre ihr ein zweiter Kopf gewachsen. „Bist du verrückt?"

Sie sah ihm fest in die Augen. „Das ist noch nicht alles. Ich will es allein machen."

Sein Blick wurde noch ungläubiger. So fassungslos würde er sie vermutlich noch nicht einmal anschauen, wenn sie ihm erzählte, dass sein toter Vater ihm einen Besuch abgestattet hatte. *Wahrscheinlich hätte ich es ihm doch gleich sagen sollen.*

Seine Reaktion schmeckte ihr nicht und verstärkte ihren Entschluss.

„Würdest du mir bitte erklären, warum?"

Sie richtete den Blick auf den gewaltigen Fluss, der sich reißend den Weg durch sein breites Canyon-Bett bahnte. Zweifellos waren unter der Wasseroberfläche noch mehr Felsen verborgen, aber das minderte ihre Entschlossenheit nicht im Geringsten. Angst verspürte sie trotzdem. Doch sie war es leid, ständig Angst zu haben, und entschied, dass sie dieses Mal nicht die Oberhand gewinnen würde. Irgendwann würde sie sich dem stellen müssen, was mit dem Jungen passiert war. Vielleicht würde ihr diese Erfahrung dabei helfen.

„Ich habe mich mein Leben lang versteckt", meinte sie. „Vor meiner Gabe, vor anderen Menschen, vor dem Leben. Und ich bin es leid." Emmas Stimme brach. Sie deutete auf die riesige Stromschnelle, die sich nur wenige Meter vor ihnen befand. „Lass es mich versuchen."

Sie konnte förmlich sehen, wie Nathan innerlich mit sich kämpfte, mit jeder Faser seines Seins. Sie wartete darauf, dass er Einwände erhob, dass er ihren Wunsch ablehnte. Doch wie das Leben überraschte auch er sie wieder einmal.

„In Ordnung." Seine Kiefermuskeln spannten sich an und verrieten, wie schwer ihm diese Entscheidung fiel. „Aber wir werden das so machen, wie ich es sage. Dreh dich um, und erklär mir, was du vorhast. Und dein Plan sollte verdammt gut sein."

Sie lächelte, und freudige Erregung breitete sich in ihr aus.

Eine Weile später schnaufte sie dagegen enttäuscht.

Ihre Route war nicht gut genug, und Nathan forderte sie wieder und wieder dazu auf, alles noch einmal durchzugehen und alle Möglichkeiten einzubeziehen, um die bestmögliche Route zu finden. Der Mann war wirklich besessen vom Fluss. Natürlich wusste sie, dass sein Rat auf Erfahrungen gründete, doch sie vermutete, dass der Fluss jeden noch so ausgeklügelten Plan scheitern lassen konnte. Gerade das machte es ja so aufregend für sie, doch Nathan hielt ihr Vorhaben für puren Wahnsinn.

Schließlich konnte sie ihn aber doch davon überzeugen, dass sie die beste Route verinnerlicht hatte.

„Es ist schon spät", sagte er. „Vielleicht sollten wir bis morgen warten." Anscheinend hatte sie ihn doch nicht so sehr überzeugt wie gedacht.

Emma schüttelte den Kopf. „Nein. Ich will es jetzt machen, bevor ich den Mut verliere."

„Also gibst du zu, dass dir die Sache auch nicht ganz geheuer ist."

„Natürlich habe ich Angst. Du nicht? Was hast du während deiner Zeit als Soldat gemacht, wenn du einen Hinterhalt oder Angriff erwartet hast? Bist du weggelaufen?"

„Das ist nicht das Gleiche, und du bist kein Mann, Emma."

„Gott sei Dank nicht. Ich weiß, dass du nicht gekniffen hast, also lass mich das tun."

„Selbst wenn es dich das Leben kostet?"

„Ich habe nicht vor, zu sterben."

„Und du glaubst, dass das allein die Gefahr mindert?", fragte er.

Sie zögerte kurz. „Ja."

Auf dem Rückweg zum Boot entschied Emma, ihn ab sofort zu ignorieren. Die Risiken des bevorstehenden Unterfangens wurden ihr gerade erst so richtig bewusst, doch sie konnte jetzt keinen Rückzieher mehr machen. Das ließ ihr Stolz nicht zu. Sie würde Rückgrat beweisen und es hinter sich bringen.

Nathan holte ein Seil und seine Waffe aus dem Kahn. Dann begann er, das Tau an eine der Ruderhalterungen zu binden.

„Was tust du da?"

„Ich kann dir helfen und dich vom Ufer aus leiten", erwiderte er.

Emma schaute zum gegenüberliegenden Ufer. „Das ist meiner

Ansicht nach kein guter Plan. Das Seil könnte an einem Felsen hängen bleiben und damit alles nur schlimmer machen."

Nathan hielt inne und überdachte ihre Worte. Dann stieß er einen leisen Fluch aus und löste das Seil wieder. Er legte die beiden Ersatzruder so auf den Boden des Boots, dass Emma sie leicht erreichen konnte, und verbrachte noch einmal mehrere Minuten damit, ihr zu erklären, wie sie die Taue nutzen konnte, wenn sie in Schwierigkeiten geriet. Angesichts des schwindenden Tageslichts machte sich Ungeduld in Emma breit.

Sie nahm ihren Hut ab und drückte ihn Nathan in die Hand. „Bewahr den für mich auf." Dann wandte sie sich zum Gehen, doch er hielt sie am Arm zurück.

„Emma, das gefällt mir nicht. Das ist doch Wahnsinn. Ich nehme das Boot, und du bleibst am Ufer. Was soll ich denn machen, wenn dir etwas passiert?"

„Machst du dir immer so viele Sorgen?" Allmählich wurde sie wütend und verbarg es auch nicht.

Rasch gab sie Nathan noch einen Kuss auf den Mund, bevor er ihr antworten konnte, und sprang dann ins Boot. Er schob sie ins Wasser, und sie ruderte quer über den Fluss zum rechten Ufer.

Nachdem sie ihr Ziel erreicht hatte, wendete sie das Boot, sodass sie in Fahrtrichtung schaute. Sie war zuvor mit Nathan übereingekommen, dass sie besser sehen sollte, was auf sie zukam. Ihr Herz klopfte wild, und ihre Aufregung wuchs, je näher der Kahn sich auf die Stromschnelle zubewegte. Noch einmal atmete Emma tief durch, hielt Ausschau nach sichtbaren und weniger offensichtlichen Hindernissen und versuchte, ihnen auszuweichen.

Dann erfasste das Wildwasser sie, und es blieb keine Zeit mehr zum Denken.

Das Boot bockte und sackte unter ihr weg, schlingerte von einer Seite zur anderen. Sie hatte Mühe, das rechte Ruder zu bewegen, und geriet prompt zu nahe an einen Felsen. Das Holz verhakte sich daran und drehte das Boot einmal im Kreis um den Stein, bis die Halterung abriss und das Ruder abtrieb. Befreit steuerte der Kahn mit dem Heck voran und nur einem nutzbaren Ruder ins schneller fließende Wasser.

Um sie herum wirbelte schäumende Gischt auf. Sie schnappte sich eins der Ersatzruder, doch ohne die entsprechende Halterung an der Bootswand war es ihr nicht von Nutzen. Also löste sie rasch das andere Ruder, bevor sie auch dieses noch verlor. Sie versuchte, den Kahn mit nur einem Holz in der Hand zu steuern, doch sie konnte so nicht schnell genug manövrieren. Das Boot prallte hart auf eine Gruppe Felsen und verkeilte sich dazwischen. Es kostete Emma einige Mühe, es mithilfe des Ruders wieder freizubekommen.

Jetzt war sie mitten in der Stromschnelle, und ihr war klar, dass sie sich längst nicht mehr auf der vorgeplanten Route befand, die Nathan ihr immer und immer wieder eingetrichtert hatte. Jetzt musste sie improvisieren.

Wasser durchnässte sie, das Boot kippte gefährlich zur Seite und schlingerte erneut. Aus den Augenwinkeln konnte sie Nathans kleine Gestalt am linken Ufer entlangrennen sehen. Er tat wohl sein Bestes, um mit ihr mitzuhalten. Nach weiteren acht oder zehn Metern verkeilte sich das Boot wieder zwischen einigen Felsen. Noch einmal nutzte Emma das Ruder, um sich von ihnen zu lösen.

Mit jedem Stein, den sie umfuhr, stieg mehr und mehr Erregung in ihr auf. Sie hatte die Stromschnelle durchquert. Nun ja, fast. Gerade als sie ruhigere Gewässer erreichte, traf eine Gegenströmung ihren Kahn mit voller Wucht von der Seite und schleuderte sie über Bord. Emma tauchte rasch wieder auf und stellte erleichtert fest, dass das Boot nicht gekentert war. Eilig schwamm sie darauf zu.

Sie umfasste die Seitenwand, ertastete mit den Füßen den Grund und zerrte den Kahn Richtung Ufer. Plötzlich war Nathan neben ihr und half ihr dabei.

„Hast du das gesehen?", fragte sie schwer atmend und wischte sich das Wasser aus dem Gesicht.

„Ja, habe ich", antwortete er. „Mir wäre beinahe das Herz stehen geblieben."

„Das war so aufregend!" Sie würde sich von seiner Miesepetrigkeit gewiss nicht dieses wundervolle Erlebnis zerstören lassen. Sie fühlte sich so unglaublich lebendig.

Nathan zog das Boot vollends ans Ufer, während Emma ihre Schwimmhilfe ablegte. Sie lachte laut auf. „Ich kann verstehen, warum du Flüsse so sehr liebst."

Nun sah er sie wieder an, lange und schweigend. Sie konnte seine ausdruckslose Miene nicht deuten. An seine grüblerische Seite musste sie sich erst noch gewöhnen.

„Was denn?", fragte sie und strich sich hastig übers Gesicht. „Tropft mir etwas aus der Nase?"

Nathan kam auf sie zu. Die Schwimmhilfe entglitt ihr, und sie schlang die Arme um seinen Nacken und zog ihn mit sich, sodass sie im Wasser landeten.

Sie lachte erneut und küsste ihn, was ihm endlich eine Reaktion entlockte. Wenige Augenblicke später hatte er sie ihrer Kleidung entledigt. Hastig und intensiv liebten sie sich, und Emma fühlte sich vollkommen befriedigt.

Es war bereits dunkel, als sie schließlich ihr Lager aufschlugen.

Kapitel Fünfzehn

Nathan lag auf dem Rücken und schaute hinauf zu den funkelnden Sternen am Nachthimmel. Er hielt Emma im Arm, die es sich neben ihm bequem gemacht hatte. Während das Lagerfeuer langsam herunterbrannte, verebbte endlich auch sein Verlangen nach ihr. Er hatte sie nach ihrem Stelldichein im Fluss noch zweimal geliebt und fragte sich nun, ob es an der Isolation von der Außenwelt lag, dass er die Finger nicht von ihr lassen konnte. Vielleicht war er auch einfach nur zu lange nicht mehr mit einer Frau zusammen gewesen. Dass eine leise Stimme tief in seinem Inneren etwas anderes flüsterte, ignorierte er lieber. Die Stimme wollte ihm weismachen, dass Emma kein flüchtiges Abenteuer für ihn war. Sie war eine Frau, die das Leben eines Mannes von Grund auf verändern konnte.

„Glaubst du, dass dort auf diesen Sternen jemand lebt?", fragte Emma.

Ihr Verstand ging manchmal seltsame Wege. „Keine Ahnung."

„Es sind so viele. Wenn wir dort hinreisen könnten, würden wir es sicher herausfinden."

„Ja, vielleicht."

„Wir können ja nicht allein im Universum sein."

„Vermutlich nicht."

„Der Grand Canyon wirkt beinahe, als wäre er nicht von dieser Welt, oder?"

„Das könnte man auch über Texas sagen. Und über einige der Menschen dort."

Sie stupste ihn in die Seite. „Ich stamme aus Texas. Also irgendwie. Geboren wurde ich in Virginia, aber meine Kindheitserinnerungen sind alle mit Texas verbunden." Sie drehte den Kopf, um ihn anzusehen. „Wo lebst du?"

„Wo immer ich gerade bin."

„Hast du keine Ranch oder Farm irgendwo?"

Nathan griff nach ihrer Hand und strich sacht mit einem Daumen darüber. „Nein, das hat sich nie ergeben."

„Was machst du an Weihnachten?"

„Manchmal besuche ich meine Schwester Janie und ihren Ehemann Henry. Und bei den Ryans war ich auch immer willkommen."

„Und den Rest des Jahres?"

„Auf dem Boden zu schlafen, ist nicht so schlimm, wie es klingt. Das hier ist der beste Beweis dafür."

Emma wandte den Blick wieder gen Himmel. „Bist du gerne allein?"

So hatte er das noch nie betrachtet, aber rückblickend hatte er wirklich ein zurückgezogenes Leben geführt. Seit sein Vater gestorben war und Nathan Missouri verlassen hatte.

„Ich denke schon." Aber er war sich nicht mehr sicher, ob das noch stimmte.

„Es muss schön sein, zu gehen, wohin man will, und zu tun, wonach immer einem der Sinn steht."

Nathan verschränkte seine Finger mit ihren. „Du klingst wie jemand, der sich gefangen fühlt, Em. Doch du bist hierhergekommen. Du hast dich von nichts aufhalten und dir von niemandem sagen lassen, was du tun kannst und was nicht."

„Du hast recht." Nathan konnte die Überraschung in ihrer Stimme hören.

„Wenn du die Welt sehen willst, begleite ich dich." Er brauchte die Versicherung, dass es eine gemeinsame Zukunft für sie gab.

„Das würdest du tun?" Emma rückte noch etwas näher an ihn heran und bettete den Kopf an seine Schulter.

„Kannst du denn reiten? Oder muss ich dir das auch erst noch beibringen?"

Sie beugte sich über ihn. „Eines Tages werde ich dir etwas beibringen. Wart's nur ab." Sie gab ihm noch einen Kuss, legte sich dann wieder hin und schlief an ihn gekuschelt bald darauf ein.

Dabei hatte sie Nathan längst etwas beigebracht. Sie hatte ihm gezeigt, dass sein Leben wieder einen Sinn bekommen konnte.

Emma flog.

Es war ein beglückendes Gefühl, über dem Colorado zu schweben, durch die engen Windungen des Grand Canyon zu rauschen, den Wind zum Auftrieb zu nutzen, sich wieder fallen zu lassen und die Landschaft mit viel höherer Geschwindigkeit wahrzunehmen als mit der schleichenden Langsamkeit, zu der die Sterblichen gezwungen waren.

Nichts hier kam ihr bekannt vor. Sie musste sich weiter flussabwärts befinden, über einem Abschnitt, der noch vor ihnen lag. Wenig später bog sie in eine kleine Nebenschlucht ab, deren Eingang von einem schwarzen Steinmonolithen bewacht wurde. Seine Oberfläche war so glatt, dass sie wie Glas wirkte.

Tiefer und tiefer flog sie in den immer enger werdenden Canyon hinein, bis sie eine Höhle erreichte. Jetzt konnte sie wieder laufen. Es war dunkel, dennoch konnte sie alles mühelos erkennen.

Drinnen saßen indianische Männer, Frauen und Kinder – alle in Ketten.

Emma riss die Augen auf. Sie lag im Dunkeln auf dem Boden

neben Nathan, der einen Arm über sie gelegt hatte und sie so fest von hinten umschlungen hielt.

Die Menschen waren von ihrer Ankunft zwar offenbar überrascht gewesen, doch sie hatten sie eindeutig um Hilfe gebeten.

Was hatte das zu bedeuten? Wurden diese Menschen irgendwo im Canyon gegen ihren Willen festgehalten? Oder war es einfach nur ein Traum gewesen? Sie versuchte vergeblich, das unbehagliche Gefühl loszuwerden. Die Begegnung hatte sich übersinnlich angefühlt, ähnlich wie der Moment, als sie den Hopi-Jungen berührt hatte.

Nathan murmelte etwas Unverständliches und zog sie näher zu sich heran. Rasch schob sie ihre Haare über die Schulter, damit sie nicht im Weg waren. Sonst trug sie einen Zopf, doch Nathan gefielen ihre offenen Haare. Schließlich entspannte sie sich in seiner Umarmung wieder. Sie hatte Nathan und das Hier und Jetzt mit ihm.

Die Zukunft versprach allein die Gewissheit von Ungewissheit.

Sie ahnte, dass sie bald wieder den Weg in die *Anderswelt* beschreiten musste. Sie konnte nur hoffen, dass sie dann wissen würde, was dort zu tun war.

AM NÄCHSTEN MORGEN hatten Emma und Nathan es nicht eilig, das Lager abzubrechen. Emma verbrachte einige Zeit damit, Flusswasser abzukochen, um ihre Flaschen damit aufzufüllen. Außerdem kontrollierte sie die Vorräte auf verdorbenes Essen und Wasserschäden. Das meiste sah noch verzehrbar aus, die Dosen mit Mehl, Kaffee und Zucker waren immer noch dicht.

Nathan reparierte derweil das Boot. Ihre Fahrt durch die felsgespickte Stromschnelle am Vorabend hatte ihnen zusätzlich zu der abgebrochenen Ruderhalterung zwei Lecks beschert. Emma hatte nur das Nötigste an Flickwerkzeug mitgebracht, was Nathan zum Improvisieren zwang.

Als sie schließlich wieder auf dem Fluss dahintrieben, bemerkte Emma, dass die Wände des Canyons sich veränderten. Statt Sand- und Kalksteinfelsen sah sie nun schwarzes Vulkangestein. Sie holte Powells Buch hervor und blätterte zu einer Seite, die sie sich schon zuvor markiert hatte.

„Was Nützliches?", fragte Nathan.

„Hmmm. Das lässt sich nicht sagen. Weiches Gestein sorgt für ruhiges Wasser, und hartes Gestein ist schlecht. Er schreibt, dass es hier ein großes Vorkommen von Gneis gibt, und das macht es gefährlich."

„Vielleicht haben wir ja das Tor zum Mittelpunkt der Erde gefunden", neckte Nathan sie. Er saß wieder an den Rudern und lenkte sie durch eine stärkere Strömung.

Emma musste lächeln, interessiert sah sie sich um. Die Felsschichten erinnerten sie an eine uneinnehmbare Festung, die ihre Bewohner vor dem Bösen jenseits ihrer Mauern schützte. Natürlich war ihr bewusst, wie absurd dieser Gedanke war. Schroffe Klippen ragten mit scharfen Kanten und Spitzen in den Himmel hinauf, sie erstreckten sich bis weit ins Flussbett hinein und zwangen sie zu scharfen Wendungen.

Erneut drehten sich Emmas Gedanken um den Hopi-Jungen, aber sie spürte nichts. Also lehnte sie sich gegen das Bootsheck und betrachtete die festungsgleichen Steinwände, die sie gerade passierten, während sie darüber sinnierte, was sie im Geist des Kindes gesehen hatte. Sie schaute zum blauen Himmel hinauf, beobachtete die weißen Wolken, die ruhig ihre Bahn durch ihr eingeschränktes Sichtfeld zogen. Die enge Schlucht erlaubte es ihr nur, einen Ausschnitt der großen, weiten Welt jenseits ihrer Mauern zu betrachten.

Eingeschränkte Perspektive. Sie drehte und wendete die Worte immer wieder im Kopf hin und her. *Wie kann ich dem Jungen helfen?*

Öffne deinen Geist. Die Wolken bewegten und veränderten sich, nahmen neue Formen an. *Veränderung. Im Grunde bleibt nichts je, wie es ist. Sicherheit ist eine Illusion.* Wandel. *Alles muss wachsen, sich neue Wege suchen, Grenzen überschreiten, ansonsten stirbt es. Stillstand bringt ein Gift hervor, das von innen heraus zerstört.*

Die Anasazi in der Schlucht hatten vor etwas Angst gehabt. Die Mutter des Jungen war brutalem Kannibalismus zum Opfer gefallen. Gab es da eine Verbindung?

Wie konnte ein menschliches Wesen ein anderes essen? Allein der Gedanke rief Ekel und Entsetzen in Emma hervor. Plötzlich tauchte ein kleiner Funke am Rand ihrer Wahrnehmung auf, nur ganz flüchtig.

Der Mann, der es getan hatte.

Er war im Canyon.

Emma runzelte die Stirn. Wo war der Junge? Sie konnte seinen Geist nicht aufspüren. Ihr Blick glitt weiter über den Himmel, bis er an einem winzigen Punkt hängen blieb. Dieser bewegte sich vor und zurück und kam schließlich auf sie zu. Als er nahe genug war, erkannte Emma einen Vogel.

Rasch setzte sie sich auf. Der kleine gefiederte Geselle umkreiste das Boot. Nathan hielt beim Rudern inne, und sein Blick folgte Emmas. Aus einem Impuls heraus streckte sie eine Hand aus und hielt dem Vogel einen Finger wie eine Sitzstange hin.

Flatternd ließ sich der Vogel auf ihrer Hand nieder. Fasziniert betrachtete Emma das wundervolle kleine Tier, das überhaupt keine Angst vor ihr zu haben schien. Ein kurzer Seitenblick zu Nathan zeigte ihr, dass er ebenso überrascht war und stocksteif auf seinem Platz saß.

Der Vogel neigte den Kopf erst zur einen, dann zur anderen Seite. Er hatte braune Flügel und einen grauen Kopf mit zwei weißen Streifen seitlich der Augen. Das weiße Bauchgefieder bildete einen starken Kontrast zu seiner schwarzen Kehle und seine dunklen Augen beobachteten Emma aufmerksam.

Ein Sperling.

Emmas Herz pochte heftig. *Der Junge.*

Ein Windstoß schickte den Vogel wieder in die Luft, und Emma sah zu, wie ihn seine Flügel immer höher und höher trugen, bis er den Himmel zu berühren schien und verschwand.

Schließlich wandte sie sich Nathan zu, unsicher, was sie von dieser Begegnung halten sollte.

War es ein Zeichen gewesen?

Hab Geduld.

Das war noch nie ihre Stärke gewesen.

„Offenbar hast du einen neuen Freund gefunden", meinte Nathan.

Eine innere Stimme sagte ihr, dass sie den Sperling nicht zum letzten Mal zu Gesicht bekommen hatte.

NATHAN HÖRTE DAS DUMPFE GROLLEN, noch bevor er die Stromschnelle sah. Es wurde immer lauter, doch zum Glück fand er bald einen kleinen Uferabschnitt, an dem sie anlegen konnten. Er war jedoch so schmal und felsig, dass Nathan sich ernsthaft fragte, ob sie das Wildwasser auskundschaften konnten. Das kleine Stück, das von ihrer Anlegestelle aus zu erkennen war, bereitete ihm bereits ein mulmiges Gefühl.

Das Wasser schoss sicher zehn, fünfzehn oder sogar zwanzig Meter weit in die Tiefe, wo es sich schäumend und tosend sammelte. Nathan verschaffte sich einen kurzen Überblick, befand aber, dass es keine Möglichkeit gab, das Boot zu treideln, da ihnen die glatten Granitwände keinen Halt bieten würden.

Sie würden diese Stromschnelle wohl oder übel im Boot durchqueren müssen.

„Ich weiß nicht so recht." Emma musste die Stimme erheben, um sich über den Lärm des Wassers hinweg Gehör zu verschaffen. „Sie sieht … ziemlich groß aus."

Nathan setzte den Hut ab und fuhr sich mit den Fingern durch die Haare.

„Powell schreibt von der Möglichkeit, die Stelle durch eine Nebenschlucht zu umgehen", fuhr Emma fort. „Aber dann müssten wir das Boot bis nach oben über die Felsen tragen, was mindestens zwei Meilen sind, und dann wieder zurück zum Fluss."

„Das schaffen wir nicht", erwiderte er. „Vielleicht solltest du zu Fuß den Umweg machen. Ich bewältige die Stromschnelle allein."

Sie zögerte. „Was, wenn wir beide laufen und das Boot allein hindurchschicken?"

Nathan erwog ihren Vorschlag. Damit wären sie in Sicherheit, würden aber möglicherweise das Boot verlieren.

„Nathan, wenn du sie befahren willst, möchte ich dir dabei helfen."

Er wusste schon jetzt, dass er sie nur schwer vom Gegenteil überzeugen würde.

„Das habe ich mir schon gedacht, aber ich will dich nicht in diesen Strudeln verlieren." Er deutete auf die entsprechenden Stellen. „Wir werden uns mit einem Seil aneinander festbinden."

Die Lösung war nicht gerade ideal, da Seile sich überall verhaken konnten. Aber er wollte eine Rettungsleine zu ihr, eine Möglichkeit, sie wieder nach oben zu ziehen, falls das Wildwasser sie mit sich riss.

Sie gingen zurück zu ihrem Kahn, Nathan band ein Tau um Emmas Taille. „Wenn du über Bord fällst, versuch so schnell wie möglich wieder an die Oberfläche zu kommen." Er zurrte die Knoten fest und schlang das andere Ende des Seils um seine eigene Taille.

Plötzlich sog Emma scharf Luft ein und verharrte stocksteif.

„Was ist los?", fragte Nathan. Der Blick ihrer blauen Augen suchte seinen, und er versank beinahe in der aufwühlenden Fülle von Emotionen, die er nicht genau benennen konnte. „Hast du etwas gesehen?"

Erst zögerte sie kurz, nickte dann aber. „Manchmal ist es nur ein Anflug, ein vages Bild. Ich weiß nicht immer, wo die Vision zeitlich angesiedelt ist – in der Gegenwart, der Zukunft oder ob es bereits in der Vergangenheit geschehen ist. Eine Antwort, mit der sich nicht viel anfangen lässt, nicht wahr?" Sie schüttelte den Kopf. „Du hältst mich wahrscheinlich für eine Hochstaplerin."

„Nein, tue ich nicht. Erzähl mir, was du gesehen hast. Ich würde es wirklich gerne wissen."

Sie musterte ihn einen Moment lang. „Einer von uns beiden wird das Seil zerschneiden."

„Ich habe kein Messer", meinte er in dem Versuch, die Stimmung durch einen Scherz etwas aufzulockern.

„Im Boot sind mehrere verstaut. Du solltest besser eins bei dir tragen."

„Dann du aber auch."

Sie holte zwei Messer aus dem Gepäck und schob sich eines davon in den Stiefel. Das andere gab sie Nathan, der es ebenso verstaute.

„Warum wird einer von uns es durchschneiden?", fragte er.

Emma schaute über ihre Schulter nach hinten zu der tosenden Stromschnelle. „Vielleicht um den anderen zu retten?"

Sollten sie es wirklich wagen? Sie könnten versuchen, einen Weg aus dem Canyon zu finden, und es vielleicht Richtung Norden zu einer der Mormonen-Siedlungen schaffen. Allerdings war er kein Mann, der vor etwas weglief, nur weil es gefährlich werden konnte. Er wusste auch nicht recht, ob er Vertrauen in Emmas Visionen hatte. Ihm war jedoch ein kalter Schauer über den Rücken gelaufen, als sich vorhin der Sperling auf ihrer Hand niedergelassen hatte.

Das Leben war unberechenbar. Wie viel von dem, was es für sie bereithielt, war vom Schicksal bestimmt und wie viel von ihren eigenen Entscheidungen abhängig? Darauf hatte er keine Antwort. Die Wunderheilungen seiner Mutter und ihre darauffolgenden Lügen über den Tod seines Vaters hatten ihn jedoch zynisch gemacht.

Jeder ist seines eigenen Glückes Schmied.

Man erntet, was man sät.

Nach diesen Sprichwörtern gestaltete Nathan sein Leben. Aber wenn Emma recht hatte, gab es eine übergeordnete Macht, ein vorbestimmtes Schicksal für jeden Menschen, dem man sich durch persönliche Entscheidungen nicht entziehen konnte.

Die Stromschnelle befahren oder nicht befahren.

Nathan war ein vorsichtiger Mensch, liebte aber auch die Herausforderung. Sie waren schon so weit gekommen. Emmas Fähigkeiten, ein Boot zu führen, wurden mit jedem Tag besser. Inzwischen war er sich sicher, dass er mit ihr den Grand Canyon komplett durchqueren konnte.

„Bist du bereit?", fragte er.

„Ja, aber ich hätte gedacht, dass du deine Meinung änderst."

„Dann ist das wohl der Beweis, dass du nicht alles voraussehen kannst."

Sie stiegen in den Kahn und legten ab. Als er die Ruder aufnahm, meinte Nathan: „Ich denke, unser Weg ist ziemlich offensichtlich."

Emma umfasste die Seitenwände des Boots fester. „Das Offensichtliche ist nur eine Illusion."

„Dann ist das Leben eine Illusion", konterte Nathan.

Emmas Brust hob und senkte sich unter ihren schnellen Atemzügen. „Nein, das Leben ist ein Mysterium."

„Das ist ein Widerspruch in sich", antwortete er, hielt den Blick dabei jedoch fest auf ihren Kurs gerichtet.

„Ja", stimmte sie zu. „Gottes Wirken steht dem menschlichen Denken oft entgegen."

Nathan lächelte grimmig. „Dann muss dieser Fluss wohl von Gott selbst geschaffen worden sein."

Wenige Momente später wurden sie von der Strömung erfasst, die sie mit sich in ein ungewisses Schicksal trug. Das Boot kippte und überwand eine Welle, dann noch eine. Auf und ab, dieses Mal noch weiter. Sie wurden das erste Mal nass, als der Rumpf hart auf der Wasseroberfläche aufklatschte. Eine noch größere Welle schwappte ins Innere. Nathan hielt die Ruder fest umklammert, doch seine Versuche, den Kahn in eine bestimmte Richtung zu steuern, waren bestenfalls jämmerlich. Der Fluss diktierte die Regeln, und sie ändern zu wollen, war völlig aussichtslos.

Sie passierten zerklüftete Klippen, die ins Wasser hineinragten. Dort aufzuprallen, wäre fatal. Nathan versuchte, sie möglichst mittig durch das Wildwasser zu bringen, aber sie wurden wieder und wieder von heftigen Wellen geschüttelt, die sie bis auf die Haut durchnässten. Immer mehr Wasser sammelte sich im Boot. Plötzlich schrammte das Heck an etwas Unsichtbarem unter der Oberfläche entlang, was den Kahn um die eigene Achse drehte und zum Kentern brachte. Bevor Nathan reagieren konnte, landeten er und Emma im Wasser.

Sofort riss ihm die Strömung die Beine weg. Er versuchte, dagegen anzuschwimmen und gleichzeitig das umgekippte Boot zu fassen zu bekommen. Emma tauchte etwa zwei Meter vor ihm wieder auf. Ihr Gesichtsausdruck verriet ihm, dass sie große Mühe hatte, sich oben zu halten. Der Fluss trieb sie in seine Richtung, zog sie dann aber wieder unter Wasser.

„Emma! Emma!" Nathan spürte einen harten Ruck an dem Seil um seine Taille, der ihn mit nach unten zu zerren drohte. Mit aller Kraft kämpfte er gegen die Strömung an und versuchte, Emma wieder hochzuziehen. Er hustete, rang nach Atem, während er immer wieder die Oberfläche durchbrach, um nach Luft zu schnappen. Emma blieb nicht mehr viel Zeit. Wie lange war sie schon unter Wasser?

Panik überrollte ihn.

Unvermittelt hatte er keine Mühe mehr, sich oben zu halten. Er musste nicht erst nach dem Seil tasten, um zu wissen, dass Emma es durchgeschnitten hatte.

EMMA SPÜRTE den immensen Druck des Wassers auf sich, doch ihr fehlte die Kraft, sich dagegen zu wehren. Eine unsichtbare Macht hielt sie fest und verhinderte ihren Aufstieg zur Oberfläche. Unvermittelt senkte sich seltsame, unnatürliche Ruhe über sie, als würde sie träumen. Nathan würde sie niemals freiwillig zurücklassen – wieso sie das mit solcher Gewissheit wusste, konnte sie nicht sagen. Mit einiger Mühe holte sie das Messer aus ihrem Stiefel und säbelte damit das Seil durch, das sie beide miteinander verband.

Sie beobachtete, wie das zerfranste Ende davontrieb. Dunkelheit umfing sie, und das dumpfe Tosen des Wassers verstummte.

Am anderen Ufer stand eine Frau.

Emma überkamen Erleichterung und Sehnsucht und Verzweiflung. Sie hatte ihre Mama schon so lange nicht mehr gesehen.

Rosemary Hart lächelte. „Ich habe so lange auf dich gewartet, Knöpfchen."

Emma wollte zu ihr laufen, die Wärme einer Umarmung spüren, die nur eine Mutter schenken konnte. „Warum?" Sie klang, als wäre sie wieder acht Jahre alt. „Warum hast du mich verlassen?"

„Ich konnte nicht länger bleiben. Ich habe deinen Pa geliebt und wollte mein Leben mit ihm verbringen. Ich schämte mich so sehr für meine Schwäche und wollte es wiedergutmachen. Aber ich bin gesegnet, weil ich dein wunderhübsches Gesicht noch einmal sehen darf. Deine Geburt hat mich erlöst. Ich habe dich so sehr vermisst, mein Liebling."

„Ich habe dich auch vermisst, Mama." Ihr Körper erbebte unter ihren Schluchzern, doch keine Träne floss.

„Du kannst nicht hierbleiben."

„Warum? Es ist so lange her, ich habe dir so viel zu erzählen."

„Das musst du nicht. Ich bin immer bei dir."

Trauer drohte Emma zu überwältigen, bis sie kaum noch atmen konnte. „Geh nicht."

„Öffne dein Herz, Emma. Alles, was du brauchst, findest du dort."

Emma versuchte, einen Schritt nach vorn zu machen, kam aber nicht vom Fleck. „Ich habe Angst."

„Das wird nicht immer so sein, aber du musst jetzt zurückgehen."

„Wohin zurück?"

„Zu den Lebenden. "

Emma hustete, dann verkrampfte sich ihr Körper unkontrollierbar. Große Hände drehten sie auf die Seite. Sie hustete und spuckte Wasser.

„Emma, Gott sei Dank." Nathan klang außer sich vor Sorge. Er nahm sie in die Arme, und sie weinte rückhaltlos an seiner Brust.

Sie klammerte sich an ihm fest, suchte nach einem Anker, während der Schmerz über den Verlust ihrer Mutter sie wie ein Messer durchschnitt – genauso frisch und quälend wie an dem Tag, als Emma sie verloren hatte.

Kapitel Sechzehn

Emmas Blick glitt über die schmale Sandbank, auf der sie Zuflucht gefunden hatten. Die steilen Felswände umschlossen sie wie ein Kokon. Überraschenderweise hatten sie das Boot nicht verloren, es hatte sich zwischen ein paar Steinen verklemmt und konnte von Nathan geborgen werden.

Zitternd hatte sie die Beine an die Brust gezogen und mit den Armen umschlungen. Nicht, weil sie wegen der nassen Kleidung fror, sondern weil das Geschehene sie zutiefst erschütterte. Hatte sie wirklich ihre Mutter gesehen? Hatten sie tatsächlich miteinander gesprochen? Wieder flossen ihr Tränen über die Wangen, und Emma wischte sie rasch fort. Ihre Zähne klapperten, und sie umfing ihre Beine noch etwas fester.

Nathan zerrte das Boot zu ihr heran, holte eine feuchte Decke aus dem Gepäck und legte sie Emma um die Schultern. Er rieb kräftig über ihre Arme, strich ihr das Haar nach hinten und küsste sie auf die Stirn.

„Du hast mir einen Riesenschrecken eingejagt", meinte er heiser und schloss sie wieder in die Arme. „Du hättest das Seil nicht durchschneiden sollen. Das hast du nur gemacht, weil du gedacht hast, dass sich deine Vision bewahrheiten würde, aber das stimmt nicht. Ich hätte dich rausgezogen."

„Wie *bin* ich denn rausgekommen?"

„Du wurdest nach oben gedrückt und bist an der Oberfläche getrieben. Ich konnte dich erreichen, aber es war wirklich knapp. Du warst eine ganze Zeit lang unter Wasser." Seine Umarmung wurde noch inniger.

Emma vergrub ihr Gesicht an seiner Brust und klammerte sich erneut an ihn. Sie wollte ihm nicht von ihrer Mutter erzählen. Vielleicht würde er es als Einbildung abtun – vielleicht war es das sogar gewesen.

„Wir ruhen uns hier erst einmal aus."

Sie nickte.

„Nicht viel Platz für ein Lager, aber ich weiß nicht, ob es flussabwärts besser aussieht", fuhr er fort.

Er bereitete ihnen eine Bettstatt, und trotz der drückenden Hitze legte Emma sich hin und schlief prompt tief und fest ein.

NATHAN FÜHLTE sich wie in einem Käfig gefangen. Er beobachtete den rauschenden Fluss und die schlummernde Emma neben sich. Dabei war ihm nur allzu sehr bewusst, wie angreifbar sie hier waren. Die Wände des Canyons schienen immer näherzukommen – viel zu nahe –, und in ihm breitete sich eine Mischung aus Panik und Wut aus.

Emma wäre beinahe gestorben. Dieses Wissen legte sich wie eine eiserne Faust um sein Herz und drückte zu. Er griff nach ihrer Hand, suchte verzweifelt nach einem Anker. Gerade fühlte er sich, als würde er ertrinken, und die einzige Rettung, das Einzige, wofür es sich zu kämpfen lohnte, war Emma.

ALS EMMA WIEDER ERWACHTE, war es dunkel. Nathan schlief neben ihr, und die Wärme seines Körpers versicherte ihr, dass sie nicht allein war. Ihre Augen gewöhnten sich langsam an die Dunkelheit, und sie erkannte, dass sie sich noch immer auf der Sandbank befanden, auf der Nathan sie zurück ins Leben geholt hatte. Sie versuchte, sich an ihre Träume zu erinnern, doch ihr abruptes Aufwachen hatte sie verscheucht.

Ihr tat alles weh. Erschöpft sank sie zurück und starrte zum nachtschwarzen Himmel mit seinem funkelnden Sternenzelt empor.

Das Schlagen von Flügeln erregte ihre Aufmerksamkeit. Ein Vogel? Oder vielleicht eine Fledermaus.

Emma zog die Decke fester um sich und betrachtete den Himmel. Sie war sich der Abgeschiedenheit, in der Nathan und sie sich befanden, so bewusst wie selten zuvor. Als hätte ein Riese sie in ein tiefes Loch befördert, aus dem sie nun einen Weg hinausfinden mussten.

Das Tier flog erneut über sie hinweg. Allein. Eine einzelne Bewegung an einem Ort, an dem gegensätzliche Kräfte herrschten – die Kraft des Flusses, der sich in den Stein grub, und die der Felsen, die den Fluss zur Seite drängten, die unbarmherzige Hitze der Sonne, die im Widerstreit mit der Kälte des Wassers stand.

Leben.

Und Tod.

War sie heute gestorben?

Plötzlich veränderte sich ihr Sichtfeld.

Sie flog hoch oben über dem Fluss …

Emma blinzelte schwer atmend, bis sie den dunklen Nachthimmel wieder über sich sah. Der plötzliche Perspektivwechsel raubte ihr die Orientierung.

Wieder veränderte sich ihr Blickwinkel.

Sie flog durch die Schlucht, und das Wasser unter ihr wirkte wie ein Band, in das einzelne weiße Fäden – Stromschnellen – gewoben waren, die in der Dunkelheit leuchteten.

Auf einmal bekam Emma kaum noch Luft. Sie setzte sich ruckartig auf und griff sich an die Brust, auf der ein fast unerträglicher Druck lastete. Es fühlte sich beinahe so an, als würde sie noch einmal ertrinken. Keuchend rang sie nach Atem, bis ihr Körper davon überzeugt war, dass er genug Sauerstoff bekam.

Emma presste die Hände gegen Stirn und Schläfen und senkte den Blick zu Boden, aus Angst vor einer neuen Vision.

Während sie noch versuchte, die eben erlebten Bilder und Eindrücke zu verarbeiten, kehrten ihre Gedanken immer wieder zu einer Erkenntnis zurück.

Irgendwie hatte sie sich mit dem Vogel verbunden.

Irgendwie war sie zu dem Sperling über ihr geworden.

NATHAN HÄTTE ihnen gerne ein paar Tage mehr Ruhe gegönnt, doch ihr Rastplatz eignete sich nicht dafür, ein richtiges Lager aufzuschlagen. Also bestieg er mit Emma wieder das Boot, und sie setzten ihren Weg flussabwärts fort.

Vor der nächsten schwierigen Stromschnelle fanden sie keinen Platz zum Anlegen, um eine mögliche Route auszukundschaften. Dieses Mal wies er Emma an, sich zwischen seine Beine zu setzen und sich an ihm festzuhalten. So würden sie gemeinsam im Wasser landen, falls es so weit kam. Er wagte es nicht, sie noch einmal mit einem Seil an sich zu binden, aus Furcht, sie könnte sich irgendwo verfangen, und er wollte sicher sein, dass sie Bewegungsfreiraum hatte.

Sie schafften es durch das Wildwasser, nass und mit zum Zerreißen angespannten Nerven. Allmählich bekam er wohl ein Gespür für den Fluss. *Ein absoluter Trugschluss.* Flüsse spielten nach eigenen, für die Menschen undurchschaubaren Regeln.

Such nach Zeichen, die dir den Weg weisen, hatte sein Vater ihm erklärt. *Bete für eine sichere Überfahrt, und vergiss nie deinen Platz in dieser Welt.*

Emma und Nathan wechselten nur wenige Worte miteinander. Zwei weitere Wildwasser konnten sie problemlos überwinden, und schließlich gelangten sie am späten Nachmittag an eine Stelle, an der das Ufer offen und flach auslief. Der Strand wirkte einladend und erschien Nathan ideal für ein Lager. Vielleicht konnten sie ein paar Tage hierbleiben und sich erholen.

Sie zogen das Boot gemeinsam aus dem Wasser.

„Sollen wir erst ausladen oder uns erst die Gegend ansehen?", fragte Emma.

Nathan überlegte kurz, ob es weiter weg vom Fluss vielleicht einen besseren Lagerplatz gab. Er schaute sich um und entdeckte eine breite Nebenschlucht, die in den Hauptcanyon überging. Dort gab es wahrscheinlich viel zu erkunden.

„Vielleicht sollten wir uns erst morgen umschauen", meinte er zögernd.

„Komm schon." Emma schenkte ihm ein schiefes Grinsen, das wie ein Sonnenstrahl auf ihrem bleichen Gesicht wirkte. Die Ereignisse am gestrigen Tag hatten sie sichtlich mitgenommen. „Hier gibt es keine Regeln. Wir können tun, was immer wir wollen."

Nathan wollte sie am liebsten auf die nächste Bettstatt ziehen, doch er befürchtete, dass es dafür noch zu früh war nach dem Schrecken vom Vortag. Also würde er sich damit begnügen, sie zu betrachten. Was wirklich keine Strafe war.

„Na schön." Er setzte seinen Hut wieder auf und überprüfte noch einmal, ob das Boot ausreichend gesichert war.

Langsam entfernten sie sich vom Strand und erreichten nach einer Weile einen Hügel. Auf der anderen Seite befand sich ein kleiner Bach. Üppige grüne Vegetation lud zum Verweilen ein, doch die Dämmerung brach bereits über sie herein.

„Em, wir sollten zurück zum Boot, wenn wir nicht von der Dunkelheit überrascht werden wollen."

Sie war während ihrer kleinen Wanderung sehr schweigsam gewesen. Eigentlich schon den ganzen Tag über.

„Worüber denkst du nach?", fragte Nathan.

„Ich denke", begann sie langsam, „dass ich müde bin und die Bilder in meinem Kopf ignorieren sollte."

„Welche Bilder?"

Sie schaute ihn an, und ihr Gesichtsausdruck verfinsterte sich. „Willst du das wirklich wissen?"

Wahrscheinlich nicht, aber Nathan nickte trotzdem.

„Hier haben einst viele Menschen gelebt. Wir haben auf unserem Weg genügend Beweise dafür gefunden, es ist also nicht so schwer, sich das vorzustellen. Oder vielleicht doch. Es ist wunderschön, aber man gelangt nur schwer hierher. Ein Kind ist im Fluss ertrunken und …" Sie gestikulierte zu einem Bereich rechts von ihnen hin. „Von dort kommt so viel Trauer. Vielleicht hat die Familie dort gelebt, oder vielleicht wurde dort der Leichnam des Kindes aufgebahrt. Ich weiß es nicht genau. Es sind nur Eindrücke, ich habe keine Beweise dafür, dass es auch stimmt."

Sie hätte sich die Vision nur ausdenken können, doch aus irgendeinem Grund glaubte Nathan das nicht.

„Kannst du es nicht verhindern?", fragte er.

„Was verhindern?"

„Dass die Bilder zu dir kommen."

Emma schluckte, und er sah, dass Tränen in ihren Augen schwammen. Ihre Stimme klang erstickt, als sie antwortete: „Nicht, wenn die Gefühle so stark sind."

Nathan trat zu ihr und nahm sie in die Arme. „Wie hältst du das aus?"

Sie klammerte sich an ihn, und er verstärkte seinen Griff um sie. „Manchmal kann ich es nicht." Ihre Stimme wurde vom Stoff seines Hemdes gedämpft. „Dann muss ich den Wahnsinn über mich ergehen lassen und hoffen, dass ich es überlebe und es bald vorbei ist."

„Lass uns zum Strand zurückkehren." Einen Arm um ihre Schultern gelegt, führte Nathan sie den Pfad entlang zurück, auf dem sie gekommen waren. „Du bist nicht mehr allein, Em." Er würde den Wahnsinn mit ihr durchstehen.

EMMA ERWACHTE VOR DEM MORGENGRAUEN. Behutsam löste sie sich von dem schlafenden Nathan und machte sich leise auf den Weg zu dem Ort, an dem sie am gestrigen Abend schon gewesen waren.

Erinnerungen an die darauffolgende Liebesnacht mit Nathan hallten noch in ihren Gedanken und in ihrem Körper wider. Er hatte sie mit seinen Zärtlichkeiten beruhigen wollen, und zu ihrer großen Überraschung hatte sie sich tatsächlich entspannt und sich zugleich von den Energien, die sie umgaben, gelöst. Wenn Nathan sie liebte, vergaß sie alles um sich herum, dann gab es nur noch ihn allein für ihren Körper und ihren Geist.

Im Laufen streckte sie sich genüsslich und versuchte, ihre Sinne zu öffnen. Der Strand, der kleine Hügel und die Nebenschlucht waren ebenso schön wie die Stelle, an der ihr die Geister erschienen waren, obwohl die Felswände hier viel höher waren. Beim Anblick der unberührten Natur verstand sie, warum die Menschen so viele Hindernisse überwunden hatten, um hier zu leben.

Emma genoss die Abgeschiedenheit und kam sich vor, als wäre sie der einzige Mensch auf Erden.

Plötzlich streifte jedoch ein mulmiges Gefühl ihr Bewusstsein. Sie sah sich um und stellte fest, dass die Sonne inzwischen hoch am Himmel stand. Offenbar hatte sie jegliches Zeitgefühl verloren. Sie sollte zu Nathan zurückkehren.

Umgehend machte sie kehrt. Doch hinter der nächsten Wegbiegung verstellte ihr unvermittelt ein Mann den Weg.

„Hab ich dich." Hersch Baxter packte sie an den Armen.

Wie um alles in der Welt hatte er sie gefunden?

Sie zappelte und versuchte, sich seinen Händen zu entwinden, doch er war zu stark.

„Was machst du hier?"

„Hab dich überall gesucht."

Er verdrehte ihr den Arm, und ein schmerzerfülltes Stöhnen entwich ihr.

„Hey!", brüllte er. „Hier rüber!"

Sie wehrte sich gegen seinen Griff, doch er zwang sie in die Knie. Die beiden neuen Stimmen identifizierte sie als Reggie und Abner. Gemeinsam hielten die Männer sie an Armen und Beinen fest und drückten sie mit dem Gesicht auf den Boden.

„Ist sie das?"

Die männliche Stimme erkannte Emma nicht, aber die Tonlage verursachte ihr eine Gänsehaut.

„Jep", antwortete Abner. „Das ist sie."

Sie drehten Emma um und zerrten sie auf die Füße. Einen Moment lang kämpfte sie um ihr Gleichgewicht, dann trat der Mann mit der seltsamen Stimme in ihr Sichtfeld. Seine dürre Gestalt überragte sie um ein gutes Stück, und seine Haut war von der Sonne unnatürlich stark gebräunt. Er trug keinen Hut, und seine vormals schwarzen Haare waren zunehmend schütteren grauen Strähnen gewichen. Der Blick aus seinen schwarzen Augen durchbohrte sie wie spitze Nadeln.

Unnatürlich.

Abartig.

Dämon.

Die Bilder jagten ihr durch den Kopf. Sie wollte sich zwingen, den Blickkontakt abzubrechen, schaffte es aber nicht. Er kam auf sie zu, und blanke Panik machte sich in ihr breit. Sie rang nach Luft und wehrte sich gegen die Baxters, die sie immer noch festhielten. Dieser Teufel wollte sie berühren, und alles in ihr sträubte sich dagegen.

„Du bist es also", sagte er. „Man nennt mich Diamond, aber das weißt du ja schon."

Er streckte die Hand aus, und Emma wappnete sich gegen den Kontakt. Instinktiv wusste sie, dass dieser Mann – *diese Kreatur* – ihr schaden konnte, und zwar nicht nur körperlich. Seine Finger strichen sacht über ihre Wange. Urplötzlich umfasste er mit beiden Händen ihr Gesicht und hielt sie so fest, damit sie sich nicht von ihm abwenden konnte.

Schreiend fiel sie in die Dunkelheit eines bodenlos tiefen Abgrundes.

Übelkeit breitete sich in ihrem Magen aus, und in ihrem Kopf drehte sich alles. Sie versuchte, sich an etwas zu orientieren, verlor sich aber in ihrer eigenen Angst und Hoffnungslosigkeit. Sie keuchte und weinte, versuchte, den Kopf mit ruckartigen Bewegungen aus seinem eisernen Griff zu befreien.

Auf einmal konnte sie wieder sehen. Er hatte den Kontakt beendet.

Emma hatte Schwierigkeiten, etwas durch den Tränenschleier vor ihren Augen zu erkennen.

Was ist gerade passiert?

Dieser Mann war … böse. Sie hatte geglaubt, bereits alle Abgründe der Welt gesehen zu haben, insbesondere nach Bethanys Tod, aber sie hatte sich geirrt.

„Du bist Emma Hart, die weiße Hexe vom Fluss. Ich habe nach dir gesucht." Diamond ging vor ihr auf und ab. „Du bist ein guter Fang, nach dem, was mir so erzählt wurde. Du kannst in die Zukunft sehen." Er hielt inne und starrte ihr erneut in die Augen. „Stimmt das?"

„Ich weiß es nicht", murmelte sie.

„Natürlich kann sie das", mischte Abner sich ein. „Haben wir Ihnen doch erzählt. Sie kann verschwund'ne Kinder finden."

Emma warf ihm einen bitterbösen Blick zu, denn unweigerlich

kamen ihr die Entführungen in den Sinn, die Abner und seine Brüder organisiert hatten. Der Verband an seiner Schulter, wo Nathans Kugel ihn getroffen hatte, erfüllte sie mit Genugtuung.

Geschieht ihm recht.

„Ich könnte jemanden wie dich gebrauchen", sagte Diamond. „Du wirst uns begleiten."

„Nein." So schwach, wie ihr Protest klang, machte er sicher nicht viel Eindruck.

„Unterschätz mich nicht. Ich werde dir wehtun, wenn ich muss."

Wussten sie, dass Nathan mit ihr unterwegs war? Wenn nicht, war es wohl die einzige Chance, die Emma blieb.

Sie besaß nicht die körperliche Kraft dafür, die Männer zu überwältigen – und nach Diamonds Berührung war sie sich auch nicht mehr sicher, wie es um ihre mentale Stärke bestellt war.

„Warum wollen Sie wissen, was die Zukunft bringt?", fragte sie, um Zeit zu gewinnen.

„Ich habe selbst einige besondere Talente. Zusammen könnten wir noch mächtiger werden. Und Seelen wie deine begegnen einem nicht jeden Tag."

„Ich werde nicht mitkommen."

Diamond musterte sie mit seinen eiskalten Augen. Sie schauderte, als ihr plötzlich wieder das Bild des Hopi-Jungen vor Augen stand und ein vertrautes Gefühl erfasste sie. Der Junge war gezwungen worden, seiner Mutter das Unaussprechliche anzutun.

Oh mein Gott.

Diamond war für diese Schandtat verantwortlich.

Dieser Mann war unmenschlich. Seine Aura wirkte seltsam verzerrt, aber seine Lebensenergie war unglaublich stark.

Wie wurde aus einem Menschen ein solches Ungeheuer?

Sie hatte ihn berührt, hatte die Leere gespürt, die dort herrschte, wo seine Seele sein sollte. In ihren Visionen war er nie aufgetaucht, deshalb hatte sie keine Ahnung gehabt, dass er in ihr

Leben treten würde. Hätte sie das nicht voraussehen müssen? Damit sie sich darauf vorbereiten konnte?

„Fesselt sie", sagte Diamond.

Einer der Baxters zerrte sie nach hinten.

„Lasst sie los", ertönte plötzlich Nathans Stimme und in seinem Befehl schwang eine gefährliche Ruhe mit, die Emma noch nie zuvor bei ihm wahrgenommen hatte.

Diamond verharrte unnatürlich bewegungslos. Emma versuchte, an dem großen Mann vorbeizuspähen, und schaute auch unauffällig zur Seite, aber sie konnte Nathan nirgendwo entdecken. Ihr Herz raste, und sie erblickte einen Steinhaufen zu ihrer Linken, hinter dem sie in Deckung gehen konnte, wenn sich ihr die Gelegenheit bot.

Diamond zog ein kleines Messer hervor, drehte sich um und warf es gezielt. Schüsse fielen, und Emma sank auf die Knie. Sie konnte sich befreien und krabbelte auf Händen und Knien in Richtung Deckung. Die Baxter-Brüder schrien wild durcheinander.

Kräftige Hände packten Emma und zerrten sie auf die Beine. *Diamond.* Sie wehrte sich wie besessen, als er versuchte, sie als Schutzschild zu benutzen. Wie aus dem Nichts tauchte Nathan auf, ohne Hemd und fuchsteufelswild. Er stürzte sich auf Diamond, und sie landeten gemeinsam auf dem Boden. Ein Arm legte sich um ihre Kehle und schnürte ihr die Luft ab. Die drei Baxters versuchten, Nathan zu überwältigen. Er verpasste Abner einen Schlag ins Gesicht, woraufhin dieser mit blutender Nase nach hinten taumelte. Während Abner mit beiden Händen versuchte, die Blutung zu stillen, musste Nathan sich gegen Hersch wehren, der ihn am Arm gepackt hatte. Nathan holte mit der freien Hand aus und traf den Mann mit dem Knauf seiner Waffe hart am Kopf. Reggie bekam einen Fußtritt in den Bauch, was ihn zusammensacken ließ.

Diamond nutzte die Gelegenheit und zerrte Emma hinter einen Baum.

Nathan legte die Waffe an und zielte. Ein flaues Gefühl machte sich in Emmas Magen breit, und ihr Überlebensinstinkt meldete sich. Heftig zappelnd versuchte sie, sich aus Diamonds eisernem Griff um ihren Hals zu befreien.

Nathan wich nach rechts aus und verschwand aus ihrem Blickfeld.

„Du hast einen Leibwächter, wie ich sehe", raunte Diamond ihr atemlos ins Ohr. „Kluges Mädchen. Aber ich bin klüger. Sie haben mir erzählt, dass du den Jungen besucht hast."

Der Junge. Was würde aus ihm werden?

„Du bist ein Monster." Ihre Stimme war nur noch ein heiseres Krächzen.

„Für einige bin ich ein Monster, für andere der Erlöser."

Emma verlor den Halt unter den Füßen, als Diamond sie mit sich ins Gebüsch zog.

„Was wirst du ohne ihn tun?", fragte er.

Sie war sich nicht sicher, auf wen er sich bezog – Nathan oder den Hopi-Jungen.

„Ich werde das Mädchen töten", rief Diamond lauter.

Emma versuchte zu schreien, doch er drückte ihr immer noch die Luft ab. Erst einmal in ihrem Leben hatte sie solch große Angst verspürt – in der Nacht, in der ihre Eltern gestorben waren.

Dieser Mann konnte Nathan verletzen. Oder ihn sogar töten.

„Nein." Sie kratzte mit den Fingernägeln über Diamonds Arm, der sie immer noch nach hinten zerrte. „Ich werde dir helfen."

„Oh ja, das wirst du", antwortete er.

Ein charakteristisches Rasseln sorgte dafür, dass sie beide mitten im Schritt verharrten. Wo war die Schlange? Oh Gott, wo war die Schlange? Sie konnte sich nicht umschauen.

Plötzlich ließ Diamond sie los, und Emma fiel nach vorn. Hart kam sie auf dem Boden auf. Hastig schaute sie auf und sah sich der Schlange gegenüber, die ihren kräftigen Leib zu einer engen Spirale gewunden hatte. Ihr großer Kopf war züngelnd auf Emma gerichtet.

Oh Gott. Oh Gott. Oh Gott. Oh Gott.

Ein Schuss ertönte, und Teile des Reptils flogen Emma entgegen, die erschrocken aufschrie und rasch ihr Gesicht mit den Armen bedeckte. Hastig kam sie auf die Beine und rannte los. Erst in ihrem Lager am Fluss hielt sie inne. Eilig packte sie ihre Vorräte und die Ausrüstung zusammen und warf alles ins Boot.

Wo war Nathan? War er verletzt? Sie konnte ihn nicht zurücklassen, doch ihr Drang, zu flüchten, war fast übermächtig stark.

Nachdem sie alles im Boot verstaut hatte, schaute sie zu dem schmalen Pfad zurück.

Niemand.

Nichts.

Mit zitternden Händen betastete sie ihr Gesicht. Hatte die Schlange sie gebissen? Nein, wohl nicht.

Wo war Nathan?

Mit zittrigen Beinen lief sie zurück zu dem Pfad. Wie aus dem Nichts tauchte Nathan hinter den Büschen auf, so unvermittelt, dass sie mit ihm zusammenprallte. Keuchend schnappte sie nach Luft.

„Gehen wir." Er packte ihre Hand und zerrte sie mit sich zum Boot.

Eilig kletterte sie hinein, während Nathan den Kahn in die Strömung schob. Als er ins Boot sprang und losruderte, stellte sie fest, dass sein Oberkörper blutverschmiert war. Beunruhigt schaute sie zum Ufer, doch dort war niemand zu sehen.

„Was ist passiert", fragte sie.

„Ist jetzt nicht wichtig. Bist du verletzt?"

Emma schluckte, in dem Versuch, ihre trockene Kehle zu befeuchten. „Ich weiß nicht. Die Schlange …"

„Hat sie dich gebissen?"

„Hat sie?" Erneut tastete sie über ihr Gesicht, suchte nach einem Anhaltspunkt.

Nathan ruderte weiter, musterte ihr Gesicht aber eingehend.

„Nein, da ist nichts. Was ist mit deinen Armen und Beinen? Schau nach." Sein drängender Tonfall machte ihr Angst.

Sie schob schnell ihre Ärmel über die Ellenbogen nach oben und begutachtete ihre Haut, dann zog sie die Hosen bis zu den Knien hoch, um ihre Waden zu untersuchen. Nirgendwo waren Bissspuren zu erkennen. Auch in ihrer Kleidung waren nirgendwo passende Löcher zu finden. „Nichts, ich sehe nichts." Erleichterung überwältigte sie, verflüchtigte sich jedoch genauso schnell wieder, als ihr erneut das Blut auf Nathans Brust ins Auge fiel.

„Blutest du?", fragte sie panisch.

„Ist nicht meins."

Sein finsterer Blick hielt Emma davon ab, weitere Fragen zu stellen.

Da sie sicher so bald nicht mehr anhalten würden, begann Emma, ihre Habseligkeiten im Boot zu sortieren und sie wieder ordentlich zu verstauen. Das stellte sich als gute Eingebung heraus, denn schon bald trafen sie auf die nächste Stromschnelle.

Sie war nicht besonders groß, und sie durchquerten sie problemlos.

Allerdings erwies sich die nächste als deutlich schwieriger. Das Gelände war deutlich felsiger, und der Canyon hatte sich wieder verengt, weshalb es nirgendwo einen geeigneten Platz zum Anlegen zu geben schien. Die Baxters und Diamond würden ihre Mühe haben, ihnen zu folgen, doch Emmas Fluchtinstinkt war unvermittelt stark. Was, wenn die Männer auch ein Boot hatten?

Lebte Diamond überhaupt noch? Emma fühlte sich noch nicht bereit, Nathan diese Frage zu stellen.

Stattdessen konzentrierte sie sich auf das Wildwasser, das vor ihnen lag.

Kapitel Siebzehn

„Nathan, wir sollten anhalten", bat Emma.

„Ich weiß." Nathan zog kräftig am rechten Ruder und blickte sich suchend um. „Aber ich glaube nicht, dass wir hier einen geeigneten Platz finden." Er reckte den Hals, um zu sehen, was vor ihnen lag. „Halt dich fest."

Emma beäugte die riesigen Felsen am linken Ufer, die ihre Weiterfahrt verhinderten. Nathan lenkte das Boot auf die rechte Seite des Flusses. Als sie von der Strömung in die Stromschnelle getragen wurden, war jedoch keine Kontrolle mehr möglich. Riesige Wellen schleuderten das Boot herum. Emma klammerte sich an die Bordwand und stemmte sich mit beiden Beinen gegen die Sitzbank. Sie schüttelte den Kopf und spuckte Wasser aus, das ihr konstant ins Gesicht klatschte und ihr die Sicht raubte.

Mit einer Hand rieb sie sich über die Augen und schrie plötzlich auf: „Nathan, schnell! Nach Backbord!"

Sie steuerten direkt auf einen schwarzen, gezackten Felsen zu. Diese Kollision würde das Boot niemals überstehen.

Nathan riss mit aller Kraft an den Rudern. Die Anstrengung war ihm deutlich am Gesicht abzulesen, und ihm entwich ein lang gezogenes, tiefes Ächzen. Das Boot schwankte gefährlich, landete aber nach der nächsten Welle wieder im Wasser, als sie das Hindernis in letzter Sekunde umrundeten.

Nathan ruderte sie in ruhigeres Fahrwasser und hielt dann inne, um sich auszuruhen.

„Damit hab ich nicht gerechnet", meinte er.

„Ich glaube, wir hatten großes Glück."

„Auf Glück kann man sich nicht verlassen. Habe ich nie."

„Hast du Diamond umgebracht?" Die Frage war aus ihrem Mund, bevor Emma darüber nachdenken konnte.

Nathan musterte sie, und der Ausdruck in seinen Augen verfinsterte sich. Sie sah etwas in seinem Blick, das sie noch nie zuvor wahrgenommen hatte, etwas Barbarisches, Wildes, einen animalischen Überlebensinstinkt, der aus Krieg und Tod und Rache geboren war. Dann zog der Schatten vorbei, und an seine Stelle trat Erschöpfung.

„Nein." Seine Miene war verschlossen und abweisend, und Emma war klar, dass er dazu nicht mehr sagen würde.

„Sollen wir anhalten?", fragte er.

Emma schüttelte den Kopf.

„Dann fahren wir weiter."

Schweigend griff sie nach dem kleinen Blecheimer und begann, das Wasser aus dem Boot zu schöpfen.

NATHAN WAR DER MEINUNG, dass das Töten eines anderen Menschen immer ein Unrecht war und ein Verbrechen gegen die Gesetze des Universums, unabhängig von den Gründen. In der Hitze des Augenblicks, wenn der Überlebensinstinkt zu stark war, konnte man es jedoch manchmal nicht verhindern. *Bring den anderen Mann um, bevor er dich umbringt, dann erlebst du den nächsten Morgen.* Aber danach, wenn der Rausch aus Anspannung und Angst abebbte, wurde Nathan immer von Abscheu erfüllt. Das war die Strafe für seine Tat, auch wenn er immer im Namen der Gerechtigkeit gehandelt hatte. Mittlerweile hatte er jedoch verstanden, dass Gerechtigkeit oft eine Frage der Perspektive war und Gut und Böse letzten Endes nicht immer so offensichtlich, wie man dachte.

Nathan hatte Diamond töten wollen.

Der Mann hatte Emma bedroht, hatte versucht, ihr etwas anzutun. Das weckte Nathans Beschützerinstinkt und rasende Wut.

Und er hätte dem Drang nachgegeben, wäre da nicht eine Sache passiert. Nathan hatte die Oberhand gehabt und hatte Diamond zu Boden gerungen, da hatte der Mann plötzlich geraunt: „Schwache Väter zeugen schwache Söhne."

Die Worte hatten Nathan getroffen, als würde ein Messer seinen Körper durchbohren. Der Schmerz war so stark gewesen, dass er von Diamond abgelassen hatte und zurückgewichen war. Der Mann hatte nicht versucht, aufzustehen oder Nathan zu überwältigen, aber das musste er auch gar nicht mehr.

Mit den Todesumständen seines Vaters hatte Nathan immer zu kämpfen gehabt. Er hatte nie verstanden, warum sein Pa sich das Leben genommen hatte. Er schämte sich zutiefst ob der Charakterschwäche seines Vaters und konnte nicht nachvollziehen, wie sein alter Herr etwas derart Feiges hatte tun können. Dazu wäre Nathan nicht fähig. Oder doch? Unter der Scham und der Trauer lauerte jedoch eine quälende Frage, die er sich selbst nicht eingestehen wollte: War seinem Pa seine Familie, sein einziger Sohn, völlig gleichgültig gewesen, dass er sie auf diese Weise verlassen hatte? Diamonds Worte hatten die sorgfältig errichtete Schutzmauer um Nathans Herz zum Einsturz gebracht und die Wunde mit der Leichtigkeit eines erfahrenen Schlächters wieder aufgerissen. Dass er über den Tod von Nathans Vater Bescheid wusste, sprengte die Grenzen jeder Logik. Und das verunsicherte Nathan noch mehr.

Sie erreichten eine weitere Stromschnelle, dieses Mal breiter, mit zahlreichen Felsen. Ein Halt war hier unumgänglich, und letzten Endes entschied Nathan sich für den Transport über Land. Das Wildwasser sah zu gefährlich aus, und nach der letzten

Stromschnelle wollte er ihr Glück nicht überstrapazieren. Nicht, dass Glück in seinem Leben irgendeine Rolle spielte.

Es DAUERTE den gesamten restlichen Tag, das Boot an Land zu einer ruhigeren Stelle des Flusses zu tragen, und am Abend war Emma vollkommen erschöpft. Sie schlugen ihr Lager jenseits des Wildwassers auf, und sie war dankbar, als sie sich endlich neben Nathan legen konnte. Kein Feuer. Nathan hatte sich nicht dazu geäußert, ob Diamond ihnen folgte, aber er befürchtete es wohl. Wie jemand sie aufspüren könnte, war Emma schleierhaft, da die Schlucht ihr unzugänglich erschien.

„Warum wollte Diamond dich entführen?", fragte Nathan.

„Die Baxters haben ihm erzählt, dass ich in die Zukunft schauen kann. Er wollte, dass ich ihm helfe."

„Wie zum Teufel haben sie uns gefunden?"

Nathan hatte recht. Die Wahrscheinlichkeit, an diesem entlegenen Ort auf einen anderen Menschen zu treffen, war praktisch gleich null. Emma konnte daher nur zu einem Schluss kommen. Sie zögerte jedoch, ihn Nathan mitzuteilen. „Ich glaube, dass Diamond Schwarze Magie nutzt." Sie hielt den Blick fest auf den dunklen Nachthimmel mit seinen Hunderten, vielleicht Millionen von Sternen gerichtet. „Ich denke, dass er Lolomas Mutter ermordet hat. Dass er derjenige war, der ihr Fleisch gegessen hat."

Nathan schwieg.

Irgendwann drehte Emma den Kopf, um ihn anzusehen. „Was denkst du?"

„Ich denke, dass keiner von uns mehr allein irgendwohin geht."

Emma spürte, dass die heutigen Ereignisse ihm zu schaffen machten – und ihr ebenso –, aber er schien nicht darüber reden zu wollen. Also drehte sie sich zu ihm, rutschte an ihn heran und ließ eine Hand über seinem Herzen ruhen. Sein Hemd war ihr im

Weg, also schob sie ihre Finger unter den Stoff. Sie spürte seinen Herzschlag ruhig und gleichmäßig unter ihrer Hand. Wieso fiel es ihr so leicht, sich diesem Mann hinzugeben? Irgendwann auf ihrer Reise, vor allem nach dem Zwischenfall mit dem Jungen, hatte Emma akzeptiert, dass sie Nathan brauchte.

Bislang hatte sie keine Visionen von einer gemeinsamen Zukunft mit ihm gehabt, und sie scheute davor zurück, mehr darüber zu erfahren. Sie wollte nicht wissen, was das Schicksal für sie beide bereithielt. Es war ihr genug, jetzt bei ihm sein zu dürfen.

Nathan nahm sie in die Arme und küsste sie. Obwohl ihn seine Gedanken sichtlich plagten, liebte er sie mit einer nie gekannten Innigkeit. Emma kam ihm bei jedem Schritt des Wegs entgegen, gab ihrem eigenen Verlangen nach ihm nach.

Und eines stand für sie nun mit absoluter Gewissheit fest.

Sie liebte ihn.

AM NÄCHSTEN MORGEN packten sie ihre Habseligkeiten zusammen und fuhren weiter. Eine weitere Stromschnelle erwartete sie. Nach einem kurzen Halt, um die Lage auszukundschaften, entschieden sie, das Boot zu treideln. Emma war erleichtert, dass sie den Kahn dieses Mal nicht tragen mussten – die Muskeln in ihren Armen und Beinen schmerzten noch vom gestrigen Marsch über das felsige Gelände. Sie verbrachten den gesamten Vormittag damit, die Stromschnelle zu meistern, und am Nachmittag wartete bereits die nächste, die es zu überwinden galt.

Am Himmel brauten sich schwarze Wolken zusammen. Die Aussicht auf einen Schauer erfüllte Emma jedoch eher mit Vorfreude als mit Angst. Der Regen würde den Schmutz abwaschen, außen wie innen.

Bei Einbruch der Dämmerung gelangten sie an die Eintrittsstelle zu einer breiten, felsigen Stromschnelle. Sie schlugen ihr Lager auf einem sandigen Abschnitt am südlichen Ufer des Flusses auf.

Irgendwann während der Nacht öffnete der Himmel seine Schleusen. Emma verkroch sich mit Nathan unter den Decken, aber der Regen prasselte so heftig auf sie herunter, dass nichts trocken blieb. Sie schlief zwischendurch immer wieder ein und fühlte sich am nächsten Morgen wie erschlagen. Die Morgendämmerung zeigte sich trüb und diesig, doch glücklicherweise regnete es nicht mehr. Emma packte ihre Bettstatt zusammen und schüttelte die klatschnassen Decken aus, während Nathan sich ums Frühstück kümmerte.

„Lass uns einen Spaziergang machen", schlug er vor.

„Und wenn uns jemand folgt?"

„Deswegen möchte ich, dass du in meiner Nähe bleibst."

Sie versteckten das Boot hinter ein paar Büschen und verstauten ihr Gepäck.

Emma rückte ihren Hut zurecht und krempelte die Ärmel ihres weißen Hemdes auf. So weiß war es allerdings gar nicht mehr. Sie schnüffelte am Stoff und fragte sich unwillkürlich, wie schlimm sie wohl stank.

Nathan grinste. „Wir müffeln beide. Ich stör mich nicht dran, wenn du es mir auch nicht übel nimmst."

„Mir gefällt, wie du riechst", antwortete Emma ehrlich.

Nathan gab ihr einen Kuss, dann wandten sie sich vom Fluss ab. Das Terrain war steinig und mit Granitbrocken übersät. Während Emma Nathan folgte, kam ihr die Klapperschlange wieder in den Sinn, und sie befürchtete, erneut über eine zu stolpern.

Nachdem sie etwa eine Meile schweigend zurückgelegt hatten, blieb Nathan plötzlich stehen, und Emma merkte, dass sie nicht mehr allein waren. Nathan zog seine Waffe, ging rückwärts und schob sie hinter ein paar Felsen. Emmas Gedanken flogen sofort wieder zu Diamond und den Baxter-Brüdern.

Im nächsten Augenblick senkte Nathan den Revolver, und seine Schultern entspannten sich sichtlich. „Es ist Masito."

„Bist du dir sicher?", flüsterte Emma.

„Ja." Nathan trat aus ihrer Deckung.

Emma dagegen hielt das für leichtsinnig und zögerte, den Schutz der Felsen zu verlassen.

Die beiden Männer schüttelten sich die Hände. Die freundschaftliche Geste überraschte Emma.

„Ich habe nach dir Ausschau gehalten", sagte Nathan.

„Ich war beschäftigt", erwiderte Masito.

„Woher hast du gewusst, dass er hier ist?", flüsterte Emma Nathan zu.

„Lichtsignale."

„Aber es ist bewölkt."

„Ich habe die Signale gestern gesehen."

Emma verstand immer noch nicht recht, trat jedoch zu ihnen, und Masito nickte ihr zu. Da sie sich nur zu gut daran erinnerte, wie überhastet sie aus dem Lager der Hopi geflohen waren, erkundigte sie sich zögerlich: „Wie geht es Loloma?"

„Keine Veränderung", antwortete Masito. „Pakwa hat es nicht überrascht, dass du weggelaufen bist. Solche Reisen sind schwierig. Sie machen Menschen Angst. Sie hat sich geirrt, du warst nicht bereit. Vielleicht wirst du es nie sein."

Masitos offensichtliche Enttäuschung über ihre fruchtlosen Bemühungen erfüllte Emma mit Scham. „Sag Pakwa, dass ich es noch einmal versuchen werde", sprudelte es aus ihr heraus, bevor sie darüber nachdenken konnte.

Nathan schaute sie finster an. „Nein, das wirst du nicht", erwiderte er streng.

Sie sah ihm stirnrunzelnd in die Augen, überrascht von der Schärfe seines Tonfalls.

„Ich werde es ihr sagen", meinte Masito. „Sie wird froh sein, dass du die Stärke hast."

„Hör auf, ihr ein schlechtes Gewissen einzureden", mischte sich

Nathan erneut ein, und die Verärgerung war ihm deutlich anzuhören.

„Es tut mir leid", meinte Masito. „Aber der Junge ist der Sohn meiner Schwester. Würdest du nicht auch alles versuchen, um deine Familie zu retten?"

„Er hat recht", meinte Emma. „Was ist mit deinem Neffen Jackson? Würdest du ihm nicht um jeden Preis helfen wollen, wenn er in Schwierigkeiten steckte?"

Nathan fluchte leise. „Diese Träume und der Aberglaube lenken dich nur von dem ab, was sich tatsächlich hinter alldem verbergen könnte."

„Und was ist das?", fragte sie.

Er schwieg.

„Siehst du? Nicht mal du hast für alles eine Erklärung." Sie wandte sich wieder an Masito. „Ich weiß noch nicht, wie oder wann, aber richte Pakwa aus, dass ich es noch einmal versuchen werde." Dazu musste sie nur ihre Ängste unter Kontrolle bekommen. Jetzt, wo etwas Abstand zwischen dem Erlebten und ihr lag, war sie beinahe überzeugt, dass die Ungeheuer nur ihrer eigenen Fantasie entsprungen waren.

Masito nickte. „Ich habe, was du wolltest", sagte er zu Nathan. „Aber du musst mit nach oben kommen."

„Was hat er für dich?", fragte Emma.

„Wirst du schon sehen." Mehr wollte Nathan offenbar nicht preisgeben.

Sie stiegen den Pfad in der Nebenschlucht eine Weile hinauf. Irgendwann hielt Masito an einem Busch an und holte mehrere Gegenstände aus ihrem Versteck dahinter hervor.

Er zog ein Gewehr aus einem Lederholster und reichte es Nathan, der es sorgfältig überprüfte. Außerdem gab Masito ihm eine Schachtel Munition.

„Im Osten habe ich einen Mormonen getroffen, der auf dem Weg nach Allen's Camp war", erklärte Masito. „Er hat es mir für das Geld verkauft, das du mir gegeben hast."

„Du hast Masito Geld gegeben?", fragte Emma. „Wann?"

„Als wir in seinem Lager waren."

„Wo hattest du es denn verwahrt?"

„In meinem Stiefel", antwortete Nathan. „Alte Gewohnheit."

„Oh."

Masito entrollte ein kleines Stück Leder, auf dem eine Karte eingeritzt worden war. „Sie ist nicht gut, aber sie zeigt dir die besten Orte, um den Canyon zu verlassen", sagte Masito. „Hier leben unsere Freunde, die *Havsuw 'Baaj*." Er deutete auf einen Punkt auf der Tierhaut. „Es ist eine große Siedlung weiter im Westen."

Nathan studierte die Markierungen. „Danke. Das ist besser als das, was wir vorher hatten, nämlich nichts."

„Wir haben Powells Buch", verteidigte sich Emma. „Er hat seine Reise in allen Einzelheiten dokumentiert."

„Ich meine das nicht böse, aber Powell wurde auf seiner Reise auch nicht von ein paar Wahnsinnigen gejagt, und er hatte auch keine seltsamen Visionen." Nathan schaute zu Masito. „Diamond hat uns gefunden, etwa fünf Meilen flussaufwärts."

Masitos Miene wurde ernst. „Wir haben ihn nicht gesehen."

„Er wusste, wo Emma sich befindet. Er hat ganz gezielt nach ihr gesucht."

„Wir haben es ihm nicht gesagt. Wenn ich ihm begegnet wäre, hätte ich ihn getötet. Oder Na'i hätte es getan."

„Er wusste, dass ich den Jungen besucht habe", warf Emma ein.

„Ich weiß nicht, woher er das wissen kann. Was ist passiert?"

„Wir haben ihn an einem Nebenfluss zurückgelassen", antwortete Emma. „Powell hat ihn Bright Angel River genannt."

„War er tot?", fragte Masito.

„Verletzt", antwortete Nathan leise. „Aber noch am Leben."

„Du konntest ihn nicht töten?"

Nathan zögerte. „Er ist … seltsam."

„Er ist ein Zauberer", meinte Masito. „Ich werde auf dem Weg zurück zum Lager nach ihm Ausschau halten."

„Sei vorsichtig", riet Nathan.

„Soll ich euch zurück zum Fluss bringen?"

„Nein, ich glaube, ich finde den Weg." Nathan reichte ihm die Hand, und Masito ergriff sie. „Danke. Ich weiß deine Hilfe sehr zu schätzen. Wenn ich mich irgendwann dafür erkenntlich zeigen kann, lass es mich wissen."

„Ich würde die Frau nehmen", erwiderte Masito und warf Emma einen Seitenblick zu. „Aber sie wäre ohne dich unglücklich. Das sieht jeder."

„Kluger Mann."

Masito entnahm seinem Beutel ein silbernes Armband, das er Emma reichte. „Für dich."

„Es ist wunderschön." Emma bewunderte den großen, blauen Stein, der in das Silber eingebettet war. „Das kann ich nicht annehmen."

„Pakwa war enttäuscht, weil du gegangen bist, bevor sie dir dafür danken konnte, dass du es versucht hast. Das ist für dich."

Die Geste freute Emma, und sie lächelte. „Danke."

Masito nickte und verließ sie. Emma winkte ihm hinterher und fragte sich, ob sie den Hopi wohlauf wiedersehen würde, bevor sie Nathan den Weg wieder hinunter folgte, auf dem sie gekommen waren.

Nathan warf ihr über die Schulter hinweg einen Blick zu. „Pass bloß auf, am Ende denkt er jetzt, ihr wärt wegen des Geschenks verlobt."

Emma schaute auf ihr Handgelenk. Das Armband sah auf ihrer gebräunten Haut wunderschön aus. Das Metall und der Stein waren erfüllt von einer Energie, die dem ganzen Canyon innezuwohnen schien – Erde, Wasser und eine Unendlichkeit, die der menschliche Geist nicht erfassen konnte.

„Du solltest inzwischen doch wissen, dass ich zu dir gehöre", murmelte Emma, doch Nathan war bereits außer Hörweite.

Kapitel Achtzehn

Zurück im Boot, setzten Nathan und Emma ihren Weg flussabwärts fort und passierten vier weitere Stromschnellen. Nathan wurde immer sicherer bei der Navigation, nachdem sie inzwischen täglich so viele Wildwasser durchfuhren. Und je weiter Emma und er sich von Diamond und den Baxter-Brüdern entfernten, desto besser. Dass die Männer ihnen folgten, war zwar unwahrscheinlich, aber die ganze Situation war so außergewöhnlich, dass Nathan sich lieber nicht auf Vermutungen verließ.

Sein Bestreben war es, Emma zu beschützen, aber er genoss auch die Fahrt auf dem Fluss. Diese Reise rührte etwas in ihm an, das er nach dem Tod seines Vaters lange Zeit vernachlässigt hatte.

Als sie an diesem Abend das Lager aufschlugen, sah Emma zu Tode erschöpft aus.

„Du solltest dich ausruhen", meinte Nathan zu ihr.

Auch wenn er die Anstrengung durchaus in den Muskeln spürte, war er selbst nicht müde. Seine Gedanken kreisten immer wieder um seinen Pa.

Emma wickelte sich ohne Protest in eine Decke, legte sich aber nicht hin. Stattdessen saß sie da und starrte ins Feuer. „Ich kann mich kaum noch an das Leben in der Stadt erinnern", meinte sie. „Es fühlt sich an, als wären wir schon ewig hier. Manchmal bin ich es leid, aber im nächsten Moment will ich am liebsten nie wieder weg."

„Nach einer Weile lernt man, es zu schätzen."

„Denkst du, dass wir verfolgt werden?" Angst schlich sich in ihre Stimme.

Er wollte Emma nicht beunruhigen, aber sie musste sich der potenziellen Gefahr dennoch bewusst sein. „Die Möglichkeit besteht immer. Du solltest wachsam bleiben."

„Na, danke auch, jetzt geht es mir gleich viel besser."

Ihr Tonfall entlockte ihm ein Grinsen. „Warst du im Herzen schon immer eine Abenteurerin?"

Emma runzelte die Stirn und zuckte die Schultern. „Ich weiß nicht. Wie erklärt man das Unerklärliche?"

Plötzlich schien die Welt um Nathan stillzustehen, und er wurde in sein früheres Leben zurückkatapultiert, ein Leben mit seinem Vater, seiner Schwester und seiner Mutter. Er starrte Emma an, und ein Kribbeln breitete sich auf seinem ganzen Körper aus. „Das hat meine Ma auch immer gesagt." Er rieb sich übers Kinn und schaute ebenfalls in die Flammen.

„Warum sprichst du nicht gerne über sie?"

„Ich glaube nicht an dieses Zeug, an den Unsinn, den sie macht." Als er ihren Blick wieder suchte, spürte er, wie Emma sich von ihm zurückzog. „Emma, ich weiß nicht viel, außer, wie man kämpft und in der Wildnis überlebt."

„Hast du dich noch nie nach dem Warum gefragt?"

„Warum was?"

„Warum der Himmel blau ist, warum es so böse Menschen gibt, warum Gott einen Canyon wie diesen geschaffen hat?"

„Ich habe mich immer lieber auf die praktischeren Dinge des Lebens konzentriert", erwiderte er. „Meine Ma hat oft über derlei Dinge geredet, über unerklärliche Phänomene, Glaube und Gott, aber das hat mir nicht gefallen. Die meiste Zeit über hat mir ihr Tun schlicht Angst gemacht."

„Warum das?"

Obwohl er inzwischen ein erwachsener Mann war, wusste er noch genau, wie sehr ihn die Tätigkeit seiner Mutter verängstigt und wie hilflos er sich dabei gefühlt hatte. „Wenn Leute zu uns gekommen sind, wurden meine Schwester und ich meistens aus dem Zimmer geschickt. Meine Ma hat uns verboten, dabei zuzusehen. Aber einmal habe ich es getan. Der Mann, der sie aufgesucht hatte … er war irgendwie nicht normal … besessen, denke ich. Meine Ma betete für ihn, während einige Männer ihn festhielten. Ich hatte Angst, dass er sie verletzen könnte – deswegen bin ich in einer Ecke stehen geblieben, um aufzupassen –, aber sie schien seine Raserei nicht zu beunruhigen. Sie rief nur immer wieder Gott und Jesus an, immer lauter und lauter. Sie hat ein Glas Wasser benutzt, um den Dämon, der sich angeblich in dem Mann befand, einzufangen. Das Wasser hat sie vorsichtig draußen ausgeleert und die Stelle dann mit Erde bedeckt, während sie durchgehend weitergebetet hat."

„Was für eine wundervolle Gabe", sagte Emma. „Aber es muss schwer für sie gewesen sein. Wann hat sie erkannt, dass sie diese Fähigkeit besitzt? Wie alt war sie? Von wem hat sie es gelernt?"

Emmas brennendes Interesse kam für Nathan ziemlich unerwartet. „Ich weiß es nicht. Ich habe nie gefragt." Von diesem Teil des Lebens seiner Mutter wusste er nicht viel. Ihm dämmerte langsam, dass er sich viel mehr für die Frau, die ihm das Leben geschenkt hatte, interessieren sollte.

„Was hat dein Pa davon gehalten?"

„Ihm gefielen die Gerüchte über sie nicht. Manche nannten sie einen Engel, aber andere behaupteten, sie würde Hexerei betreiben, deshalb lebte sie sehr zurückgezogen. Sie hat Geld damit verdient, aber ich glaube nicht, dass sie es deswegen getan hat. Es hat der Familie aber geholfen. Manchmal bekam Pa keine Arbeit. Dann hat er zu viel getrunken, was sie wütend gemacht hat. Als ich alt genug dazu war, habe ich versucht, ihn auf Kurs zu halten und dafür zu sorgen, dass er arbeitet. Ich habe ihm auf den Booten geholfen."

Eine lange Pause folgte, bevor Emma leise erneut zum Sprechen ansetzte. „Ich habe ihn gesehen, Nathan."

„Wen?"

„Deinen Vater. Zumindest bin ich mir ziemlich sicher, dass er es war. Er sieht dir sehr ähnlich."

„Wann?"

„Wenn du am Fluss stehst, ist er direkt neben dir." Sie musterte Nathan unsicher.

Übelkeit machte sich in seinem Magen breit, ausgelöst von Fassungslosigkeit. Einerseits hätte er gern mehr erfahren, andererseits wollte er ihre Worte nicht wahrhaben. Er glaubte nicht an solchen Unsinn. Und er wollte es auch gar nicht – denn damit würde seine ganze Welt auf den Kopf gestellt werden. Am liebsten würde er all diesen übersinnlichen Glauben von sich fernhalten, aber das war ihm unmöglich, da er sich gerade in eine Frau verliebte, die dieselbe Gabe besaß wie seine Mutter. Gott lachte sich bestimmt gerade über ihn schlapp.

„Sagt er irgendetwas?", fragte er.

Emma schüttelte den Kopf. „Er bleibt einfach nur in deiner Nähe. Erst wollte ich es dir gar nicht erzählen. Du hast gesagt, dass er ertrunken ist. Vielleicht kam der Tod zu plötzlich für ihn. Vielleicht versucht er, sich von dir zu verabschieden."

„Er hätte sich verabschieden können, wenn er gewollt hätte. Er hat den Wassertod selbst gewählt."

Emma schaute ihn schockiert an. „Du meinst, er hat sich das Leben genommen?"

„Jep."

„Nathan, das tut mir so leid."

„Mir auch."

„Vielleicht ist er deswegen hier." So schnell ließ sie nicht locker.

„Vielleicht will er sich entschuldigen."

„Warum kann ich ihn dann nicht sehen?", gab Nathan wütend zurück. Wenn sein Pa wirklich bei ihm war, war es verdammt ungerecht, dass er ihn nicht selbst sehen oder mit ihm sprechen konnte.

„Ich weiß es nicht. Soll ich ihn fragen? Falls es mir möglich ist?"

„Nein." Dieses ganze Gerede über Geister gefiel Nathan nicht. „Ich habe ihm nichts zu sagen."

„Lässt du es mich wissen, falls du deine Meinung änderst?", fragte sie zögerlich.

„Das werde ich nicht tun, Em."

Zum Glück sprach sie das Thema danach nicht mehr an.

AM NÄCHSTEN TAG verlangsamte starker Regen ihr Fortkommen und schlug Emma aufs Gemüt. Nathan und sie durchquerten zwei weitere Stromschnellen und schlugen dann ein ungemütlich nasses Lager auf.

Tags darauf kamen sie besser voran, und es gab auch keine Anzeichen für Verfolger. Außer einem Dickhornschaf ab und an, ein paar Eichhörnchen und Vögeln sahen sie keine anderen Lebewesen.

Die lange Wegstrecke forderte am Abend ihren Tribut von Emma. Trotz der Gefahren schlief sie tief und fest und erwachte erholt, aber leicht desorientiert, als wäre sie an einem weit entfernten Ort gewesen, ohne sich an die genauen Einzelheiten zu erinnern.

Streng genommen befand sie sich ja schon an einem weit entfernten Ort. Hier im Canyon herrschte eine sehr spezielle Atmosphäre. Dass sie sich eingezwängt wie in einem schmalen Tunnel fühlte, schärfte ihr Bewusstsein für ihre Umgebung und für ihren eigenen Geist.

In dieser Nacht, mit Nathan und seiner Wärme neben sich, die

die kühle Luft erträglich machte, träumte sie zum ersten Mal in klaren Bildern.

Ein alter Indianer, dem sie noch nie begegnet war, redete in seiner Sprache mit ihr, doch Emma verstand ihn trotzdem. Er erzählte ihr von einem Wasserfall, der sich in wunderschöne, leuchtend blaue Teiche ergoss, und sie sah ihn unmittelbar vor sich. Er erzählte von Magie und Geistern und der Kraft dieses Ortes. Da war eine Energie, die sie nutzen konnte, die ihr dabei helfen könnte, den Weg der Transformation zu beenden. Sie wusste, dass er damit die Weiterentwicklung ihrer Gabe meinte. Die Teiche befanden sich ganz in der Nähe, Nathan und sie hatten sie noch nicht passiert. Der Indianer zeigte ihr den schwierigen Weg vom Fluss dorthin.

Der alte Mann streckte einen Arm aus, und ein Sperling flog auf ihn zu und setzte sich auf sein Handgelenk. Er nickte Emma zu, als wisse sie um die Bedeutung der Anwesenheit des Vogels. Der Alte pfiff und gab gurrende, lockende Laute von sich, auf die der Vogel zwitschernd antwortete. Emma schüttelte langsam den Kopf, zum Zeichen, dass sie die Bedeutung der Botschaft nicht verstand. Der Mann deutete auf den Vogel und dann auf sie.

Plötzlich erwachte sie abrupt.

Hatte er ihr mitteilen wollen, dass sie den Geist eines Sperlings in sich trug? Und wie sollte ihr das helfen?

Unwiderstehliche Sehnsucht nach dem Wasserfall und seinen Terrassenteichen erfüllte sie. Vielleicht lagen dort die Antworten auf all ihre Fragen: über ihre Gabe, den Hopi-Jungen, Nathan und den Sinn und Zweck ihres Leben.

FRÜH AM NÄCHSTEN Morgen hielt Nathan an einem Wasserfall an und schlug vor, dass sie sich etwas ausruhten. Emma murmelte so etwas wie „Nicht der Richtige", holte dann ihr Tagebuch heraus und schrieb eine Weile hinein, während Nathan es sich bequem machte und auf den Fluss schaute. Sie befanden sich an einer Biegung, und er fragte sich, was wohl dahinter auf sie wartete. Die Karte, die Masito ihm gegeben hatte, war recht rudimentär. Nathan war sich sicher, dass es viele Zugangspunkte vom Plateau in die Schlucht geben musste, doch auf dem Stück Leder waren nur einige wenige eingezeichnet.

Er dachte über Diamond nach und darüber, welche Hebel der Mann wohl in Bewegung setzen würde, um sie zu finden. Wenn er klug war, würde er die Baxters loswerden und sich einen Scout suchen, der ihm beim Verfolgen der Spuren half. Aber Emma und er kamen zügig voran, was die Wahrscheinlichkeit verringerte, dass Diamond noch einmal ihren Weg kreuzen würde. Dennoch verspürte Nathan ein ungutes Gefühl.

Irgendwann ging er zu Emma, die sich an den Wasserfall gesetzt hatte. Ihre Handbewegungen und wiederholten Blicke ließen darauf schließen, dass sie das schöne Fleckchen in einer Skizze einfing.

„Kann ich dich was fragen?"

Sie brummte zustimmend, ohne die Augen von ihrer Zeichnung abzuwenden.

„Denkst du, dass Diamond das Zweite Gesicht besitzt?"

Emmas Hand verharrte. „Warum fragst du mich das?" Noch immer schaute sie Nathan nicht an.

„Das würde erklären, wie er uns gefunden hat. Ich mache mir Sorgen, dass es ihm wieder gelingen könnte."

„Das ist eine gewagte These für jemanden, der nicht an Übersinnliches glaubt", erwiderte sie leise.

„Ich glaube vielleicht nicht daran, aber ich möchte gern auf seine nächsten Schritte vorbereitet sein." Er zögerte kurz. „Könntest du ihn … in deinem Kopf suchen?"

Emma verzog das Gesicht und hob nun doch den Blick. „Ich wünsche, ich könnte die Visionen befehligen, wie es mir beliebt, aber ich kann sie nicht kontrollieren. Und ehrlich gesagt möchte ich auch lieber nicht mehr an diesen Mann denken, deshalb habe ich ihn aus meinem Kopf verbannt."

„Dann müssen wir es wohl auf die altmodische Art machen. Du wirst nirgendwo allein hingehen, und wir schlagen unser Lager möglichst an Stellen auf, die von oben nicht zu erreichen sind."

„Machen wir das nicht schon längst?"

„Ja, aber ich möchte, dass du trotzdem wachsam bleibst."

Emma nickte und widmete sich wieder ihrem Tagebuch.

Nathan richtete den Blick erneut auf den Fluss.

Am nächsten Tag war er fest entschlossen, ein gutes Stück voranzukommen. Sie durchquerten beinahe ein Dutzend Stromschnellen, und er schätzte die zurückgelegte Strecke auf etwa fünfunddreißig Meilen. Müde, nass und sonnenverbrannt errichteten sie schließlich ihr Lager an einer größeren Wildwasserstelle. Hier gab es zwar auch eine Nebenschlucht, die Nathan aber als sicher einstufte, weil sie nur einen Zugang hatte. Für Diamond würde es zu schwierig werden, sie aus dieser Richtung anzugreifen.

Mitten in der Nacht wachte Nathan auf, weil Emma plötzlich im Schlaf sprach.

„Dieser Mann." Ihr heiseres Flüstern war panikerfüllt. Immer wieder drehte sie den Kopf von einer Seite auf die andere. „Er wird dich benutzen." Sie weinte und umfasste ihren Kopf mit den Händen. „So viel Schmerz." Ein unterdrücktes Schluchzen entwich ihrer Kehle. „Du musst dich schützen."

Nathan nahm sie in die Arme und versuchte, sie wach zu rütteln.

„Halte ihn von dir fern."

„Emma, wach auf." Nathan drückte sie fest an sich.

Sie klammerte sich an ihn, und ihr Atem beruhigte sich allmählich. „Ich hatte wohl einen Albtraum", murmelte sie an seiner Brust.

„Du hast etwas von einem Mann erzählt, der dich benutzt. Hast du von Diamond gesprochen?"

„Ich glaube schon. Ich habe von dem Hopi-Jungen geträumt. Er hat mir erzählt, was Diamond mit ihm gemacht hat. Oder ich habe es vielmehr gespürt. Er hat ihn vergiftet … nein, das ist nicht richtig … Er hat ihm etwas in den Körper gespritzt, eine schleimige, schwere Substanz. Es war so ekelhaft. Und dann hat Diamond den Geist des Jungen gespalten und ihn unendlich brutal aus seinem Körper gerissen. Der Junge war stark, er hat so heftig dagegen angekämpft, aber Diamond war gnadenlos und hat schließlich gesiegt."

„Es war nur ein Traum."

Nathan hielt Emma weiter fest umschlungen und wusste, dass sie an all das glaubte. Sie war fest überzeugt, dass sie wirklich Kontakt mit dem Jungen aufgenommen hatte.

Ihm gefiel dieses Gerede über Übernatürliches und Unsichtbares nicht, weil er diesen Phänomenen wehrlos ausgeliefert war. So war es auch schon bei seiner Ma gewesen. Auch damals hatte er ein Gefühl gehabt, als würde er vor einem Haus stehen, in dem die Menschen lebten und litten, die er liebte. Doch er konnte nur durch ein Fenster zusehen und nichts gegen ihr Leid tun. Seine größte Angst war immer gewesen, dass seine Mutter irgendwann verrückt werden und ihn verlassen würde. Und jetzt konnte er Emma nur hilflos festhalten, während Dämonen ihren Geist und ihre Träume attackierten – und Gott allein wusste, was noch.

FRÜH AM NÄCHSTEN Morgen half Emma Nathan beim Transport des Boots um die riesige Stromschnelle herum, neben der sie in der Nacht zuvor kampiert hatten. Dann brachten sie auf dem Fluss noch ein paar kleinere Wildwasser hinter sich. Am späten Nachmittag gelangten sie schließlich zu einer Stromschnelle, bei der ein kleinerer Fluss aus einer Nebenschlucht aus südlicher Richtung in den Colorado mündete.

Emma erkannte die Stelle sofort als den Ort, den sie in ihren Träumen gesehen hatte. Und selbst wenn nicht, wäre das türkisblaue Wasser – das sie an den Little Colorado erinnerte – Grund genug zum Anhalten gewesen. Der Durchgang zur Nebenschlucht war sehr schmal – wie ein Tor – und verbarg, was jenseits davon lag.

„Können wir haltmachen?", fragte sie.

„Warum?"

Die Felswände aus rotem Sandstein ragten senkrecht aus dem Fluss nach oben, ebenso wie aus dem kleinen Seitenarm, den Emma erforschen wollte. Weiter oben liefen sie in flachen Terrassen aus. Es wirkte wie eine Festung, bot Schutz, aber auch wenig Raum zur Flucht, sollte diese notwendig werden.

Es gab keine Stelle zum Anlegen, geschweige denn einen Pfad hinein.

„Ich weiß, dass es unmöglich scheint, aber ich möchte die Schlucht gerne zu Fuß erkunden", beharrte sie. „Ich habe so ein Gefühl."

Nathan schaute ihr direkt in die Augen. Einen Moment lang spürte sie die Verbindung, ein kurzes Aufflackern von Angst, das bei Nathan so ungewohnt war.

„Wie weit?"

Sie schuldete ihm die Wahrheit. „Möglicherweise mehrere Meilen, und der Weg wird schwierig."

„Mir gefällt nicht, dass diese Schlucht auf der Südseite des Canyons liegt, und womöglich werden wir es nicht schaffen, vor Einbruch der Dunkelheit zum Boot zurückzugelangen. Laut Masitos Karte leben hier wohl die Havasupai. Wir werden ihnen wahrscheinlich begegnen. Bist du dir sicher, dass du es trotzdem wagen willst?"

„Ja. Ich bin sicher."

Nathan lenkte das Boot an der Felskante entlang und sicherte es an einem Vorsprung. „Wir sollten uns Verpflegung und Ausrüstung mitnehmen."

Nachdem sie die Schwimmhilfen abgelegt hatten, packten sie Trockenfleisch, Äpfel und hartes Brot vom Vorabend ein, dazu eine Dose mit Kaffee, zwei Decken, zwei Wasserflaschen, einen kleinen Topf und zwei Tassen.

Im letzten Moment schnappte Emma sich noch eine zweite Kaffeedose und einen Beutel mit Tabak, falls sie mit den Havasupai handeln mussten. Das Armband, das Masito ihr geschenkt hatte, glänzte an ihrem Handgelenk und zog im Sonnenlicht immer wieder ihren Blick auf sich. Sie fragte sich, ob man es wohl gut eintauschen könnte, aber alles in ihr rebellierte gegen diesen Gedanken. Sie mochte ihr Erinnerungsstück an die Hopi – und der Türkis, der in das silberne Schmuckstück eingebettet war, beruhigte sie.

Sie packten alles in einen der Rucksäcke aus dem Boot, den Nathan auf dem Rücken tragen konnte. Nathan bewaffnete sich mit seinem Revolver und seinem neuen Gewehr. So ausgerüstet kletterten sie erst auf den Vorsprung, an dem sie das Boot festgemacht hatten, dann über die Klippe nach oben, wo sie einen schmalen Pfad entdeckten. Die Sonne stand am strahlend blauen Himmel, der in dem schmalen Fenster zur Welt über ihnen sichtbar war, und der Fluss rauschte leise unter ihnen dahin. Bald darauf wurde der Weg jedoch steiler und war nicht mehr so klar erkennbar. Sie überquerten den Fluss mehrfach auf der Suche nach der besten Route und mussten einige Felsformationen überwinden.

Auf ihr Fortkommen konzentriert, nahm Emma zunehmend das Land um sich herum wahr. Sie spürte ein Vibrieren, eine pulsierende Energie, die schnell ihren menschlichen Körper durchdrang. Die Büsche, Bäume und Sträucher, die nahe dem Ufer wuchsen, vermittelten ihr ein Gefühl von Lebendigkeit. Die Geräusche des Flusses durchströmten sie, und einen Moment lang hielt sie eine Hand hoch, um zu sehen, ob Wasser von ihren Fingerspitzen tropfte. Es gab Vögel, Eidechsen, Schlangen, Eichhörnchen, Kaninchen, Mäuse, Käfer, Spinnen, Ameisen – so viel Leben, dass es sie beinahe überwältigte. Emma schaute sich um, und obwohl sie nirgendwo ein Tier entdecken konnte, spürte sie jedes einzelne Lebewesen.

Aus purer Neugierde legte sie eine Hand auf die Wand der Schlucht, die hier nie weit entfernt war. Ein tiefes, gleichmäßiges Trommeln machte sich an ihrer Haut bemerkbar. Dieser Ort versetzte sie in unendliches Erstaunen. Oder lag es nur daran, dass sie ihre Sinne dafür geöffnet hatte?

Eine leichte Brise strich durch die Kronen der Bäume. Emma legte den Kopf in den Nacken, sie war fasziniert vom Spiel der Blätter und gefesselt von dem beruhigenden Einfluss, den der Austausch zwischen Luft und Materie auf sie hatte.

Die nächsten Meilen waren die anstrengendsten, die sie bislang hinter sich gebracht hatten. Schließlich gelangten sie zu vier kleineren Wasserfällen. Wasser ergoss sich schäumend in einer Kaskade über terrassenförmig angelegte Teiche.

„Es ist fast dunkel, wir sollten die Nacht hier verbringen." Nathan stellte den Rucksack unter einem Baum ab.

Emma stimmte ihm im Grunde genommen zu. Sie war erschöpft, doch trotz des anstrengenden Marschs vom Colorado River hierher fühlte sie sich hellwach, angespornt von der Verbindung mit Himmel und Erde.

„Oder willst du etwa noch weiter?", fragte Nathan, als sie sich neben ihm niederließ.

„Ja, ich glaube schon." Emma nahm ihren Hut ab, legte sich ins Gras und beobachtete die kleinen Bruchstücke des Himmels, die zwischen den Ästen hindurchblitzten. Nathan streckte sich lang neben ihr aus, und schon bald entspannte sich Emma vollkommen. Ihr Körper schien mit dem Boden unter ihr zu verschmelzen. Sacht berührte sie Nathan an der Hand, drehte dann den Kopf von ihm weg.

In der Ferne sah sie einen riesigen Vogel im Schatten einiger Bäume und der Canyon-Wand. Sie blinzelte mehrmals, sicher, dass sie sich das nur einbildete. So große Vögel gab es nicht. Der Vogel schlug mit den Flügeln und hielt auf sie zu. Emma lächelte. Es war ein übergroßer Sperling, und er rief sie zu sich.

Sie kam auf die Füße und ging auf den Vogel zu. Vorsichtig streckte sie eine Hand aus. Erneut schlug das Tier mit den Flügeln. Sie machte einen Schritt zurück, als es sich entfernte, immer höher und höher stieg, bis es aus ihrem Sichtfeld verschwand.

Emma erwachte neben Nathan, ihre Hand noch immer in seiner. Sie setzte sich auf und schaute im schummrigen Licht der Dämmerung zu der Stelle, an der sie den Vogel gesehen hatte. Dort war nichts. Nathan regte sich neben ihr.

„Wir müssen eingeschlafen sein." Er setzte sich auf. „Bleib hier. Ich schaue mich um und vergewissere mich, dass wir allein sind."

Emma stand auf, und Nathan gab ihr einen kurzen Kuss, bevor er den Baum umrundete und dahinter verschwand. Im Schatten des Sperlings und in der Obhut des Lands der Elemente waren sie sicher, doch sie hatte keine Zeit gehabt, Nathan das zu sagen, bevor er gegangen war.

EMMA WAR FROH, dass Nathan ihren Lagerplatz als sicher genug einschätzte, um ein Feuer zu machen. Sie saßen inzwischen daneben, immer noch unter dem Baum.

„Gab es einen Moment in deiner Kindheit, in dem du wirklich Angst hattest?", fragte Emma.

Nathan dachte einen Augenblick lang darüber nach. „Als ich etwa sechs oder sieben Jahre alt war, hatte ich einen Freund, Marty Rumsfeld. Eines Tages haben wir draußen gespielt – wir haben außerhalb von St. Louis gewohnt –, und er wurde wütend, weil ich ihn versehentlich mit einem Ball im Gesicht getroffen hatte. Er zog ein Messer aus der Tasche und hat es nach mir geworfen."

„Was ist passiert?"

„Ich bin weggelaufen, und es hat mich an der Schulter erwischt. Ich glaube, ich habe dort immer noch eine Narbe."

„Hat deine Ma dich mit ihrer Gabe geheilt?"

„Sie hat ein paar Gebete gesprochen", antwortete er spöttisch. „Und dann Whiskey über die Wunde gekippt. Hat höllisch gebrannt."

„Also denkst du, dass der Alkohol die Wunde geheilt hat?"

„Jep."

„Aber du glaubst, dass das Gebet die Schmerzen hervorgerufen hat", neckte Emma.

Nathan lächelte. „Vielleicht." Er stocherte mit einem Stock im Feuer herum. „Und wann hattest du als Kind mal richtig Angst?"

Sie wurde sehr ernst. „Abgesehen von der Nacht, in der meine Eltern starben?"

„Tut mir leid, Em. So habe ich das nicht gemeint."

„Ich weiß. Nun, da war dieser eine Tag in San Francisco, kurz nach meiner Ankunft. Ich war mit meiner Tante unten am Hafen. Ich bin losgelaufen, um mir die großen Schiffe anzuschauen, weil ich so etwas noch nie gesehen hatte. Dabei habe ich mich zu weit nach vorne gelehnt und bin ins Wasser gefallen."

„Gott. Wie hast du das überlebt?"

„Das Wasser war unglaublich kalt, und ich bin ziemlich tief in den Spalt zwischen Dock und Schiff gefallen. Ich wusste, dass ich entweder ertrinken oder von dem Schiff zerquetscht werden würde, aber dann habe ich etwas im Wasser gesehen. Eine Robbe. Sie schwamm zu mir und stupste mich mit der Nase an." Emma lachte leise. „Ich hatte solche Angst und hatte ziemlich viel Wasser geschluckt. Die Robbe hat mich noch mal angestupst, also habe ich mich an ihr festgehalten, und sie ist so schnell losgeschwommen, dass ich beinahe den Halt verloren hätte. Plötzlich war ich aus dem Spalt raus und hörte Männer schreien. Jemand ist ins Wasser gesprungen und hat mich gerettet. Meine Tante war vollkommen außer sich."

„Was ist mit der Robbe passiert?"

„Sie war verschwunden. Als ich später meiner Tante davon erzählt habe, war sie sich sicher, dass ich mich geirrt habe, dass ich irgendwie selbstständig aus dem Spalt geschwommen war. Aber sie hatte unrecht." Emma dachte an den Tag zurück. „Ich konnte noch gar nicht schwimmen."

„Warum sind wir dann auf einem Fluss?", fragte Nathan überrascht.

„Inzwischen kann ich ja schwimmen", antwortete sie.

„Du hattest Glück."

„Und das sagt ausgerechnet der Mann, der nicht an Glück glaubt?" Sie zog eine Augenbraue nach oben. „Nein. Eine andere Macht war an diesem Tag am Werk. Irgendwoher wusste die Robbe, dass ich Hilfe brauchte."

„Im Nachhinein lässt sich das leicht sagen."

Emma richtete den Blick aufs Feuer. Sie war nicht verärgert, in gewisser Weise hatte er ja recht.

„Warum glaubst du nur an das, was du siehst, Nathan?"

„Ich tue mich schwer damit, Geschichten darüber zu erfinden, warum etwas so ist, wie es ist. Warum verlangt Gott von den Menschen, etwas nach bestimmten Regeln zu tun? Wer hat das entschieden? Das waren Menschen, nicht Gott."

„Mag sein. Aber womöglich wurden die Menschen auch geleitet."

„Von Gott?"

Emma zuckte die Schultern und nickte.

„Wie erklärt das die Dinge, die ich schon erlebt habe?", fragte er. Sie wusste, dass er von Gewalt und Blutvergießen sprach. „Die menschliche Natur widerspricht der Existenz eines Gottes."

„Möglicherweise brauchen die Menschen Gott deswegen mehr als je zuvor", erwiderte Emma. „Sie brauchen den Glauben an ihn, um ein Gleichgewicht zwischen Gut und Böse herzustellen. Selbst die Indianer beten zu ihren eigenen Göttern. Auch sie stellen das

Bedürfnis nach Ausgleich zwischen unserer Welt und der des Übersinnlichen nicht infrage."

„Aber was ist mit einigen ihrer abergläubischen Riten?", hakte Nathan nach. „Die Azteken praktizierten Menschenopfer. Das ergibt keinen Sinn."

„Das mag sein, doch wir alle sind das Ergebnis dessen, was wir gelehrt wurden. Niemand von uns kann dem entkommen." *Aber man kann darüber hinauswachsen.* Emma musste an die christlichen Glaubenssätze ihrer Tante denken. Ein Glaube, dem Emma vor Jahren zu folgen versucht hatte und der es nicht geschafft hatte, ihr das Wirken der Welt zu erklären, in der sie lebte.

„Hast du schon einmal eine längere Zeit bei Indianern verbracht?", fragte sie, obwohl sie die Antwort bereits kannte. Sie hoffe jedoch, dass Nathan von sich aus davon erzählen würde.

„Ich habe achtzehn Monate bei einem Stamm der Comanche in Texas verbracht – den Kotsoteka."

„Warst du ihr Gefangener?"

„Ja."

„War es sehr schlimm für dich?"

Er lachte leise, aber sie wusste, dass er damit nur die traumatische Erfahrung überspielen wollte. „Ich glaube, sie haben mich nur am Leben gelassen, um mich später als Pfand bei Verhandlungen mit der Army einzusetzen. Oder vielleicht mit den anderen Stämmen in der Gegend. Ansonsten hätten sie mich wohl getötet."

„Wie bist du gefangen genommen worden?"

„Unser Regiment geriet in einen Hinterhalt, und ich habe es nicht rausgeschafft. An vieles aus den ersten Tagen erinnere ich mich nicht mehr, aber danach …" Er beendete den Satz nicht.

Emma legte ihm eine Hand aufs Bein und spürte, wie sein Lebenswille wich. Er hatte gewusst, dass sie ihn niemals freilassen würden, hatte gewusst, dass sie ihn nie in ihren Stamm integrieren würden, wie sie es oft mit Frauen oder Kindern taten, die ihnen in die Hände gerieten. Ein starker, unabhängiger Mann war eine viel zu große Bedrohung. Irgendwann hätten sie sein Leben beendet. Aber dann war die Hoffnung in Gestalt einer mitfühlenden Frau zu ihm gekommen.

Eifersucht durchfuhr Emma. War ihm diese Frau, die sein Leben gerettet hatte, wichtig? „Ich bin froh, dass sie dir geholfen hat." Sie zog ihre Hand zurück.

Sein Blick ruhte auf ihr, doch Emma konnte ihn nicht erwidern. „Ihr Name war Neyahcorá", sagte er. „Sie hat mir geraten, mich dumm zu stellen. Nach einer Weile durfte ich die Krieger zur Jagd begleiten, weil sie dachten, ich wäre nur ein Trottel. Jedes Mal habe ich mich absichtlich verlaufen und brauchte auch jedes Mal länger, um wieder zum Lager zurückzukehren. Eines Tages lief ich nicht mehr zurück. Die Männer folgten mir nicht, und ich schaffte es bis zu einer Siedlung von Weißen."

„Bist du irgendwann noch einmal zurückgekehrt, um sie zu suchen?"

Er schwieg kurz. „Ja."

Emma wurde das Herz schwer. Er hatte sie geliebt. „Warum bist du jetzt nicht mit ihr zusammen?"

Nathan schaute auf. „Ich habe die Army zu dem Stamm geführt, aber es war eine Falle. Neyahcorá hatte die ganze Zeit über mit meiner Flucht gerechnet und damit, dass ich genau das tun würde. An diesem Tag starben viele Männer, die ich kannte. Wenn ich klüger gewesen wäre, hätte ich ihr Täuschungsmanöver vielleicht früher durchschaut."

Emma wusste nicht, was sie sagen sollte, spürte jedoch deutlich, dass er sich mit Vorwürfen quälte. Sie wusste nur zu gut, wie es war, wenn man sich für andere verantwortlich fühlte und hilflos zusehen musste, wie sie starben.

„Wahrscheinlich habe ich noch nie darauf vertraut, dass Frauen die Wahrheit sagen", schloss er.

Sein Misstrauen formte sich zu einem Kreis, in dessen Mitte seine Mutter saß.

Emma griff nach seiner Hand, in der Hoffnung, ihm ein wenig Trost zu spenden. „Ich habe dir über mich die Wahrheit gesagt."

„Das hoffe ich, Em."

EMMA SAH DIE LEIDENSCHAFT, die Nathan für sie hegte, spürte die ihm innewohnende Kraft, klar und stark, eine wundervoll reine Energie. Und ihr dämmerte, dass sie dieses Feuer schon immer bei ihm wahrgenommen hatte, es zog sie in seinen Bann. Doch direkt dahinter lauerte noch etwas anderes, etwas Dunkleres. Sie suchte weiter, weil es ihr immer wieder entglitt. Sie gewahrte Tod, Angst und Verrat und immenses Leid, das Nathan in sich trug, eine Wunde, die er gut verbarg. Emma konnte sie sehen, konnte sie fühlen –

„Was zum Teufel machst du da?" Nathan wich vor ihr zurück. Nackt richtete er sich über ihr auf.

Emma versuchte, wieder zu Atem zu kommen. Im ersten Licht des neuen Morgens war er eins mit ihr geworden. Jetzt war ihr schwindelig von der abrupt beendeten mentalen Verbindung und dem physischen Rückzug von Nathans Körper.

„Hast du in meinem Kopf rumgestochert?", fragte er sichtlich wütend.

„Ich …" Emma rieb sich die Schläfe. Was hatte sie getan? „Ich weiß es nicht."

„Bleib verdammt noch mal aus meinem Kopf raus." Er schnappte sich seine Kleidung und zog sich hastig an.

Emma lag immer noch nackt auf dem Boden und fühlte sich mit einem Mal furchtbar verletzlich. Sie drehte sich auf die Seite, setzte sich auf und hantierte mit ihrem Hemd und der Hose.

Nathan hatte sich von ihr abgewandt.

Emma war sich nicht sicher, warum sie das getan hatte oder wie es ihr überhaupt gelungen war, in seine Gedanken einzudringen, aber ihr war klar, dass sie eine Grenze überschritten hatte. Rasch zog sie sich an.

„Es tut mir leid, Nathan. Ich weiß nicht, was passiert ist." Sie schüttelte den Kopf, und Tränen stiegen ihr in die Augen. „Ich wollte dir nur nahe sein. Ich wollte mehr als nur eine körperliche Verbindung." Vielleicht hatte es an dem Gespräch über seine verlorene Comanche-Geliebte gelegen. Emma hatte so verzweifelt versucht, sich an ihn zu binden, ihrer Beziehung eine Bedeutung zu geben.

„Ich habe gespürt, wie du da drin rumort hast." Endlich drehte er sich um und schaute sie an. „Mach das nie wieder."

Sie hatte das Leid in ihm gesehen und gefühlt. Es war eine dunkle Macht, die er in Ketten gelegt und unterdrückt hatte, doch sie war gefährlich, und Emma hatte Angst davor, was mit Nathan geschehen würde, wenn sie sich je befreite. Vielleicht konnte sie ihm helfen, den Kummer zu überwinden. Aber wie? Das alles war Neuland für sie. Und er würde sie niemals noch einmal in seinen Kopf lassen. Wenn sie es erneut versuchte, würde sie ihn verlieren, und das wollte sie nicht. Sie wollte, dass er sie liebte.

Plötzlich wurde ihre Aufmerksamkeit von immer lauter werdendem Lärm abgelenkt. Ein Tier brach durch die Büsche. Emma schrie auf und ging zu Boden, als sie einem Schaf mit großen, gewundenen Hörnern auswich, das sie beinahe über den Haufen rannte. Männer folgten ihm, und Nathan packte Emma an der Hand, um sie wieder auf die Füße zu ziehen. Hastig schnappte er sich den Rucksack, aus dem seine Waffe ragte, und sie rutschten die Böschung zum Fluss ein Stück hinunter, um sie als Deckung zu benutzen.

Dann warteten sie.

„Versuchen sie, es zu erlegen?", flüsterte Emma.

„Glaube ich nicht", antwortete Nathan. „Sie hatten keine Waffen dabei."

„Also haben sie es zum Spaß gejagt?"

Nathan zuckte mit den Schultern.

Jubelschreie ertönten als weit entferntes Echo und wurden dann lauter; die Männer beschrieben offenbar einen Kreis und kamen wieder auf sie zu.

„Rühr dich nicht vom Fleck." Nathan kletterte nach oben, um über die Böschung zu linsen.

Aus dem Nichts sprang plötzlich ein Dickhornschaf hervor und hielt direkt auf Emma zu. Sie schrie erschrocken auf und hob die Hände, um das Tier abzuwehren. Es setzte jedoch über sie hinweg und landete im Wasser, schwamm zum anderen Ufer und verschwand in der Schlucht. Bald kehrten die Indianer zurück. Sie rannten und lachten, allesamt junge Männer von kleiner Statur.

Ein weiterer Schafbock raste auf sie zu.

Emma beobachtete entsetzt, wie einer der Männer von ihm gerammt wurde und ins Wasser fiel. Instinktiv wusste sie, dass er ertrinken würde. Sie verließ ihr Versteck.

„Emma, nein!", rief Nathan gedämpft.

Sie kletterte über die Böschung und lief zu dem gut zehn Meter entfernten Teich. Dabei dachte sie nur an den Mann im Wasser. Plötzlich war sie mitten in der Gruppe der Männer und verlor den Halt. Einer der anderen Indianer starrte sie an, offenbar überrascht von ihrem plötzlichen Auftauchen. Sie deutete aufs Wasser, kam dann wieder auf die Beine und sprang. Mit kräftigen Zügen schwamm sie zu dem Mann, der mit dem Gesicht nach unten auf der Wasseroberfläche trieb.

Nathan schrie irgendetwas, das sie nicht verstand.

Sie erreichte den bewusstlosen Indianer, drehte ihn um, sodass sein Gesicht nach oben zeigte, und zerrte ihn ans Ufer. Ihre Füße glitten immer wieder von den rutschigen Felsen ab, doch da sprangen die Männer schon zu ihr.

Sie halfen, ihren Kameraden aus dem Wasser zu ziehen, und einer brachte auch sie nach oben. Die anderen rollten den bewegungslosen Jungen auf den Bauch und versetzten ihm einige kräftige Hiebe zwischen die Schulterblätter, bis er schließlich hustete und Wasser spuckte. Sie redeten miteinander, doch Emma verstand die Sprache nicht.

Einer der Männer stand hinter Nathan und schubste ihn weiter nach vorn. Offenbar sahen sie ihn als Bedrohung. Emma wischte sich das Wasser aus den Augen.

Nachdem der hustende junge Mann sich aufgesetzt hatte und wieder richtig zu sich gekommen war, hörte er seinen Freunden zu und schaute dann zu Emma. Er nickte und machte eine Handbewegung. Sie wusste nicht genau, was das bedeutete, aber die Dankbarkeit in seinen Augen war unübersehbar. Der Mann nickte in Nathans Richtung, und der andere gab ihn frei. Aber Emma wusste, dass Nathan die Behandlung ohnehin nur toleriert hatte, weil die jungen Männer keine Waffen bei sich trugen. Wenn er gewollt hätte, hätte er sie spielend leicht überwältigen können.

Der Mann, den sie gerettet hatte, stand auf und unterhielt sich in seiner Sprache mit den anderen.

„Spricht einer von euch unsere Sprache?", fragte Emma.

Die Indianer schauten sie verständnislos an. *Nun, das beantwortet die Frage wohl.*

Dann bedeuteten sie ihr und Nathan, ihnen zu folgen.

Emma warf Nathan einen Blick zu und fragte ihn stumm, ob sie dem Folge leisten sollten. Er nickte knapp und holte ihre Ausrüstung. Beim Anblick des Gewehrs wechselten die jungen Männer einige Worte und deuteten darauf. Emma hielt den Atem an. Würde es Probleme geben?

Lässig baute Nathan sich vor ihnen auf. Die jungen Männer lachten und schubsten sich gegenseitig ein wenig, bevor sie sich schließlich auf den Weg weiter in die Schlucht hinein machten. Der Letzte in der Reihe drehte sich um und winkte sie zu sich. Nathan folgte ihm, und Emma schloss sich ihm an. Sie lächelte in sich hinein. Zwar sprach sie die Sprache dieser Männer nicht, aber sie spürte, dass Nathans Präsenz sie tief beeindruckte. Emma hielt den Blick auf seine breiten Schultern und seinen Rücken gerichtet und kam nicht umhin, die Leichtigkeit, mit der er die Situation kontrollierte, ebenfalls zu bewundern.

Nathans bodenständige Art und seine Unerschütterlichkeit gaben auch Emma ein Gefühl der Sicherheit, insbesondere, wenn ihre Gabe sie in die *Anderswelt* trug. Vielleicht auch darüber hinaus.

Sie hoffte, dass er ihr den mentalen Übergriff vorhin verzieh. Aber woher sollte sie wissen, wann sie in einer Liebesbeziehung eine Grenze überschritt? Insbesondere, wo sie nicht einmal ihre eigenen Grenzen kannte.

Kapitel Neunzehn

Der Weg nach oben kostete sie große Anstrengung, und Nathan fragte sich, warum die Jungen überhaupt so weit in die Schlucht hinabgestiegen waren. Sie kletterten auf Felsen und über Vorsprünge – oft ohne sich auf einem erkennbaren Pfad zu befinden –, und mehr als einmal mussten sie im Wasser das Flussbett entlangstapfen oder es überqueren. Ihre Begleiter waren nicht besonders groß, aber ihre flinken Bewegungen zeugten von ihrer Vertrautheit mit dieser Gegend. Außerdem war das Alter auf ihrer Seite. Nathan schätzte sie auf etwa achtzehn oder neunzehn Jahre. Vielleicht beschwerte sich Emma deswegen nicht über den mühsamen Anstieg, denn sie mochte ungefähr im gleichen Alter sein. Sie marschierten etliche Meilen weit, bis sie einen atemberaubenden Wasserfall erreichten, der sich in riesige, terrassenförmig verlaufende Teiche ergoss. Das Wasser in ihnen schimmerte in einem hellen Türkisblau.

Emma trat neben ihn, als er stehen blieb, um die Szenerie fasziniert zu betrachten.

„Das ist bisher der schönste Ort hier, oder?", fragte sie atemlos.

„Wusstest du, dass uns dieser Anblick hier erwartet?", fragte er, unfähig, die Augen von der üppigen Oase vor ihnen abzuwenden.

Die Kraft des Wasserfalls schien in seinem Körper zu vibrieren, als wäre es der Herzschlag der Erde selbst. Die Energie dieses Ortes war praktisch greifbar.

Emma nickte.

Er warf ihr einen Seitenblick zu, musterte ihr verschwitztes Gesicht. „Ich verstehe, warum du hierher wolltest. So etwas hätte ich hier nie erwartet."

„In der Realität ist es sogar noch schöner." Sie sah ihn an. „Das vorhin tut mir wirklich leid. Ich werde versuchen, es nicht noch mal zu machen. Du bist mein … Erster. Ich weiß nicht immer, wie ich mich verhalten soll."

Nathan spürte Druck auf der Brust. Er wollte ihr erster *und* ihr letzter Liebhaber sein. Er wollte für immer in diese Augen schauen, die noch blauer schimmerten als die Teiche und den strahlend blauen Himmel über ihnen in den Schatten stellten. Die Wärme in ihrem Blick durchdrang ihn, erfüllte jede Faser seines Seins.

„Ich auch nicht", murmelte er.

„Aber du hattest schon andere Frauen." Sie wandte den Blick ab. „Du weißt, wie es ist."

Die Jungen waren in einen der Teiche zu ihrer Rechten gesprungen und schwammen nun darin. Auch Nathan stand der Sinn nach einer Erfrischung. Er wünschte sich, eine Weile mit Emma allein zu sein.

„Wenn es dich tröstet, Em", meinte er und beugte sich zu ihr runter, um ihr ins Ohr zu flüstern, „ich war noch nie mit jemandem wie dir zusammen." Er strich mit einer Hand über ihre Taille und ihre Kehrseite, bevor er sich von ihr abwandte.

Rasch steuerte er einen der linken Teiche an und suchte nach einem Bereich, der ihnen Sichtschutz vor ihren Wegbegleitern bieten würde. Ob Emma ihm folgte, überprüfte er nicht, aber er spürte ihre Gegenwart. Schließlich fand er einen kleineren Teich etwas weiter unten, dessen Ufer von mehreren Weidenbäumen gesäumt war. Der Duft von Geißblatt erfüllte die Luft.

Nathan legte den Rucksack ab, vergewisserte sich noch einmal, dass sie ungestört waren, und begann dann, sich auszuziehen.

Emma schaute unsicher drein. „Ich weiß nicht. Die Jungen sind ganz in der Nähe. Was, wenn sie zu uns rüberkommen?"

Nathan näherte sich ihr mit freiem Oberkörper.

Ein erschrockener Blick trat in Emmas Augen.

„Was ist los?", fragte er alarmiert.

„Ich …" Sie errötete und konnte anscheinend nicht weitersprechen.

Nathan blieb vor ihr stehen, legte ihr eine Hand an die Wange und streichelte sie sanft. „Lass es einfach ruhen, Em, ganz egal, worüber du gerade grübelst." Er drückte die Lippen sacht auf ihre. „Sei mit mir im Hier und Jetzt." Der nächste Kuss war stürmischer. „Wir finden gemeinsam heraus, wie wir einander nah sein können."

Alles an ihrer Haltung zeugte von ihren Bedenken. Das konnte er ihr nicht übel nehmen. Beim letzten Mal war er ziemlich grob und abweisend zu ihr gewesen. Eine solch alles umfassende Intimität war neu für ihn, und er hatte sich dagegen gewehrt. Aber langsam kam er zu dem Schluss, dass genau diese Nähe ihre Verbindung einzigartig machte. Wie das alles – ihre Beziehung und der Wunsch nach einer gemeinsamen Zukunft, der in ihrer Nähe in ihm aufkeimte – ausgehen würde, wusste er nicht, aber er wollte unbedingt etwas von der Magie an sie weitergeben, die er mit ihr empfand. Vielleicht würde sie dann nach dem Ende ihrer Reise bei ihm bleiben.

Nathan sank vor ihr auf die Knie und zog ihr das Hemd aus dem Hosenbund. Behutsam schob er ihr die Hose über die Hüften und gab ihr einen Kuss auf den flachen Bauch. Sie schlang die Arme um seinen Nacken, und ihre Finger spielten mit seinen Haaren, während sie seine Lippen suchte und ihn mit sich zu Boden zog. Ihr Kuss schmeckte nach Sehnsucht, und das machte ihm Hoffnung. Sie brauchte ihn ebenso wie er sie.

Voller Verlangen streifte er ihr Hemd und Mieder ab und

erkundete die Schönheit ihrer weichen Rundungen, küsste jeden Zentimeter ihrer Haut. Er legte sich neben sie ins Gras, bemüht, seine Leidenschaft zu zügeln, während er sie zärtlich liebkoste. Erst als sie beinahe außer sich vor Lust war, sich ihm immer wieder entgegendrängte, schob er sich über sie und verschmolz mit ihr. Dann hielt er inne, das Gesicht nur wenige Zentimeter von ihrem entfernt, und schaute ihr in die Augen.

„Was ist los?", fragte Emma und schlang die Beine fester um ihn.

Die Woge der Begierde drohte, ihn mit sich zu reißen, doch er kämpfte dagegen an. „Ich will mir diesen Moment für immer einprägen."

Sie wurde ernst. „Ich werde dich und die Zeit mit dir auch niemals vergessen, Nathan", flüsterte sie und küsste ihn.

Rasch wurde das Sprechen unmöglich, immer weiter erklomm er mit ihr den Gipfel der Lust, und schließlich fand sie fest umschlungen in seinen Armen Erfüllung. Erst dann gestattete er sich selbst die glückselige Erlösung.

Sehr viel später, nachdem sie eine Weile entspannt gedöst hatten, gönnten sie sich ein Bad in dem türkisblauen Teich. Emma ließ den Kopf auf seine Schulter sinken, und in diesem Moment wusste Nathan, dass er das Paradies entdeckt hatte. Einen Ort, den es nur mit ihr gab.

AM NACHMITTAG SETZTEN sie den Marsch mit den jungen Männern fort. Emma hatte gewusst, dass der Weg anstrengend werden würde, aber er stellte sich als noch schwieriger heraus, als sie gedacht hatte. Sie ließen den atemberaubenden Wasserfall, an dem Nathan und sie sich geliebt hatten, hinter sich und kletterten die Felsen weiter empor. Auf der steilen Klippe verlief ein Pfad in engen Windungen nach oben.

Eine Strickleiter half ihnen beim Aufstieg, doch Emma wusste, dass es nicht gut ausgehen würde, wenn sie stürzte. Nathan bestand darauf, dass sie vor ihm herlief, vermutlich, damit er sie auffangen konnte, falls sie die Kraft verließ. Ihren Fall würde er wahrscheinlich trotzdem nicht aufhalten können. Also konzentrierte sie sich mit aller Macht darauf, das Plateau zu erreichen, und war erleichtert, als sie die Klippe endlich hinter sich gebracht hatten.

Etwa eine Meile dahinter stießen sie auf einen weiteren wunderschönen Wasserfall und ähnlich türkisblaue Teiche. Wieder machten sie Rast, doch es blieb gerade genug Zeit, um etwas zu verschnaufen und sich Wasser ins Gesicht zu spritzen, bevor ihr kleiner Tross weiterzog. Sie wanderten auf der rechten Seite am Fluss entlang und erreichten bald darauf einen dritten Wasserfall, an dem sie jedoch nicht anhielten. Die Jungen drängten zum Weitergehen.

Als die Dämmerung über das schmale Tal hereinbrach – die Sonne war schon seit mehreren Stunden hinter den Felswänden verschwunden –, gelangten sie schließlich zu einem Plateau, auf dem sich lehmgedeckte Hütten befanden. Zahlreiche Menschen gingen im Lager ihrem Leben nach.

Emma nahm an, dass sie das Dorf der Havasupai erreicht hatten.

Männer, Frauen und Kinder kamen auf sie zu – redeten in der fremden Sprache durcheinander und winkten den jungen Männern zu – und starrten Nathan und sie unverhohlen an. Sie waren allesamt von kleiner Statur wie die Hopi, mit runden Gesichtern, flachen Nasen und dunkler Haut. Emma lächelte und nickte den Gaffern zu. Zwei Männer lösten sich aus der Menge, und einer von ihnen sprach mit den Jungen, bevor er seine Aufmerksamkeit Nathan zuwandte.

„Ich bin Waluthma." Der größere der beiden Männer reichte Nathan die Hand, die dieser schüttelte. „Aber die *haygu* nennen mich gerne Supai Charley." Er lächelte. Emma fand ihn sofort sympathisch.

„Mein Name ist Nathan. Das ist Emma. Freut mich, dich kennenzulernen."

„Das ist unser Chief Navahu." Er deutete auf den Mann neben sich. „Danke, dass ihr den jungen Lemuel gerettet habt."

„Emma hat ihn gerettet", antwortete Nathan.

Navahu sah sie an und nickte.

„Kommt ihr vom Fluss?", fragte Supai Charley.

„Ja."

„Bist du ein Goldsucher?"

„Nein."

Charley sprach mit Navahu, der erneut nickte. „Dann dürft ihr bleiben", sagte er. „Wir sind die *Havsuw 'Baaj*, das Volk vom Blauen Fluss."

„Die Havasupai?", fragte Emma.

Supai Charley deutete ein Nicken an.

Ihnen wurde eine der Lehmhütten angeboten, und Emma suchte rasch eine der Kaffeedosen aus Nathans Rucksack, um sie der Frau zu überreichen, die ihnen die Unterkunft zur Verfügung stellte. Sie hatte glattes, schwarzes, schulterlanges Haar mit Stirnfransen. Gekleidet war sie in einen langen Rock und eine Tunika. Dazu trug sie Schuhe aus Hirschleder und einen großen, konischen Behälter auf dem Rücken. Erst schaute die Frau verwirrt drein, also öffnete Emma die Dose und schnupperte daran. Sie bedeutete der Frau, es ihr gleichzutun, und ihre Gastgeberin lächelte, als sie den Inhalt erkannte. Sie akzeptierte das Geschenk dankend.

An diesem Abend wurden sie zum Essen eingeladen – es gab einen Eintopf mit Mais und Fleisch. Im Kreis der Havasupai saßen sie am am Lagerfeuer. Emma konnte sich vorstellen, dass ein Aufeinandertreffen mit Fremden, die von so weit herkamen, aufregend für sie war. Supai Charley machte sie mit Navahus

Ehefrau Ilwi bekannt und erklärte, dass ihr Name „Schlange" bedeutete. Emma mochte sie und war erschüttert, als sie den Tod der Frau durch eine gewaltige Flut vorhersah. Rasch schob sie die Vision von sich. Sie wollte dieses Wissen nicht und entschied, kein Wort darüber zu verlieren. Die Menschen sollten ihr Leben nicht im Schatten des Todes verbringen müssen.

Schäm dich, Tod. Wenn ich könnte, würde ich dich in die Schranken verweisen.

Charley stellte ihnen außerdem zwei Männer vor, von denen Emma annahm, dass sie gleichgestellt waren, deren Aura sich jedoch beträchtlich unterschied. Der eine hieß Taap, ein spiritueller *gthye'* oder Schamane, und der andere hieß Baa Naa Gj'alg, wofür Charley ihnen dankenswerterweise den Alternativnamen Rock Jones anbot. Auch er war Schamane, beschäftigte sich aber mit den Wettergeistern statt mit der Heilung von Kranken. Emma empfand eine sofortige Abneigung ihm gegenüber, wofür sie sich ein wenig schämte. Ihre Vernunft flüsterte ihr zu, dass er so eine harsche Verurteilung nicht verdient hatte, also schob sie das mulmige Gefühl von sich.

Navahu deutete auf das Armband an ihrem Handgelenk. „Moga?", fragte er.

Verwirrt schaute Emma zu Charley, der neben ihr saß. „Dein Schmuck. Ist er *ka-hopi*?"

„Ja", antwortete sie. „Hopi. Kennt ihr Masito?"

Die Anwesenden am Feuer nickten.

„Wir haben ihn und seine Familie kürzlich besucht", erzählte Emma. „Wisst ihr von seinem Neffen Loloma?" Sie war sich erst unschlüssig, ob sie das Thema ansprechen sollte, tat es aber dennoch.

Charley wechselte ein paar Sätze mit Taap und Navahu. Emma verstand kein Wort, doch ihr Tonfall klang beruhigend. Wenn sie doch nur ihr Hörvermögen anpassen könnte, nur ein kleines bisschen, dann wäre sie vielleicht in der Lage, sie zu verstehen. Ein dummer Gedanke. Nathan saß zu ihrer Linken, und sie lehnte sich bei ihm an, froh über seine Nähe.

„Ja, wir wissen von Loloma", sagte Charley. „Warum fragst du?"

Emma zögerte, wagte sich dann jedoch weiter vor. Rock Jones traute sie nicht über den Weg, doch Taap, Navahu und Supai Charley gaben ihr keinen Grund für Argwohn.

„Masito, Na'i und Pakwa haben mich gebeten, zu versuchen, ihn zu heilen", erklärte sie. „Ich hatte keinen großen Erfolg."

Charley übersetzte und fragte dann: „Bist du eine Heilerin?"

„Nein, eigentlich nicht. Hat Taap versucht, ihn zu heilen?" Sie war neugierig, ob der Havasupai-Schamane vielleicht Ähnliches wie sie erlebt hatte.

Wieder ein Wortwechsel in der Sprache der Havasupai, an dem dieses Mal auch Ilwi teilnahm. Dann antwortete Charley: „Taap konnte nicht helfen. Es gab einen Kampf. Der Junge hat seinen Körper verlassen und konnte nicht gefunden werden."

Emma war zutiefst enttäuscht.

Das Gespräch wandte sich nun dem Fluss und Nathans und Emmas Reise zu. Nathan erzählte ihre Geschichte, und Charley übersetzte. Nathan erkundigte sich auch nach Diamond, aber sie hatten nur flüchtig Kontakt mit dem Mann gehabt und hatten keine neuen Informationen über ihn.

Sie unterhielten sich lange, bis Emma kaum noch die Augen offen halten konnte. Gutenachtwünsche wurden in Sprachen ausgesprochen, die das jeweilige Gegenüber nicht verstand, und dann geleitete Nathan sie zurück zu ihrer Hütte. Emma schlief ein, sobald sie auf den mitgebrachten Decken lag und Nathan neben sich spürte.

EMMA ERWACHTE MIT EINEM RUCK. Sie lag ein paar Minuten lang still da und versuchte, ihren Traum zu verstehen. Immer noch nachdenklich stand sie auf und ließ den schlummernden Nathan zurück. Am Himmel vertrieben die ersten Sonnenstrahlen das Dunkel der Nacht. Es war noch früh, doch Emma würde den Traum vergessen, wenn sie nicht schnell handelte.

Sie wanderte durch das Lager und traf eine Havasupai-Frau, die ebenfalls schon auf den Beinen war und Maiskolben vor einer Lehmhütte aufstapelte.

„Supai Charley?", fragte Emma.

Die Frau deutete lächelnd auf eine andere Hütte. Emma lehnte sich in den Eingang, um den Mann zu wecken. „Tut mir leid, dass ich dich behellige", flüsterte sie, um Charleys Frau nicht zu stören. „Aber ich muss sofort mit Taap sprechen. Es ist sehr wichtig."

Charley nickte. Er streifte sich sein ledernes Schuhwerk über und führte sie dann ans andere Ende des Dorfes. Taap kam mit vom Schlaf zerzausten Haaren aus seiner Hütte, nachdem sie ihn geweckt hatten, und setzte sich im Schneidersitz mit Charley und Emma auf den Boden.

Charley übersetzte, was Emma von ihrem Traum erzählte.

„Da war ein weißer Mann aus dem Osten", begann sie. „Er war freundlich und liebevoll und großzügig und leuchtete, als würde Licht von ihm in die Welt hinausstrahlen. Dann war da ein schwarzer Mann aus dem Westen. Er war dunkel, brutal und wollte Macht. Sie stritten eine Weile, hauptsächlich über die Menschen hier. Über den Zustand ihrer Seelen." Sie hielt kurz inne, bevor sie anfing zu singen, Worte, die sie nicht verstand. Als sie das Lied beendet hatte, sang sie es erneut, insgesamt viermal. Warum das wichtig war, wusste sie nicht, aber es musste viermal sein.

Nachdem sie geendet hatte, wartete sie auf Taaps Reaktion. Der Traum hatte doch sicher etwas zu bedeuten.

Taap sprach mit Charley, der Emma ansah. „Du wurdest eingeladen."

„Zu was?", fragte sie.

„Mit den Ahnen zu sprechen."

„Wie soll ich das tun?"

Taap sprach und musterte sie dabei offenkundig neugierig.

Charley antwortete: „Taap kann dir helfen. Heute Abend."

Taaps Miene verunsicherte Emma, und sie fragte sich, ob sie etwas falsch gemacht hatte. „Bin ich in Schwierigkeiten wegen dieses Traums?"

Charley grinste. „Nein. Aber Frauen träumen das nicht. Vor allem nicht *haygu*, nicht eine weiße Frau."

AN DIESEM ABEND saß Emma zusammen mit Taap, Charley und Nathan am Feuer. Die anderen Dorfbewohner hatten sich zurückgezogen, nachdem sie gemeinsam ein üppiges Festmahl aus gebackenem Kürbis, Mais und Bohnen, gefolgt von köstlichen Pfirsichen, verzehrt hatten. Emma hatte jeden Bissen genossen. Danach wurde ihr ein wunderschönes weißes Hirschfell überreicht. Charley erklärte, dass die anderen von dem Traum wussten, der sie „gerufen" hatte, und offenbar hatten sie entschieden, dass sie etwas Besonderes sei. Emma fühlte sich geehrt und bedankte sich bei allen, bevor Nathan das Geschenk in ihrer Lehmhütte deponierte. Darauf zu schlafen, würde der pure Luxus werden.

Emma hatte sich gesorgt, dass Nathans Anwesenheit unerwünscht sein könnte, doch zum Glück hatte Taap seinem Beisein zugestimmt. Charley begann zu trommeln, und Emma schloss instinktiv die Augen, als Taap einen rhythmischen Gesang anstimmte. Die Vibrationen, die von den beiden Männern ausgingen, erfüllten Emma rasch.

Ihr Bewusstsein löste sich von diesem Ort, und sie fand sich in einem langen, dunklen Tunnel wieder. Eine scheinbare Ewigkeit lang ging es immer weiter nach unten. Sie kam in einer großen Höhle neben Taap an. Stumm dankte sie ihm für seine Anwesenheit.

„Ruf deine Führer zu dir."

Emma verstand ihn – die Sprachbarriere zwischen ihnen existierte nicht mehr.

Sie stellte sich einen riesigen Sperling vor, war sich aber nicht sicher, ob der Vogel gemeint war. „Ich weiß nicht, ob ich einen Führer habe", sagte sie.

„Wir bekommen alle Hilfe von Geistern. Ich werde sie für dich rufen."

Ein überlebensgroßer Sperling kam herangeflogen, und Emma wusste, dass es ein Weibchen war.

„Hallo", begrüßte Emma sie.

Hallo, Emma.

„Wo sind wir?", fragte sie Taap.

„Das ist die Untere Welt. Hier gibt es vier Ebenen. Es gibt auch eine Obere Welt, die ebenfalls vier Ebenen hat, aber dort werden wir dieses Mal nicht hingehen. Hier können wir manchmal unsere Ahnen treffen, doch sie müssen zu uns kommen."

Sie liefen los. Nicht Dunkelheit erschwerte ihnen das Sehen, sondern die stetige Veränderung ihrer Umgebung. Mal wurde ein Bild scharf, dann wieder unscharf, als würde eine Welle durch den Raum gehen.

„Hier können deine Gedanken zu Schöpfungen werden", sagte Taap. „Die Wahrnehmung ist abhängig von deiner Konzentration, aber du musst erst angekündigt werden, bevor du manche Gefilde betreten darfst."

Ein Grollen zog Emmas Aufmerksamkeit auf sich, und plötzlich verspürte sie eine Strömung, die ihr ein ungutes Gefühl bereitete.

„Was war das?", flüsterte sie.

„Hier lebt jemand, ein Wächter einer tieferen Ebene. Ich gehe dort nicht hin, wenn ich nicht muss."

„Wer ist er?"

„Unsere Freunde, die Moga, nennen ihn Masau'u. Er ist der Herrscher ihrer Welt. Ein Gott des Feuers und des Todes und der Wiedergeburt."

„Ist er dein Herrscher?"

Taap zuckte die Schultern. „Nein. Aber wir respektieren seine Anwesenheit. Manchmal muss einer von uns zu ihm, um die Seele eines Menschen zurückzufordern. Vorsicht ist geboten, wenn ein Schamane das tut. Er muss geschützt werden. Es ist sehr gefährlich."

„Warum? Was könnte passieren?"

„Die Seele könnte verloren gehen und nie wieder den Weg nach Hause finden."

Emma musste an ihr Erlebnis mit Loloma denken und fragte sich, ob ihre Seele sich wohl verirrt hatte, als sie versucht hatte, ihn zu finden. In diesem Fall hatte sie wohl Glück gehabt, in ihren Körper zurückkehren zu dürfen.

Bald begegneten sie einem untersetzten Mann, denn Emma auf dreißig Jahre schätzte. Er sprach mit Taap in einer Sprache, die Emma nicht verstand, und wandte sich dann an sie.

„Du bist Emma-*kele*", sagte er.

Emma schaute fragend zu Taap. „*Kele* ist ein Wort der Moga für Sperling."

Sie nickte verstehend.

„Du bist stark und neugierig", fuhr der Fremde fort. „Das ist gut."

„Wer bist du?", erkundigte sich Emma.

„Du kannst mich Coyote nennen. Ich bin gekommen, um dich in der Macht des Gebets zu unterrichten. Du musst üben, um die Verbindung zu allem, was uns umgibt, zu verstehen, über uns und unter uns."

„Ich habe gebetet", verteidigte sie sich.

„Viele wie du, die *haygu*, beten, als wäre es eine Übung des Geistes. Das ist es nicht." Er deutete auf sein Herz. „Es beginnt hier. Ein Gebet ist die Fähigkeit, mit dem Schöpfer zu atmen. Es ist die Sprache, die das Innere nach außen bringt. Es gibt keine Worte, nur Gefühle, die dich leiten. Du musst vertrauen, oder du wirst in deiner Ausbildung nicht vorankommen."

„Meiner Ausbildung?"

„Du bewegst dich zwischen den Gefilden wie ein Kind, das einen Zeh ins Wasser hält, sich aber nicht hineintraut. Es ist Zeit, nass zu werden, Emma-*kele*."

Und dann war er verschwunden.

Taap führte sie in eine andere Höhle. Ihr riesiger Sperlingswächter begleitete sie. Drinnen sah sie viele Menschen, die gefesselt im Boden steckten.

Instinktiv wollte sie zurückweichen. „Was ist das für ein Ort?"

„Die Höhle der gefangenen Seelen. Es ist nicht die einzige."

„Kannst du sie nicht befreien?" Emma wollte die verstörenden Emotionen abwehren, wollte, dass Angst und Kummer wichen.

„Manchmal. Aber manchmal auch nicht. Es kommt darauf an, warum sie hier sind. Manchmal kommen sie von allein. Manchmal werden sie betrogen und von anderen hier festgehalten."

„Warum hast du mich hierher gebracht?"

„Coyote hat es mir befohlen. Ich werde dich jetzt verlassen."

„*Was?* Nein!" Emma versuchte, ihn am Arm festzuhalten, aber keiner von ihnen war stofflich, daher griff sie ins Leere. „Lass mich hier nicht allein."

„Du hast Sperling. Sie wird bei dir bleiben."

Dann verschwand auch er.

Emma schaute sich hektisch um, und Panik überkam sie. Der Schrei einer Frau erregte ihre Aufmerksamkeit. Ihr Körper steckte zur Hälfte in einem Felsen fest.

Versuch, ihr zu helfen, sagte Sperling.

„Ich weiß nicht, wie", erwiderte Emma. „So etwas habe ich noch nie gemacht."

Doch, das hast du.

„Wann?"

Als Bethany gestorben ist. Ein Teil von ihr war gefangen. Du hast ihn im Moment ihres Todes befreit, sodass sie unversehrt gehen konnte.

Daran erinnerte sich Emma nicht. Sie wusste nur noch von der Angst – Bethanys Angst –, die in dem Mädchen aufgestiegen war.

Emma war verzweifelt und verängstigt gewesen. Und dann hatte Bethany gefleht: „Heile mich." Emma hatte zugestimmt, ohne zu wissen, was sie tun sollte.

„Wer hielt Bethanys Seele gefangen?", fragte sie.

Maeve.

Woher wusste Sperling das alles?

„Und sie hat sie hierher gebracht?", fragte Emma.

Nicht hierher, aber an einen Ort wie diesen. Du warst mutig, als du Bethany befreit hast. Viele Geister waren Zeuge.

„Ich wusste nicht, was ich tue."

Dann musst du es erneut lernen.

Emma riss die Augen auf und war plötzlich zurück am Feuer, mit Nathan, Taap und Charley. Die Trommel und der Gesang verstummten.

„Was ist passiert?", fragte Nathan.

„Eine Prüfung, denke ich." Emma suchte Taaps Blick. „Ich glaube, ich habe nicht bestanden."

Taap sprach, und Charley übersetzte. „Wenn du tiefer hineingehst, musst du erst wieder eine neue Welt kennenlernen. Es wird Zeit brauchen. Vertrau deinem Krafttier, Emma-*kele*."

„EMMA-*KELE*", murmelte Nathan in ihr Haar. Sie ruhten auf dem Lager in ihrer Hütte. „Hast du in der Unterwelt geheiratet?"

Emma lächelte, entspannt von ihrer Vereinigung, den nackten Körper an seinen geschmiegt.

„Sollte ich mir Sorgen über diesen Mr Kele machen?", neckte Nathan sie.

„*Kele* bedeutet ‚Sperling'. Ich habe einen riesigen Sperling an meiner Seite, der mir in der Geisterwelt hilft." Sie schaute zu ihm hoch. „Ich frage mich, was wohl dein Krafttier wäre."

„Nun ja, wahrscheinlich so etwas wie ein Tiger oder ein Bär."

„Ich dachte eher an einen Otter", meinte sie grinsend. „Oder ein Eichhörnchen."

„Und wie werde ich dann genannt? Nathan-Hörnchen?"

Emma küsste ihn lachend. Eine Weile später schliefen sie ein, auf die weiche Unterlage des Hirschfells gebettet. Und Emmas Träume waren erfüllt von Nathan.

AM NÄCHSTEN MORGEN ging Nathan mit einigen Männern zum südlichen Rand des Grand Canyon, um dort ein paar wilde Ponys einzufangen.

Emma verbrachte die Zeit mit Ilwi. Die zierliche, kleine Frau redete in ihrer eigenen Sprache mit ihr, gestikulierte viel und ermunterte Emma, sie zu begleiten. Viel verstand Emma nicht, aber sie lächelte und tat ihr Bestes, um mit der Frau zu kommunizieren. Ilwi brachte sie zu einer von Felsen und Bäumen abgeschirmten Nische und wurde sehr still und ernst, was Emmas Aufmerksamkeit weckte. Ein Häufchen Federn war in einem Kreisgebilde aufgeschichtet, und als Emma näherkam, entdeckte sie, dass es ein Haufen toter Vögel war.

Sperlinge.

„Warum?", fragte Emma.

Ilwi sprach leise und breitete die Arme aus. In ihren dunklen Augen stand ein Hilfe suchender Blick.

„Ich verstehe nicht." Emma kniete sich neben die Vögel.

Ilwi ging kurz darauf. Emma blieb still sitzen und konzentrierte sich auf die Tiere, ließ ihr Bewusstsein zu einem anderen Ort und einer anderen Zeit reisen.

Die Sperlinge hatten aus einer nahe gelegenen Quelle getrunken, doch diese war von Hirschkot verschmutzt und hatte sie krankgemacht. Da war noch etwas … ein störender Impuls, ähnlich dem, den Emma am Abend zuvor in der Unteren Welt mit Taap verspürt hatte. Ein Echo, das den Sperlingen geschadet hatte.

Eine Welle der Bösartigkeit, der gegenüber die schwächeren der Vögel machtlos waren.

Emma erhob sich und wollte zu Ilwi, um ihr von der verschmutzten Wasserquelle zu erzählen. Vielleicht konnte sie irgendwie gereinigt oder geleert werden.

Rock Jones fing sie ab. Auch er sprach kein Englisch, aber er kannte genug Wörter, um sich ihre Aufmerksamkeit zu sichern.

„Flussmann ist weg. Du auch."

Emma wusste, dass er von Nathan sprach. Die Havasupai hatten Nathan den Spitznamen „Flussmann" gegeben.

„Wo ist er hingegangen?", fragte sie.

Rock Jones deutete in Richtung des Colorado River. „Fluss."

„Warum sollte er den weiten Weg dorthin auf sich nehmen?"

Er zeigte auf Emma. „Du gehen. Er sagt, du gehen."

Das ergab für Emma keinen Sinn. Warum sollte Nathan wollen, dass sie den Weg zum Fluss allein zurücklegte? Es war ein langer, anstrengender Marsch.

„Ich denke, ich werde hier auf ihn warten." Aber sie wusste, dass Rock Jones sie nicht verstand. Sie wünschte, Charley wäre hier, doch er hatte Nathan begleitet.

„Diamond. Du gehen. Du gehen."

Emma schenkte dem Indianer einen prüfenden Blick. Meinte er damit, dass Diamond hier war? Wollte Nathan sie warnen, ihr sagen, dass sie fliehen sollte?

Sie ließ Rock Jones stehen und lief zu der Hütte, die sie mit Nathan geteilt hatte. Der Schamane folgte ihr und trieb sie mit nachdrücklichen Gesten an, ihre Sachen zu packen. Angst machte sich in ihr breit, befeuert von dem nachdrücklichen Ton, den Rock Jones an den Tag legte.

Offenbar war Diamond ganz in der Nähe. Vermutlich hatte Nathan ihn gesehen und ihr eine Nachricht schicken lassen. Wohl, damit sie sich unterwegs treffen konnten. Das war die einzige Erklärung.

Auch wenn sie Rock Jones nicht mochte – und ihr sein

Verhalten ihr gegenüber ziemlich sauer aufstieß –, entschied sie sich dennoch, Nathans Anweisung zu befolgen. Rasch rollte sie das Hirschfell zusammen und stopfte es, so gut sie konnte, in den Rucksack, den sie auf ihren Rücken hievte. Rock Jones packte sie am Arm und scheuchte sie in Richtung des Colorado River, und sie begann den langen Marsch hinunter zum Fluss.

Kapitel Zwanzig

Emma lief den ganzen Tag. Müde, durchgeschwitzt und hungrig erreichte sie schließlich am späten Nachmittag den Colorado River. Als sie über den Felsvorsprung schaute, fand sie ihr Boot, doch es war bewegt worden.

Nathan musste hier sein. Sie sah sich um, konnte jedoch niemanden entdecken.

Ohne Vorwarnung landete sie kopfüber im Wasser, benommen von einem heftigen Schlag auf ihren Hinterkopf. Sie versuchte aufzustehen, als Diamond neben ihr ins Wasser sprang. Sie hob die Hand, um ihn abzuwehren, aber er packte sie am Arm und zerrte sie auf die Füße. Emma stieß einen leisen Schmerzensschrei aus.

„Gehen wir, Hexe." Er drängte sie ins Boot und löste das Seil, das es an der Canyon-Wand festhielt. Mit einem kräftigen Schubs drückte er den Kahn in die Strömung und kletterte an Bord, wobei das Boot gefährlich ins Schwanken geriet.

Übelkeit übermannte Emma, doch sie versuchte, bei klarem Verstand zu bleiben. Dunkelheit umfing sie, und dann war da nur noch ein schwarzes Nichts.

DAS SCHWANKEN des Boots holte Emma aus einem diffusen Traum. Wo war sie? Sie war so verwirrt, dass sie einen Moment brauchte, um sich zu erinnern.

„Gut, du bist wach", stellte Diamond fest. Er hielt beide Ruder in der Hand und steuerte den Kahn flussabwärts.

Emma lag auf der Seite, die Hände hinter dem Rücken gefesselt, die Füße ebenfalls zusammengebunden. Ihren Kopf erfüllte ein schmerzhaftes Pochen, und ihr Nacken war steif vom Liegen auf dem harten Holz. Ihre Kleidung war trocken, aber der Schweiß klebte an ihr, also musste sie schon eine Weile hier sein.

„Warum tust du das?", fragte sie heiser. Sorge um Nathan machte sich in ihr breit. Was, wenn Diamond ihm etwas angetan hatte?

„Man findet nicht viele wie dich", antwortete Diamond. „Und dein Beschützer hat eine Lektion verdient."

Emma spürte die unterschwellige Wut. Was auch immer Nathan am Bright Angel River mit ihm gemacht hatte, Diamond war sichtlich nachtragend und wollte sich rächen. Sie musste vorsichtig sein. Mit etwas Mühe setzte sie sich auf und kniff, geblendet von der gleißenden Sonne, die Augen zusammen.

„Wohin fahren wir?"

„Dorthin, wo du mit ihm hinwolltest – den Fluss hinunter."

„Warst du schon einmal hier?"

„Nein. Zumindest nicht persönlich." Er verzog den Mund zu einem Lächeln, doch seine Augen blieben kalt.

Verzweiflung überrollte Emma, als sie erkannte, dass sie bereits meilenweit von Nathan entfernt sein musste.

„Hast du ihm etwas angetan?", flüsterte sie.

„Wem?"

„Nathan."

„Nein. Ich bin nur wie eine Schlange an ihm vorbeigeschlüpft." Er lachte kurz auf.

Emma atmete erleichtert aus.

„Wozu sich auf eine Auseinandersetzung einlassen", fuhr

Diamond fort, „wenn man den Schatz auch direkt unter der Nase des Mannes abgreifen kann?"

Emma schwieg. Angst flüsterte ihr unheilvolle Dinge ins Ohr, doch sie fürchtete sich nicht vor körperlichem Schaden, sondern vor etwas Tiefgründigerem, viel Schrecklicherem. Diamond wollte ihre Seele in seinen Bann bringen. Und dazu war ihm jedes Mittel recht, davon war Emma überzeugt. Wie sollte sie sich also am besten verhalten? Was würde Nathan an ihrer Stelle tun?

Eine Woge der Hoffnungslosigkeit stieg in ihr auf. Das Hämmern hinter ihrer Stirn wollte nicht nachlassen, und die Fessel war so eng geschnürt, dass ihre Hände schon ganz taub waren.

Als Diamond schließlich in einer kleinen Einbuchtung am Nordufer anlegte, wusste Emma sofort, dass Nathan sie hier kaum retten könnte. Der Fluss war breiter geworden und konnte deshalb nicht so leicht überquert werden, und das Lager der Havasupai war auf der Südseite gelegen. Wusste Nathan überhaupt, dass sie verschwunden war? Außerdem plagte sie noch ein weiterer Gedanke.

„Wo sind die Baxters?" Sie wusste, dass Nathan ihnen in einem fairen Kampf gewachsen war, aber was, wenn sie ihn in einen Hinterhalt lockten?

„Sie haben die Havasupai beschäftigt, während ich zum Fluss bin, um auf dich zu warten." Diamond zerrte sie aus dem Boot und stieß sie zu Boden. „Kannst du etwas kochen?"

„Ja", erwiderte sie leise.

„Was denn?" Er wirkte geradezu ausgehungert.

„Brot, Kaffee."

„Mach viel davon. Bleib hier, ich suche Feuerholz."

Er ließ Emma liegen. Sie war auf der Seite aufgekommen und schaute nun dem trägen Dahinfließen des Wassers zu. Sie überlegte, dass ein voller Magen ihr beim Nachdenken helfen würde. Sie musste ihre Sinne beisammenhalten.

Diamond kehrte zurück, entfachte ein Feuer und löste dann ihre Fesseln.

„Ich behalte dich im Auge", warnte er sie. „Mach schnell mit dem Essen."

So steif, wie sich ihre Glieder anfühlten, war Schnelligkeit eine Herausforderung. Emma schlurfte zum Boot, um die Lebensmittel und die Ausrüstung herauszuholen, die sie benötigte. Eine Flucht war in ihrem Zustand ausgeschlossen. Rasch hatte sie ein Essen zubereitet, das sie gemeinsam zu sich nahmen. Diamond schlang seine Portion schmatzend in sich hinein – wenn sie doch nur Gift bei sich hätte.

Anschließend befahl er ihr aufzuräumen und beobachtete sie die ganze Zeit dabei. Dann fesselte er sie wieder und legte sich zum Schlafen nieder, obwohl die Dämmerung noch nicht vollständig hereingebrochen war.

Jetzt, wo der Teufel schlief, wog Emma ihre Fluchtchancen ab. Sie hatte keine Waffe, Diamond hatte ihren Revolver gefunden und in den Fluss geworfen. Ein Messer hatte sie beim Kochen nicht benutzen dürfen, aber irgendwann konnte sie sich vielleicht eines aus dem Boot greifen. Sie war müde und entmutigt, ihr fiel kein Ausweg ein. Irgendwann übermannte sie der Schlaf.

ALS EMMA ERWACHTE, brannte das Lagerfeuer lichterloh, und es war immer noch dunkel.

„Gut. Du bist wach." Diamond zog sie in eine aufrechte Position und setzte sich ihr gegenüber. „Ich schlafe nachts meist nicht viel. Welche Gaben hat der Herr dir geschenkt?"

Seine ernst gemeinte Frage überraschte sie.

„Ich weiß nicht, wovon du sprichst", antwortete sie.

„Die Hopi nennen dich *powaka*. Das bedeutet ‚Hexe'. Du musst etwas getan haben, das sie zu dieser Annahme verleitet hat."

„Nicht, dass ich wüsste."

„Die Baxters haben gesagt, dass du aus San Francisco kommst. Wie wurdest du dort ausgebildet?"

„Ich hatte keine Ausbildung."

Diamond fachte das Feuer weiter an, während er anscheinend über ihre Antwort nachdachte. Die Flammen schossen hell lodernd auf. Durch die Hitze geriet Emma ins Schwitzen.

„Weißt du, ich hatte eigentlich auch keine Ausbildung, wenn ich so darüber nachdenke", sagte er. „Ich bin in Louisiana aufgewachsen. Meine Ma kannte sich mit Voodoo aus, hat es mir aber nie beigebracht. Aber ich konnte Dinge sehen. Schon immer."

Diamonds vernünftige und klare Gedankengänge erstaunten Emma.

„Das Wirken der anderen Welten kann manchmal verwirrend sein", fuhr er fort.

„Was hast du mit Loloma gemacht?", fragte Emma, da sie die Frage nicht mehr länger zurückhalten konnte.

Diamond starrte ins Feuer, und seine Körperhaltung sprach von Vorsicht. „Hat die alte Frau gesagt, dass es meine Schuld war?"

„Warum ist der Junge bewusstlos?"

Er zuckte die Schultern. „Manchmal laufen die Dinge nicht wie geplant. Ich wollte versuchen, ihm zu helfen, ihn vor bösen Geistern zu beschützen, aber er ist weggerannt. Hast du ihn gefunden?"

Emma antwortete nicht.

„Kein Erfolg?", fragte er. „Ich könnte dir beibringen, wie man verlorene Seelen findet."

„Ist Loloma das? Eine verlorene Seele?"

„Vielleicht. Wenn du willst, zeige ich dir, wie man sich in der Unteren Welt zurechtfindet."

„Warum solltest du das tun?"

„Das ist der Lauf der Welt. Wir Schamanen, wir Medizinmänner, geben unsere Traditionen weiter. Der alten Frau gefiel nicht, dass Lenmana von mir lernen wollte."

„Aber Lenmana ist tot." Emma bereute die Worte im selben Moment, in dem sie sie ausgesprochen hatte.

Diamond richtete sich kerzengerade auf, und in seiner Wange zuckte ein Muskel. Er schaute sie nicht an, aber Emma spürte die unterdrückte Wut in ihm. Am liebsten wäre sie weggelaufen.

„Lenmana hat nicht auf mich gehört", sagte er, und seine Stimme klang angestrengt. Er wandte sich Emma erneut zu. „Ich bin kein Scheusal, wie manche denken. Ich kann dir zeigen, wie du auf etwas zugreifen kannst, dessen Macht jenseits deiner Vorstellungskraft liegt."

EMMA FÜHLTE sich rastlos und lag in der anbrechenden Morgendämmerung wach. Nach dem Gespräch mit Diamond hatte sie nicht mehr schlafen können, auch wenn sie eine Weile so getan hatte, damit er sie in Ruhe ließ. Diamond übte eine beinahe magnetische Anziehungskraft auf sie aus. Sie war gleichzeitig abgestoßen und neugierig. Was stimmte nicht mit ihr?

Wo war Nathan?

Sie fragte sich, was sie tun sollte. Während sie über die Antwort grübelte und sie nicht fand, fiel sie schließlich in einen unruhigen Schlaf.

Kapitel Einundzwanzig

Nathan war auf dem Weg zum südlichen Rand des Grand Canyon. Seine Wut hielt ihn davon ab, der Erschöpfung nachzugeben, obwohl er seit vierundzwanzig Stunden kein Auge zugetan hatte.

Nachdem er am Vortag ins Lager der Havasupai zurückgekehrt war, hatten dort keine Geringeren als die Baxter-Brüder auf ihn gewartet. Sofort hatte er seine Waffe gezogen und sich auf die Suche nach Emma gemacht. Doch nirgendwo war eine Spur von ihr zu finden.

Aus den Baxters war nichts Sinnvolles herauszubekommen, und Nathan hatte keine Zeit damit verschwenden wollen, sie zu verhören. Supai Charley hatte ihm von einem Gespräch zwischen Rock Jones und Emma berichtet. Der Schamane behauptete, dass sie sich entschlossen habe, zum Fluss zu gehen, und er solle Nathan ausrichten, sie wolle sich dort mit ihm treffen. Das passte alles irgendwie nicht zusammen.

Dennoch hatte sich Nathan auf den Weg zum Colorado River gemacht. Er hatte keine andere Wahl gehabt. Eigentlich hatte er Abner, Reggie und Hersch fesseln wollen, doch sie hatten es geschafft, sich bei den Havasupai einzuschmeicheln. Also hatte

Nathan getan, was ihm übrig geblieben war: Er hatte Charley gewarnt, er solle die drei Männer im Auge behalten.

Nachdem er ihre ehemalige Anlegestelle begutachtet und keine Spur von Emma oder der *Paradise* gefunden hatte, sah er seine schlimmste Befürchtung bestätigt.

Diamond war es gelungen, Emma in seine Gewalt zu bringen.

Ohne zu zögern, hatte Nathan den Aufstieg zurück zum Dorf begonnen. Mit jedem Schritt wuchs seine Wut. Warum zum Teufel war sie allein zum Fluss gegangen? Er würde ihr eine ordentliche Standpauke halten, sobald er sie fand. Jeder andere mögliche Ausgang jagte ihm eisige Schauer über den Rücken und hinterließ ein Gefühl von Panik, das er nur schwer unter Kontrolle halten konnte.

Rasch schob er den Gedanken beiseite und stapfte schneller voran. Viel schneller, als er den Weg vor ein paar Tagen mit Emma hinter sich gebracht hatte. Im Dorf hielt er sich nur kurz auf, um Ilwi um Vorräte zu bitten. Sie und einige andere Frauen überreichten ihm einen Rucksack mit Kaffee, Mehl, Trockenfleisch und wassergefüllten Kalebassen. Hastig verabschiedete er sich von Charley und Navahu. Die Baxter-Brüder waren längst verschwunden.

Als er den südlichen Rand des Grand Canyon erreichte, tauchten plötzlich östlich von ihm zwei Männer auf. Nathan wartete, während sie auf ihn zukamen.

Zu seiner Erleichterung stellte er fest, dass es Na'i und Masito waren.

„Diamond hat Emma", erklärte Nathan, ohne sich mit Floskeln aufzuhalten. „Sie sind auf dem Fluss."

„Wir haben ihn verfolgt", sagte Masito. „Wir werden mit dir gehen. Vielleicht gibt es Wege zum Wasser."

„Ich weiß, wo wir Pferde bekommen können." Nathan dachte an die Ponys, die er am Tag zuvor mit den anderen zusammengetrieben hatte.

Ohne weitere Diskussion führte Nathan die beiden Männer zu

den Tieren. Mithilfe von Seilen zäumten sie sie auf und machten sich schnell auf den Weg.

Der Fluss bewegte sich nur in eine Richtung.

Emma und Diamond konnten daher auch nur in eine Richtung unterwegs sein.

Nathan würde sie finden.

BEIM AUFWACHEN STELLTE EMMA FEST, dass Diamond in ihrem Tagebuch las.

„Was machst du da?" Sie stemmte sich mit beiden Händen hoch, da sie immer noch zusammengebunden waren. „Das gehört mir."

„Das ist sehr interessant. Du hast solches Glück, dass du Dinge einfach weißt. Ich musste dafür erst hart arbeiten."

Emma starrte ihn finster an. Dem Stand der Sonne nach war es Vormittag.

„Was ist mit diesem Mädchen, Bethany, passiert? Du hast angefangen, über sie zu schreiben, und dann plötzlich aufgehört. Hast du sie gefunden?"

Emma zögerte, antwortete dann jedoch: „Ja, aber es war zu spät."

„Dann ist sie gestorben?"

Sie nickte. In einem Busch neben ihr ließen sich zwei Vögel nieder. Emma beobachtete, wie sie die Köpfe von links nach rechts drehten, den Blick auf … irgendetwas gerichtet. Vielleicht musterten sie Emma. Sie wünschte, sie wäre ein Vogel und könnte einfach davonfliegen. Könnte die Last der Welt ein bisschen weniger spüren.

„Es ist schwer, wenn man miteinander verbunden ist und die andere Person stirbt." Diamonds Stimme zeugte von Schmerz, kaum wahrnehmbar und doch vorhanden.

„Woher weißt du das?"

„Vor langer Zeit habe ich jemanden verloren, der mir sehr wichtig war." Er blätterte ganz nach hinten. „Die neuesten Einträge gefallen mir. Du hast eine Verbindung zu Blackmore. Ich dachte, ich hätte das mit Lenmana, aber es stellte sich heraus, dass unsere Bindung doch nicht so stark war. Sei vorsichtig. Ihm gefällt wahrscheinlich nicht, was du bist. Er wird es nie verstehen."

„An mir ist nichts falsch." Doch ihrem Tonfall fehlte die Überzeugung.

„Nein, eigentlich nicht. Du und ich, wir sind gleich. Wir sehen eine größere Welt. Woran glaubst du? Betest du für Erlösung durch Jesus Christus?"

Darauf hatte Emma keine Antwort. Sie wusste ehrlich nicht mehr, woran sie glauben sollte. Es kam ihr vor, als könne sie sich nur nicht entscheiden, und das machte sie hilflos. Religion hatte ihr bei den wichtigsten Lebensentscheidungen nur selten geholfen und gab ihr auch keine Antwort auf die Gegensätzlichkeit ihrer Erfahrungen. Auch lieferte sie keine Erklärung für ihre Gabe des Zweiten Gesichts und den Horror, der ihre Eltern das Leben gekostet hatte. Für den Schmerz und das Leid, die ihre Schwester Molly bei den Comanche durchlebt hatte.

„Die Hopi haben eine Schöpfungsgeschichte", fuhr Diamond fort. „Der Schöpfer Tiowa vertraute Großmutter Spinne die Erde an. Als sie dort ankam, nahm sie zwei Handvoll Erde auf und spuckte hinein." Er spuckte zur Demonstration in seine eigenen Hände. „Daraus entstanden zwei Männer – Zwillinge –, und sie wurden Poqanghoya und Palongwhoya genannt. Poqanghoya ging zum Nordpol, wo er seine spezielle Magie nutzte, um dem Leben Struktur und Form zu schenken. Palongwhoya ging zum Südpol. Beim Beten hörte er etwas in der Ferne. Er begann, seine magische Trommel zu schlagen. Es war der Klang von Tiowas Herzschlag, den er hörte. Als die beiden Rhythmen sich in perfekter Harmonie miteinander vereinten, ging Lebensenergie auf die Erde nieder. Sie schlug in die Oberfläche ein, wanderte nach unten und wurde zu dem Kristall im Zentrum. Während diese Energie sich ausbreitete, nahm sie durch Poqanghoyas Magie Form an. Sie durchdrang die äußere Kruste der Erde und überzog sie wie ein Spinnennetz. Durch sie erwachte dieser Planet zum Leben." Er verstummte kurz. „An manchen Orten spürt man diese Energie deutlicher als an anderen – heilige Orte. Die Hopi nennen sie ‚die Flecken des Kitzes'. Ich nenne sie gerne Magiepunkte."

Diamond schloss ihr Tagebuch. „Warum bist du hierhergekommen?", fragte er.

„Es zog mich her", antwortete Emma aufrichtig.

„Der Grand Canyon, dieser ganze Ort, ist ein Magiepunkt." Er breitete die Arme zu einer ausladenden Geste aus. „Wenn du Antworten willst, hier sind sie. Wenn du Erlösung willst, hier findest du sie. Alles, was du tun musst, ist, die Hand danach auszustrecken." In seinen dunklen Augen lag eine Energie, die gleichermaßen verführerisch wie gefährlich war.

Wenn sie einwilligte, ihn auf diesem Weg zu begleiten, würde ihr das vielleicht Zeit verschaffen, in der sie am Leben blieb. Doch sie belog sich selbst, wenn sie die Neugier abstritt, die sein Angebot in ihr weckte.

„Na schön", willigte sie ein. „Wirst du es mir zeigen?"

DIAMOND LÖSTE IHRE FESSELN, und Emma rieb sich ihre wunden Handgelenke. Fluchtgedanken schossen ihr durch den Kopf, doch sie wusste nicht, was riskanter war: bei Diamond zu bleiben oder nach Norden in die Wildnis zu fliehen, wo sie sich zweifellos verlaufen würde.

„Komm mit mir." Er führte sie zum Ufer des Flusses. „Was siehst du?"

Emma betrachtete den Colorado River in der Nachmittagssonne. „Fließendes Wasser."

„Es ist ein Weg. Er verläuft entlang eines Energienetzes, das tief in der Erde entspringt." Er schloss die Augen, atmete tief durch und seufzte dann. „Sie fließt auch durch dich, wenn du es zulässt." Als er die Augen wieder öffnete, wirkte er benommen. „Diese Schlucht", fuhr er fort und deutete auf die kleine Einbuchtung, die zu dem Platz führte, an dem sie standen, „verläuft auch entlang einer Energielinie. Überall spricht das Land zu dir, wenn du lernst, es zu verstehen."

„Welchem Zweck dient dieses Wissen? Wie hilft mir das?"

Er zögerte, als würde er nach den richtigen Worten suchen. „Es ist wie eine Karte. Und es zeigt dir den besten Weg auf deiner Reise. Würdest du den nicht gerne kennen? Würde das dein Leben nicht einfacher machen? Erfüllter?"

Sie nickte, immer noch unsicher, was genau er damit meinte.

„Wie funktioniert deine Gabe?", fragte Diamond.

„Ich sehe Bilder. Manchmal, wenn ich jemanden berühre, sehe ich Dinge."

Bevor sie ihn daran hindern konnte, umfasste er ihre Hand mit seiner. Etwas durchzuckte sie, wie ein Blitz. Genauso plötzlich ließ er sie wieder los.

„Du hast es gespürt", sagte er.

„Was hast du gemacht?"

„Verlangen ist alles."

Sie erstarrte, sein Unterton erregte ihre Aufmerksamkeit. Könnte sie ihn im schlimmsten Fall abwehren?

„Konzentrier dich, Emma." Er schaute sie mit schief gelegtem Kopf an. „Bündele deine Absichten. Du wärst überrascht, was alles passieren kann. Und du hättest auch nicht mehr so viel Angst."

„Ich habe immer Angst", flüsterte sie, überrascht, die Worte tatsächlich laut ausgesprochen zu haben.

Diamond ging zurück zum Lagerfeuer und setzte sich. Emma folgte ihm.

„Siehst du je Muster?", fragte er.

Sie runzelte die Stirn. Das war etwas, das sie noch nie jemandem erzählt hatte. „Vielleicht. Ich denke schon."

„Was hast du gesehen?"

Sie zeichnete mit dem Zeigefinger eine Spirale in den Sand.

„Es ist die Welt jenseits von dieser", erklärte er. „Wann siehst du das?"

„Normalerweise am Ende einer Vision. Manchmal auch, bevor sie beginnt."

„Es könnte ein Geist sein. Siehst du noch etwas?"

„Seit ich hier bin, sehe ich Sperlinge. Sie leben, und dann sterben sie."

„Hast du dich erkundigt, warum?", fragte er und meinte es anscheinend vollkommen ernst.

„Das kann ich?"

„Es ist der einfachste Weg. Wenn es dunkel wird, zeige ich dir, wie."

„Warum erst dann?"

„Weil der Übergang an der Schwelle zwischen Tag und Nacht leichter ist. Du wirst es verstehen."

Er lächelte, und einen kurzen Moment lang meinte Emma, einen Blick auf eine furchterregende Kreatur zu erhaschen, auf einen Dämon. Doch dann war er wieder Diamond, die schlaksige, verzerrte Version eines Menschen. Vielleicht träumte sie ihn ja nur, so wie sie jede andere schreckliche Begebenheit ihres Lebens geträumt haben könnte. Vielleicht würde sie eines Tages – so Gott wollte – aufwachen und von alldem frei sein.

BEI SONNENUNTERGANG NAHM Diamond etwas aus seinem Beutel, das nach Kaktusstückchen aussah, legte es in einen Topf und hantierte am Feuer. Er fügte Wasser hinzu und reichte Emma die Mixtur.

„Lutsch daran, und kau darauf herum, bevor du es herunterschluckst."

Emma beäugte die unappetitlich anmutende Speise. „Was ist das?"

„Peyote. Es wird dir helfen, klarer zu sehen."

Emma musste unwillkürlich an Nathans Erfahrung mit der Pflanze denken. Trotz seiner Vorbehalte hatte sie ihm dabei geholfen, Matt zu finden. Vorsichtig nahm sie ein Stück in den Mund, es schmeckte bitter, und sie erschauderte. „Das ist widerlich."

„Kau darauf herum." Diamond nahm ihr den Topf wieder ab und fischte sich selbst ein Stück heraus.

Eine Zeit lang saßen sie am Feuer, lutschten ihre Kaktusstücke und warteten darauf, dass sie ihre Wirkung entfalteten. Emma starrte in die Flammen, und plötzlich entstand ein Bild. Es wurde immer schärfer, verwandelte und veränderte sich vor ihren Augen. Und dann sah sie die Frau. *Mama.*

„Wie geht es dir?", fragte Emma, den Tränen nahe.

„Knöpfchen." Ihre Mutter lächelte. Sie wirkte jung, ihre Haut glatt und ihr Haar dunkel.

„Was tust du hier?" Emma blinzelte mehrmals, weil sie Angst hatte, dass das Bild ihrer Mutter verschwinden würde, wenn sie sich nicht konzentrierte.

„Ich passe auf dich auf. Bitte sei vorsichtig. Du bist so neugierig – das kann dich auf den falschen Weg führen."

„Ich bin so verwirrt."

„Ich weiß." Der Tonfall ihrer Mutter war voller Mitgefühl.

„Ich vermisse dich so sehr." Der Schmerz schnitt wie ein Messer durch ihr Herz, und Emma keuchte auf. Sie begann zu schluchzen. „Warum musstest du mich verlassen?"

„Es tut mir leid. So, so leid." Ihre Mutter wandte den Blick ab, sichtlich traurig. „Ich wünschte, es wäre nie passiert."

„Weißt du, dass Molly am Leben ist?", platzte es aus Emma heraus.

„Ja."

„Hat sie gelitten?"

Ihre Mutter nickte. „Aber sie ist stark, und sie hat Matthew. Bleib nicht zu lang bei diesem Mann, bei dem du gerade bist. In ihm lauert Dunkelheit, und du kennst deinen Weg noch nicht. Er kann dich leicht in die Irre führen. Ich muss jetzt gehen. Nathan hat ein gutes Herz. Er tut dir gut."

Das Bild ihrer Mutter verblasste. Das Feuer tauchte wieder in Emmas Sichtfeld auf, und sie schwankte leicht. Wo war Diamond? Sie konnte ihn weder sehen noch spüren. Hatte er sie verlassen?

Sie blieb noch eine Weile sitzen und schaute in die Flammen. Die Zeit war flüchtig. Sie wusste nicht, wie lange sie am Feuer gesessen hatte, aber war das nicht seit dem Anbeginn ihrer Reise so, seit sie einen Fuß in den Grand Canyon gesetzt hatte? Die Zeit verlief hier in anderen Bahnen. Und je länger sie sich mit diesem Gedanken beschäftigte, desto klarer entstand ein größeres Bild für sie.

Der Canyon war der Zeit zwar ausgesetzt, aber er schuf auch seine eigene Zeit. Sie spürte die Millionen von Jahren, die der Fels um sie herum schon an diesem Ort existierte, wie Wasser und Wind die Steine langsam freigelegt hatten. Es hatte so lange gedauert – unvorstellbar lange. Emma wurde schon bei dem Versuch schwindelig, das zu verstehen, es sich vorzustellen.

Aber hier, tief im Inneren des Gesteins, spürte sie auch den Druck und die Veränderung der Zeit. Der Canyon leitete den Zeitfluss um, er machte kehrt und kam zurück, kreuzte sich selbst. Verschiedene Zeitlinien verschmolzen miteinander.

Sie empfing noch mehr rätselhafte Bilder. Emma schüttelte den Kopf und schluchzte erneut auf.

Schließlich legte sie sich auf den Rücken und schaute zum Himmel hinauf. Hunderte von Sternen tanzten dort zu einem scheinbar lautlosen Rhythmus. Doch Emma wusste, dass es ihn gab. Er kam aus der Erde selbst. War das Tiowas Herzschlag? Das Spektakel brachte sie zum Lachen. Was für eine wundervolle Darbietung – die hellen Punkte hüpften vor und zurück, so funkelnd und hübsch.

Der Schatten eines Vogels zeigte sich am Himmel und glitt

langsam zu Emma herunter. Sie beobachtete seine mühelosen Bewegungen voller Neid. Dann landete er neben ihr. *Sperling.*

Emma stemmte sich in eine sitzende Position hoch und blickte dem Tier in die kleinen schwarzen Augen, betrachtete die weißen und braunen Streifen an seinem Kopf und den perfekten Schnabel. „Warum hast du mich hier im Canyon begleitet?"

Ich bin dein Krafttier. Ich bin hier, um dir zu helfen, wenn deine Reise dich in diese Welt führt.

„Ich danke dir." Emma musste sich auf ihre nächsten Worte konzentrieren. Sie wollte sich klar ausdrücken, doch ihr Verstand weigerte sich in seinem benebelten Zustand. *Stell einfach die wichtigsten Fragen.* „Warum bin ich hier?"

Du wurdest hierher geführt, weil es hier einen Quell der Energie gibt. Es existieren noch andere Orte wie dieser auf der Erde, aber er war für dich am nächsten.

„Warum brauche ich so viel Energie um mich?"

Warum nicht? Es fühlt sich gut an.

Dem konnte Emma nicht widersprechen.

Aber du bist auch hier, weil du die nächste Stufe deiner Gabe erreichen musst. Dafür brauchst du einen Impuls.

„Ja", stimmte Emma zu. „Auch wenn ich mir nicht erklären kann, warum ich dafür auf eine so beschwerliche Reise gehen muss. Es sollte doch einen einfacheren Weg geben."

Das Universum arbeitet auf die einzige Art, die es kennt. Manchmal ist der einzige Weg voller Hindernisse. Wie findet man sonst heraus, was man wert ist?

Emma fragte sich, ob sie gerade bestand oder durchfiel.

„Warum habe ich das Gefühl, dass die Zeit hier anders verläuft?"

Es liegt an der Art, wie die Energie gespeichert ist. Wie die verschiedenen Gesteinsschichten der Canyon-Wände gibt es Schichten von Erinnerungen, Schichten von Zeitlosigkeit.

„Dann wiederholt sich die Geschichte?"

Ja, manchmal kommt das vor, weil die Nachfolgenden die Energie ihrer Vorfahren aufnehmen.

Das verstand Emma. Es war wohl ein bisschen wie ihre Gabe. Sie hatte sie irgendwie mit den Energieschichten, die sie umgaben, auf eine Ebene gebracht.

Die Zeit kann auch zurückgedreht werden, fuhr Sperling fort.

„Wie?"

Wir können die Vergangenheit besuchen. Wir können sie in der Gegenwart aufleben lassen. Sperling kam näher zu ihr. *Steig auf, ich zeige dir etwas.*

Emma zögerte. Auf einem Riesenvogel fliegen? Der Gedanke brachte sie zum Kichern. Sperling wartete jedoch nur stumm, also wurde Emma wieder ernst und kletterte auf den Rücken des Vogels. Sperling breitete die Flügel aus und erzeugte mit einem Schlag eine gewaltige Luftwelle. Sie stiegen nach oben, immer höher und höher, bis sie das Innere der Schlucht verlassen hatten und nach Osten in die Dunkelheit flogen. Der Wind schlug Emma ins Gesicht, doch ihr war weder kalt noch zu warm. Sie konnte den Umriss des Canyons unter sich ausmachen, eine endlos lange, schwarze Spur, die sich über die Haut der Erde zog.

„Es ist wunderschön hier oben."

Sperling stimmte ihr schweigend zu.

Der Canyon bog irgendwann nach Norden ab, aber Sperling setzte ihren Weg nach Osten fort. Sie brachte Emma zu einem Tafelberg, wo sie landete und Emma zum Absteigen aufforderte.

Es gibt eine Geschichte, die ich dir zeigen will. Sie deutete mit dem Kopf zu einem Punkt jenseits der Hochebene.

Emma betrachtete die Bilder, die vor ihren Augen Gestalt annahmen.

Ein Hopi-Dorf erwachte zum Leben, und ein Licht aus unbestimmter Quelle erhellte die lebendige Szenerie. Es war eine große Siedlung, bestehend aus vier Reihen mehrstöckiger Gebäude. Es gab drei große Felder, die sich beinahe über die ganze Länge des Tafelbergs erstreckten, auf dem sich das Dorf befand. Außerdem entdeckte Emma viele *Kivas* und Schreine. Männer,

Frauen und Kinder liefen zwischen den Häusern umher. Einige trugen Nahrungsmittel, andere unterhielten sich über die Jagd. Kinder tollten mit ein paar Hunden herum und spielten lachend miteinander Fangen.

Was war das für ein Ort? Die Antwort kam prompt.

Awatovi.

Es befand sich auf der Antelope Mesa. Der größte Teil der Dorfbewohner stammte aus dem Bogen-Clan, doch es gab noch viele andere Clans – Tabak, Sand, Kaninchen, Blaukehl-Hüttensänger und Mais.

Eine Gruppe berittener Männer kam auf das Dorf zu. Bis auf einen, der ein Priester zu sein schien, trugen sie alle eine Rüstung. Die Menschen von Awatovi legten eine Spur aus Maismehl über den Pfad, der ins Dorf führte, ein Symbol, um die Fremden fernzuhalten. Doch ohne Erfolg.

Diese Spanier, diese *Kastilam*, hatten bereits Kawaika, ein anderes Dorf, niedergebrannt, weil die Menschen dort sich geweigert hatten, sich ihnen zu unterwerfen. In Awatovi fürchtete man sich vor dem gleichen Schicksal, daher versuchten sie, die Fremden freundlich zu empfangen, Geschenke zu überreichen und sich geduldig zu zeigen. Irgendwann zogen die Spanier weiter nach Westen, begleitet von einigen Männern aus Awatovi als ihren Führern.

Die Szene veränderte sich, offenbar waren einige Jahre vergangen. Die *Kastilam* waren zurückgekehrt und hatten mehr weiße Menschen – *Bahanas* – mitgebracht. Missionare versuchten, die Menschen im Dorf zu ihrer Religion zu bekehren. Das verwirrte die Hopi. Die Priester redeten ihnen ein, dass es ihnen Wohlstand und Glück einbringen würde, also ließen sie die weißen Männer im Dorf bleiben und tun, was sie wollten. Die Priester bauten eine Kirche und lehrten die Menschen von Awatovi das Christentum. Das Dorf spaltete sich rasch in diejenigen, die konvertiert waren und in der Nähe der Kirche lebten, und die anderen, die sich weigerten.

Vor Emmas Augen verging die Zeit. Jetzt übernahmen die Missionare die Kontrolle über das Dorf. Sie versuchten die Leute daran zu hindern, ihre uralten Zeremonien abzuhalten, sie betraten *Kivas* und entfernten die Altäre, sie verbrannten die *pahos* – die Gebetsstäbe der Hopi –, die sie in den Schreinen fanden.

Sie sorgten dafür, dass sich Hopi gegen Hopi wandte, und beanspruchten Frauen und junge Mädchen für sich selbst, gleich, ob diese verheiratet waren oder nicht. Einige der Männer in Awatovi beschworen die Angehörigen ihres Volkes, sich von den Christen fernzuhalten, doch diese Aufständischen verschwanden schnell, und Emma konnte sehen, dass sie in einer Krypta unter einem der Kirchengebäude begraben lagen.

Zorn und Verzweiflung überrollten Emma – so fühlten die Menschen im Dorf, die sich zunehmend gegen die Unterdrückung erhoben. Die Revolte endete mit der Zerstörung der großen Kirche. Awatovi kehrte zu seinen Hopi-Wurzeln zurück, doch es herrschte Unfriede. Die Hälfte der Menschen war getauft worden und folgte nicht mehr dem alten Glauben ihres Volkes. Unter der Oberfläche schwelte Unzufriedenheit, eine Anspannung, die Emma das Gefühl gab, in alle Richtungen gleichzeitig gezerrt zu werden.

Mehr Zeit verging – insgesamt zwanzig Sommer –, und die Missionare kehrten zurück. Die getauften Hopi empfingen sie mit offenen Armen. Schnell begannen die Priester, die Kirche an ihrem alten Standort wieder zu errichten, und sie wollten auch in andere Dörfer zurückkehren. Die Neuigkeit verbreitete sich rasch und die Menschen der umliegenden Dörfer Shongopovi, Walpi und Oraibi gerieten in Sorge.

Immer mehr Dorfbewohner missachteten die alten Traditionen und zeigten sich respektlos gegenüber dem alten Glauben, und Awatovi wurde von einer Welle der Gesetzlosigkeit ergriffen. Die blutigen Ausschreitungen, die das zur Folge hatte, zwangen viele, sich voller Angst in ihren Häusern zu verstecken.

Der Chief von Awatovi, der *kikmongwi*, war unendlich traurig darüber und wusste, dass er handeln musste. Er suchte den *kikmongwi* von Walpi auf und bat darum, dass er Awatovi vernichtete, um das Böse ein für alle Mal auszulöschen, das ihnen aus der Unteren Welt gefolgt war. Er erzählte, dass die Missionare niemals gehen würden, dass die Jungen die Alten beleidigten, dass Frauen vergewaltigt wurden, Schreine entweiht und die Zeremonien verspottet. Verzweifelt bat er um die komplette Auslöschung des Dorfes. Der *kikmongwi* von Walpi lehnte ab. Solche Zerstörung lief allem zuwider, woran die Hopi glaubten. Hopi griffen nur zu Gewalt, um sich zu verteidigen. Es war undenkbar, dass sie sich gegen ihre eigenen Brüder wandten.

Der Älteste von Awatovi reiste daraufhin zum *kikmongwi* von Oraibi. Sie sprachen lange miteinander, und der Anführer stimmte schließlich zu, ihm zu helfen, wollte aber die Unterstützung der anderen Dörfer. Also kehrten sie zusammen nach Walpi zurück, redeten dieses Mal aber mit dem *kalatakmongwi*, dem Chief des Krieges, der ihrer Bitte zustimmte. Sie entschieden, dass die Oraibi die Frauen von Awatovi zu sich nehmen würden, um ihr Dorf zu vergrößern, und dass die Walpi das Land bekommen würden. Der Älteste von Walpi war mit dieser Entscheidung nicht einverstanden, beugte sich aber schweren Herzens dem *kalatakmongwi*.

Panik breitete sich in Emmas Herz aus. *Nein. Das können sie doch nicht machen.* Sie wollte irgendetwas tun, die Tat körperlich verhindern, aber vor allem durch Gedanken und ihren Geist, nur war sie an einem Ort gefangen, von dem aus sie nicht eingreifen konnte. Sie schaute zu Sperling, doch der Vogel stand nur stumm neben ihr, den Blick auf den Horizont gerichtet, während sich die Geschichte weiter vor ihnen abspielte.

Die Dorfältesten von Awatovi und Oraibi und der Kriegs-Chief von Walpi vereinbarten eine Vorbereitungszeit von vier Tagen. Sie trennten sich und kehrten in ihre Dörfer zurück. Die Krieger der Oraibi und Walpi machten sich bereit, legten sich eine

Strategie zurecht, fertigten neue Pfeile und besserten ihre Bögen aus.

Nun sah Emma wieder die Straßen von Awatovi, in denen ein Hopi-Priester im Zeremonienkleid der Gemeinschaft des Einen Horns ziellos umherwanderte. Verzweifelt und offensichtlich in tiefer Trauer, stimmte er ein Lied an, das Emma nicht verstand.

„Was bedeutet es?", fragte sie Sperling.

Er hat seine drei Söhne verloren, erklärte der Vogel. *In der Nacht zuvor hat eine Bande* kwitamuh *vom konvertierten Teil des Dorfes die Brüder angegriffen und sie ermordet. Sie rieben die Körper mit Maismehl ein und warfen sie in eine Feuergrube. Es war ein Zeichen für das Dorf, dass die alte Lebensart zum Untergang verdammt ist. Davon singt der Priester.*

Vier Tage lang sang der Priester, und zu Emmas großer Erleichterung hörten ihm einige der Dorfbewohner zu, obwohl viele ihn verspotteten. Die Oberhäupter des Tabak- und des Bogen-Clans nahmen heilige Gegenstände an sich und forderten andere auf, sich ihnen anzuschließen und das Dorf zu verlassen. Zahlreiche folgten ihnen und halfen, die heiligen Artefakte weit entfernt von Awatovi zu verstecken.

Doch viele blieben. Am vierten Tag trafen sich die Kriegerverbände von Oraibi und Walpi ein gutes Stück außerhalb von Awatovi, wo sie den Schutz der Dunkelheit abwarteten. Die Dorfbewohner legten sich in ihren Häusern und den *Kivas* schlafen. Dann gab der Älteste von Awatovi den Kriegern das vereinbarte Zeichen in Form einer brennenden Fackel, die er etwas entfernt von der Siedlung in die Höhe hielt. Anschließend wandte er sich um und ging den Pfad entlang zurück ins Dorf, wo er über eine Leiter hinunter in eine der *Kivas* stieg.

„Er wird sterben", sagte Emma.

Tapolo will nach der Entscheidung, die er getroffen hat, nicht weiterleben. Er hat dieses Opfer nicht leichtfertig gebracht. Sein Sohn wird ebenfalls sterben. Sperling schlug mit den Flügeln, und Emma fühlte sich sehr klein neben dem riesigen Vogel.

Ein nagendes Gefühl der Übelkeit breitete sich in ihr aus, und am liebsten hätte sie sich von dem Kommenden abgewandt, doch eine morbide Faszination hielt sie an Ort und Stelle.

Die Kriegerverbände passierten das steinerne Eingangstor des Dorfes und verteilten sich umgehend im ganzen Dorf, bis zu den *Kivas*. Sie zogen die Leitern nach oben, sodass die Menschen, die sich darin aufhielten, nicht fliehen konnten. Tumulte brachen aus, als die Krieger die verbliebenen Männer, Frauen und Kinder aus ihren Häusern trieben und alles anzündeten, was brennen konnte. Einige der Angreifer hatten sich am Dorfrand postiert und töteten diejenigen, die zu fliehen versuchten, mit Pfeilen. In die *Kivas* wurden brennendes Holz und Zedernrinde geworfen, zusammen mit getrockneten Chilischoten, deren Dämpfe in den Augen brannten.

Nach einiger Zeit verstummten die Schreie aus den *Kivas*, denn die Eingeschlossenen waren erstickt. Nun breitete sich tödliche Stille aus. Die Angreifer wiederholten die Strategie bei einigen Behausungen, die nur über das Dach zugänglich waren.

Emma verschloss schaudernd die Augen, als alte Frauen und Kinder brutal abgeschlachtet wurden. Wie konnten Menschen zu solch sinnloser Gewalt fähig sein?

Als sie die Lider wieder öffnete, war der Tag bereits angebrochen, und von der Siedlung waren nur noch verwüstete, rauchende, verkohlte Ruinen übrig. Dennoch setzten die Krieger der Oraibi und Walpi die Zerstörung fort, bis nichts mehr übrig war. Erschüttert nahm Emma an, dass das wohl das Ende sein musste.

Nein, da ist noch mehr, sagte Sperling. *Du musst dir alles ansehen.*

Emma hatte keine Kraft mehr dafür, nach dem Warum zu fragen.

Die Krieger verließen das Dorf in Richtung Westen, die jungen Frauen als Gefangene im Schlepptau. Als sie an ein ausgetrocknetes Flussbett gelangten, rasteten sie, und Streit entbrannte zwischen den Männern.

Die Oraibi sagten: „Es war mit dem Ältesten der Awatovi

vereinbart, dass alle Frauen uns gehören werden. Also gehören die Frauen, die ihr gefangen genommen habt, ebenfalls den Oraibi."

Die Walpi antworteten: „Nein, dem haben wir nie zugestimmt."

„Doch, so war es. Die Frauen gehören uns."

Die Walpi wurden zornig. „Wir waren auch in Awatovi. Wir haben unseren Teil getan. Bevor wir euch die Frauen überlassen, die wir erbeutet haben, töten wir sie lieber." Ohne Umschweife gingen sie zu einigen der Gefangenen und beendeten ihr Leben. Dann köpften sie die Leichen.

Emma keuchte, entsetzt über die Tat der Walpi.

Die Oraibi entgegneten: „Warum habt ihr aufgehört? Wir werden euch helfen." Auch sie töteten einige der gefangenen Frauen und trennten ihnen anschließend die Köpfe ab.

Emma schrie hilflos auf.

Doch die Verstümmelung hörte noch nicht auf. Die Körper wurden mit großen Messern in Stücke gehackt, Blut tränkte die Erde und verwandelte sie in rot gefärbten Schlamm. Rasch war ein Feuer entfacht und die abgetrennten Gliedmaßen daraufgelegt. Dann aßen die Männer.

Emma würgte heftig, spuckte Flüssigkeit und Peyote-Stückchen auf den Boden.

Ich bin nicht mehr an diesem Ort.

Sie übergab sich erneut.

Ich bin nicht dort. Danke, Gott, ich bin nicht dort.

Sie sackte seitlich zusammen, kniff die Augen zu und versuchte, die Bilder verschwinden zu lassen und damit selbst zu verschwinden.

Kapitel Zweiundzwanzig

Das Dampfschiff glitt in gleichmäßigem Tempo den Mississippi entlang. Nathan beobachtete, wie sich die Wellen vom Bug zur Seite hin ausbreiteten. Sein Pa würde sich wundern, wo er so lange blieb. Es war dunkel, doch der Vollmond erhellte das schwarze Wasser, durch das sich das Schiff einen Weg pflügte.

Plötzlich regte sich etwas auf der anderen Seite des Schiffes und schreckte Nathan auf. Er kroch die äußere Gangway entlang, bis er einige Männer erspähte, die aus einem kleinen Boot an Bord kamen, das sie an der Seite des Dampfschiffs vertäut hatten. Sein Vater war bei ihnen und redete so hitzig auf sie ein, wie Nathan es noch nie bei ihm erlebt hatte. Die Männer gestikulierten und fluchten, aber er verstand nicht, worum es ging. Ihre Körpersprache deutete auf einen Streit hin.

Das ist nicht gut.

Plötzlich kam ihm ein Gedanke. War sein Pa ein Schmuggler? Alkohol? Waffen?

Nathan zog sich mit einem mulmigen Gefühl zurück, fest entschlossen, zu helfen. Fieberhaft überlegte er, wo an Bord vielleicht etwas versteckt sein könnte. Er musste es finden, was auch immer *es* war. Er musste es irgendwie wegschaffen, bevor sein Vater Schwierigkeiten bekam.

Die offensichtlichsten Plätze waren die Gemeinschaftsräume, die Brücke, die Schlafkojen. Nichts davon erschien ihm geeignet als Versteck. Welcher Teil des Schiffes war ihm verboten?

Der hintere Teil der Kombüse.

Hastig eilte Nathan hinunter, aber die Schiffsküche war leer. Alle waren an Deck. Waren die fremden Männer Gesetzeshüter? Er vermutete es, doch er hoffte, dass er sich täuschte.

Er ging zu der kleinen Speisekammer, die an die Kombüse angrenzte. Die Regale waren voll mit Lebensmitteln in Dosen, Säcken mit Mehl, Zucker, Kaffee, Bohnen, mit Töpfen, Pfannen und Geschirr. Nathans Herz klopfte wie wild. Wo? Plötzlich fiel sein Blick nach unten.

Er kniete sich hin und tastete über die Oberfläche. Dicht an der Wand fanden seine Finger schließlich eine Erhebung. Ein kleiner Ruck zeigte ihm, dass die Bodenplanke locker war.

Nathan stand wieder auf und zog mit aller Kraft so leise wie möglich daran. Mit seinen zwölf Jahren war er bereits groß und kräftig.

Schließlich bekam er die Klappe auf, und ein Schlag durchfuhr ihn, als er in das Loch spähte.

Menschen schauten ihm entgegen.

Schwarze.

Sein Pa schmuggelte Sklaven.

NATHAN SETZTE SICH RUCKARTIG AUF.

Die Sonne schickte ihre ersten Strahlen über den heller werdenden Himmel. Masito und Na'i schliefen nicht weit entfernt.

Wo war er? *Grand Canyon.*

Aber der Traum war so lebendig gewesen, so klar. Er hatte noch den Geruch des Schlamms in der Nase und spürte die kühle, feuchte Luft des Mississippi. Nathan war wieder bei seinem Vater gewesen. Aber die Sklaven, das passte nicht zusammen. Sein Pa hatte nie geschmuggelt.

Nathan erstarrte.

Vielleicht ja doch. Vielleicht hatte sein Vater so einiges getan, wovon Nathan nichts gewusst hatte.

Verdammt. Er rieb sich den Schlaf aus den Augen. Das könnte alles verändern. Alles nur wegen eines Traums.

Er wünschte, Emma wäre an seiner Seite.

BEIM AUFWACHEN LAG Emma immer noch auf dem Boden. Sie fühlte sich grauenvoll, als hätte man ihr mit einem Stein auf den Kopf geschlagen. Ihre Kleidung war durchgeschwitzt, und sie fühlte sich in der heißen Morgensonne überhitzt und schmutzig. Behutsam richtete sie sich auf, sah sich mit zusammengekniffenen Augen um und versuchte, ihre Sinne zu ordnen.

Mit zittrigen Beinen lief sie langsam zum Flussufer. Dort kniete sie sich hin und schöpfte mit der hohlen Hand Wasser, mit dem sie ihren brennenden Durst löschte. Dann spritzte sie sich das kühle Nass ins Gesicht.

Anschließend setzte sie sich auf und schaute benommen auf den Colorado River. Ihr fehlte die Kraft dafür, sich das Geschehene in Erinnerung zu rufen. Dennoch schlichen sich die Bilder in ihren Verstand, erst nur stockend, dann immer schneller. Das Massaker und der Tod, die Angst, der Geruch von brennendem Fleisch. Ihr wurde schon wieder übel. Tränen übermannten sie, und Emma konnte sie nicht zurückhalten.

Sie vermisste Nathan.

„Du siehst beschissen aus", sagte Diamond hinter ihr.

Hastig wischte sie sich übers Gesicht und nahm sich zusammen, weil sie spürte, dass Diamond jede Schwäche ausnutzen würde, die sie ihm offenbarte. Als er neben sie trat, warf sie ihm einen Seitenblick zu.

„Es raubt einem Lebensmut", meinte er. „Wie zum Teufel bist du mir entkommen?"

„Wovon sprichst du?"

Er antwortete nicht.

„Wo bin ich hingegangen?", fragte sie heiser.

„Ich vermute, in die *Anderswelt*. Ist auch egal. Wir müssen es einfach noch mal versuchen."

„War es real?" Sobald Emma die Frage gestellt hatte, veränderte sich ihre Wahrnehmung. So tief in diesem Canyon, an diesem mächtigen Strom, war ihre Definition von „real" nur noch relativ. Ihr war immer noch schwindelig, und sie befürchtete, sich erneut übergeben zu müssen.

„Ja." Die Endgültigkeit seiner Antwort jagte ihr einen Schauer über den Rücken. „Du solltest aus der Sonne raus."

Emma erhob sich und folgte ihm weg vom Flussufer, an dem Lager vorbei, das sie für die Nacht aufgeschlagen hatten, und in den Schatten nahe der Canyon-Wand. Nachdem sie sich gesetzt hatte, lehnte sie sich gegen den Fels und schloss die Augen. Vielleicht sollte sie weiterschlafen, und sei es auch nur, um dem schmerzhaften Hämmern in ihrem Kopf zu entgehen.

„Ich habe gesehen, wie Menschen verstümmelt wurden", sagte sie. „Warum habe ich das gesehen?"

„Als ich ein kleiner Junge war, bin ich durch die Straßen von New Orleans gestreift, weil meine Mutter zu oft betrunken war, um sich um mich zu kümmern. Geister folgten mir auf Schritt und Tritt und versuchten, mit mir zu sprechen. Ich bin oft weggelaufen – einige von ihnen waren so verzweifelt und so unglaublich hässlich und böse."

Emma musterte Diamond und entschied, dass etwas von dieser Hässlichkeit auf ihn abgefärbt hatte.

„Ich denke, dass du mir ähnlich bist", fuhr er fort. „Vielleicht ziehst du den Abschaum der Welt an."

„Vielleicht ist es unsere Aufgabe, diesen Menschen zu helfen."

„Du wirst noch merken, dass dich jeder ausnutzen wird, wenn du nicht auf dich achtest, insbesondere diese erbärmlichen Geistergestalten, die ihren Weg nicht finden."

Emma wollte gerne glauben, dass er unrecht hatte, aber ihre Erfahrung mit Maeve und Bethany hatte ihr bereits das Gegenteil bewiesen. Offenbar nutzten die Toten die Lebenden ebenso sehr aus, wie die Lebenden es untereinander taten. Emma rieb sich die Schläfen. Sie hatte das Gefühl, als trüge sie eine nasse Decke auf dem Kopf, die sie ihrer Fähigkeit, zu *verstehen*, beraubte.

„Wir ruhen uns noch einen Tag hier aus. Morgen fahren wir weiter." Mit diesen Worten ging Diamond davon.

EMMA VERBRACHTE den überwiegenden Teil des Tages damit, auf dem Hirschfell zu schlafen, das die Havasupai ihr geschenkt hatten. Gegen Abend fühlte sie sich besser.

„Warum hast du so sehr versucht, mich zu finden?", fragte sie und setzte sich Diamond gegenüber ans Feuer.

„Ich dachte, dass du vielleicht wie ich bist." Er lächelte, und für einen Moment wirkte er wie ein verzerrtes Abbild seiner selbst – seine Haut faltig, die Augen hohl, das Haar ersetzt durch eine verschorfte, rötlich schimmernde Wunde.

Emma blinzelte, und die Vision verschwand. Angst kroch in ihr empor, und sie wagte nicht, sich zu rühren. Das Knacksen des Holzes im Feuer füllte die Leere zwischen ihnen. Um sie herum herrschte undurchdringliche Dunkelheit.

„Hast du ein Krafttier?", fragte Diamond.

Emma nickte.

Er zog eine Augenbraue nach oben, eine direkte Frage, die nach einer Antwort verlangte.

„Ein Sperling", meinte sie.

„Das erklärt wahrscheinlich die ganzen toten Sperlinge, die du gesehen hast. Wir werden ihn jetzt besuchen."

„Es ist eine Sie."

Diamond machte eine wegwerfende Handbewegung. „Leg dich hin. Schließ die Augen, fall in Trance, und folge mir dann. Keine Spaziergänge dieses Mal."

Emma tat, wie ihr geheißen, doch ihre Gedanken schweiften ab, als sie versuchte, sich zu entspannen. Angst und Anspannung raubten ihr die Fähigkeit, sich körperlich darauf einzulassen. Diamond begann zu singen, tief und monoton, in einer Sprache, die sie nicht verstand. Nach einer Weile veränderte sich ihr Bewusstsein, und sie stand mit Diamond am Fluss.

„Ruf deinen Vogel", wies er sie an.

„Sperling!", rief Emma und sah sich suchend um. Hier war es ebenso dunkel wie in der anderen Realität.

Sperling kam nicht.

„Wo sind wir?", fragte Emma.

„Das ist die Ebene, auf der die meisten Geister wandeln. Es ist neutraler Boden."

Plötzlich rannte ein großer Wolf auf sie zu, und Emma zuckte erschrocken zusammen. Er beschnüffelte und umkreiste sie.

Diamond lachte. „Hab keine Angst. Du kannst in dieser Welt viel lernen. Sei offen dafür."

Ihr Herz klopfte immer noch schnell. Sie fragte sich, warum Sperling nicht zu ihr kam …

Sie wird nicht kommen, sagte Wolf. Emmas Blick huschte zu ihm.

„Warum?"

Sie mag … ihn nicht. Wolfs gelbe Augen waren fest auf Diamond gerichtet.

„Nun, es ist nicht das erste Mal, dass Krafttiere mich meiden. Machen wir weiter." Diamond deutete eine Handbewegung an. „Wir folgen dem Wolf."

Sie bewegten sich im Schatten entlang des Flusses, tiefer in den Canyon hinein, zu Orten, an denen sie erst noch vorbeifahren würden. Wenn ihnen der Weg über die Sandstrände versperrt war, flogen sie einfach übers Wasser. Eine seltsame Atmosphäre lag über der Landschaft und schien ihre Farben zu verfälschen, selbst im Dunkeln. Der Fluss war schwarz, die Uferlinien leuchteten weiß, der Himmel war von einem tiefen Blau, und die Wände des Canyons schimmerten in intensivem Violett. Dieses Mal waren sie lange unterwegs, aber Emma wusste, dass Zeit hier keine Rolle spielte. Und es war nicht das gleiche *Hier*, in dem sie normalerweise existierte. Das war zwar der Grand Canyon, doch ein anderer Grand Canyon, der wie ein Zerrbild davon wirkte.

Sie hielten an. Zu ihrer Linken toste und rauschte eine gewaltige Stromschnelle. Emma beobachtete den Wasserlauf und fragte sich, ob es sie in ihrer eigenen Welt wohl auch gab. Wenn ja, würde die Durchquerung nervenaufreibend werden.

Eine Präsenz am felsigen Ufer erregte ihre Aufmerksamkeit. Da hielt sich etwas in den Schatten versteckt.

„Ich habe jemanden mitgebracht", sagte Diamond. „Ich denke, du wirst ihn mögen."

Emma versuchte angestrengt, zu erkennen, mit wem er sprach. Wolf verließ sie, um sich neben die Kreatur zu stellen. Langsam kam das Wesen näher, und Emma spürte, dass es mit Sicherheit männlich war. Doch selbst jetzt erkannte sie nur einen verschwommenen Umriss.

„Du bist jung und ungeübt."

Die Stimme erschütterte Emma bis ins Mark, und sie verlagerte ihr Gewicht unruhig von einem Bein aufs andere.

„Du hast mir andere gebracht", fuhr die Kreatur fort. „Aber sie ist mit Abstand die Beste."

„Ich bin froh, dass sie dir gefällt", entgegnete Diamond. „Vielleicht können wir jetzt unseren Handel abschließen."

Emma konnte sich nicht rühren, als würde das Wesen ihren Geisterkörper mit eisernem Griff umfassen. Sie schauderte, als es in sie hineinlangte und das packte, was ihr Herz sein musste. Verzweifelt versuchte sie, sich zu befreien. Wenn sie es nicht schaffte, würde sie diesen Ort mit absoluter Sicherheit nie wieder verlassen.

„Sperling, hilf mir", flüsterte sie.

Die Enge in ihrer Brust löste sich; unvermittelt wurde sie nach hinten gezogen, den Fluss entlang, über den sie gekommen waren. Mit einem heftigen Würgen setzte sie sich ruckartig auf. Diamond lag noch immer auf der anderen Seite des Feuers.

Emma rieb sich mit der rechten Hand über die Stelle zwischen ihren Brüsten, um den brennenden Schmerz zu lindern. Angsterfüllt rutschte sie dichter ans Feuer, als könnte sie damit die letzten Überbleibsel der Energie dieses Wesens vertreiben.

Diamond regte sich und setzte sich sichtlich angeschlagen auf.

Emma versuchte, ihren zitternden Körper unter Kontrolle zu bekommen. „Was war das?"

„Ich glaube, er hat schon viele Namen von vielen Menschen bekommen, doch die Hopi nennen ihn Masau'u."

Kapitel Dreiundzwanzig

Am Vortag hatten Nathan und die beiden Hopi ihre Pferde unerbittlich am Rand des Canyons vorangetrieben, nun standen sie an einem Trampelpfad, der hoffentlich hinab in die Schlucht führte.

„Das ist ein Pfad, den Tiere gemacht haben", sagte Masito. „Gehen wir?"

Nathan fragte sich, ob dieser Weg ihnen wohl die Möglichkeit bieten würde, Emma und Diamond abzufangen. Gewissheit gab es jedoch nicht. Im Moment hatte er das Gefühl, dicht an ihr dran zu sein, aber was, wenn nicht? Sie hatten bereits viel zu viel Zeit auf ähnlichen Wegen verschwendet. Er überdachte seine nächsten Schritte und warf einen Blick zum Himmel, wo sich im Osten gerade die Sonne über den Horizont schob.

„Nein", antwortete er. „Wir reiten weiter."

Von ihrem erhöhten Standpunkt aus konnten sie den Fluss sehen, aber würden sie auch Emmas Boot entdecken, diesen winzigen Punkt auf dem blauen Band, das sich durch die Erde zog? Wenn das Glück ihnen hold war, vielleicht, aber sie konnten sie genauso gut auch verpassen.

Die Zeit lief ihm davon.

MIT DIAMOND auf dem Fluss unterwegs, fragte sich Emma, wo Nathan wohl gerade war. Würde er nach ihr suchen? Ihr Herz sagte Ja, aber ihr Verstand argumentierte, dass es unglaublich schwierig sein würde, sie zu finden. Konnte sie ihm dabei helfen? Dieser Gedanke kreiste ihr immer wieder durch den Kopf.

Sie hatte dieses Mal vorn am Bug des Kahns Platz genommen. Diamond saß mit dem Rücken zu ihr und ruderte. Emma war dankbar für diesen Hauch von Ungestörtheit. Konnte sie Nathan über die anderen Welten eine Nachricht zukommen lassen? Und wie sollte sie beschreiben, wo sie sich befand? Die Umgebung aus Canyon und Fluss war schrecklich eintönig und wiederholte sich immer wieder, in einem endlosen Kreislauf. Ein Ort glich dem anderen.

Verhielt es sich mit der Zeit genauso? San Francisco erschien ihr so fern wie in einem anderen Leben. Ein Stich des Bedauerns durchzuckte sie – vielleicht würde sie nie wieder dorthin zurückkehren, ihre Tante Catherine nie wiedersehen. Was, wenn sie diese Reise nicht überlebte?

Noch mehr schmerzte sie das Bedauern über die verlorenen Momente mit Nathan. Ihnen war nur eine kurze gemeinsame Zeit vergönnt gewesen. Womöglich würden sich ihre Herzenswünsche in diesem Leben nie erfüllen. Der Gedanke entmutigte sie ungemein. Seit wann liebte sie Nathan so sehr?

Erneut flossen die Zeitströme ineinander, Momente überlagerten und vermischten sich, brachten unendliches Wissen und gleichzeitig unendliche Verwirrung darüber, was das alles zu bedeuten hatte. Aber ihr Anker war Nathan. Was sie für ihn empfand, war real und veränderte sich nicht. Egal, wie diese Fahrt ausgehen würde, das Band zu ihm, das sie beide gemeinsam in die Welt gewoben hatten, würde weiter bestehen.

Ihre Gedanken drifteten ab. Sie war jetzt bei Sperling, in einer Schlucht irgendwo in dieser Welt oder einer anderen. Woran sollte sie das erkennen? Die Wände waren glatt und geschwungen, orange und rot, surreal und wunderschön. Es erinnerte sie an den Ort, an dem sie Loloma zum ersten Mal begegnet war, als sie diese unsagbare Bosheit gespürt hatte und die Sperlinge im Wasser gestorben waren.

„Warum gibt es hier etwas so Böses?"

Sperling bewegte sich ein wenig, ihre Augen glänzten schwarz und klar. Als sie Emmas Blick erwiderte, spürte diese sich umfangen von Liebe und Neugierde. *Da ist der eine, der in die Welt aufsteigen will, in der du lebst.*

„Wie lange versucht er es schon?"

Hunderte von Jahren. Zeit ist irrelevant, hier und dort, von wo er kommt.

„Warum will er hierherkommen?"

Ich weiß es nicht. Ich kann sehen, dass ihn etwas zurückhält. Hindernisse, die er nicht überwinden kann. Deswegen berührt er die Seelen der Menschen. Er hat schon viele zerstört.

„Awatovi?"

Sperling nickte.

„Die Menschen, die hier im Canyon gelebt haben – die Anasazi –, sind geflohen, um dem Bösen zu entgehen?"

Ja. Diese Völker aus Mexiko, die man die Azteken nennt, sie sind zu den Menschen hier gekommen. Aber ihre Rituale waren dunkel. Ihr Glaube wurde von Furcht genährt. Die Anasazi sind geflohen, um das Licht wiederzufinden.

„Warum hat Diamond mich zu Masau'u gebracht?"

Er wollte deine Seele für eine andere eintauschen.

„Wessen?"

Die seiner Mutter.

„Aber er sagte, dass sie tot ist."

Das ist sie. Doch sie ist tief unten an einem sehr engen Ort gefangen. Er ist fest entschlossen, sie zu befreien, und hat einen Pakt mit Masau'u geschlossen, der ihm helfen soll. Im Gegenzug muss Diamond Masau'u eine reine, starke Seele bringen. Er hat es mit Lenmana versucht, was fehlgeschlagen ist. Er hat sie zu schnell getötet. Er hat ihr Fleisch gegessen, in der Hoffnung, ihren Geist in sich aufzunehmen, sodass er den Handel vielleicht trotzdem noch vollziehen kann, aber vergebens. Er hat den Jungen zum Essen gezwungen, um ihn ebenfalls zum Gefäß zu machen, doch der Junge ist geflohen, und Diamond hat ihn verloren. Du musst vorsichtig sein. Masau'u will dich benutzen, um die Grenze zu deiner Welt zu überqueren. Das darf nicht passieren.

„Wie kann ich es verhindern?"

Sperling machte eine Pause und wandte auf ihre typische Vogelart den Kopf von einer Seite zur anderen. *Schütze dich. Es gibt viele Wege, sich mit Liebe und Licht zu erfüllen. Aber am wichtigsten ist, dass du dir deiner selbst sicher bist. Jede Entscheidung muss wohlüberlegt sein und dem reinen Guten dienen. Je mehr Gutes du vollbringst, desto stärker wirst du werden.*

Emma saugte Sperlings Worte geradezu auf.

„Kann ich mit Nathan in Kontakt treten? Kann ich ihm sagen, wo er mich findet?"

Das ist nicht notwendig. Er wird dich in fünf Tagen aufspüren.

Sie sah den Ort, einen kegelförmigen Berg. Emmas Herz machte einen kleinen Satz. „Danke."

Du bist stark, sagte Sperling. *Aber wenn du nicht standhaft bleibst und zweifelst, wird er einen Weg in deine Seele finden.*

Nachdem sie den großen Vogel wieder verlassen hatte, fragte sich Emma, ob Sperling wohl Diamond oder Masau'u damit gemeint hatte. So oder so stand ihr ein Kampf bevor.

Ihr Bewusstsein kehrte ins Boot und zu dem träge dahinfließenden Wasser zurück, das im Sonnenlicht funkelte. Sie hoffte, dass sie die Fähigkeiten besaß, sowohl den Mann als auch die Kreatur von ihrer Seele fernzuhalten.

Emma beobachtete Diamond. Er saß noch immer mit dem Rücken zu ihr, ruderte aber nicht mehr. Emma spürte, dass er von ihrem Ausflug mit Sperling wusste. Die Grenzen waren gesteckt.

———

EMMA UND DIAMOND blieben den ganzen Tag über auf dem Fluss. Nach dem langen, ruhigen Abschnitt folgte eine kleine

Stromschnelle und dann wieder ruhiges Fahrwasser. Wolken verdeckten die Sonne, und Emma genoss die angenehmeren Temperaturen. Irgendwann bemerkte sie, dass die Wolken sich von Weiß zu Grau verfärbt hatten.

„Ich glaube, es gibt Regen", sagte sie zu Diamonds Rücken.

Er schwieg.

Wie als Antwort auf ihre Vorhersage öffnete der Himmel seine Schleusen für einen Sturzregen, der Emma ein erschrockenes Keuchen entlockte. „Wir sollten Schutz am Ufer suchen", rief sie.

Diamond hielt die Ruder still und senkte den Kopf.

Inzwischen vollkommen durchnässt konnte Emma ihre Verärgerung nur schwer im Zaum halten. „Bist du eingeschlafen?" Auf keinen Fall wollte sie ihn anfassen, daher kam es für sie auch nicht infrage, ihn an der Schulter zu rütteln.

Sie passierten einen riesigen, schwarzen Felsen, der in der Mitte des Flusses aufragte, ein Monolith, der ein besonderes Tor markierte. Sie kannte diesen Ort. Angestrengt versuchte Emma, flussabwärts etwas zu erkennen. Sie fühlte, dass dort eine Stromschnelle lauerte. Ein flaues Gefühl breitete sich in ihrem Magen aus. Sie mussten runter vom Fluss.

Emma versuchte, die Entfernung zum Ufer abzuschätzen. Eine kleine Gestalt erregte ihre Aufmerksamkeit. Stand dort jemand?

„Hey!", brüllte sie, verstummte jedoch sofort wieder und wischte sich das Wasser aus dem Gesicht. Hatte sie überhaupt etwas gesehen? Die Gestalt bewegte sich und wurde wieder unscharf. War es erneut Loloma? Was machte er da?

Die Vernunft sagte ihr, dass er es nicht sein konnte. Was passierte hier?

Sie wandte sich dem anderen Ufer zu. Dort stand eine hochgewachsene, dunkle Kreatur – vielleicht ein Mann oder das Wesen der gestrigen Nacht.

Ein eiskalter Schauer rann ihr über den Rücken. Sie wusste, dass diese Gestalt nicht hier war, um ihr zu helfen.

Ein Blitz leuchtete auf, und Emma zuckte zusammen. Ihm

folgte sofort Donner, dessen dumpfes Grollen laut im Canyon widerhallte.

„Diamond! Tu etwas!", schrie sie. Inzwischen hatte er sich zu ihr umgedreht, lag aber zusammengesunken auf dem Boden des Kahns und umklammerte seinen Kopf mit beiden Händen. Seine Augen waren geschlossen, und er sang leise vor sich hin. Oder betete er?

Emma nahm seinen Platz ein, packte die Ruder und lenkte das Boot flussabwärts, um Abstand zwischen sich und den Mann – oder das Wesen – am Ufer zu bringen. Auf einmal hörte sie nur noch das Rauschen von Wasser, als würde ein Zug auf sie zurasen. Ein Blick über die Schultern bestätigte ihre schlimmste Befürchtung. Vor ihr lag eine riesige Stromschnelle, deren monumentale Wellen selbst durch den dichten Regenschleier zu erkennen waren.

„Oh mein Gott."

Die Stromschnelle war größer, gefährlicher und insgesamt vollkommen anders als die, die sie bislang hinter sich gebracht hatte. Und es gab keinen Ausweg. Rasch prüfte sie die Strömung und entschied, das Wildwasser in der Mitte zu befahren. Ächzend riss sie am rechten Ruder und drehte das Boot so Richtung Südufer.

In der ersten Welle spürte Emma auf einmal ein Gefühl der Schwerelosigkeit und wurde nach hinten gerissen. Sie schrie erschrocken auf, als Diamond auf ihr landete und das Boot beinahe senkrecht nach unten sackte. Am Grund der Welle angekommen, schlug sie hart auf der hölzernen Bank auf. Diamond rollte von ihr herunter Richtung Heck. Dieses Mal fiel sie auf ihn, als das Boot sich erneut aufrichtete.

Eine Wand ragte links hinter ihr auf. Hastig kroch sie zurück zu den Rudern und mühte sich ab, um sie wieder herumzudrehen. Wasser schwappte über die Seitenwände und klatschte ihr ins Gesicht. Sie kniff die Augen zusammen, um sie zu schützen. Verzweifelt versuchte sie, etwas zu erkennen, während Welle um

Welle auf sie einprasselte. Der Kahn bockte wild, und die Muskeln in Emmas Beinen brannten von der Anstrengung, sich gegen die Seitenwände zu stemmen und nicht den Halt zu verlieren. Ihre Hände waren wund, das Holz der Ruder riss ihr die Haut auf. Mit jeder neuen Aufwärtsbewegung kippte das Boot in die Senkrechte.

Die erste Felswand konnte sie umschiffen, nur um sich auf der rechten Seite direkt einer weiteren gegenüberzusehen. Emma legte all ihre Kraft in die Ruder, weil sie wusste, dass die Steine das Boot bei einem Aufprall in Stücke reißen würden. Sie ruderte keuchend und wusste nicht, ob sie überhaupt vorankam, aber ihr blieben nur noch Sekunden dafür, die Katastrophe abzuwenden.

Schließlich hatte sie die Wellen überwunden und war wundersamerweise nicht gekentert. Emma steuerte den vollgelaufenen Kahn vorwärts aus der Stromschnelle hinaus, doch der Regen ging immer noch unablässig auf sie nieder. Diamond lag bis zur Brust im Wasser und klammerte sich mit weit aufgerissenen, angsterfüllten Augen an die Seitenwand.

Wieder ein Blitz und ohrenbetäubender Donner. Auf dem Wasser waren sie den Elementen ungeschützt ausgeliefert, sie mussten unbedingt an Land. Woher sie die Kraft nahm, ans Ufer zu rudern, wusste Emma nicht, und unwillkürlich fragte sie sich, ob sie dort wohl jemand erwarten würde. Masau'u? Loloma?

An einem kleinen Strand angekommen, kroch sie zur Bootswand, schwang ein Bein darüber und ließ sich ins Wasser fallen. Sie zerrte an dem Kahn, bis sie besseren Halt fand und ihn an Land ziehen konnte.

„Raus da!" Emma fühlte sich zu erschöpft, um Diamond zu helfen, und hatte noch weniger Lust dazu.

Mühsam verließ er das Boot und sank zu Boden, da fiel Emma auf, wie gebrechlich er auf einmal wirkte.

„Böse Geister, böse Geister", murmelte er immer und immer wieder vor sich hin.

„Warum hat uns dein Masau'u nicht geholfen?" Zorn kochte in Emma hoch, und sie baute sich vor ihm auf. „Was zum Teufel, glaubst du, haben wir da gerade gemacht? Du bist vollkommen nutzlos. Wir hätten da draußen sterben können, und niemand hätte uns geholfen."

Sie beachtete Diamonds zusammengesunkene Gestalt nicht weiter und ging. In diesem Moment wünschte sie sich, der große Hopi-Gott Masau'u würde erscheinen. Sie hätte ihm zu gerne eine verpasst.

Kapitel Vierundzwanzig

An einen Stein gelehnt beobachtete Emma den Fluss im schwachen Licht der Dämmerung. Es hatte aufgehört zu regnen, aber die Wolken waren geblieben. Ihre Kleidung war nicht mehr vollkommen durchnässt, doch immer noch feucht, und sie zitterte vor Kälte. Oder vielleicht auch von den Nachwirkungen der Angst. Diamond war nirgendwo zu sehen.

Sie hätte sterben können.

Bislang gab es keinen Hinweis auf Masau'u oder Loloma oder ein anderes Geisterwesen. Vielleicht hielt Emmas schlechte Laune sie fern. Dieser Gedanke bereitete ihr diebische Freude. Sie war es so leid, jedermanns Spielball zu sein. Sie war es leid, Angst zu haben. Und Diamond konnte von ihr aus im Uferschlamm verrotten.

Sie beschloss, am nächsten Morgen aufzubrechen. Wenn Sperling recht hatte, würde sie Nathan in fünf Tagen finden. Sie erhob sich und prüfte, was von ihrer Ausrüstung noch zu retten war.

Der Traum war angenehm. Nathan war ein Junge, seine Eltern hielten sich in der Nähe auf. Seine Schwester war keine allzu große Nervensäge. Er rannte nach draußen, um im Licht der Abendsonne mit seinen Freunden zu spielen. Lachend und schreiend warf er einen Ball, den er vom Boden aufgehoben hatte. Ein Schatten fiel über ihn, und Nathan hielt inne und schaute nach oben. Über ihm kreisten mehrere Falken, machten Sturzflüge und stiegen wieder auf.

Als er den Blick wieder senkte, saß ein Puma vor ihm.

Hallo, begrüßte ihn die große Katze.

Nathan grinste. Das war ein lustiger Traum. „Hallo."

Ich habe nach dir gesucht.

„Hast du?" Plötzlich bekam er Angst. Würde ihn die Katze fressen?

Ja.

„Wer bist du?"

Ich bin dein Beschützer. Ich war immer bei dir.

Nathan unterdrückte ein Kichern. Das ergab keinen Sinn. „Warum hast du mich gesucht, wenn du doch immer bei mir warst?"

Die Katze neigte den Kopf und sah ihm direkt in die Augen. Ihre waren honigfarben. Hübsch. Irgendwoher wusste Nathan, dass sie ein Mädchen war.

Ich war in einem anderen Winkel deines Seins. Aber nach dir, diesem jüngeren Ich, habe ich gesucht. Diesem Teil von dir, der annimmt, was das Leben ihm zu bieten hat. Dein anderes Selbst hat sich vor langer Zeit dagegen verschlossen. Es sieht nur noch die Entbehrungen und weniger die Hoffnung. Deswegen musst du zurückkommen, um wieder ein Teil von Nathan zu werden.

Nathan runzelte die Stirn. Er verstand nicht, was die Katze da sagte. „Wie heißt du?"

Una.

„Können wir zusammen spielen?"

Ja, aber zuerst muss ich dir etwas Wichtiges zeigen.

Nathan seufzte. Er wollte nur Spaß haben, folgte der Katze aber dennoch. Ihr Fell hatte so eine schöne graubraune Farbe.

Er begleitete sie die unbefestigte Straße hinunter, dann um die Ecke und Richtung Fluss. Sie liefen lange durch St. Louis, bis sie an den Docks ankamen, wo der breite Mississippi verheißungsvoll in der Abenddämmerung glänzte.

„Ich soll nicht so nah ans Wasser gehen", meinte Nathan. „Hat mein Pa gesagt."

Für dieses Mal ist es in Ordnung. Wir werden in dieses Boot steigen.

Auf den Wellen hüpfte ein kleines Ruderboot auf und ab. Das klang nicht nach einer guten Idee. Sein Pa würde fuchsteufelswild werden, wenn er davon erfuhr. Una sprang leichtfüßig in den Kahn und brachte ihn damit zum Schwanken. Als das Boot schließlich wieder ruhig dalag, schaute Nathan sich um, doch niemand war in der Nähe.

Komm. Vertrau mir.

Nathan nickte zögerlich. Solange es keiner bemerkte, war es in Ordnung. Rasch kletterte er ins Boot. Una und er trieben in die Strömung und den ruhigen Fluss entlang.

„Wohin fahren wir?"

Das ist kein Fluss, wie du ihn kennst. Es ist ein Fluss der Zeit.

„Hä?"

Du kannst es sehen. Du musst nur genau hinschauen.

Angst erfüllte Nathan erneut. Er verstand das alles nicht. Aber er musste so tun, als ob, damit Una ihn nicht für dumm hielt.

Es gibt kein Richtig oder Falsch. Öffne einfach dein Herz.

Verwirrt senkte Nathan den Blick auf seine Füße. Dann hob er den Kopf langsam wieder und spähte über den Rand des Boots ins Wasser. Dort formten sich Bilder wie aus Nebel, näherten sich und verschwanden wieder. Nathan betrachtete sie argwöhnisch. Er hoffte wirklich, dass es keine Geister waren. Bei diesem Gedanken richtete er die Augen rasch wieder auf seine Schuhe.

„Wer ist das?", flüsterte er.

Sie sind du. Das ist dein Leben.

„Aber ich bin erst acht Jahre alt, diese Leute sind älter."

Solche Grenzen kennen wir hier nicht. Die Zeit kann in Kreisen verlaufen. Du kannst deine Zukunft sehen.

Die Stimme der großen Raubkatze in seinem Kopf beruhigte Nathan. Er fragte sich, wie er wieder von dem Boot herunterkommen sollte. Vielleicht musste er springen und schwimmen. Er war ein guter Schwimmer, aber ihn plagten Zweifel, ob er es ans Ufer schaffen würde. Als er noch einmal aufs Wasser blickte, faszinierte ihn die Szene, die sich ihm darbot.

Ein Mann war von Indianern gefangen genommen worden. Er kauerte nach vorn gebeugt mit auf dem Rücken gefesselten Händen auf dem Boden. Plötzlich verstand Nathan, dass es sich um ihn handelte. Er wusste, dass die Comanche ihn erwischt hatten. Mit einem Mal durchfluteten ihn die Erinnerungen, erfüllten ihn mit Angst und Resignation, dem unbedingten Wunsch nach Flucht, für deren Durchführung er Monate brauchte. Die Planung hatte ihn einer Comanche-Frau nähergebracht. Er mochte sie, doch sie hatte ihn belogen.

Das Bild zeigte nun einen jüngeren Mann. Er war siebzehn. Sein Vater war tot.

„Das mag ich nicht! Mach es weg!"

Das Bild verschwand. Warum war sein Pa tot?

„Ist es wahr?", fragte er Una.

Dinge geschehen, manche früher, manche später. Nathan, du bist kein Junge mehr. Du siehst die Vergangenheit.

Nathan versuchte verzweifelt, die Worte der Raubkatze von sich fernzuhalten, indem er die Augen fest zusammenkniff. „Warum ist mein Leben so hart? Das mag ich nicht."

Du musst zu dem älteren Nathan zurückkehren. Du hast ihn vor langer Zeit verlassen. Es ist an der Zeit, sich von diesem Ort zu verabschieden.

„Was meinst du damit? Es gefällt mir hier."

Ich weiß. Aber du gehörst zu Nathan, wie er heute ist. Er braucht deinen Optimismus. Er braucht deine Verspieltheit. Du hast gesehen, wie schwer er es im Leben hat. Möchtest du ihm nicht helfen?

Darüber musste er einen Moment lang nachdenken. Unas Worte ergaben Sinn, auch wenn er nicht wusste, warum.

Zeit, wieder eins zu werden.

„Was, wenn ich nicht mit dir gehe?"

Ich kann dich nicht zwingen. Du würdest hierbleiben, für immer ein Kind, für immer vom Rest des Lebens abgeschnitten. Dieser Ort ist sicher, aber es ist auch eine Schattenwelt. Nichts hat hier echte Bedeutung.

Nathan atmete tief durch. Er schaffte das. Dann schaute er in Unas gelbe Augen. „Ich komme mit dir."

Una stupste ihn mit ihrer feuchten Nase an. *Ich bringe dich nach Hause.*

NATHAN ERWACHTE ABRUPT. Wieder so ein verdammter Traum.

Wie der zuvor mit seinem Vater war auch der jetzige klar und deutlich gewesen – er konnte noch immer das Fell der Katze an seiner Wange fühlen. Er lag auf dem Rücken und schaute zum Sternenhimmel empor. Es kam ihm so vor, als könnte er das Kind wieder spüren, das er im Traum gewesen war. Als wäre es in ihm. Seltsamerweise gab ihm das Mut, als wäre plötzlich ein Funken Hoffnung in ihm entzündet worden. Er würde Emma finden. Sein Leben würde wieder Sinn bekommen. Unwillkürlich beschleunigte sich sein Herzschlag bei dieser Aussicht.

Ein Blick nach Osten verriet ihm, dass es bald dämmern würde. Also erhob er sich, um ein kleines Feuer zu entfachen. Er kochte Kaffee, weckte Masito und Na'i, und bald darauf waren sie wieder Richtung Westen unterwegs.

IM ERSTEN LICHT des Tages ging Emma zu den Steinen, auf denen sie ihre Bücher und ihr Tagebuch zum Trocknen ausgebreitet hatte. Das Boot hatte sie bereits gesäubert und alles neu verpackt, wobei sie sich auch ein Messer gesichert hatte. Es war unter ihrem Hosenbein in ihrem Stiefel versteckt, nur für alle Fälle.

Emma blätterte in ihrem bereits ziemlich abgegriffenen Exemplar von *Das verlorene Paradies* und dachte dabei über Adams und Evas Ringen mit dem Teufel nach, ihre Vertreibung aus dem Garten Eden und Satans eigene Rebellion gegen Gott.

Es ist besser, in der Hölle zu regieren, als im Himmel zu dienen.

Sie warf Diamond, der in der Nähe des Ufers schlief, einen Blick zu. Zuvor war er so hochmütig gewesen, doch nach dem gestrigen Abend wirkte er überaus ängstlich. Seine Unsicherheit zeugte von den tönernen Füßen, auf denen seine Macht stand. Demut war ein schwieriger Weg, den auch Adam und Eva nach dem Sündenfall hatten beschreiten müssen – *die Sünd' und ihren Schatten Tod und Elend.*

Emma ging zu Diamond hinüber und stieß ihn mit dem Fuß an. „Wach auf und steh auf, wenn ich dich nicht hierlassen soll."

Noch ein leichter Tritt, dann regte er sich schließlich. „Wo bin ich?"

„Ich vermute mal, wir waren in der Hölle." So tief im Canyon, im Inneren der Erde, war das die einzige Erklärung.

Diamond rieb sich die Augen und schien tatsächlich Angst vor ihr zu haben.

Emma verzog das Gesicht. „Ich werde dir schon nicht ins Gesicht treten, auch wenn du es verdient hättest."

Er kam unsicher auf die Beine und sah sich um, als erwartete er, dass im nächsten Moment finstere Schergen aus den Büschen springen würden. Emma verstand seine Paranoia, doch bei Tageslicht waren ihre eigenen Ängste verschwunden. Masau'u bereitete ihr im Hellen keine Sorge, da er auf den Pfaden der Dunkelheit wandelte. Der Gedanke ließ sie innehalten.

Vielleicht war das der Schlüssel.

„Ich bleibe nicht länger hier", verkündete sie. „Also steig ins Boot, ich will los."

Einen Moment lang betrachtete sie die Ausgabe von John

Wesley Powells Buch, die sie in der Hand hielt. Die Erzählung von seinem Abenteuer im Grand Canyon hatte das Feuer in ihr entzündet, dem sie hierher gefolgt war, um zu sehen, was er gesehen hatte. Um die Pracht zu erleben, von der er in seinem Buch berichtete, doch die geschriebenen Worte verblassten im Vergleich zur Realität. Und ihre Realität hatte sich verändert. Für ihren Weg gab es kein Buch, das sie anleiten würde.

Sie legte den Band zusammen mit *Das verlorene Paradies* in eine steinige Felsnische, eine Wiege für die beiden Bücher, die ein anderer Reisender finden mochte. Vielleicht würden sie der nächsten suchenden Seele nützlich sein, die hier des Weges kam.

Diamond folgte ihr stumm und kletterte hinter ihr ins Boot. Emma verpackte ihr Tagebuch, setzte sich dann auf die mittlere Bank und griff nach den Rudern. Diamond hatte ihr gegenüber im Heck Platz genommen. Mit kräftigen Ruderschlägen lenkte sie den Kahn in die Flussströmung, und sie glitten rasch dahin, angetrieben von Emmas Entschlossenheit.

Jetzt war sie auf sich allein gestellt.

Sie verbrachten den ganzen Tag auf dem Fluss. Immer wieder schickten die schwarzen Wolken Regen zur Erde. Emma sprach nicht mit Diamond, aber das schien ihm nicht viel auszumachen. Am späten Nachmittag ruderte sie das Boot zum Ufer, um das Lager an einem Bachbett aufzuschlagen.

Bei Einbruch der Nacht schlief sie erschöpft neben dem Feuer ein. Irgendwann erwachte sie wieder und wusste sofort, dass etwas nicht stimmte.

Als sie sich aufsetzte, schaute sie zu Diamond, konnte ihn jedoch nirgendwo entdecken. Allerdings erkannte man in der pechschwarzen Dunkelheit auch nichts, was mehr als ein paar Meter entfernt war. Sie lauschte.

Am Fluss bewegte sich etwas, begleitet von einem schleifenden Geräusch, das ihren Puls in die Höhe trieb.

Rasch stand sie auf und wich von ihrer Bettstatt zurück, weiter weg vom Ufer.

Sie blinzelte, um besser sehen zu können; ein Schatten bewegte sich auf sie zu. Das konnte nicht wahr sein.

Eine Schlange!

Eine riesige schwarze Schlange!

Emma machte kehrt und rannte das Bachbett hinauf, durch das Wasser, das sich dort nach dem letzten Regen gesammelt hatte. Ein Blick über die Schulter verriet ihr, dass ihr das Monsterreptil folgte.

Außer sich vor Angst hielt sie auf eine Felsgruppe zu und begann zu klettern. Sie rutschte aus, schlug sich das Knie an, und ein stechender Schmerz durchfuhr ihr Bein. Emma stöhnte auf und hielt kurz inne, trieb sich dann jedoch wieder an. Sie musste weiter nach oben. Sie musste hier weg. Doch dann geriet sie in eine Sackgasse.

Nun blieb ihr keine andere Wahl, sie musste sich umdrehen und dem stellen, was sie verfolgte.

Die Schlange kroch näher. Emma rang keuchend nach Luft. Sie versuchte, sich flach an den Stein zu pressen. Der Kopf der Schlange berührte sie fast, und sie spürte die Zungenspitze jedes Mal, wenn sie aus dem Maul züngelte.

Ihr Verstand schrie ihr zu, dass keine Schlange so groß werden konnte.

„Weg von mir", befahl sie, und ihre Stimme nahm einen tiefen, gutturalen Klang an. „Wie kannst du es wagen, mich so zu erschrecken?"

Der Körper des Reptils löste sich auf, wie Wasser, das aus einem Behälter gegossen wurde. Am Fuß der Felsen lag Diamond. Er starrte mit einem boshaften Grinsen zu ihr hoch und lachte wie ein Wahnsinniger. „Wette, das kannst du nicht."

Der Schreck saß Emma noch in den Gliedern, und sie bebte am ganzen Körper.

Kapitel Fünfundzwanzig

Am nächsten Morgen saß Emma wieder am Ruder. Diamond hockte ihr zugewandt zusammengekauert im Boot.

„Wie hast du das gemacht?", fragte sie schließlich.

Er schnitt ein schiefes Grinsen. „Beeindruckend, was?"

„Hast du mich hypnotisiert?"

Das Lächeln wurde breiter, was ihn nur noch wahnsinniger aussehen ließ. „Magie. Hat dir einen Heidenschreck eingejagt, oder?"

„Es war eine Täuschung." So schnell gab sie nicht auf. „Eine Traum-Täuschung?"

„Vielleicht. Die Fähigkeit zur Verwandlung in Tiere kann mitunter nützlich sein. Am richtigen Ort ist es nicht mal eine Täuschung."

„Also habe ich geschlafen?" So hatte Emma sich nicht gefühlt. Sie hätte auf die Bibel schwören können, dass sie in der vergangenen Nacht davongerannt war.

„Was glaubst du denn?"

Eine rhetorische Frage. Emma wusste, dass sie nicht geschlafen hatte. Aber wie hatte er es sonst angestellt? Sie ruderte weiter. „Warum hattest du gestern solche Angst?", fragte sie.

„Hatte ich nicht", wehrte Diamond sofort ab. Sein aufgeblasenes Selbstbewusstsein füllte den Raum zwischen ihnen praktisch aus.

„Warum hast du dich dann im Boot zusammengekauert? Hast du Masau'u am Ufer gesehen?"

Ein Ausdruck der Überraschung huschte über sein Gesicht, verschwand jedoch genauso schnell wieder. „Hast du ihn gesehen?"

„Ja. Und ich habe Loloma gesehen. Ich bin ihm schon einmal in dieser Realität begegnet."

Diamond schwieg. Ihre Worte machten ihm sichtlich zu schaffen. „Das musst du dir eingebildet haben", entgegnete er schließlich. „Er kann nicht hierherkommen."

Emma wusste, dass er von Masau'u sprach. „Was ist mit deiner Mutter passiert?"

Diamonds Augen verengten sich, und er wich Emmas Blick aus. „Sie ist gestorben, als ich zwölf war."

„Wie?"

„Es war alles zu viel für sie", antwortete er leise. „Sie hat sich das Leben genommen."

Emmas Sichtfeld verschwamm, und auf einmal wurde sie von einem erhöhten Aussichtspunkt aus Zeuge der Szene.

Zahllose Fliegen summten durch die Luft. Der Junge – ein großer, schlaksiger Heranwachsender, in dem Emma Diamond erkannte – ging langsam auf eine Holzhütte zu. Diese befand sich irgendwo in der Stadt – sie vermutete, New Orleans –, in einer Gasse hinter einer Taverne. Es war später Nachmittag, und die Sonne schickte ihre gleißenden Strahlen über die unebenen Wände und den rötlich verfärbten Fußboden. Das strenge geometrische Muster erschien dem Jungen wie ein Tor zu dem, was im Hinterzimmer auf ihn lauerte. Er stieß mit zitternden Fingern die Tür auf, sichtlich verängstigt wegen dem, was er in dem winzigen Raum vorfinden würde.

Die Augen der Frau standen weit offen. Sie war tot. Die Fliegen umschwärmten besonders die Wunde in ihrem Bauch, aus der ein

Messergriff ragte. Ihr Körper lag in einer Ecke, wie eine Puppe, die ein Kind achtlos weggeworfen hatte. Emma spürte die drückende Energie um sie herum.

Diamonds Mutter war von vielen Geistern besessen gewesen, von denen keiner ihr eigener war. Der Schmerz, mit solch bösartigen Wesen leben zu müssen, hatte ihr den Rest gegeben, und nicht einmal die Liebe, die sie für ihren Sohn empfand, hatte sie retten können. Einen Moment lang hatte Emma Mitleid mit ihr.

Dann war sie wieder zurück bei Diamond, im Boot. Seine Mutter litt in der Nachwelt zweifellos weiter. Emma konnte beinahe verstehen, warum er sie retten wollte, aber dafür musste es einen anderen Weg geben, als einen gottlosen Pakt mit Masau'u einzugehen.

Am Nachmittag regnete es wieder. Der Fluss schwoll an, doch sie stießen nicht auf weitere Stromschnellen. Nachdem sie mehrere Nebenschluchten passiert hatten, lenkte Emma das Boot am frühen Abend schließlich zu einem Lagerplatz an einem Bachlauf. Sie und Diamond gingen sich nach Möglichkeit aus dem Weg, und er schlug ein paar Schritte entfernt von ihr seine Bettstatt auf.

In dieser Nacht verfiel Emma in Trance und suchte nach Sperling.

„Ich bin bereit, es noch einmal zu versuchen", sagte sie.

Ich werde dir helfen. Der große Vogel musterte sie aus klaren Augen.

„Ich werde Diamond zu mir rufen müssen. Wie mache ich das?"

Sei vorsichtig. Sein Fokus ist wie ein Strudel. Er kann dich mit sich reißen.

„Ich weiß. Wie kann ich mich dagegen schützen?"

Durch einen Gedanken kann ein Mensch sich in ein Wesen des Lichts oder der Dunkelheit verwandeln.

Sie verstand. Emma stellte sich Licht vor, einen weißen Schimmer, der in Form eines ovalen Kokons um sie herum vibrierte und sie vollständig einhüllte.

Sehr gut. Bitte ihn, zu dir zu kommen, und sag ihm auch, in welcher Form.

Emma nickte. „Diamond, ich brauche deine Hilfe. Bitte komm in deiner Schlangenform."

Eine riesige Schlange glitt auf sie zu. Der Kopf des Tieres hob und senkte sich, als es Emma musterte. „Du lernst", sagte es, wobei sich das Schlangenmaul bewegte.

„Du musst mich zu Masau'u bringen", erklärte sie.

„Das habe ich schon."

„Nein, das war ein Ort, den Masau'u gewählt hat. Ich will, dass du mich dorthin bringst, wo er lebt."

Der Körper der Schlange ringelte sich zusammen, doch ihr Kopf blieb aufrecht knapp außerhalb der Lichtbarriere, die Emma errichtet hatte. „Warum?"

„Wenn du es tust, werde ich dir dabei helfen, deine Mutter zu suchen. Das willst du doch, oder?"

Die Schlange bewegte sich unruhig. „Ich kann dir den Eingang zeigen, aber weiter kann ich nicht gehen. Ohne Aufforderung wirst du ebenfalls nicht eintreten können."

Angst stieg in ihr auf, aber Emma schob sie rasch von sich. Sie war fest entschlossen. Sie würde es wagen. Und der verschlagene Diamond würde sie nicht daran hindern.

Er kroch mit Leichtigkeit in ein Loch in der Erde.

Emma schaute zu Sperling. „Kannst du mich begleiten?"

Es tut mir leid. Das kann ich nicht. Masau'u hat viele Fallen aufgestellt. Es gibt jedoch jemanden, der die passenden Fähigkeiten besitzt.

Ein Puma erschien.

Das ist Una. Sie wird dir helfen.

Überrascht erkannte Emma die Berglöwin, die Nathan und sie vor so langer Zeit bei der großen Höhle gesehen hatten. Sie bedankte sich stumm bei dem großen Tier. „Wir müssen gehen." Sie drehte sich um und sprang in das Loch, in dem Diamond verschwunden war. Una folgte ihr, und zusammen drangen sie ins Innere der Erde vor.

Sie flogen eine ganze Weile den Tunnel hinunter, auch wenn Zeit wieder einmal keine Rolle spielte. Oder vielleicht war sie einfach nur formbar und daher leicht zu verdichten oder auszudehnen. Emma wurde bewusst, dass man das auf verschiedene Arten nutzen konnte, und sie fragte sich, ob sie diese Fähigkeit eines Tages beherrschen würde.

Das Fortkommen fiel ihr leicht, sich bewegte sich allein durch ihre Willenskraft vorwärts. Dunkelheit umfing sie, doch sie konnte die Seiten des Tunnels an sich vorbeiziehen sehen. Endlich kam sie in einer schmalen Höhle an. Diamond hatte sich in seiner Schlangengestalt bereits vor Emma zusammengerollt, als Una neben sie trat.

„Du kannst den Übergang dort betreten." Er deutete mit dem Kopf auf eine Öffnung in der Erdwand, die sich knapp über dem Boden zu Emmas Füßen befand.

„Wie weit bis zu Masau'u?", fragte sie.

Diamonds Körper schlängelte sich hin und her. „Ich weiß es nicht. Kommt darauf an, wie du vorankommst."

„Hast du noch einen nützlichen Rat für mich?" Emma wusste, dass diese Frage überflüssig war, aber sie schadete sicher auch nicht.

„Nimm sein Angebot an, dann lässt er dich sicher sofort rein."

Darauf antwortete Emma nicht. Sie konnte sich sehr gut vorstellen, dass Diamond genau das getan hatte – dass er seine Seele an den Teufel verkauft hatte.

Sie kniete sich hin, stützte sich mit den Händen auf dem Boden ab und schloss die Augen. *Lieber Gott, schenk mir Kraft und Führung. Hilf mir, dem reinen Guten zu dienen. Beschütze mich vor allem Bösen.* Sie öffnete die Augen wieder, atmete noch einmal tief durch und kroch dann in die Öffnung.

Der Geruch nach feuchter Erde drang ihr in die Nase, während sie sich langsam vorwärtsbewegte. Bald waren ihre Hände voller Dreck, und winzige Wurzeln hingen ihr ins Gesicht und strichen über ihren Körper. Der Tunnel wurde schmaler, Emma versuchte zu erkennen, was vor ihr lag, doch vergeblich. Sie hielt inne, Panik stieg in ihr auf. Was, wenn sie irgendwann feststeckte?

Nutz deine Kräfte, um die Erde zu bewegen, sagte Una.

„Wie?"

Erweitere deinen Schutzwall.

Emma stellte sich das weiße Licht um ihren Körper vor und schob es dann bewusst nach außen. Der Tunnel verbreiterte sich, und sie kroch weiter. Schließlich gelangten sie zu einem großen, offenen Gelände. Vor ihnen lag eine steinerne Brücke. Zu beiden Seiten wartete nur ein bodenloses Nichts.

Konzentriert auf ihre Aufgabe, betrat Emma die Brücke. Kurz darauf kam ein großes Tor in Sicht. Bedächtig näherte sie sich mit Una und legte den Kopf in den Nacken, weil es sicher zwölf oder fünfzehn Meter hoch war und so dick wie ein gewaltiger Eichenstamm.

Und verschlossen.

Ein Blick auf die Umgebung machte Emma auf eine hölzerne Kiste aufmerksam. Sie ging darauf zu und schaute hinein. Erschrocken stolperte sie ein paar Schritte nach hinten. Die Kiste war voller Körperteile – Arme, Beine, Rümpfe, Hände, Füße und sogar ein paar Köpfe. Blut war nicht zu sehen, aber der schaurige Anblick entsetzte sie dennoch.

Er sammelt Seelensplitter, erklärte Una. *Das sind die Überreste.*

Emma nickte und versuchte, die Fassung zu bewahren.

Eine Bewegung zu ihrer Rechten erweckte ihre Aufmerksamkeit. Dort lagen Hunde und beobachteten Emma wachsam. Als sie sich ihnen näherte, erkannte sie, dass es Welpen waren, denen man die Bäuche aufgeschlitzt hatte. Ihre Gedärme quollen auf den steinernen Untergrund.

Emma sank zu Boden. „Ihr armen Dinger, wie kann ich euch helfen?"

Una kam zu ihr. *Gar nicht.*

„Gibt es denn nichts, was ich tun kann?"

Sie sind ein Zeichen dafür, dass die Macht hier aus dem Gleichgewicht geraten ist. Ein Wegweiser. Nimm die Warnung ernst, und geh weiter. Aber pass auf dich auf. Du könntest ebenso ausgeweidet werden, und deine Energie könnte schwinden.

Unas Erklärung trug nicht dazu bei, Emma zu beruhigen, doch sie erhob sich zögernd und zwang sich, die Tiere zurückzulassen.

Sie schaute zu dem riesigen Tor, und ein Hauch von Vertrautheit streifte sie. „Ich glaube, ich war schon einmal hier. Wie kommen wir hinein?"

Una tigerte auf und ab. *Ich weiß es nicht. Man braucht einen Schlüssel oder muss eingelassen werden. Aber wenn du schon einmal hier warst, kannst du dich vielleicht erinnern, wie man hineingelangt.*

Das konnte Emma nicht. Sie entsann sich nur unglaublich vage an einen Traum, den sie einmal vor Jahren gehabt hatte, von einer großen Burg mit uneinnehmbarem Tor. Ein Wächter hatte ihr das Geheimnis verraten, wie man es überwinden konnte, aber sie wusste nicht mehr, wie. Plötzlich schwang das Holztor mit einem lauten, metallischen Scheppern auf. Niemand war hier – keine Kreatur, kein Lebewesen, kein Wächter. Sie schaute zu Una.

Man hat sich an dich erinnert, und du darfst eintreten, aber werte das nicht als herzliche Begrüßung.

„Natürlich nicht." Dass sie hier willkommen war, davon war Emma ohnehin nicht ausgegangen.

Zusammen überschritten sie die Schwelle und gingen über einen verlassenen Innenhof, dann eine Treppe hinauf, die zu einem dunklen Turm führte. Im Inneren erhellten Fackeln einen Korridor, der sie schon bald zu mehr Treppen brachte. Emma war kalt, und sie roch die feuchten Steine, aus denen die Wände der Burg bestanden. Weitere Korridore, die immer wieder in andere Richtungen abbogen und sich durch das Gemäuer schlängelten. Schnell hatte sie die Orientierung verloren. Als sie an eine Kreuzung kamen, von der drei mögliche Wege abzweigten, nahm Emma, ohne zu zögern, die Mitte.

Warte!

Emma schrie auf, denn sie landete in zähem Schlamm und

versank darin. „Una, hilf mir!" Sie versuchte, sich am Rand der Grube festzuhalten, die so plötzlich zur Falle geworden war, doch ihre Hände rutschten immer wieder ab. Sie hielt still, als sie merkte, dass sie nur noch schneller einsank, wenn sie sich bewegte. „Was soll ich tun?", flüsterte sie verängstigt.

Una schaute sich aufgebracht um. *Ich kann dir nicht helfen. Du musst ein anderes Krafttier zu Hilfe rufen.*

„Wen?", fragte Emma atemlos, da sie inzwischen bis zum Hals im Schlamm steckte.

Welches Tier hat dich dein Leben lang verfolgt? In deinen Träumen? In deinen Visionen?

Emma konnte keinen klaren Gedanken fassen vor Panik. „Ich weiß nicht", sagte sie leise. Sie legte den Kopf in den Nacken und der zähe Matsch kroch ihr bis zu den Ohren hoch. Ihre Atemzüge waren flach und abgehackt. Würde sie jetzt sterben? War es möglich, in der *Anderswelt* zu sterben? Sie versuchte, sich durch puren Willen aus ihrem nassen Gefängnis zu befreien, aber nichts passierte.

„Nein, nein, nein", bettelte sie. „Lass mich raus." Plötzlich schlug sie die Augen auf, als die Erkenntnis sie traf. „Klapperschlange." Sie sank unter die Oberfläche.

Eine riesige Welle drückte sie aus der Falle heraus, und sie landete am Rand der Grube neben Una auf dem Boden. Die Klapperschlange tauchte aus dem Matsch auf und glitt neben sie. Emma wischte sich den Dreck aus den Augen und spuckte aus, während sie versuchte, wieder zu Atem zu kommen. Die Schlange war nicht übermäßig groß, aber deutlich größer als eine echte.

Emma wischte sich noch mehr Schlamm aus dem Gesicht. „Danke."

Die Schlange rollte sich zusammen und reinigte ihre Haut dabei. Emma erkannte die dunklen und hellen Streifen auf ihrem muskulösen Körper und die Rassel am Ende ihres Schwanzes. „Bist du eines meiner Krafttiere?"

Ja, antwortete er.

„Warum habe ich dich dann noch nie gesehen?" Emma versuchte, die Verärgerung in ihrem Ton zu unterdrücken, schaffte es jedoch nicht.

Du hast nie genau hingeschaut.

Mit etwas Mühe zügelte Emma ihr Temperament. „Wie heißt du?"

Man nennt mich Riddle. Wir werden uns prächtig verstehen. Ich beiße nicht, wenn man mich nicht provoziert. Du ebenfalls nicht. Wenn du mich brauchst, musst du nur rufen.

„Kannst du mir dabei helfen, einen Jungen namens Loloma zu finden?"

Ja.

Emma begann, sich den Matsch von der Kleidung und den Armen zu streifen.

Lass das, sagte Riddle.

„Warum?"

Dort, wo wir hingehen, wird es dein Licht verbergen.

„Und wohin gehen wir?"

Zum Land der Toten.

Kapitel Sechsundzwanzig

E mma, Una und Riddle durchquerten eine ganze Reihe von Tunneln. Emma wurde zunehmend müder und fragte sich, ob sie auf dem richtigen Weg waren. Ein Tisch mit Essen tauchte vor ihnen auf, samt Brot, Kürbis und Maiskolben. Auf der einen Seite stand eine Schale mit einer dunklen Flüssigkeit. Emma roch, dass es sich dabei um Wein handelte, und obwohl sie in ihrem jungen Leben noch keinen Geschmack an Alkohol gefunden hatte, überkam sie nun der fast übermächtige Wunsch, einen Schluck davon zu trinken. Als sie danach greifen wollte, glitt Riddle zischend vor sie und schnappte nach ihr. Erschrocken wehrte Emma die Attacke ab und wich zurück.

„Was sollte das denn?"

Iss und trink hier nichts.

„Warum?"

Es ist die Mahlzeit der Toten. Wenn du sie zu dir nimmst, kannst du diesen Ort nicht mehr verlassen.

Emma bekam ein flaues Gefühl im Magen. Sie war schon so lange unterwegs und nun auch noch von Kopf bis Fuß voller Schlamm. Eine kleine Stärkung wäre ihr willkommen gewesen. Doch als sie sich den Tisch näher anschaute, konnte sie die schattenhafte Textur des Essens ausmachen, seine Unvollständigkeit, den Mangel an Substanz.

Wir müssen weiter, sagte Riddle.

Emma folgte der Schlange mit Una an ihrer Seite.

Sie erreichten einen breiten Fluss.

Wir müssen auf die andere Seite, wies Riddle sie an.

Der Meinung war Emma auch. „Kannst du schwimmen?", fragte sie Una.

Ich bevorzuge, es nicht zu tun, antwortete die Berglöwin.

Ich werde euch beide auf meinen Rücken nehmen, verkündete Riddle.

„Ich denke, dafür bist du zu klein."

Das Problem lässt sich beheben. Riddle wuchs zum Dreifachen seiner Größe an.

„Das ist ziemlich praktisch."

Emma und Una kletterten auf Riddles Rücken, und die Schlange glitt mühelos ins Wasser. Die dunklen Untiefen rührten an der Angst in Emmas Herz. Sie schaute entschlossen nach vorn und konzentrierte sich auf eine Vision von Nathan, in der er ihr Seemannsknoten beibrachte. Er hatte sie geneckt und gelobt, und sie hatte seine Gesellschaft ungemein genossen. Die Szene erfüllte sie mit Wärme, und sie klammerte sich an den Gedanken, dass sie ihn eines Tages wiedersehen würde. Sie würde ihn wiedersehen. Diesen Satz wiederholte sie immer wieder in ihrem Kopf.

Sie erreichten das andere Flussufer, und Emma und Una stiegen von Riddles Rücken. Vor ihnen erstreckte sich eine weite Ebene, eingehüllt in Schatten, aber es herrschte ein dämmriges Zwielicht, in dem man die Umgebung ausmachen konnte.

Emma wollte weitergehen, hielt jedoch inne, als Riddle und Una ihr nicht folgten. Sie schaute über ihre Schulter zurück.

Wir können dich dorthin nicht begleiten, sagte Una.

„Was?" Emma drehte sich zu ihnen um. „Ihr beide nicht?"

Direkt vor dir findest du, was du suchst, erklärte Riddle. *Wir werden hier auf dich warten.*

Emma zögerte.

Hab Vertrauen zu dir selbst, bestärkte Una sie.

Emma bezweifelte, dass ihr das gelingen würde.

Doch, es ist möglich, unterbrach Una ihren Gedankengang. *Hab Vertrauen zu dir selbst,* wiederholte sie.

Emma war nun schon so weit gekommen und wollte jetzt nicht mehr umkehren. Sie straffte die Schultern und ging auf das Land zu, das von den Toten bewohnt wurde. Sie schaute angestrengt nach links und rechts, weil sie Angst hatte, dass plötzlich irgendeine monströse Kreatur aus dem Nichts erscheinen würde. Äußerst wachsam und am Ende ihrer Belastbarkeit angelangt, bewegte sie sich mit kleinen, vorsichtigen Schritten vorwärts.

Bald darauf kam eine Höhle in Sicht, die von Feuerschein erhellt wurde. Nach einem sichernden Blick in ihre Umgebung trat Emma ein. Sofort spürte sie die hier anwesende Präsenz, dunkel und formlos.

Du bist mutig, dass du dich hierher traust, sagte die Gestalt.

„Ich, hm … wurde geschickt, um … Ich suche …" Emma verstummte. Sie musste das mit klarem Verstand angehen. „Bist du Masau'u?"

Das ist einer meiner Namen.

„Ich bin auf der Suche nach einem Jungen namens Loloma."

Und du denkst, ich würde ihn dir einfach so aushändigen.

Emma räusperte sich. „Ja."

Sie schaute sich flüchtig um. Die Behausung war einfach, aber sie wirkte unheimlich. An einer Seite gab es mehrere Feuerstellen, über denen Drehspieße aufgestellt worden waren. Kochte er die Seelen, die er gefangen nahm?

Ich bekomme nicht oft Besuch. Wenn du ein Rätsel lösen kannst, werde ich gastfreundlicher.

Und wenn nicht?

Dann wirst du bei mir bleiben.

Das gefiel Emma nicht, aber sie war hier im Nachteil. Also war es wohl das Beste, wenn sie darauf einging, um sich etwas mehr Zeit zu verschaffen, bis sie einen Weg fand, ihr Ziel zu erreichen.

Was zerstört und erschafft gleichermaßen?

Emma fühlte sich gefangen von der Angst vor dem, was ihr bei einer falschen Antwort blühen würde. Sie drehte die Frage im Kopf hin und her. Nur ein Gedanke blieb hängen, aber der traf es nicht ganz. Sie musste länger darüber nachdenken, aber ihre Zeit war begrenzt – nicht weil Masau'u sie drängen würde, sondern weil sie diesen Ort so schnell wie möglich wieder verlassen wollte.

„Das trifft auf viele Dinge zu", sagte sie.

Ja.

„Eine Mutter?"

Tut mir leid. Das ist nicht ganz richtig.

Urplötzlich verlor sie den Boden unter den Füßen.

„Neiiiiin!" Sie wurde noch tiefer ins Innere der Erde gerissen. Vergeblich suchte sie mit Armen und Beinen nach Halt, ihre Haare flatterten nach oben, und das Loch, durch das sie gefallen war, wurde immer kleiner.

Sie landete mit einem dumpfen Geräusch, aber der Aufprall hatte nicht die erwarteten Auswirkungen auf ihren Körper. Emma erinnerte sich daran, dass sie sich nicht in ihrer physischen Gestalt befand, und fragte sich, warum sie überhaupt Unwohlsein verspürte. Sie rappelte sich auf und sah sich um. Am Rande ihres Bewusstseins regte sich die Angst.

Nichts. Hier war nichts außer Schwärze. Sie wedelte mit den Armen, in dem Versuch, etwas zu ertasten, doch in diesem Raum gab es schlicht keine Substanz. Es war eine Leere ähnlich der, in die sie bei ihrer Suche nach Loloma eingetreten war.

Panik stieg in ihr auf, als sie ihre Situation abschätzte. Sie musste hier raus. Auf keinen Fall wollte sie Monate, Jahre oder vielleicht sogar für immer eine Gefangene sein. Wut regte sich in ihr. Sie schloss die Augen, und auf einmal war da Wärme, die sie erfüllte. Emma bebte am ganzen Körper.

Die Verwandlung geschah ohne Vorwarnung. Sie hatte gar nicht beabsichtigt, sich zu verändern, aber als es passierte, war sie bereit dazu. Kraft durchflutete sie, und Zorn schärfte ihre Sinne.

Nun in der Gestalt eines Sperlings drückte sie den Schnabel in die Beschaffenheit des formlosen Raums, dehnte sie, bis sich ein Loch bildete. Sie zerrte daran, um den Riss zu vergrößern, und schob dann ihren großen Vogelkörper hindurch. Sie breitete die Schwingen aus und stieß sich nach oben ab, jeder Flügelschlag brachte sie rasch wieder in die Richtung von Masau'us Versteck.

Unter sich entdeckte sie überall Seelen, als würde sie den Privatfriedhof des Hopi-Herrschers überfliegen. Aber sie wusste, dass diese Geister noch nicht vollständig gestorben waren. Mit einem kräftigen Schlag ihrer Schwingen landete sie am Rand des Abgrunds und flatterte dann noch mehrmals.

Die Luftwirbel ließen die Seelen aufstieben und brachten sie näher zu ihr. Emma öffnete den Schnabel und nahm vorsichtig jede einzelne auf, sodass sie sicher verwahrt in ihr ruhen konnten. Anschließend legte sie die Flügel an und stellte sich der dunklen Präsenz.

Loloma ist nicht unter den Seelen, die ich gerade geborgen habe, sagte sie. *Wo ist er?*

Masau'u nahm Gestalt an und verlor sie ebenso schnell wieder. *Ich bin nicht derjenige, der Loloma gefangen hält.*

Emma entdeckte eine Höhle zu ihrer Linken. Immer noch in Sperlingsform hüpfte sie zum Eingang und spähte hinein. Der Anblick sorgte dafür, dass sie wie angewurzelt stehen blieb.

Sie erkannte Loloma, doch was ihn festhielt, war nicht heimtückisch oder gar böse, nur schrecklich fehlgeleitet.

Lenmana.

Kapitel Siebenundzwanzig

Emma wusste, dass es nicht leicht werden würde, Loloma von seiner Mutter zu lösen. Sie überlegte, wie sie die vor ihr liegende Aufgabe am besten angehen sollte, und entschied sich für den einzigen Weg, auf den sie sich verstand.

Mein Name ist Emma, begann sie. *Als ich sehr jung war, wurde meine Mama auf grausame Weise ermordet. Ich war sehr traurig und verwirrt und habe sie so sehr vermisst. Der Schmerz ist so schrecklich und heilt nie.* Selbst jetzt spürte sie noch die Wunde, die sich von ihrer Brust bis in ihren Bauch erstreckte. *Wenn ich dafür bei ihr hätte sein können, hätte ich wohl auch an einem Ort wie diesem ausgeharrt. Verstehst du, Loloma?*

Der Junge, der auf dem Schoß seiner Mutter saß, starrte sie mit großen, dunklen Augen an. Er wirkte verängstigt. Seine kindliche Trauer machte Emma das Herz schwer.

Es tut mir so leid, Loloma, fuhr sie fort. *Aber du bist am Leben, und du musst diesen Ort verlassen. Dein Vater wartet auf dich, ebenso wie der Rest deiner Familie und deine Freunde.*

„Ich will nicht gehen", sagte er. „Ich habe etwas Schreckliches getan, als meine Mama gestorben ist."

Emma wusste sofort, was ihm so zu schaffen machte: der schreckliche Akt des Kannibalismus, zu dem Diamond ihn gezwungen hatte. Sie schaute zu Lenmana. *Du musst ihm sagen, dass er gehen darf. Du musst ihm sagen, dass das, was er getan hat, nicht seine Schuld war. Du musst ihm von dem Bösen erzählen, das Diamonds Seele vergiftet hat.*

Lenmana schwieg. Sie war jung und mit ihrem ebenmäßigen Gesicht, das von langem, dunklem Haar eingerahmt wurde, eine echte Schönheit. Aber sie war auch nur noch die Hülle des Menschen, der sie einmal gewesen sein mochte.

Wenn du ihn hier festhältst, fuhr Emma fort, *wird er nie ein erfülltes, wundervolles Leben führen. Wenn du ihn liebst, musst du ihn in seinen Körper zurückkehren lassen.*

Angst huschte über Lenmanas Gesicht. „Ich will hier nicht allein sein", flüsterte sie.

Emma fragte sich, ob sie ihr helfen konnte. Wie lauteten die Regeln im Land der Toten? Sie kannte sie nicht. Konnte sie Lenmana einfach mitnehmen? Aber es gab keinen Körper mehr, in den sie die Seele betten konnte. Wohin sollte Emma sie bringen?

Ihr Instinkt sagte ihr, dass Masau'u bei diesem Problem keine Hilfe sein würde. Emma war sich sogar ziemlich sicher, dass sie die Frau und den Jungen nur mit sehr viel Glück hier herausschmuggeln konnte, bevor das dunkle Wesen es bemerkte. Wahrscheinlich war das überhaupt nicht möglich. Sie wünschte, sie könnte Una oder Riddle zu sich rufen, aber ein vorsichtiges Tasten nach ihrer Energie blieb erfolglos. Es war, als wäre das Land der Toten von einer unüberwindbaren Grenze umgeben. Emma fällte eine spontane Entscheidung.

Ich werde euch beide mitnehmen.

Lenmana schaute sie überrascht an. „Wohin gehen wir?"

Emma fühlte Mitleid, sagte ihr aber die Wahrheit. *Loloma muss in seinen physischen Körper zurückkehren. Ich werde mein Bestes tun, um einen sicheren Platz für dich zu finden, Lenmana. Darf ich euch beiden helfen?*

Lenmana sprach leise mit ihrem Sohn, in einer Sprache, die Emma nicht verstand. Das Gespräch erinnerte sie an Pakwa. Und an die Vision, in der Pakwa Lolomas Körper beschützt hatte, während Lenmana von einer Flutwelle davongetragen wurde.

Das war es.

Steigt auf, wies sie die beiden an. Lenmana und ihr Sohn kletterten auf Emmas gefiederten Rücken. Dann ging sie auf Masau'us Versteck zu.

Ich kenne die Antwort zu deinem Rätsel, verkündete sie. *Was zerstört und erschafft gleichermaßen? Eine Flut. Sie zerstört das Ungleichgewicht, tilgt alles und schafft Raum für ein neues Gleichgewicht, hoffentlich ein besseres.*

Masau'u schien zu nicken. *Das ist richtig,* antwortete er.

Ich will freies Geleit, forderte sie nachdrücklich.

Masau'u nahm eine etwas menschlichere Form an. *Du bist stärker, als ich dachte. Und du bist ein Ärgernis. Aber du darfst gehen.*

Emma zögerte. Sie wusste, dass sie mit den nächsten Worten ein Risiko einging. *Weißt du, wo Diamonds Mutter ist?,* fragte sie.

Vor ihr entstand das Bild von einer Frau, die in einer Kiste mit Geisterwesen gefangen war. Emma erschauderte. Ein riesiges Schloss hielt den Deckel zu.

Um sie zu befreien, erklärte Masau'u, *wirst du mehr tun müssen, als ein Rätsel zu lösen.*

Erregung ging von ihm aus, und einen Moment lang war Emma bereit, die Herausforderung anzunehmen, zu beweisen, dass sie würdig war und dass ihre Kraft der der besten Schamanen in nichts nachstand.

Dann flüsterte ihr eine Stimme ins Ohr: *Fall nicht darauf herein.* Wenn sie versagte, würde sie diesen Ort vielleicht nie mehr verlassen können. Ihr fehlten die nötigen Fähigkeiten dazu, und tief in ihrem Inneren wusste sie das auch. *Lass nicht zu, dass Stolz dich zu Fall bringt, Emma. Er war das Verderben des Teufels im Himmel und auch Evas, als sie einen Apfel vom verbotenen Baum der Erkenntnis gegessen hat.* Womöglich würde sie eines Tages zurückkehren, wenn sie besser darauf vorbereitet war, und um die Seele dieser fehlgeleiteten Frau kämpfen, aber nicht heute.

Miltons Worte kamen ihr in den Sinn … *Es beuge sich vor dir ein jedes Knie.* Begegne Gott mit Demut, und er wird dir seine Gnade zuteilwerden lassen.

Sie erhob sich in die Luft und verließ diesen Ort des Todes ohne einen Blick zurück. Masau'u sendete eine Energiewelle aus, die sie durchströmte und ein Frösteln hervorrief. Sie weigerte sich jedoch, anzuhalten, und wählte den Weg, auf dem sie gekommen war. Bei der Überquerung des Flusses traf sie wieder auf Una und Riddle.

Du bist voll beladen, Emma-kele, sagte Una.

Wie bringe ich sie zurück?

Du musst den Körpern ihre Seelen wieder einhauchen. Am besten fliegst du und wartest nicht auf uns.

Aber was ist mit Lenmana?, fragte Emma.

Du wirst es wissen, wenn die Zeit dafür gekommen ist, entgegnete Una.

Ihre tierischen Freunde schienen zu denken, dass sie mehr wusste, als tatsächlich der Fall war. Aber wenn sie ihr die Antwort nicht geben konnten, würde sie sie eben selbst finden.

Dann werde ich jetzt gehen. Sie schaute erst Una, dann Riddle in die Augen. *Danke für eure Hilfe. Werde ich euch wiedersehen?*

Ja, antwortete Una.

Nur wenn du mich rufst, sagte Riddle.

Ich werde daran denken. Damit stieß Emma sich vom Boden ab und erhob sich in die Luft. Nach einem langen Flug durch einen Tunnel gelangte sie schließlich über den Grand Canyon, wo Sterne über ihr am Himmel funkelten. Beinahe sofort begannen die Seelen, aus Emmas Schnabel zu entweichen, und kehrten in ihre rechtmäßigen Körper zurück. Emma half ihnen dabei, indem sie gleichmäßig ausatmete.

Irgendwann war ihr Bauch leer. Sie flog weiter, bis sie das Lager der Hopi fand, wo Lolomas Körper lag. Sie landete, und Lenmana und Loloma glitten von ihrem Rücken. Eine Gestalt löste sich aus der Dunkelheit. Emma erkannte Pakwa.

Die alte Frau näherte sich zögernd und argwöhnisch. Emma war erstaunt, dass Pakwa sie überhaupt wahrnehmen konnte. Da

KRISTY MCCAFFREY

sie in ihrer jetzigen Vogelform nicht sprechen konnte, flatterte Emma zur Begrüßung mit den Flügeln. Erkenntnis trat in Pakwas Augen. Sie wandte ihre Aufmerksamkeit ihrer Tochter und ihrem Enkel zu und begann zu weinen.

Formlose Energie verband die drei Generationen von Hopi – Trauer und Verlust, aber auch Liebe und Vergebung –, bis Loloma schließlich zu seiner Großmutter ging. Er warf noch einen letzten Blick über die Schulter zu seiner Mutter, winkte ihr zu und kehrte dann in das Zelt zurück, in das sein menschlicher Körper gebettet war.

Lenmanas Geist sank entmutigt zu Boden.

Emma wusste nicht, was sie tun sollte.

Auf einmal entstand Bewegung, und ein weiter Kreis formte sich um sie herum. Im ersten Moment hatte Emma die Befürchtung, dass die Wesen ihr nicht wohlgesinnt waren, dass Masau'u ihnen irgendwie gefolgt war, um sich Lenmanas Seele zurückzuholen. Und vielleicht auch Emmas. Doch schon bald erkannte sie Gesichter. Es waren Hopi. Und sie waren gekommen, um Lenmana zu helfen. Ihre Hopi-Ahnen waren hier, um sie auf ihrem Weg zu begleiten. Sie halfen Lenmana beim Aufstehen und nahmen sie mit sich hinauf zu den Sternen.

Sie ist jetzt bei uns, sagte einer der Geister im Weggehen zu Emma. *Wir werden ihr helfen.*

Und damit waren sie verschwunden.

Emma blieb eine Weile im Lager der Hopi und dachte über ihre Taten nach, während sie das Gefühl genoss, ein Sperling zu sein. Aufgedreht von der erfolgreichen Seelenrettung, konnte sie einem letzten Flug einfach nicht widerstehen. Sie stieß sich ab und stieg in die Luft, glitt über den Canyon, der sich in all seiner Schönheit unter ihr erstreckte. In seinen Windungen fand sie Freiheit, und das Fliegen löste sie von allen Beschränkungen der Welt unter ihr. Keine Schwerkraft konnte sie am Boden halten.

Unwillkürlich dachte sie an Nathan. Also flog sie gen Westen, um ihn zu suchen. Immer enger zog sie ihre Kreise, bis sie ihn schließlich am südlichen Rand der Klippen fand, wo er neben Masito und Na'i rastlos schlummerte.

Emma landete in der Nähe und beobachtete ihn. Er entsprach genau dem Bild in ihrer Erinnerung. Sie wünschte, sie könnte mit ihm sprechen, aber das war nicht möglich, und sie wollte auch nicht einfach in seine Träume eindringen und ihren früheren Fehler damit wiederholen. Ihre Wege würden sich in ein paar Tagen weiter flussabwärts kreuzen. Sie musste nur Geduld haben. Schließlich verließ sie ihn wieder und flog zurück zu ihrem Körper.

Keuchend schnappte Emma nach Luft und öffnete die Augen. Sie schaute an sich hinunter und erkannte ihre Hände und ihre Füße, die in Stiefeln steckten. Sie war wieder menschlich.

Winzige Sperlinge hatten sich laut zwitschernd um sie herum niedergelassen. Im fahlen Licht der Dämmerung zählte Emma fünfzehn Tiere. Als sie sich nach Diamond umsah, entdeckte sie ihn nur ein paar Meter von ihr entfernt. Das erklärte, warum die Vögel einen schützenden Kreis um sie bildeten. Sie hatten über sie gewacht. Sperling musste sie geschickt haben, um für den Schutz ihrer physischen Gestalt zu sorgen. Bisher war ihr gar nicht in den Sinn gekommen, dass Diamond versuchen könnte, ihr in dieser Welt etwas anzutun. Sie musste ihm gegenüber wachsam bleiben und durfte ihn auf keinen Fall noch einmal unterschätzen. Zum Glück hatte Sperling das nicht getan.

„Danke, meine kleinen Freunde", meinte sie leise.

„Hattest du Erfolg?", fragte Diamond.

Emma erwog, ihr Erlebnis für sich zu behalten, aber sie konnte nicht verbergen, wer sie war und was sie erreichen konnte. Und sie wollte Diamond wissen lassen, dass er in ihr eine würdige Gegnerin hatte.

„Ja."

Kapitel Achtundzwanzig

Als Nathan aus dem Traum erwachte, spürte er Emmas Präsenz. Ihm war, als wäre sie direkt neben ihm gewesen. Sie hatte nicht mit ihm gesprochen, doch er war sich sicher, dass sie ihn besucht hatte. In Gestalt eines Vogels.

Dass er diese Begebenheit tatsächlich für plausibel hielt, zeigte ihm, wie sehr seine Weltanschauung sich verändert hatte, seit er hierhergekommen war. Seit er Emma Hart kennengelernt hatte.

Er erhob sich und schaute sich in der näheren Umgebung ihres Lagers um. Masito und Na'i schliefen noch. Auf dem Boden entdeckte er Spuren und ging auf die Knie, um sie sich genauer anzusehen. Es waren eindeutig die frischen Umrisse von Vogelkrallen. Sie schienen riesig zu sein. Auf jeden Fall größer als die eines normalen Vogels, selbst die eines Falken oder Raben.

Sie war hier gewesen.

Tief im Herzen wusste er, dass er sich nicht irrte.

Aber das bedeutete auch, dass die Welt, die er sein Leben lang verleugnet hatte, real war. Sie existierte. Und Emma bewegte sich in ihr.

Einen kurzen Moment lang befürchtete er, dass sie tot war. Wie sonst könnte sie zwischen den Geistern wandeln und die Gestalt eines Tieres annehmen? Doch er schob den Gedanken rasch wieder von sich. Emma hatte das schon einmal getan, als sie die Hopi besucht hatten, und sie war zurückgekehrt. Das würde jetzt auch so sein.

Sie war da draußen und hatte ihn auf die einzige Art besucht, zu der sie imstande gewesen war. Hoffnung erfüllte ihn. Er und die Hopi-Männer mussten weiter. Jetzt war er sich sicherer denn je, dass er Emma bald finden würde.

EMMA UND DIAMOND waren bereits wieder auf dem Fluss, als die Sonne sich am Himmel zeigte. Die Sperlinge blieben weiterhin in der Nähe.

„Die verdammten Vögel gehen mir auf die Nerven", nörgelte Diamond. „Kannst du die nicht verscheuchen?"

„Ich finde sie niedlich." Emma lächelte dem größten Tier zu. Es saß immer auf ihrer rechten Seite.

„Hast du meine Ma gefunden?", fragte Diamond schließlich.

Emma hätte ihm beinahe die Wahrheit gestanden, doch dann erinnerte sie sich, dass sie Diamond vor sich hatte, einen Mann, der vor Gewalt und Tod nicht zurückscheute. „Ich habe es versucht", antwortete sie daher. „Aber ich konnte sie nicht finden. Ich werde es noch einmal probieren."

„Du hast gestern Abend behauptet, dass du erfolgreich warst. Wie bist du in Masau'us Höhle reingekommen?"

„Mir wurde Zugang gewährt."

„Warum? Du musst doch etwas getan oder etwas Wichtiges gesagt haben. Was war es?"

„Das weiß ich nicht."

„Aber du konntest meine Ma dort nicht finden?", bohrte er weiter nach.

„Nein."

„Sie *ist* da. Das hat Masau'u mir selbst erzählt. Dann hattest du also nicht den Erfolg, den du dir versprochen hast. Du bist nicht so gut, wie du denkst." Selbstzufriedenheit mischte sich in seine Enttäuschung.

Emma ruderte weiter. „Vielleicht nicht", murmelte sie mehr zu sich. „Aber *du* sitzt nur hier rum und tust gar nichts."

„Mir gefällt es hier nicht." Etwas beschäftigte ihn offenbar. „Es ist so verdammt heiß. So abgeschieden. Und ich kann kein Wasser mehr sehen."

Wie aufs Stichwort begann es wieder zu regnen.

„Wenigstens ist es jetzt nicht mehr so warm", meinte Emma.

Diamond beugte sich ein wenig vornüber und zog sich den Hut tiefer ins Gesicht.

Emma lenkte das Boot einige Stunden über den Fluss, der trotz des anhaltenden Regens ruhig dahinströmte. Sie genoss die körperliche Anstrengung des Ruderns. Die Welt hatte sich verändert, sie kam Emma lebendiger vor. Die Farben wirkten intensiver und strahlend klar, den Felsen und Büschen schien eine schwer zu beschreibende Schönheit innezuwohnen. Es war, als hätte sich ihre Wahrnehmung vollkommen gewandelt.

Bei der nächsten großen Wildwasserstelle zögerte Emma keine Sekunde. Sie steuerte das Boot in einen der Zugänge. Es schlingerte und bockte durch die Stromschnelle, sodass Emma von ihrem Sitz geschleudert wurde. Sie lachte, als ihre Kehrseite mit einem Klatschen wieder auf der Bank landete. Diamond kauerte sich auf dem Boden des Kahns zusammen und versuchte, sich mit den Armen gegen die Wellen zu schützen, die über die Seitenwände ins Innere schwappten. Emma juchzte vergnügt, während sie das Boot durch das Wildwasser führte und dabei die Natur mit allen Sinnen erlebte.

Sie kannte ihre Quelle, spürte ihre Kraft und ließ ihre Gabe im Einklang damit wirken, ohne sie kontrollieren zu wollen. Alles ergab auf einmal Sinn, sie erkannte den Rhythmus der Erde.

Nachdem sie die Stromschnelle hinter sich gebracht hatten, atmete Emma zufrieden durch und ruderte sie in ruhigeres Wasser.

„Du bist wahnsinnig", stöhnte Diamond. „Das war das letzte Mal, dass wir so eine Stromschnelle durchquert haben."

„Mutter Natur kann dich unterstützen oder zerstören. Das Konzept verstehst du bestimmt. Du schenkst ihr nur nicht genug Aufmerksamkeit. Du verbringst zu viel Zeit damit, den Menschen zu schaden und dich in eine Schlange zu verwandeln."

„*Dir* habe ich damit Angst eingejagt", höhnte er.

„Jetzt nicht mehr."

AN DIESEM ABEND schlugen Emma und Diamond ihr Lager oberhalb einer Stromschnelle auf. Eine breite Nebenschlucht wurde von Felsspitzen aus Granit bewacht, und mitten im Fluss gab es sogar eine kleine Insel. Als Emma es sich in gebührendem Abstand zu Diamond für die Nacht bequem machte, spürte sie erneut der beruhigenden Nähe der kleinen Sperlinge nach. Sie wusste, dass sie ihre Reise sicher überstehen würde.

In Sperlingsform flog sie den Fluss ab. Er sah eigentlich aus wie immer, nur die Farben waren etwas anders, gedämpfter und ins Bläuliche schimmernd. Auch hier war es Nacht, und sie konnte weder Una noch Riddle entdecken, rief sie allerdings auch nicht zu sich. Sie wollte allein auf Erkundungstour gehen.

Nach einiger Zeit erkannte sie die Stelle, an der Nathan und sie sich zum ersten Mal geliebt hatten. Die Erinnerung erfüllte sie mit Wärme und Zuneigung für ihn, und sie schaute sich ein wenig um. Sie genoss den Sternenhimmel und den Ausblick auf den Canyon, doch bald darauf merkte sie, dass sie Gesellschaft bekam.

Eine Frau ging am Ufer entlang und blieb stehen, als sie Emma bemerkte. Es war klar, dass sie sich ebenso wie Emma fortbewegte.

Hallo, sagte Emma.

Die Frau zögerte. „Ich grüße dich", antwortete sie, aber Emma gewahrte, dass sie nicht in ihrer Sprache redete. Vielleicht übersetzte ein anderer Geist für sie. Oder vielleicht verstand Emma die Sprache dieser Frau einfach so. Sie ähnelte den Menschen aus der Vergangenheit, die Emma unweit dieses Ortes gespürt hatte. Damals waren sie ihr wie ätherische Wesen vorgekommen, doch diese Frau – auch wenn sie ganz offensichtlich nicht physisch existierte – war anders.

Suchst du etwas?, fragte Emma.

„Ja. Ich erkunde die Zukunft nach einem sicheren Ort."

Du bist aus der Vergangenheit? Das war ein faszinierender Gedanke. *Bist du eine Medizinfrau? Eine Heilerin?*

„Ja."

Aus welcher Zeit kommst du?

„Ich stamme aus der Zeit des zwölften Jahrhunderts."

Emma war beeindruckt von der Fähigkeit der Frau, sich in einen zeitlichen Kontext einzuordnen. Sie musste aus einem gebildeten Clan stammen.

Wie nennt sich dein Volk?

„Unser Name würde dir nichts sagen. Aber in der Zukunft gibt es einen Namen für uns: das Alte Volk. Wir sind die Mütter und Väter der Menschen, die sich Hopitu nennen."

Emma nickte, immer noch in Vogelform. *Warum suchst du nach einem sicheren Ort?*

„Wir können nicht bleiben, wo wir sind. Dort gibt es Menschen, die uns beherrschen wollen. Es gab viel Gewalt und Tod. Viele von uns haben Angst. Wir brauchen einen sicheren Ort zum Leben, einen sicheren Ort, um uns zu verstecken. Kannst du mir helfen?"

Ja. Dein Volk wird hierherkommen, in diesen wundervollen Canyon. Ich habe es in einer Vision gesehen. Ihr werdet noch Angst haben, aber hier seid ihr sicher, zumindest eine Zeit lang.

„Danke für deine Hilfe. Wie ist dein Name, großer Vogelgeist?"

Ich bin Emma. Ich bin nur eine Reisende, ebenso wie du. Ich bin wie du ein Mensch, aber manchmal nehme ich diese Gestalt an.

„Ich verstehe. Manchmal nehme auch ich die Gestalt eines Tieres an. Ich danke dir."

Der Geist der Medizinfrau verschwand, und Emma war wieder allein. Sie beschloss, nach Nathan zu sehen, und flog in Richtung Westen, nur um bald darauf festzustellen, dass diese Welt von ihrer eigenen leicht abwich. Sie konnte ihn nicht finden.

Dafür begegnete sie einem anderen wandernden Geist, und diesen erkannte sie – es war Nathans Vater.

Emma nahm wieder ihre menschliche Gestalt an, oder zumindest das, was dem entsprach. „Warum bist du immer in der Nähe deines Sohnes?", fragte sie.

Der ältere Mann wandte sich ihr zu und lächelte traurig. „Du bist die Frau, mit der er reist."

Emma nickte.

„Ich will nur mit ihm reden", fuhr er fort. „Ich will es ihm erklären, kann ihn aber einfach nicht dazu bringen, mir zuzuhören."

„Versuch es weiter. Er muss mit dir sprechen, aber ich glaube nicht, dass er schon weiß, wie wichtig das für ihn ist."

„Er ist halsstarrig – wie seine Mutter."

„Versuch es noch einmal", riet ihm Emma. „Such ihn in einem Traum auf. Vielleicht hört er dir dieses Mal zu."

„Ich danke dir." Er löste sich auf.

Emma kehrte in ihren Körper zurück, bedankte sich bei ihren Sperlingswächtern und fiel in einen tiefen Schlummer.

NATHAN TRÄUMTE. Und das Kurioseste daran? Er wusste, dass er träumte. Während er sich im Lager umschaute, in dem er mit Na'i und Masito schlief, fragte er sich, woher er das wusste.

Er ging zum Rand des Canyons, als würde er dorthin gerufen werden. Es war dunkel, doch er konnte seine Umgebung wie im Licht eines Vollmonds sehen, obwohl ihm ein Blick zum Himmel sagte, dass es eine mondlose Nacht war. Jeder Busch, jeder Stein auf seinem Weg war klar erkennbar, ebenso wie der Horizont vor ihm, der ihm verriet, dass er sich seinem Ziel näherte.

Nathan erreichte den Abgrund und betrachtete die breite Schlucht. So weit im Westen hatte sie sich verändert, war nicht mehr so tief wie am Anfang, aber immer noch beeindruckend genug, dass einem bei dem Anblick das Herz stehen bleiben konnte. Jemand schloss zu ihm auf, doch Nathan spürte keine Bedrohung.

Es war sein Vater.

Nathan hatte schon oft von seinem Pa geträumt, und diese Begegnungen hatten ihn immer enttäuscht und wütend zurückgelassen. Noch nie hatte er beim Aufwachen so etwas wie Befriedigung verspürt, nur noch mehr Verwirrung.

Also entschied er sich dieses Mal für einen anderen Weg. „Warum bist du hier?", fragte er seinen Vater.

„Ich möchte mit dir sprechen."

„Das würde ich auch gerne." Nathan empfand überwältigende Dankbarkeit, weil ihm noch einmal die Möglichkeit dafür gewährt wurde.

„Da ist dieses große Missverständnis. Dein Mädchen wollte, dass ich zu dir gehe … sie will mir helfen, damit ich an einen anderen Ort gelange. Aber das kann ich nicht, bis ich diese Sache richtiggestellt habe."

Wann hatte Emma mit seinem Vater gesprochen? Hätte Nathan ihr zugehört, wenn sie es ihm erzählt hätte? Er wusste selbst nur zu gut, wie stur er sein konnte. Seltsamerweise war davon gerade nicht viel zu merken.

„Warum hast du dich umgebracht?", äußerte Nathan die Frage, die ihn schon so viele Jahre verfolgte.

„Oh, mein Sohn, ich habe mir nicht das Leben genommen. So etwas hätte ich nie tun können, ganz egal, wie schlimm es noch geworden wäre. Ich habe deine Ma und deine Schwester so sehr geliebt. Und ich habe dich geliebt und bewundert, Nathan. Du warst so ein willensstarker und umsichtiger Junge. So plötzlich wollte ich ganz bestimmt nicht gehen." Er machte eine kurze Pause und fuhr dann fort: „Ich war ein einfacher Mann, der sich immer um seine eigenen Angelegenheiten gekümmert hat, mit einer einzigen Ausnahme. Denn eine Sache war für mich unerträglich: das Schicksal der armen Teufel unten im Süden."

„Die Sklaven." Eine Feststellung, keine Frage. Nathan erinnerte sich an seinen vorherigen Traum, und er wusste, dass er der Wahrheit entsprochen hatte.

„Ja. Also habe ich versucht zu helfen. Ich habe sie über den Fluss geschmuggelt, wenn ich konnte, aber das hat einigen in der Stadt nicht gefallen. Ich wusste, wer sie waren, und habe mich von ihnen ferngehalten, aber irgendwie ist es rausgekommen, dass ich einigen Schwarzen zur Flucht in den Norden verholfen habe. Ich wurde ermordet und mein Körper über Bord geworfen."

„Warum hat Ma allen erzählt, dass du dir das Leben genommen hast?" Nathan konnte nicht verhindern, dass sich Wut in seine Stimme schlich. Insgeheim hatte er immer gewusst, dass seine Mutter log. Doch sie hatte nie nachgegeben, egal wie oft er nachgebohrt hatte. Nathan hatte das nie verstanden. Sein Zorn war im Laufe der Zeit immer größer geworden, und irgendwann hatte er akzeptiert, dass sein Vater sich wohl wirklich umgebracht hatte.

„Ich denke, sie hatte Angst, und vielleicht hat sie sich auch ein bisschen verraten gefühlt."

„Warum das?"

„Ich habe ihr Dinge verheimlicht, ebenso wie dir, weil ich nicht wollte, dass ihr in Gefahr geratet. Sie wusste von den Schmuggelfahrten – sie hatte ja diese Gabe, und es war schwer, ihr etwas zu verheimlichen. Ich weiß, dass sie dem Sheriff und auch unseren Freunden erzählt hat, dass ich Selbstmord begangen hätte, um dich und deine Schwester zu schützen. Aber sie dachte auch, dass ich mich in eine der schwarzen Frauen verliebt hätte."

„Hast du?", fragte Nathan schockiert.

Sein Vater schüttelte den Kopf. „Nein, nicht so. Ich war einigen sehr zugetan, aber ich habe deine Mutter geliebt. Wahrscheinlich hat sie mir das nie wirklich geglaubt, und ihr Zorn darüber hat ihr den Blick für die Wahrheit verschleiert. Ich hatte keine Zeit mehr, mich mit ihr zu versöhnen." Die unerledigten Dinge schienen ihn schwer zu belasten. „Ich habe versucht, sie zu besuchen, wie dich jetzt, aber sie hat ihr Herz verschlossen. Sie übt ihre Gabe nicht mehr aus. Wenn ich könnte, würde ich ihr sagen, dass ich sie liebe und es mir leidtut."

„Vielleicht kann ich es ja für dich tun", erwiderte Nathan leise. Er war schon lange nicht mehr zu Hause gewesen, viel zu lange. Wie selbstsüchtig er doch gewesen war. „Du warst die ganze Zeit über bei mir, nicht wahr?"

„Ja."

„Ich konnte dich immer spüren. Ich habe es nur nie verstanden. Von zu Hause bin ich weg, um das alles hinter mir zu lassen, aber du bist mir trotzdem gefolgt."

Sein Vater nickte. „Ich denke, mein Gerechtigkeitssinn hat auf dich abgefärbt. Du hast Verbrechen aber wesentlich besser bekämpft als ich."

„Das würde ich so nicht sagen. Was du getan hast, war unglaublich mutig. Ich bin einfach nur weggerannt, bis ich etwas gefunden habe, gegen das ich kämpfen konnte. Blind kämpfen."

„Nein, mein Sohn. Ich könnte gar nicht stolzer auf dich sein."

Nathan sah seinen Pa an. Sie standen mitten in dieser surrealen Landschaft und feierten eine Versöhnung, die Nathan nie für möglich gehalten hätte. Jetzt kannte er endlich die Wahrheit. Das nahm ihm nicht die Trauer über den Tod seines Vaters, aber zumindest versiegte die Wut, die er so lange empfunden hatte.

„Danke." Nathans Kehle fühlte sich wie zugeschnürt an, und er brachte das Wort kaum über die Lippen.

„Ich bin froh, dass ich dir das nun erzählen konnte. Sag deiner Ma, dass ich warte, bis sie mit mir spricht." Seine Gestalt begann zu verblassen. „Und sag deinem Mädchen, dass sie einen wunderbaren Sperling abgibt …"

Nathan erwachte auf dem harten Boden liegend. Es war noch immer dunkel, und die funkelnden Sterne verrieten ihm, dass er sich wieder in der Realität befand.

Er erinnerte sich an alles.

Und er hatte keinen Zweifel daran, dass der Traum real gewesen war.

Beim Anblick des Nachthimmels fragte er sich, ob sein Pa wohl irgendwo dort war. Plötzlich erfüllte ihn unbändige Freude darüber, dass sein Vater noch existierte, dass der Tod nicht das Ende war. Mit diesem Wissen lösten sich die Ketten um Nathans Seele, Ketten, in die er sich selbst gelegt hatte. Endlich konnte er sich wieder frei bewegen.

Ein Sperling landete neben ihm. Der kleine Vogel zwitscherte ihm zu, bevor er wieder wegflog.

Auch dieses Mal zweifelte Nathan nicht. Emma sprach zu ihm. Er war nur zu ignorant gewesen, um sie zu verstehen.

EMMA PACKTE die Decken und Lebensmittel ins Boot, bevor sie die Stromschnelle nahe ihrem Lager noch einmal betrachtete und dann in den Kahn kletterte.

„Teufel noch eins", fluchte Diamond, der noch am Ufer stand. „Wir werden die doch nicht wirklich befahren, oder?"

Emma setzte sich den Hut auf, ohne den Blick von dem Wildwasser zu nehmen. „Doch."

Diamond fluchte leise noch derber, aber als Emma das Boot mit einem Ruder vom Ufer abstieß, sprang er rasch an Bord, wodurch das Wassergefährt heftig schwankte.

Emma warf ihm einen finsteren Blick zu und ruderte sie in die starke Strömung. Inzwischen waren ihr der Fluss und das Leben auf ihm zur zweiten Natur geworden. Sie würde das vermissen, wenn ihre Reise zu Ende ging. Kraftvoll und entschlossen meisterten sie den wilden Ritt, dem der Strom sie aussetzte. Auch das würde ihr fehlen.

Als sie schließlich ruhigeres Wasser erreichten, jammerte und keuchte Diamond vor sich hin, was Emma jedoch ignorierte. Bald darauf schenkten ihnen die dunklen Wolken wieder Regen. Emma schickte ein kurzes Dankgebet zum Himmel, weil der Schauer ihr Diamonds Nörgeleien ersparte.

Trotz des Sturms blieben Emmas Sperlinge mit ihr auf dem Boot, wo sie sich auf den Seitenwänden und hinter ihr am Bug niedergelassen hatten. Eine ganze Weile befuhren sie ruhigeres Gewässer, doch dann leitete Emma sie erneut durch eine kurze, aber heftige Stromschnelle, ohne diese vorher auszukundschaften. Sie wusste um das Risiko, aber je weniger Zeit sie mit Diamond verbringen musste, desto besser.

Irgendwann am Nachmittag schaute Emma zu Diamond, der zusammengesunken im Heck des Bootes saß. Vorher hatte sie ihm nur gelegentlich einen flüchtigen Seitenblick geschenkt. Inzwischen hatte es aufgehört zu regnen. Diamond hatte den Kopf in den Nacken gelegt und starrte in den Himmel, doch Emma konnte dort nichts erkennen.

Vielleicht war er tot. Sie verspürte einen kurzen Moment lang Erleichterung darüber, dass er kein Problem mehr für die Menschheit darstellen würde, was jedoch rasch Enttäuschung wich, als er blinzelte und damit bewies, dass er noch am Leben war. Selbst im Tod würde er dieser Welt wahrscheinlich noch Ärger bereiten, aber darüber wollte sie lieber nicht so genau nachdenken.

Ein Windstoß fegte durch die Schlucht, und Emma hielt ihren Hut fest, bevor er ihr vom Kopf geweht werden konnte. Der Wind verstärkte sich, und sie schaute sich mit einem unbehaglichen Gefühl um.

Ihre Sperlinge waren verschwunden. Sie mussten davongeflogen sein. Auf einmal sehr wachsam, richtete Emma sich auf der Bank auf und nahm ihren Hut ab, um ihn mit einem Fuß auf dem Boden zu sichern, bevor sie nach beiden Rudern griff.

Diamond stand auf und beugte sich nach vorn. Dabei geriet er ins Schwanken, und sie packte ihn rasch am rechten Arm, damit er nicht mit dem Gesicht voran im Boot aufschlug. Der Kontakt jagte ein schmerzhaftes Kribbeln ihren Arm hinauf bis in ihre Brust, und sie zuckte zusammen. Es fühlte sich an, als würde ein Energieball durch sie hindurchwirbeln, direkt unter ihren Rippen.

Sie starrte Diamond in die Augen und wusste, dass er etwas mit ihr gemacht hatte.

Eine selbstgefällige Zufriedenheit trat in seinen Blick, und ein Lächeln umspielte seine Lippen. Emma brachte kein Wort heraus. Es kam ihr so vor, als wäre ihr alle Luft aus den Lungen gesaugt worden. Diamond setzte sich wieder ihr gegenüber auf die Bank und beobachtete sie.

Emma schaute verwirrt auf ihre Brust hinunter. Was auch immer da in ihr war, es vibrierte und pochte und hinterließ ein heilloses Durcheinander.

Sie wollte, dass es verschwand. Aber sie war wie gelähmt.

Schnell wurde ihr klar, dass das Etwas in ihrem Körper wuchs.

Kapitel Neunundzwanzig

„**E**s war gar nicht so leicht, die dummen Spatzen von dir wegzulocken", sagte Diamond.

Emma konnte noch immer nicht sprechen.

Er lächelte. „Der Wind kann manchmal recht nützlich sein."

Hatte er Schwarze Magie angewendet, um ihre Beschützer zu vertreiben? War sie ohne die Sperlinge wirklich so hilflos? Emma hatte sich in ihrer Nähe offenbar zu sicher gefühlt. Sie versuchte, nach Sperling zu rufen, bekam aber keine Antwort. Dann versuchte sie es mit Una, schließlich mit Riddle. Nichts. Es fühlte sich an, als würde ihr Kopf in einer zähflüssigen Paste stecken – ihr Atem ging in flachen Stößen, ihr Hörsinn war gedämpft und ihre Sicht vermindert und unscharf. Irgendwie hatte Diamond es geschafft, dass sie die Verbindung zu sich selbst verlor. Was auch immer da in ihr summte und an Stärke gewann, fühlte sich gleichzeitig belebend und unangenehm an.

Es war ein gewaltsamer Übergriff, und Emma wollte, dass es aufhörte.

Für einige Zeit blieb sie in diesem reglosen Zustand, ohne zu wissen, wie lange. Irgendwann schlief sie ein. Diamond übernahm die Ruder und steuerte sie weiter über den Fluss. Emma kam wieder zu sich, als er das Boot ans Ufer brachte. Ein Blick zum Himmel sagte ihr, dass es später Nachmittag war. Jetzt konnte sie sich wieder bewegen, fühlte sich aber immer noch benommen. Auf unsicheren Beinen kletterte sie an Land und bemerkte, dass sich vor ihnen eine große Stromschnelle befand. Natürlich hielt Diamond hier an. Er hatte Angst vor Wildwasser.

Müdigkeit überwältigte Emma. Sie sackte auf dem Boden zusammen und starrte auf den felsigen Sandstrand. Die Steine wirkten ungeheuer faszinierend. Emma betrachtete sie und verlor dabei jegliches Zeitgefühl. Später zerrte Diamond sie an den Armen weiter weg vom Wasser und zum Feuer. Er hatte etwas zu essen gemacht – Bohnen vielleicht? –, doch sie konnte nichts zu sich nehmen. Ein vages Gefühl der Hoffnungslosigkeit schlich sich in ihren Verstand.

Emma schaute zu Diamond, der sie von der anderen Seite des Feuers aus beobachtete. Abscheu durchfuhr sie, gefolgt von einer Art Akzeptanz. Du liebe Güte, fast war er ihr sympathisch.

Sie runzelte die Stirn. Woher kamen diese Gedanken? Es kam ihr vor, als wären es nicht ihre eigenen.

Das ist es.

Sie musste nachdenken, musste sich erinnern. An was?

Die Gedanken in ihrem Kopf waren nicht ihre eigenen.

Da war *etwas* in ihr. Wie hatte Diamond das gemacht? Aber noch wichtiger: Wie konnte sie *es* wieder loswerden?

Sie dachte an die Macht, die sie inzwischen besaß. Es gab so viele Möglichkeiten, wie sie sie einsetzen konnte. Aufregung erfasste sie. Sie konnte andere damit dazu bringen, sich ihrem Willen zu beugen, sie konnte ihnen die Energie entziehen, wann immer sie wollte. Dazu brauchte sie keine Erlaubnis, sie konnte sie sich einfach nehmen. Sie konnte alles haben, was sie wollte.

Emma rang nach Luft und riss sich von der Richtung los, die ihre Gedanken eingeschlagen hatten. Nein, das waren nicht ihre. Es waren die von Diamond.

Er hatte sie mit einem Fluch belegt.

In ihr entbrannte ein Kampf, denn Diamonds Seele rang mit ihrer. Emma wollte sich nicht ergeben, aber vielleicht hatte sie keine andere Wahl. Ihre Muskeln verkrampften sich, und ihr Körper zuckte, aber nur innerlich. Plötzlich wurde sie von einer heftigen und schmerzhaften Vibration geschüttelt, und ihr Geist wurde von ihrem Körper getrennt. Verzweifelt schrie sie auf, doch kein Ton war zu hören.

Jetzt stand sie direkt neben ihrem Körper, Diamond und dem Feuer.

Was ist gerade passiert?

Ihre menschliche Gestalt war immer noch am Leben. Sie saß da, atmete, blinzelte und betrachtete die Flammen. Aber in ihrer Geistform konnte Emma nun sehen, dass ein schwarzes Gebilde in ihrem physischen Körper gewachsen war. Die Masse befand sich in ihrer Brust und streckte dunkle Tentakel nach ihren Rippen und der Wirbelsäule aus. Angewidert zuckte Emma bei dem Gedanken zurück, sie zu entfernen.

Wie?

Diamond sprach immer noch mit Emma, doch sie konnte ihn nicht hören. Ihr physisches Ich hatte den Blick zu Boden gesenkt. In diesem Moment streifte etwas hauchzart ihr Bewusstsein. Dann noch einmal. Als ihre Perspektive sich veränderte, konnte sie nicht glauben, was sie dort sah. Ein leuchtendes Geflecht, das sich in alle Richtungen ausbreitete wie ein Spinnennetz, das sich in jeden Winkel zog und sich um Hindernisse wickelte.

Ehrfurcht durchflutete Emma, als sie die Quelle dahinter erkannte: Es war die Energie der Erde.

Sie schaute in Richtung Fluss. Und tatsächlich setzte sich das Muster auch dort fort, wenn auch mit etwas anderer Struktur. Die Matrizen der Erde wirkten geometrischer, die des Wassers dagegen fließender und erinnerten sie an Wassertropfen und Regen, etwas nachgiebiger und flexibler.

Emma schaute nach oben und suchte nach einem Windmuster.

Sie brauchte einen Moment, um sich darauf einzustellen, doch dann entdeckte sie die verschlungenen Linien, die mit einem schwachen blauen Licht pulsierten. Sie richtete den Blick auf ihr anderes Selbst und Diamond. Dabei stellte sie fest, dass sich auch um das Feuer eine rot glühende Struktur geformt hatte. Diese entstand immer wieder neu, erschien und verging. Emma fragte sich, ob sie diese Energie wohl anzapfen und lenken konnte. Vorsichtig streckte sie eine Hand nach den Flammen aus. Sie wirbelten umher, wurden kleiner und schlugen dann in ihre Richtung nach oben. Emma schrie auf, aber außer ihr würde niemand ihre Angst bemerken.

Feuer war anscheinend am schwersten zu leiten, also würde sie es mit Wasser versuchen.

Emma konzentrierte sich auf den Fluss und schickte eine Einladung zu den Linien, die sich konstant gegenseitig überlappten.

Darf ich um deine Hilfe bitten?

Die Zustimmung kam nicht so, wie sie es erwartet hätte. Die Linien umfingen sie, umkreisten sie schwankend. Emma versuchte probehalber, den Energiefluss zu steuern, und zu ihrem grenzenlosen Erstaunen funktionierte es. Die Matrix umfasste sie und stieg dann nach oben. Emma spielte ein wenig mit der Energie und führte sie wieder nach unten.

Wir sollen dir beim Entzug helfen und dich vom Gift befreien.

Emma war sich nicht sicher, wo dieser Austausch hergekommen war oder wie die Energie lebendig sein und offenbar auch ein Bewusstsein haben konnte. Und sie kannte das Wort „Entzug" nicht, aber sie verstand, was damit gemeint war. Diamond hatte eine Substanz in ihren Körper injiziert, mit der er Emmas Verstand kontrollieren konnte.

„Ja", antwortete sie. „Danke."

Die Energie durchströmte sie, und mit einem Ruck wurde sie wieder mit ihrem Körper vereint. Sie schaute über das Feuer hinweg zu Diamond. Als ihre Kraft zunehmend zurückkehrte, erhob sie sich. Der triumphierende Ausdruck wich von Diamonds Zügen und wurde durch die Erkenntnis seiner Niederlage ersetzt.

Welle um Welle schwappte Energie in ihr hoch, und sie schwitzte und bebte am ganzen Körper. Mühsam kämpfte sie gegen die Übelkeit an, die sie zu überwältigen drohte. Schließlich konnte sie den Würgereiz nicht länger unterdrücken. Sie wandte sich vom Feuer ab, beugte sich nach vorn und übergab sich mehrfach so heftig, dass ihr die Tränen kamen. Immer wieder verkrampfte sie sich hustend und ächzend.

Sie sank auf alle viere und gab sich der reinigenden Energie hin. Tränen liefen ihr aus den geschlossenen Augen, und neben Essen und Flüssigkeit würgte sie auch eine ledrige, zähe Substanz hervor. Sie wagte es jedoch nicht, genauer nachzusehen, was es war, solange die Übelkeit noch nicht abgeflaut war.

Endlich war es vorbei und allmählich ging es ihr besser. Schwer atmend öffnete sie die Augen. Da lag die Masse, ein großes, haariges Ding, das an eine Spinne erinnerte. Doch mit einem Mal war es verschwunden. Emma blinzelte. Wo war es hin? Hatte sie wegen des Tränenschleiers geglaubt, etwas zu sehen, das gar nicht da gewesen war? Auf dem Boden entdeckte sie nur die Überreste der Mahlzeit, die sie früher am Tag eingenommen hatte. Auf ihrer Zunge lag ein sauer-bitterer Geschmack.

Emma fuhr zu Diamond herum. „Fass mich nie wieder an." Ihre Stimme klang heiser, harsch und wütend. Sein Gesichtsausdruck verriet ihr etwas über das Ausmaß dessen, was sie gerade vollbracht hatte: Unsicherheit, Ehrfurcht und vor allem Angst spiegelten sich auf seinen Zügen wider. Sie zog das in ihrem Stiefel versteckte Messer und zeigte es ihm. „Wenn du das je wieder versuchst, töte ich dich."

Dann erhob sie sich und ging in der Dunkelheit zum Fluss, um sich den Mund auszuwaschen.

EMMA WUSSTE NICHT, wohin Diamond verschwunden war. Irgendwann im Lauf der Nacht hatte er sich in der Dunkelheit davongemacht.

Nachdem sie sich gewaschen hatte, waren die Sperlinge zurückgekehrt, und nun saß sie auf einem Felsvorsprung, umgeben von ihren gefiederten Weggefährten. Das Feuer war ausgegangen, doch die funkelnden Sterne am Nachthimmel leuchteten ihr. Emma fühlte sich nicht müde, und das war ihr auch recht. Sie wollte nicht schlafen, während Diamond sich in der Nähe herumtrieb. Wahrscheinlich würde er sie nicht noch einmal angreifen, aber darauf verlassen wollte sie sich nicht, denn sie wusste nicht, wie sein Verstand arbeitete. Sie musste wachsam bleiben.

Die Anwesenheit der Sperlinge spendete ihr Trost, und sie beobachtete ihre Schatten, als sie es sich auf den Steinen um sie herum bequem machten. Die kleinen Tiere waren so zauberhaft – so alltäglich und einfach, an sich nichts Besonderes. Sie waren nicht groß, hatten keine langen Schnäbel und kein auffällig gefärbtes Gefieder. Sie waren im wahrsten Sinne des Wortes vollkommen gewöhnlich, ihr selbst nicht unähnlich. Aber sie waren auch von einer unglaublichen Zähigkeit und fähig, sich in jede Umgebung einzufügen. Sie überlebten. Emma hoffte, wenigstens die Hälfte ihrer Stärke zu besitzen.

Una tauchte aus den Schatten auf.

„Hallo!", begrüßte Emma sie freudig.

Ich bin froh, dass es dir gut geht. Una trat näher, und Emma konnte ihre leuchtend gelben Augen erkennen. *Du musst mit mir kommen.*

Emma nickte und stand auf. Sie vertraute der Berglöwin ebenso sehr, wie sie Diamond misstraute. „Ich habe schon befürchtet, dich nie wiederzusehen."

Du warst gefangen. Una hielt inne und schaute Emma über die Schulter hinweg an. *Aber du bist klug, und ich bin sehr zufrieden mit dir.*

Emma genoss das Lob, aber dann kam ihr ein Gedanke. „War

das eine Prüfung?", fragte sie und bezog sich dabei auf den Zwischenfall mit Diamond.

Wenn du es so sehen willst. Una setzte ihren Weg fort und sprang mit Leichtigkeit auf einen nahe gelegenen Absatz in der Felswand. *Aber dann müsstest du auch das Leben selbst als Prüfung betrachten.*

„Ist es das denn?" Sie kletterte dem Puma nach.

Das Leben ist nur der Ausdruck eines Wunsches und dann noch eines und noch eines. Es gibt kein Ende. Wenn die Wünsche den physischen Körper verlassen, wirst du gehen und weiterziehen.

„Zu einem anderen physischen Körper?"

Nein. Nicht immer.

„Also folgt das Leben keinem höheren Sinn und Zweck?"

Rätsel sind nur so lange rätselhaft, bis man das Wissen um ihre Lösung erlangt. Der Sinn allen Lebens ist es, den Geist wachsen zu lassen, seinen Horizont stetig zu erweitern, zu lernen und sich zu verändern. Sich zu entwickeln. Wir sind alle miteinander verbunden. Wir profitieren alle voneinander. Deine Welt ist nur etwas stofflicher als andere.

„Das ergibt für mich keinen Sinn. Wie kann ich mit jemandem wie Diamond verbunden sein? Oder dem Mann, der meine Eltern ermordet hat?"

Es stimmt, dass manche Seelen sich nicht weiterentwickeln. Viele, die in der Dunkelheit gefangen sind, versuchen, andere vom Licht fernzuhalten. Eine gute Berglöwin beobachtet ihre Jungen mit Freude, achtet aber immer wachsam auf mögliche Jäger. Sie weiß, dass es Gefahren gibt, und es ist ihre Aufgabe, sie zu erkennen. So musst du werden. Sei kein Kind mehr.

Sie nahmen nun einen einfacheren Weg, der jedoch weiter nach oben führte. Emma wusste, dass sie nicht schlief, weil die Anstrengung ihr Schweißperlen auf die Stirn trieb. Ihr Spaziergang war zu einer Kletterpartie geworden. Die Sperlinge hielten sich in der Nähe, flatterten von Busch zu Busch, flogen hinter ihr, über ihr und ihr voraus.

Lange Zeit später – vielleicht waren Stunden vergangen – erreichten sie ein Plateau. Emma fühlte sich erleichtert, aber auch gereinigt durch die körperliche Anstrengung. Der Vollmond stand hell über dem Horizont. Bis eben war er nicht sichtbar gewesen.

Der Anblick war atemberaubend. Emma drehte sich um die eigene Achse, um die Schönheit des sternenübersäten Nachthimmels zu betrachten. Die Menschen waren ein Teil von etwas Wundervollem, viel Größerem. Una hatte sich ein paar Meter von ihr entfernt gesetzt.

„Es ist unglaublich, Una", meinte Emma. „Danke, dass du mich hierher gebracht hast."

Ich bin nur die Botin. Du wurdest eingeladen.

„Von wem?"

Vor Emmas Augen nahmen Gestalten Form an. Groß und in menschlicher Erscheinung, trugen sie reich verzierte Kleidung und manche auch Kopfschmuck aus Federn und Perlen in ihrem langen Haar. Sie sahen aus wie Indianer, aber einige wirkten mit ihren kantigen Gesichtern fremdländisch. Insgesamt waren nun fünfzehn bis zwanzig durchscheinende Wesen um sie herum versammelt, die die Luft mit sanftem Licht und starker, beruhigender Energie erfüllten.

Emma lief ein Schauer über den Rücken. Wenn es so etwas wie astrale Könige und Königinnen gab, gehörten diese gewiss zu ihnen.

Wir grüßen dich, Emma-kele. Eine Frau sprach. Ihr Haar war zu einer hohen, funkelnden Frisur aufgetürmt, die ihre feinen Gesichtszüge und ihre dunkle Haut betonte. Ihr Kleid war mit glitzernden Tierdarstellungen verziert. Emma erkannte einen Büffel, einen Hirsch, aber auch andere Kreaturen, die ihr unbekannt waren.

Wir sind die Wächter der Großen Schlucht. Wir beschützen diesen Ort, in dem die Energie der Schöpfung entspringt, vor dem Chaos jenseits seiner Grenzen. Es ist ein beschwerlicher Weg für Suchende. Wem es an Weisheit fehlt, wer unreinen Herzens ist oder einen schwachen Willen besitzt, wird scheitern. Aber du hast großen Mut bewiesen und die Dunkelheit mit deinem

Licht überwunden, und so haben wir das Rad gedreht und dich eingelassen. Du sollst wissen, dass du bei uns immer willkommen sein wirst.

Emma war sprachlos. Einen Moment lang genoss sie das Gefühl von Wärme und Liebe, das sie erfüllte. Sich in der Gegenwart dieser Engel aus einer höheren Existenz zu befinden, schenkte ihr unendlich große Hoffnung.

„Danke", antwortete sie leise, und ihr stiegen Tränen in die Augen.

Du bist hergekommen auf der Suche nach Antworten, doch der Schlüssel war immer in dir selbst.

Du *bist die Antwort.*

Endlich verstand Emma. Das Leben war pure Magie, ein Geschenk des Himmels, und jeder einzelne Mensch verfügte über riesiges Potenzial.

Tatsächlich war es unfassbar einfach.

„Wir sind alle gesegnet", flüsterte sie.

Kapitel Dreißig

Bei Sonnenaufgang stieg Emma ins Boot, frohen Mutes, dass es ihr letzter Tag auf dem Fluss sein würde. Heute würde sie Nathan wiedertreffen.

Plötzlich war Diamond wieder da. „Ich werde mitkommen."

„Ich habe nie gesagt, dass ich dich zurücklassen werde."

Er kletterte in den Kahn und Emma ruderte sie aufs Wasser hinaus. Sie hatte in der vergangenen Nacht nicht viel geschlafen, fühlte sich aber nicht übermäßig müde. Allerdings war sie es unendlich leid, mit Diamond auf so engem Raum festzusitzen. Heute würde es das letzte Mal sein. Danach konnte sich gerne Nathan um ihn kümmern.

Nieselregen setzte ein, wurde aber rasch stärker. Das scherte Emma nicht weiter, die immer noch gleichmäßig ruderte. Eine lang gezogene, aber nicht sehr schwierige Stromschnelle war rasch durchquert. Später folgte noch eine weitere, und jetzt sah Emma im trüben Tageslicht zum ersten Mal den kegelförmigen Berg vor sich. Das war die Landmarke, die Sperling ihr gezeigt hatte. Sofort begann sie das Ufer nach einem Zeichen für Nathans Anwesenheit abzusuchen, entdeckte aber nichts. Links von ihnen befand sich ein gut zugänglicher Strand, und sie entschied, dass das ihr Anlegeplatz war. Er musste es sein. Vor ihnen lag eine Wildwasserstelle, also ruderte sie das Boot ans Ufer.

„Warum halten wir an?", wollte Diamond wissen.

„Weil unsere Reise hier zu Ende ist", antwortete Emma.

Sie sprang aus dem Boot und zerrte es ans Ufer, verärgert darüber, dass sie Diamonds Gewicht mitziehen musste. Dann ging sie ein paar Schritte und schaute sich um. Der wieder einsetzende Regen nahm ihr die Sicht.

„Können wir den Canyon von hier aus verlassen?", fragte Diamond, der sich nun ebenfalls mit zusammengekniffenen Augen am Ufer umschaute.

„Ich kann es."

Niemand sonst war zu sehen. In der Nähe rauschte ein kleiner Regenwasserbach in den Colorado River. Sie entschied sich, ihm zu folgen. Sicher würde er sie auf höher gelegenes Terrain bringen.

„Moment mal", protestierte Diamond. „Wir sind hier noch nicht fertig."

Emma ignorierte ihn und lief einfach weiter. Nach ein paar Schritten blieb sie jedoch wieder stehen, weil sie glaubte, in der Ferne eine Bewegung entdeckt zu haben. Sie suchte nach der Linie des Horizonts, doch durch den Regen verschmolz die Umgebung mit dem Himmel. Unvermittelt entdeckte sie die drei Gestalten, die auf sie zuhielten. Ihr Herz klopfte wie wild. Nur eine von ihnen trug einen Hut, und Emma war sich sicher, dass es sich um Nathan handelte. In dem Moment, als sie auf ihn zurennen wollte, warf Diamond sich auf sie und riss sie mit sich zu Boden.

Der Aufprall raubte Emma den Atem, und sie konnte sich nicht rühren. Diamond richtete sich über ihr auf, drehte sie auf den Rücken und verpasste ihr eine Ohrfeige. Hastig hob sie die Arme, um ihn abzuwehren.

„Runter von mir!", schrie sie.

„Du lässt mich nicht einfach so stehen! Wir sind noch nicht fertig miteinander!"

Emma wehrte sich heftig gegen seinen Griff, mit dem er sie unten zu halten versuchte. Dann war er plötzlich weg, wurde von zwei Männern von ihr heruntergezerrt.

Masito und Na'i.

Starke Arme halfen ihr vom Boden auf und umfingen ihre Taille, bevor sie mit dem Rücken an einen warmen Körper gedrückt wurde.

Nathan.

Masito und Na'i hatten alle Mühe, Diamond an den Armen festzuhalten. Nathan zog seinen Revolver und legte auf den Mann an.

„Halt still, oder ich leg dich um."

Diamond erstarrte.

„Geht es dir gut?", flüsterte Nathan in Emmas Ohr.

Sie drehte sich um, klammerte sich an ihm fest und vergrub das Gesicht an seinem Hals. Mit dem linken Arm hielt er sie fest, während er mit der rechten Hand noch immer auf Diamond zielte. Emma schmiegte sich erleichtert an ihn.

„Bist du verletzt?", fragte Nathan nachdrücklicher.

Emma lehnte sich leicht nach hinten, um ihm ins Gesicht zu sehen, weil sie immer noch nicht fassen konnte, dass sie wirklich wieder vereint waren. Seine Frage verneinte sie mit einem Kopfschütteln, dann streckte sie die Hand aus und streichelte ihm über die Wange. Er wirkte erschöpft, aber sie selbst war wohl in einem nicht viel besseren Zustand. In dem Wissen, dass sie Zuschauer hatten, küsste sie ihn nur kurz. Danach löste sie sich widerstrebend von ihm, damit sie sich dem Problem Diamond widmen konnten.

„Wir fesseln ihn und nehmen ihn mit", beschloss Nathan und bückte sich, um ein zusammengerolltes Seil aufzuheben, das er fallen gelassen haben musste, als die Männer Emma vor Diamonds Angriff gerettet hatten.

Na'i sagte etwas auf Hopi zu Masito, der übersetzte. „Wenn

wir ihn jetzt töten, wird niemand davon erfahren. Wir können seine Leiche in den Fluss werfen."

„Was?" Sichtbar verängstigt wehrte Diamond sich erneut gegen den Griff der Männer.

„Das ist wohl keine gute Idee", meinte Nathan.

„Erkläre Na'i, dass er im Tod genauso gefährlich ist wie im Leben", erklärte Emma Masito. „Loloma ist in Sicherheit, ebenso wie Lenmanas Seele."

„Bist du dir dessen gewiss?", fragte Masito hoffnungsvoll.

Emma nickte knapp.

„Das stimmt nicht", mischte sich Diamond ein. „Ich kann euch bei den beiden helfen."

Na'i und Masito verstärkten ihren Griff an seinen Armen, und er stöhnte auf vor Schmerz.

„Aus deinem Mund kommen Lügen", erwiderte Masito. „Du hast genug Menschen verletzt."

„Manche Wege sind unergründlich", murmelte Diamond, und sein Blick wurde glasig. „Auf ihnen zu wandeln, heißt, aus dem Vollen aller Möglichkeiten zu schöpfen. Das ist Magie, und ich beherrsche sie. Diese Kunst ist mit den Regeln des Verstandes nicht zu begreifen. Ich kann euch mit denen sprechen lassen, die ihr so sehnlichst finden wollt. Und Emma wird mir helfen, weil auch sie die Wege nun kennt."

Emma beobachtete ihn fasziniert. Doch dann löste sie sich aus seinem Bann. Ein Blick zu Nathan, Masito und Na'i sagte ihr, dass auch sie unter seinem Einfluss standen, da sie alle reglos zu Boden schauten.

„Nein!", rief sie. „Er nutzt einen Fluch!"

Plötzlich verstärkte sich der Regen. Schlamm und Wasser wälzten sich in Richtung Fluss. Emma hielt inne, als sie die Lawine entdeckte. Das war kein gutes Zeichen. Diamond wehrte sich wie besessen, wand sich, trat um sich und brüllte. Nathan kam ihnen zu Hilfe, und zu dritt versuchten sie, Diamond auf dem Boden zu fixieren.

Emma fiel das Atmen zunehmend schwerer, und sie riss die Augen auf. Da war etwas, an das sie nicht herankam, das sich knapp außerhalb der Reichweite ihres Bewusstseins befand. Was passierte hier?

Oh mein Gott.

Sie fuhr herum und starrte ungläubig auf die Wasserwand, die auf sie zurauschte. Sie war mindestens fünf Meter hoch.

„Flutwelle!", schrie sie. „Lauft!"

Nathan sprang auf die Füße, packte sie an der Hand und zerrte sie zur Seite, doch es war absolut klar, dass sie der Bahn der Flutwelle nicht ausweichen konnten. Masito, Na'i und Diamond folgten ihnen.

Nathan zerrte Emma zu einem großen Felsen und schlang hastig ein Ende des Seils um den Stein. Emma zuckte schmerzerfüllt zusammen, da Nathan sich ihr Handgelenk schnappte und das Seil dreimal um ihren Unterarm wickelte.

„Lass nicht los!", befahl er.

Dann traf sie das Wasser, und ein schneidender Schmerz schoss Emmas Arm hinauf und durch ihre Schulter, als sie mitgerissen wurde, doch sie hielt sich fest. Das Wasser umspülte sie mit der Gewalt eines Erdrutsches, und sie hatte große Mühe, ihren Kopf über der Oberfläche zu halten. Sie schaffte es einfach nicht, Luft zu holen. Panik ergriff sie, als ihr bewusst wurde, dass sie ertrinken würde. Sie musste sich befreien.

Emma drehte den Arm, um das Seil loszuwerden. Sobald sich eine der Schlingen gelöst hatte, wurde sie endgültig von den Wassermassen mitgerissen.

Kurz tauchte sie auf und schnappte gierig nach Luft.

„Emma, nein!" Nathan hing noch am Seil, doch im nächsten Moment war er wieder bei ihr. „Zieh die Beine an! Pass auf die Felsen auf!"

Aber sie bewegte sich zu schnell, und dann prallte ihr Körper gegen etwas Hartes. Benommen fragte sie sich, was überhaupt geschehen war.

Masau'u muss eine Flutwelle für Diamond geschickt haben, für seinen Sohn, der so viel Böses getan hat. Sie spürte, wie sie den Halt verlor. *Bitte nimm mir nicht Nathan. Bitte nimm ihn mir nicht. Bitte nimm ihn mir nicht.*

Und dann wurde alles schwarz.

Kapitel Einunddreißig

Anfang Oktober, 1877

Nathan saß am Flussufer und starrte aufs Wasser. Es war noch immer heiß, und die Mittagssonne brannte auf seiner Haut, doch das war ihm egal. Seinem Hemd fehlten die Knöpfe, und eines seiner Hosenbeine war aufgerissen. Warum erhörte der Fluss sein Gebet nicht, sein einziges Gebet in den vergangenen Wochen? Mehr konnte er nicht mehr tun, nachdem die Suche nach Emma entlang des Colorado River ergebnislos geblieben war. Aber sie hatten auch keine Leiche gefunden.

Das machte ihm Hoffnung.

Also betete er. Wahrscheinlich machte er es nicht richtig, aber das hielt ihn nicht davon ab.

Tränen brannten ihm in den Augen, und seine Kehle fühlte sich wie zugeschnürt an. Er hatte achtzehn Monate in der Gefangenschaft der Comanche verbracht, als Ranger an der Seite seines Freundes Matt an der texanischen Grenze gegen die Mexikaner gekämpft, doch Emmas Verlust war das Schlimmste, was ihm je zugestoßen war. Wie sollte er Matts Ehefrau Molly erklären, dass er ihre Schwester verloren hatte? Noch dazu, dass ihr Tod so sinnlos gewesen war?

Nathan hatte Emma nie gesagt, dass er sie liebte.

Er war hier nun … wie lange? Zwei Wochen? Vielleicht drei. Wild entschlossen, sie zu finden, hatte er aufgehört, die Tage zu zählen. Nach dem Abflauen der Flutwelle hatte er zunächst gedacht, dass er sie schnell aufspüren würde. Er hatte Fetzen ihrer Kleidung gefunden, war am Fluss auf und ab gerannt, um ihr zu helfen, falls sie verletzt war, und hatte alle Gedanken daran verdrängt, dass sie ertrunken sein könnte. Dieses Szenario wollte er nicht akzeptieren.

Diamonds zerschmetterten, blutigen Körper hatte er etwa eine Meile flussabwärts gefunden. Er war mit absoluter Sicherheit tot. Doch obwohl Nathan kaum einen Gedanken an Diamonds Ableben verschwendet hatte, fürchtete er, dass Emma das gleiche Schicksal ereilt haben könnte.

Masito und Na'i hatten überlebt, aber nach einigen Tagen fruchtloser Suche hatten sie sich auf den Heimweg gemacht. Sie hatten versucht, Nathan zum Mitkommen ins Hopi-Lager zu bewegen, doch Nathan hatte sich geweigert. Er würde nicht ohne Emma gehen. Die beiden Männer hatten ihm Essen dagelassen, das er jedoch kaum anrührte. Sein Überleben erschien ihm sinnlos.

Selbst das helle Sonnenlicht konnte die Dunkelheit nicht vertreiben, die ihn zu verschlingen drohte. Seine Seele blutete aus, und es kümmerte ihn nicht. Das Leben war ihm noch nie so unwichtig, so bedeutungslos vorgekommen, nicht einmal nach dem Tod seines Vaters. Nur der Gedanke, dass Emma doch noch leben könnte, hielt seine Trauer im Zaum. Dass sie sich vielleicht an einen anderen Ort gerettet hatte und sich nicht an ihn erinnerte, weil sie sich den Kopf an einem Felsen gestoßen hatte. Wenn er seiner Trauer freien Lauf ließ, würde sie die leere Hülle füllen, die von ihm geblieben war, und ihn ertränken, wie die Flutwelle Diamond ertränkt hatte.

„Da bist du ja."

Die tiefe Stimme riss Nathan aus seinen Gedanken. Er schaute über die Schulter nach hinten und erkannte Masito auf einem Pferd, ein weiteres, ohne Reiter neben sich.

Black.

Überrascht erhob sich Nathan und ging zu seinem tierischen Freund.

„Na du?", murmelte er und streichelte die Nase des Pferdes. Black begrüßte ihn mit einem kräftigen Stups und stampfte mit einem Vorderhuf auf.

Für einen kurzen Moment zeigte sich ein Lächeln auf Nathans Lippen, doch es verblasste sofort wieder. Es war schön, Black zu sehen, doch das würde die Leere in seinem Leben nicht füllen.

„Wie bist du an ihn gekommen?", fragte Nathan.

„Mormonen haben ihn aus dem Canyon gebracht, dann hat ihn ein Hopi zu unserem Lager mitgenommen. Ich wusste, dass du hierbleibst, also habe ich ihn zu dir gebracht. Ich denke, er ist froh, dich zu sehen."

„Danke", sagte Nathan ernst. Er strich über Blacks Hals. „Ich kann dir deine Mühe nicht vergelten, aber ich bin dankbar dafür."

„Unsere Aufgabe ist beendet. Das ist Bezahlung genug. Diamond ist tot, und Na'i hat zugestimmt, in unser Dorf zurückzukehren und die Vergangenheit ruhen zu lassen."

„Wie geht es dem Jungen?"

„Loloma ist wach. Du sollst wissen, dass er von einer Frau erzählt hat, die ihn aus einer endlosen Leere gerettet hat, aber sie hatte die Gestalt eines Sperlings."

Nathan rann ein kalter Schauer über den Rücken. „Sie hat es also geschafft."

„Es tut mir leid, dass du Emma verloren hast. Sie war eine Reisende. Es gibt nicht viele wie sie."

Nathan nickte steif.

„Aber du kannst nicht für immer hierbleiben", fuhr Masito fort. „Du musst weiterleben."

Nathan schwieg.

„Wolltest du nicht zu deiner Schwester nach Kalifornien?", fragte Masito.

Nathan dachte daran, wie Masito seine Schwester Lenmana verloren hatte. Sie alle hatten Verluste erlitten. Er fragte sich, wie er das früher in der Army und bei den Texas Rangers ausgehalten hatte. Jetzt erschien es ihm unerträglich. Sinnlos. Sein Lebenswille hatte ihn verlassen.

Nathan atmete tief durch, doch selbst das fiel ihm inzwischen schwer. „Das wollte ich. Aber erst muss ich nach Texas. Das schulde ich Emma."

„Ich werde eine Weile mit dir reiten."

Nathan wusste, dass Masito nicht ohne ihn gehen würde.

Es war Zeit. Er konnte Emma nicht finden.

Sie war fort.

Der Canyon hatte sie sich genommen.

FÜNF TAGE später saß Nathan auf Blacks Rücken. Das erste Licht der Dämmerung zeigte sich am Rand des Grand Canyon. Die Schlucht war in ihrer schieren Größe und Ausdehnung unbeschreiblich. Es sah so unwirklich aus, als wäre ein Maler vom Himmel herabgestiegen und hätte eine Landschaft erschaffen, die die Menschen Ehrfurcht lehrte.

Er war allein mit Black. Masito hatte sich am Vorabend verabschiedet, um zu seiner Familie zurückzukehren. Der Abschied war Nathan schwergefallen, aber das hatte er für sich behalten. Insgeheim wollte er diese Gegend nicht verlassen. Emma war hier, auf eine gewisse Art. Und Masito war ebenfalls ein Teil dieses Landes.

Wenn sie doch nur noch am Leben wäre. Sie hätten hierbleiben und zusammen alt werden können. Nathan hätte ihr sagen können, dass sie mit allem recht gehabt hatte, dass sie tatsächlich die Gabe besaß, zu heilen. Er hätte nie an ihr zweifeln dürfen. Er hätte an so vielem nicht zweifeln dürfen.

Glauben Sie an Dinge, die Sie nicht sehen können? Ihre Worte hallten in seinen Ohren wider, verfolgten ihn. Inzwischen glaubte er an die Geheimnisse einer Welt jenseits von dieser. Wie ironisch, dass er es Emma nicht mehr sagen konnte.

Wir können ja nicht allein im Universum sein. Hieß das, dass sie irgendwo war, nicht hier, aber irgendwo anders? Was, wenn es einen Weg für ihn gab, zu ihr zu gelangen? Glaubte er stark genug an Gott und das Leben nach dem Tod, um ihn zu finden?

Aber fühlen Sie sich nicht auch einsam? Ihre Worte kamen ihm plötzlich wieder in den Sinn. Er war gerne allein gewesen, aber jetzt hielt er es nicht mehr aus.

Hast du einen großen Traum? Den hatte er, nur hatte er zuvor nicht gewusst, dass sie immer darin vorgekommen war. Er konnte den Gedanken an eine Welt ohne sie nicht ertragen.

Danke, dass Sie auf mich gewartet haben. Aber es war nicht genug gewesen. Manchmal war selbst Liebe nicht genug.

Die Sonne schob sich langsam über den Horizont, und der dunkle Canyon erwachte zum Leben. Seine Felswände schimmerten in Rot, Ocker und Braun. Was in einem Moment trist und endlos erschien, zeigte im nächsten die ganze Farbenpracht der Erde.

Vielleicht ist es die Tür zu einer Welt, die wir nicht sehen können.

Nathan würde Emma in diesem Leben nicht wiedersehen, aber vielleicht würde er sie im nächsten wiedertreffen. Vielleicht gab es ja einen Gott und einen Himmel, in dem Emma jetzt in den Armen eines Beschützers lag, der besser auf sie aufpassen konnte als Nathan. Dass er nicht in der Lage gewesen war, sie zu retten, fegte seine Seele leer und ließ nichts als Verzweiflung zurück.

Er wollte sie zurückhaben. Er brauchte sie. Er brauchte sie so sehr wie Luft und Wasser.

Aber Nathan musste durchhalten, bis er Texas erreicht hatte

und Molly von ihrer Schwester erzählen konnte, ihr erzählen konnte, was auf der Reise durch den Canyon geschehen war.

Er nahm Blacks Zügel auf und lenkte das Pferd Richtung Südosten. Das Sonnenlicht blendete ihn. Er zog seinen Hut tiefer über die Augen und ließ Black den Weg suchen. Jede Minute, die verstrich, brachte Nathan weiter von der Schlucht weg.

Der größten aller Schluchten.

Große Schlucht.

Grand Canyon.

Kapitel Zweiunddreißig

Ende Oktober, Texas

Der Ritt war lang und beschwerlich gewesen. Nathan hatte sich nicht für die einfache Route entschieden, weil er lieber allein unterwegs sein wollte. So sehr hatte er Black noch nie vorwärtsgetrieben, doch das Pferd schien zu verstehen, dass Nathan vor seiner Trauer weglief, die seinen Blick auf die Welt hatte schrumpfen lassen.

Vom Grand Canyon aus war er Richtung Südosten geritten, den Little Colorado River entlang nach Sunset Crossing und dann weiter nach St. Johns. Von dort hatte ihn sein Weg nach Santa Fe in New Mexico geführt. Danach ging es weiter in die texanische Wildnis, in der sich die SR-Ranch befand, die Matts Eltern Jonathan und Susanna Ryan aufgebaut hatten.

Die große Ranch umfasste gut hundertzwanzigtausend Morgen Land, und bislang hatte er sich hier immer willkommen gefühlt. Doch jetzt nicht mehr. Er hatte Molly angeboten, ihre Schwester zu suchen, und sich mit Emmas Foto in der Tasche verabschiedet. Nie hätte er sich träumen lassen, wie sehr diese Entscheidung sein Leben verändern würde.

Aber jetzt kehrte er allein zurück, und ihm wurde das Herz noch schwerer. Wie sollte er Molly erklären, dass ihre Schwester tot war? Die Schwester, die sie zehn Jahre lang nicht gesehen hatte? Nathan wusste nicht, ob er die richtigen Worte finden würde, er begriff es ja selbst immer noch nicht.

Als er durch das schmiedeeiserne Tor mit dem SR-Emblem ritt, schweifte sein Blick über die Prärie, die sich bis zum Horizont zu erstrecken schien. Er war noch immer mindestens eine Meile vom Haus entfernt und trieb Black auch nicht zur Eile an. Die Abendsonne schickte lange Schatten über den Boden, die ihn mit dem Versprechen zu locken schienen, seine Qualen in der Dunkelheit auszulöschen. Am liebsten hätte Nathan die Augen geschlossen und wäre nie wieder aufgewacht.

Er schlug den Kragen seines Staubmantels hoch, um sich gegen die kühle Luft zu schützen, und ließ Black langsam vorantrotten, als hätte er nichts Besseres zu tun. Eigentlich hatte er das auch nicht. Irgendwann würde er nach Kalifornien reiten, um seine Schwester und ihr Baby zu besuchen. Und er würde nach St. Louis zurückkehren, um sich mit seiner Mutter zu versöhnen. Was danach kam, wusste er nicht.

Ein Korral kam in Sicht, in dem sich eine Herde Pferde tummelte und einige Rancharbeiter ihren Aufgaben nachgingen. Ein paar von ihnen nickten ihm zu, doch er hielt erst am Haupthaus an. Das zweistöckige Gebäude mit seiner weiß getünchten Fassade war beeindruckend groß. Mehrere Pappeln, die bereits ihr Laub verloren hatten, boten ein wenig Sichtschutz für die umlaufende Veranda.

Eine Frau kam zur Eingangstür, doch ihre Gestalt war durch das Fliegengitter nur schwer auszumachen. Ein Stich durchzuckte ihn. Das dunkle Haar deutete auf Molly hin. Schweren Herzens stieg er vom Pferd.

Als Molly auf die Veranda trat, blieb Nathan wie angewurzelt stehen.

Emma.

Er blinzelte kräftig, fest davon überzeugt, dass seine Augen ihm einen Streich spielten. War er verrückt geworden und hatte es nicht gemerkt? Sie konnte es nicht sein, und doch sah die Vision vor ihm aus wie sie. Wie eine Motte, die vom Licht angezogen wird, ging er auf sie zu. Sie blieb, wo sie war, bis er die erste Stufe der Treppe erreicht hatte. Noch immer konnte er sie nur ungläubig anstarren.

„Nathan." Ein kleines Lächeln umspielte ihre Lippen.

„Bist du ein Geist?", fragte er.

„Nein. Glaubst du, ich bin tot?"

„Ich habe überall nach dir gesucht." Erst jetzt fielen ihm die dunklen Ringe unter ihren Augen auf, und wie ausgezehrt ihr Körper wirkte. Ein Geist würde wohl kaum so mitgenommen aussehen. Gott, sie war es wirklich. Rasch erklomm er die Stufen und drückte sie fest an sich. „Lieber Himmel, Emma, ich dachte, ich hätte dich verloren."

„Es tut mir leid", flüsterte sie erstickt an seinem Ohr. „Ich war verletzt und lange bewusstlos. Wie lange, kann ich nicht sagen. Paiute haben mich gefunden, aber zuerst wussten sie nicht, wer ich war, und sie kannten dich nicht. Als es mir besser ging, hatte ich keine Ahnung, wo ich nach dir suchen sollte, also bin ich hierhergekommen. Ich bin so froh, dass du jetzt da bist."

Er löste sich gerade weit genug von ihr, um ihr Gesicht zu umfassen und sie zu küssen. Tränen liefen ihr übers Gesicht und mischten sich mit seinen. „Ich habe von dir geträumt", murmelte er an ihrem Mund.

„Ich weiß." Sie sah ihm in die Augen.

Nathan betrachtete jeden Zentimeter ihres Gesichts, prägte es sich ein. Sie war noch schöner als in seiner Erinnerung.

„Ich muss dir etwas sagen." Sie zögerte. „Ich erwarte ein Kind."

Vollkommen perplex wusste er im ersten Moment nichts darauf zu antworten. Dann bemerkte er den besorgten Ausdruck auf ihrem Gesicht. Er suchte erneut ihre Lippen mit seinen.

„Keine Angst, Em. Es wird alles gut." Als sie nicht antwortete, küsste er sie. „Wir heiraten so schnell wie möglich."

Erneut wich Emma ein wenig zurück. „Ist es das, was du willst?"

Nathan lehnte seine Stirn gegen ihre. „Du bist alles, was ich will. Wenn du Nein sagst, frage ich dich einfach so lange, bis du Ja sagst."

Die Sorge war immer noch deutlich in ihrer Miene zu lesen. Wie konnte er nur so dumm sein, vor allem, nachdem Gott seine Gebete erhört hatte?

„Ich liebe dich, Emma."

Sie entspannte sich in seinen Armen. „Dann ist die Antwort Ja. Und ich liebe dich auch."

Nathan nahm sie wieder in die Arme und küsste sie erneut, während das wilde Tier in ihm endlich zur Ruhe kam. Seine Rastlosigkeit verschwand und wurde durch ein Gefühl des Trosts ersetzt, wie er es noch nie zuvor verspürt hatte. Sie lebte. Und sie würde bei ihm bleiben. Das war das Einzige, was er sich vom Leben wünschte. Es war genug. Nein, es war *mehr* als genug. Er war gesegnet. Gott hatte sie ihm zurückgegeben. Er konnte die unsichtbare Welt nicht mehr leugnen, nachdem Emma wieder wohlbehalten bei ihm war.

Nathan hob sie von den Füßen und wirbelte sie im Kreis. Lachend zog Emma ihm den Hut vom Kopf.

Zwei Reiter störten ihre Wiedersehensfreude. Sie stiegen rasch ab und kamen zum Haus. Einen Moment lang war Nathan verärgert, doch dann erkannte er Matt und Logan. Die beiden Männer stießen auf der Veranda zu ihnen.

„Es tut verdammt gut, dich zu sehen, Nathan", begrüßte ihn Matt und reichte ihm die Hand.

Einen Arm um Emma gelegt, schüttelte Nathan erst die Hand seines Freundes, dann Logans.

„Wir haben Ausschau nach dir gehalten", meinte Logan. „Aber du bist uns wie üblich durch die Lappen gegangen."

Nathan grinste Matts Bruder an. Die Ryans waren in den letzten Jahren wie eine Familie für ihn geworden, nachdem er sich seiner eigenen Ma entfremdet hatte. „Ich habe mir Zeit gelassen." Sein Blick fiel auf Emma. „Ich wünschte, ich hätte das sein lassen."

Die Fliegengittertür wurde aufgestoßen. „Grundgütiger!" Susanna Ryan trat aus dem Haus. „Nathan!" Sie umarmte ihn herzlich. „Oh, Gott sei Dank. Wir haben uns solche Sorgen um dich gemacht. Kommt herein, ihr alle. Es ist eiskalt hier draußen." Sie scheuchte alle nach drinnen. Nachdem Hüte und Mäntel abgelegt worden waren, lief sie ihnen voran in den Salon.

„Wo ist euer Vater?", fragte Susanna ihre Söhne. Beide zuckten mit den Schultern, und sie sagte entschuldigend: „Ich gebe Rosita Bescheid, dass sie sich ums Abendessen kümmern und einen Platz mehr decken soll."

Nathan setzte sich gerade mit Emma auf das gepolsterte, kastanienfarbene Sofa, als Molly und Claire ins Zimmer kamen.

„Nathan!" Molly trat zu ihm, und er erhob sich rasch, um sie zu umarmen, wobei er die Rundung ihres Bauches wahrnahm.

„Herzlichen Glückwunsch", meinte er.

„Danke", antwortete sie. „Aber ich schulde dir meinen ewigen Dank, weil du Emma gefunden hast."

„Sei nur nicht zu dankbar. Am Schluss habe ich sie verloren." Seine Stimme versagte, und er kämpfte die Emotionen nieder, die erneut in ihm aufwallten.

„Ich weiß. Sie hat es uns erzählt."

Nathan schaute an Molly vorbei zu Claire, überrascht, die blonde Frau hier zu sehen, nachdem sie sich vor ein paar Monaten von der Ranch der Ryans verabschiedet hatte. „Sie hätte ich hier nicht erwartet", meinte er zu ihr.

Sie lächelte und umarmte ihn.

„Sie ist jetzt eine Ryan", erklärte Logan. „Also benimm dich ihr gegenüber."

Nathan wusste gar nicht, was er sagen sollte. Offenbar hatte er einiges verpasst und musste sich erst auf den neuesten Stand bringen. Sie setzten sich, und Nathan nahm seinen Platz neben Emma wieder ein, wobei er sofort nach ihrer Hand griff, weil er die körperliche Verbindung zu ihr brauchte.

„Emma und ich wollen so schnell wie möglich heiraten", verkündete er und kam damit gleich zum wichtigsten Punkt, den er ihnen mitteilen wollte. Später konnten sie denen, die es interessierte, von ihrer Reise erzählen.

In diesem Moment kam Susanna mit Jonathan im Schlepptau herein, dem man sein Alter kaum anmerkte. „Noch eine Hochzeit?", fragte sie. „Hat Rosita irgendetwas ins Essen gemischt und mir nichts davon gesagt?"

Sie lachten. Nathan war jedoch nicht zu Scherzen zumute, also stand er auf und schüttelte Jonathan die Hand.

„Es ist schön, dich wiederzusehen, Junge", meinte Jonathan. „Du hast allen schlaflose Nächte bereitet."

„Tut mir leid, Sir", erwiderte Nathan. „Ich wusste nicht, dass Emma hier ist. Tatsächlich dachte ich, ich hätte sie verloren. Ich war der festen Auffassung, ich müsste euch die Nachricht von ihrem Tod überbringen." Er schaute zu Molly. „Darauf habe ich mich nicht gerade gefreut, deswegen habe ich mich nicht beeilt."

Er setzte sich wieder neben Emma und konnte immer noch nicht fassen, wie sehr sich in der letzten Stunde alles zum Guten gewendet hatte. Nathan hatte mit Trauer und Schmerz gerechnet, doch stattdessen war er nun umgeben von lachenden Menschen, die er als Freunde betrachtete, und bei der Frau, die er liebte.

„Ihr braucht beide Ruhe", meinte Susanna. „Ihr könnt so lange bleiben, wie ihr wollt. Und angesichts der Tatsache, dass wir gestern erst eine Hochzeit gefeiert haben, können wir sicher auch schnell eine weitere auf die Beine stellen."

„Das wäre wundervoll", sagte Emma. „Ich denke, Nathan und ich sollten aber erst noch mal darüber reden."

„Natürlich."

Nathan schaute Emma in die Augen und fragte sich unwillkürlich, ob sie es sich anders überlegt hatte. Doch sie lächelte ihn an. „Ein paar Menschen sollten dabei sein – deine Ma, Tante Catherine, Mary."

„Du hast recht." Das hatte sie, doch um Nathans Geduld war es gerade nicht besonders gut bestellt. „Aber lass uns nicht zu viel Zeit verlieren."

Rosita erschien im Türrahmen. Die kleine Mexikanerin kam auf Nathan zu und pikste ihm mit einem Finger in den Arm. „Sie und die Señorita, Sie sind so dünn." Sie warf die Arme in die Luft. „Warum isst denn keiner mehr richtig, sobald er die Ranch verlässt? Ihr kommt jetzt mit, ihr beide. Ich mache viel Essen. Ihr steht nicht auf vom Tisch, bis ihr alles aufgegessen habt."

Die Anwesenden lachten erneut, als Rosita Nathan und Emma nachdrücklich von der Couch zog und sie ins Esszimmer bugsierte.

———

MÜDE BETTETE EMMA ihren Kopf aufs Kissen. Sie waren lange aufgeblieben, hatten geredet und sich die wichtigsten Neuigkeiten erzählt. Es war so angenehm bei den Ryans. Emma war so jung gewesen, als sie Texas nach dem Tod ihrer Eltern verlassen hatte, und hatte daher nicht mehr viele Erinnerungen an die Freunde ihrer Familie.

Ihre Schwester wiederzusehen, war ein unglaublich großes Geschenk gewesen, und Emma konnte noch immer nicht recht glauben, dass Molly tatsächlich am Leben war. Sie spürte, dass ihre Schwester die Ereignisse der Vergangenheit allmählich verarbeitete, auch unterstützt durch die Beziehung zu Matt und den Sohn, den sie unter ihrem Herzen trug. Emma hatte ihr noch nicht gesagt, dass es ein Junge werden würde. Vielleicht später. Sie hatten so viel nachzuholen.

Emma legte eine Hand auf ihren Bauch und dachte über ihr eigenes Kind nach. Die Flut hatte sie stromabwärts mitgerissen, wie weit, wusste sie nicht. Beim Aufwachen war sie bei Indianern gewesen, die sie nicht kannte. Später hatte sie erfahren, dass sie tagelang geschlafen hatte und am Rücken verletzt war. Eine Woche lang hatte sie sich nicht bewegen können.

Die Paiutes, die sich um sie gekümmert hatten, lebten nördlich des Canyons. Die Kommunikation mit ihnen war stark eingeschränkt gewesen, aber irgendwoher hatten sie schließlich erfahren, wer Emma war, oder besser gesagt, welche Geschichten sich um sie rankten. Sie waren Emma mit Ehrfurcht und Respekt begegnet.

Nachdem sie sich einigermaßen erholt hatte, sich aufsetzen und schließlich auch wieder laufen konnte, hatte sie sich mit Sperling zum Dank für die Gastfreundschaft auf die Suche nach einem guten Jagdgebiet für Hirsche gemacht und sie dann gedrängt, ihr Lager zu verlegen, weil ein heftiges Gewitter bevorstand.

Auf einer Geisterreise war sie Diamond begegnet. Zu diesem Zeitpunkt hatte sie noch nicht gewusst, dass er tot war, und er hatte versucht, sie zu überreden, Masau'u noch einmal zu besuchen. Diamonds Kräfte waren immer noch so stark und vernichtend wie eh und je, und er hatte ein Netz um sie gespannt, sie gelockt und ihr geschmeichelt. Doch Emma war ihm entflohen und hatte seine wiederholten Versuche, sie in die Fänge zu bekommen, mit einem starken Schutzschild abgeblockt, den sie um sich herum erschaffen hatte.

Sie wünschte, sie hätte ihn für immer davon abhalten können, die Menschen dieses Landstrichs zu belästigen, aber sie hatte die Paiutes nur vor ihm warnen können. Trotz der Sprachbarriere zwischen ihnen hatten sie ihr jedoch vermitteln können, dass sie bereits von den Orten wussten, an denen böse Geister lauerten, und dass sie diese mieden.

Aber die Reise war auch ein Segen gewesen – sie hatte von ihrer Schwangerschaft erfahren. Sperling hatte ihr viel über das Kind erzählt und ihr geraten, so bald wie möglich nach Texas zurückzukehren. Sie war hin- und hergerissen gewesen, weil sie eigentlich ihre Tante in San Francisco aufsuchen sollte, doch

Sperling hatte ihr gesagt, dass sie Nathan in Texas wiedersehen würde.

Wie sie den Weg dorthin schaffen sollte, hatte sie nicht gewusst. Ihr waren nur die Kleider geblieben, die sie am Leib trug. Aber es hatte sich eine Gelegenheit aufgetan, als einige der Paiutes sie zu einem kleinen Außenposten im Westen mitnahmen. Dort war sie auf ein Militärregiment getroffen, das ihr anbot, sie nach Phoenix mitzunehmen. Auch dort hatte sich wieder eine Gelegenheit zur Weiterreise ergeben, bis sie schließlich zur Ranch der Ryans gelangt war.

Sie schloss die Augen und sank tiefer in das weiche Kissen. Es war schön, wieder unter einem richtigen Dach zu schlafen.

Ein leises Klopfen ertönte, dann wurde die Tür geöffnet, und Nathan stahl sich ins Zimmer. „Macht es dir etwas aus, wenn ich bleibe?", flüsterte er.

Emma setzte sich auf. „Nein." Sie lächelte ein wenig nervös.

Er kam zu ihr und setzte sich auf die Bettkante. „Ich will gegenüber den Ryans nicht respektlos sein, aber ich habe zu viele Nächte ohne dich verbracht."

„Ich bin froh, dass du da bist." Emma rutschte zur Seite, damit er sich neben sie legen konnte.

Nathan zog sich das Hemd aus und nahm sie in die Arme. Sie legte ihre Wange an seine Brust und lauschte seinem kräftigen, gleichmäßigen Herzschlag.

„Hat Claire dich untersucht, wegen des Kindes und allem?", fragte Nathan und schob eine Hand in ihre Haare. Claire, Logans frischgebackene Ehefrau, wollte Ärztin werden.

„Mir geht es gut, Nathan", murmelte Emma. „Sperling hat es mir gezeigt."

Er schwieg einen Moment lang.

Emma schaute zu ihm hoch. „Bereitet dir das Sorge?"

„Nicht mehr. Ich habe meinen Pa gesehen. Mit ihm geredet."

„Das freut mich."

„Er hat sich nicht das Leben genommen, und meine Ma hat

aus einem guten Grund darüber gelogen. Hattest du etwas damit zu tun, dass ich ihn sehen konnte?"

„Nein, ich glaube nicht. Aber ich habe mit ihm gesprochen und ihm geraten, beharrlich zu bleiben."

„Was hat dir Sperling über unser Kind gezeigt?", fragte Nathan.

„Willst du das wirklich wissen?"

Er lachte leise. „Ja, will ich. Ich will alles wissen, Em. Ich versichere dir, dass du alles über deine Gabe mit mir teilen kannst. Ich behaupte nicht, dass ich es immer verstehen werde, aber ich akzeptiere, dass du Dinge siehst, die mir verborgen bleiben."

Emma setzte sich auf und lehnte sich gegen das Kopfteil des Bettes. „Nun, dann wird es dich freuen, zu hören, dass das Kind ein gesunder Junge werden wird, der dir in Aussehen und Statur sehr ähnelt. Er ist umsichtig und talentiert, worin genau, weiß ich nicht, aber er wird ein sehr lebhaftes Kind sein, das gerne Dinge baut." Sie machte eine Pause, um die unbändige Freude über das Wissen um ihren Sohn einen Moment lang zu genießen. „Er kommt im nächsten Juni. Wir werden ihn Lucas nennen."

Nathan zog eine Augenbraue nach oben. „Lucas, hm?"

„Ist das nicht dein zweiter Vorname?"

„Woher weißt du das? Magie?"

Emma lächelte. „Nein, viel einfacher. Matt hat es mir erzählt."

Nathan küsste sie, lange und liebevoll. „Ich wäre für eine baldige Hochzeit. Wenn deine Tante und meine Ma herkommen, würdest du mich dann hier heiraten?"

„Ja." Sie schloss die Augen und genoss das behagliche Gefühl seines Körpers an ihrem.

Sein nächster Kuss wurde leidenschaftlicher. Emma kam ihm ebenso verlangend entgegen und gab sich seinen Liebkosungen vollkommen hin. Beim ersten Mal liebten sie sich hastig und stürmisch, beim zweiten Mal sinnlich und zärtlich. Nachdem sie später eingeschlafen waren, erschien Nathan in ihren Träumen.

Sie musste nicht mehr allein wandern.

Kapitel Dreiunddreißig

Drei Wochen lang blieb Emma bei den Ryans, während Mrs Ryan sich großzügigerweise und sehr engagiert daranmachte, ihre und Nathans Hochzeit auszurichten. Auch Nathan blieb im Haus und schlich sich jede Nacht in Emmas Zimmer. Die Ryans wussten davon, sagten aber nichts dazu, und das war auch gut so – Emma brauchte seine Nähe so sehr wie die Luft zum Atmen.

Endlich hatte sie Zeit, sich richtig zu erholen und regelmäßig zu essen. Rosita, die Köchin der Ryans, achtete persönlich darauf, dass Emma keine Mahlzeit ausließ. Um ehrlich zu sein, genoss sie es, dass man sich um sie kümmerte. Die vier Monate seit ihrer Abreise aus San Francisco waren lang gewesen, und jetzt, wo die Reise vorbei war, fühlte sie sich müde. Besuche von Sperling und Una erhielt sie nicht, auch keine von Riddle. Vielleicht wussten sie, dass Emma erst neue Kraft sammeln musste.

Ihre Tage verbrachte sie mit Molly; ihre Schwester wohnte mit Matt nicht im Haupthaus. Sie bauten ungefähr drei Meilen entfernt ihr eigenes Heim – das sie Rocking Wren Ranch nannten. Emma hatte alles über Mollys Leben erfahren und ihr im Gegenzug erzählt, was ihr in den vergangenen zehn Jahren

KRISTY MCCAFFREY

widerfahren war. Es war eine bittersüße Wiedervereinigung, bei der sie den Verlust ihrer Eltern zum ersten Mal gemeinsam betrauerten, als hätten sie ihn erst gestern erlitten.

Emma erzählte Molly nach und nach von den Visionen von ihrer Mutter und war erleichtert, als ihre Schwester sich verständnisvoll für den Weg zeigte, den Emma eingeschlagen hatte. Der Gedanke, dass der Tod nicht das Ende war, tröstete sie beide, und dass Vergebung und Heilung auch noch möglich waren, nachdem man seinen physischen Körper verlassen hatte.

Sie verbrachten auch viel Zeit mit Claire. Die junge Frau und Logan hatten zum zweiten Mal geheiratet. Claire trug außerdem ein Kind unter dem Herzen – eine Tochter –, aber Emma schwieg dazu. Nur auf Nachfrage würde sie ihr Wissen über Nützliches und manchmal weniger Nützliches teilen.

Claire erzählte ihnen von ihrem Wunsch, nach der Geburt eine medizinische Fakultät für Frauen zu besuchen. Emma war beeindruckt von Claires Mut und Logans Bestreben, sie bei ihrem Vorhaben zu unterstützen.

Claires jüngerer Bruder Jimmy, ein entzückender, flachsblonder Achtjähriger, lebte ebenfalls bei ihnen. Es schien, als würden Claire und Logan Jimmy aufziehen, weil ihn sonst niemand aufnehmen konnte. Seine und Claires Mutter war vor Kurzem gestorben. Emma sah den Geist der Frau nirgendwo in ihrer Umgebung und hatte den Eindruck, dass sie weitergezogen war. Claire und Jimmy waren bei Logan in guten Händen. Seine Liebe zu ihnen war jedes Mal spürbar, wenn Emma die drei zusammen erlebte.

Matts Aura war stiller und nicht so einfach zu lesen. Sie erinnerte Emma an Nathan bei Beginn ihrer Reise. Dass er und Nathan Freunde waren, spürte Emma, machte es aber weniger an äußerlichen Gesten fest. Sie sprachen nicht oft über ihre Vergangenheit, aber Emma fühlte das Band zwischen ihnen, das über die Jahre geschmiedet worden war, durch Respekt und Vertrauen im Angesicht von Gefahr und Gewalt.

Und dann war da Nathan. Er erfüllte sie mit allem, was ihn

ausmachte – seinem Körper, seinem Herzen, seinem Verstand und seiner Seele. Sie liebte ihn von ganzem Herzen und hoffte, dass sie ihn glücklich machen würde. Noch immer konnte sie nicht fassen, dass er sie ebenfalls liebte, und sie betete, dass sie sich seiner würdig erweisen würde. Ihre Liebe zu ihm war so tief und allumfassend.

Nathan verbrachte die Vormittage oft im Sattel, er half mit dem Vieh und den anfallenden Arbeiten. Außerdem unterstützte er Matt bei seinen Pflichten auf der Rocking Wren Ranch. Der Rohbau stand bereits, was gut war, denn die Temperaturen sanken nachts inzwischen empfindlich, doch der Innenausbau war noch nicht vollendet.

Abends kam er zum Essen mit Emma, Jonathan und Susanna, Logan, Claire und Jimmy ins Haupthaus zurück. Manchmal gesellten sich Matt und Molly ebenfalls zu ihnen. Vor dem Zubettgehen saßen sie meist noch im Salon vor einem prasselnden Kaminfeuer zusammen. Und danach kam Nathan zu ihr, sie liebten sich, und er erzählte ihr von seiner Vergangenheit, teilte seine Gedanken mit ihr, neckte sie und sprach über ihre Zukunft.

Briefe an Tante Catherine in San Francisco, ihre Schwester Mary und deren Familie im Arizona-Territorium, Nathans Schwester in Kalifornien und seine Mutter in St. Louis wurden geschrieben, in denen sie zur bevorstehenden Hochzeit eingeladen wurden. Sowohl Mary als auch Nathans Schwester hatten erst kürzlich entbunden, schickten aber herzliche Glückwünsche und bedauerten, dass sie nicht anreisen konnten.

Mary schrieb in ihrem Brief von Cale Walkers Besuch auf ihrer Farm und seinen Bemühungen, ihrer Freundin Tess Carlisle dabei zu helfen, ihren Vater zu finden. Cale war in Texas unweit von Emma und Molly aufgewachsen, und infolge der Affäre ihrer Mutter mit Cales Vater waren er und seine Brüder Mollys Halbgeschwister.

Emma erinnerte sich aus der Zeit, bevor sie Texas verlassen hatte, nicht besonders gut an Cale – er war deutlich älter als sie –, doch beim Lesen von Marys Brief empfing sie eine Vision. Cale hatte einzigartige Fähigkeiten von den Apachen gelernt, und Emma sah die Achse eines Pferdewagens vor sich, die mit zwei Rädern verbunden war. In dieser Welt war Cale ein „Bindeglied". Unsicher, was das bedeutete, schob sie die Information vorerst beiseite und hoffte, dass sie ihn eines Tages erneut treffen und die Vision dann besser verstehen würde.

Am Morgen ihrer Hochzeit traf Tante Catherine ein. Jonathan, Logan und Nathan waren zur Eisenbahnstation in Denton gefahren, um sie abzuholen. Emma wartete auf der Veranda ungeduldig auf ihre Ankunft. Als sie den Wagen kommen sah, den Logan und Nathan zu Pferde begleiteten, rannte Emma ihnen entgegen.

Tante Catherine stieg aus, noch bevor Jonathan den Wagen richtig angehalten hatte und ihr helfen konnte.

„Meine liebste Emma." Ihre Tante schloss sie fest in die Arme. „Ich habe mir solche Sorgen um dich gemacht. Gott sei Dank ist dir nichts passiert." Sie löste sich mit tränenfeuchten Wangen wieder von Emma.

Catherine trug ein schickes Reisekostüm samt einem passenden Hut, doch Emma war entsetzt, wie sehr ihre Tante gealtert war. Dennoch zeugten ihre rosigen Wangen von jugendlichem Temperament.

„Ich habe dich auch vermisst", entgegnete Emma. „Es tut mir leid, dass ich weggelaufen bin. Ich weiß, dass das dumm war."

„Nun …" Catherine streichelte Emma über die Wange. „Jetzt bist du ja in Sicherheit." Sie schaute über die Schulter zu Nathan, der vom Pferderücken aus das Wiedersehen beobachtete. „Er ist schrecklich in dich verliebt, und nach dem, was ich über euer Abenteuer weiß, hat er gut auf dich aufgepasst."

Emma wusste, dass Nathan wohl nichts über die letzten Tage der Reise erzählt hatte, als sie getrennt worden waren. Ihrer Tante jetzt noch mehr Kummer zu bereiten, war unnötig.

„Ja, er ist wundervoll", antwortete Emma leise, weil sie nicht wollte, dass Nathans Ego durch ihre Komplimente noch größer wurde, doch er hatte sie offenbar gehört und zwinkerte ihr zu. „Ich bin so froh, dass du gekommen bist. Ich weiß, dass der Weg weit ist. Wie war die Reise?"

„Sehr angenehm. Es ist immer schön, den Alltagstrott zu verlassen und jemanden zu besuchen, und ich war schon so lange nicht mehr in Texas. Nicht, seitdem ich dich und Mary abgeholt habe." Der Tod von Robert und Rosemary Hart, Emmas Eltern, hatte auch Catherine schwer getroffen. Rosemary war ihre jüngere Schwester gewesen.

„Lass uns ins Haus gehen", meinte Emma.

Sie hakten sich unter und legten das kurze Stück zu Fuß zurück. Nathan und Logan kümmerten sich um die Pferde, während Jonathan Catherines Reisetruhe und ihr Handgepäck ins Haus schaffte. Susanna bewirtete sie im Salon mit Tee und Gebäck.

„Es ist so schön, dich wiederzusehen, Catherine." Susanna umarmte Emmas Tante herzlich. „Es ist viel zu lange her."

„Ja, das stimmt. Danke für alles, was ihr für Emma getan habt. Kann ich noch irgendwie bei der Hochzeitsplanung helfen?"

„Ich denke, es ist so weit alles erledigt. Der Pastor wird morgen um zwei Uhr hier sein."

„Ich kann noch immer nicht glauben, dass Emma heiraten wird." Catherine lächelte und konnte die Tränen erneut nicht zurückhalten.

„Da gibt es etwas, das ich dir erzählen sollte", sagte Emma.

„Ich lasse euch allein, damit ihr euch in Ruhe unterhalten könnt." Susanna verließ den Raum.

„Ich hoffe, du wirst nicht wütend auf mich sein." Emma war etwas nervös dabei, ihrer Tante die Neuigkeiten mitzuteilen, doch sie wollte auch nicht, dass sie es von jemand anderem erfuhr. „Ich erwarte ein Kind."

Catherine schaute sie verblüfft an. „Oh. Nun. Na ja." Sie legte sich eine Hand aufs Herz. Dann lachte sie.

„Bist du enttäuscht?", fragte Emma.

„Oh du liebe Güte, nein." Catherine schüttelte nachdrücklich den Kopf. „Ein bisschen schockiert, ja, aber auf der anderen Seite sollte ich das wohl nicht sein. Du warst schon immer ganz anders als Mary. Manchmal hatte ich Angst, dass mir die Fähigkeiten fehlten, dich richtig zu erziehen. Ich hatte ja nie eigene Kinder. Du warst schon immer sehr selbstständig und abenteuerlustig. Nachdem du weggelaufen bist, war ich krank vor Sorge, aber eigentlich hat es mich nicht überrascht. Ich wusste wohl immer, dass du deinen Sehnsüchten nachjagen würdest. Es gab Zeiten, in denen ich dich einfach nicht verstanden habe. Behandelt Nathan dich gut? Will er das Kind?"

„Ja. Es war für uns beide eine Überraschung, aber deswegen bestand er auch darauf, so schnell wie möglich zu heiraten. Er will das Richtige tun."

„Aber er ist ein Texas Ranger. Wird er dich verlassen, um seine Arbeit wieder aufzunehmen?"

Emma und Nathan hatten bereits über ihre Zukunft gesprochen, aber noch nichts Konkretes entschieden. „Wir planen unser gemeinsames Leben noch."

„Natürlich." Catherine griff nach ihrer Hand und drückte sie leicht. „Ich habe wohl auch Neuigkeiten für dich."

Emma schenkte ihrer Tante eine Tasse Tee ein und reichte sie ihr.

„Ich weiß nicht recht, wie ich das sagen soll … Maeve wurde verhaftet."

Emmas Blick ruckte hoch. „Wie bitte?"

„Offenbar hat sie einige Fälle, bei denen sie dem Sheriff bei der Verbrechensaufklärung geholfen hat, fingiert. Ich weiß, dass ihr euch nahestandet. Es tut mir sehr leid. Hast du geahnt, dass sie zu so etwas fähig sein könnte?"

Das bedeutete wohl, dass Emmas Beziehung zu der alten Irin nicht aufgedeckt worden war. Soweit ihre Tante wusste, hatte Emma nur für Maeve geputzt und gekocht. Vielleicht war es am besten so.

„Nein, gewiss nicht", antwortete sie.

Das Kassenbuch, das Emma aus Maeves Haus mitgenommen hatte, war durch die Flut im Grand Canyon zerstört worden, also hatte sie keinen Beweis mehr für die Betrügereien der Frau. Nathan hatte ihr erzählt, dass er nur wenige Überreste vom Boot gefunden hatte, aber immerhin ihr Tagebuch hatte er retten können. Einige Seiten waren zwar zerrissen, und ein paar fehlten komplett, aber im Großen und Ganzen war es noch vollständig.

„Bemerkenswert ist auch, dass die Baxter-Jungen vor ein paar Wochen wieder aufgetaucht sind. Sie sind etwa zur gleichen Zeit verschwunden wie du. Maeve hat behauptet, dass sie nach Denver gefahren sind, um dort zu arbeiten, aber einer von ihnen hatte eine Schusswunde in der Schulter. Ich bin einem von ihnen eines Nachmittags auf der Straße begegnet, und er hat etwas Seltsames zu mir gesagt. Er meinte, dass du eine Hexe seist und ich froh sein solle, dich los zu sein. Ich habe ihn einfach ignoriert und bin weitergegangen. Diese Jungen habe ich nie gemocht. Sie sind unhöflich und gemein und, ganz unter uns, auch ein bisschen dumm."

Emma lachte. „Da hast du wohl recht. Wenn sie dir Ärger machen, lass es mich wissen, dann verfluche ich sie."

Catherine dachte darüber nach. „Wenn ich sie das nächste Mal sehe, sage ich ihnen das vielleicht. Sie sind fürchterlich abergläubisch."

„Das sind die Ängstlichen sehr häufig."

HEUTE WAR SEIN HOCHZEITSTAG. Nathan hantierte in dem Raum, den er in den letzten Wochen bewohnt hatte, vor dem Spiegel mit einer schwarzen Halsbinde. Die Ryans waren so gastfreundlich gewesen, und er befürchtete, sich dafür nie revanchieren zu können. Jonathan und Logan waren am Morgen nach Fort Worth gefahren, um seine Mutter vom Zug abzuholen. Es war schon spät, und er machte sich Sorgen, dass sie es vielleicht nicht rechtzeitig zur Zeremonie schaffen würden.

Nathan fragte sich plötzlich, wie sein Leben sich in den letzten Monaten so radikal hatte verändern können. Mit Emma und ihrem ungeborenen Kind besaß er etwas so Wertvolles, das er sich nie hatte vorstellen können.

Ein Klopfen an der Tür holte ihn aus seinen Gedanken. „Herein." Er zog sich die Stiefel an, die neben dem Bett standen.

Matt öffnete die Tür. Er trug bereits seinen guten Anzug, wie es sich für den Trauzeugen gehörte, und lehnte sich nun gegen den Türrahmen. „Bist du bereit?"

Nathan lächelte. „Ich denke schon."

„Wer hätte gedacht, dass einmal brave Ehemänner aus uns werden?"

„Ich ganz sicher nicht." Nathan ließ kurz von seinen Stiefeln ab. „Kann ich dich etwas fragen?"

„Natürlich, raus damit."

„Als Cerillo dich gefangen gehalten hat, hast du da je die Hoffnung aufgegeben?" Matt war monatelang in der Gewalt eines mexikanischen Banditen gewesen. Er hatte nie viel darüber gesprochen, nachdem Nathan ihn befreit hatte.

Matt wurde ernst. „Ja, das habe ich."

Das Sonnenlicht, das durch die Vorhänge fiel, malte Muster auf das Bett und den Dielenboden. „Als ich dachte, dass ich Emma verloren hätte …" Nathan verstummte, weil ihn der Gedanke daran ihn immer noch schreckte. „Was wir gesehen und erlebt haben, all die üblen Verbrechen, die Lügen und das Töten, das hat mich kein einziges Mal so sehr mitgenommen. Aber als ich annehmen musste, dass ich sie nicht mehr finde … als ich irgendwann verstanden habe, dass sie fort war … Da wollte ich nicht mehr leben. Noch nie in meinem Leben habe ich ernsthaft darüber nachgedacht, einen Schlussstrich zu ziehen, nicht einmal nach dem Tod meines Vaters."

Eine beinahe ehrfürchtige Stille breitete sich zwischen ihnen aus.

„Sei nicht so streng mit dir", meinte Matt. „Nach meiner Befreiung bin ich hierhergekommen, aber innerlich hatte ich tiefe Wunden davongetragen, viel größere, als mir selbst bewusst war. Ich habe mich gefragt, ob ich je wieder der Alte sein würde. Mir war alles egal. Aber dann habe ich Molly gefunden." Er lachte leise. „Ich habe sie im wahrsten Sinne des Wortes in dem alten Haus gefunden, in dem sie als kleines Mädchen gelebt hat. Das war der Beginn meines Weges zurück ins Leben. Ich denke, Gott wollte mir damit sagen, dass ich eine zweite Chance verdiene. Ich betrachte das nicht als selbstverständlich, an keinem einzigen Tag. Ich weiß, wie viel Glück ich habe. Das haben wir beide."

Nathan schaute seinem Freund in die Augen. „Ich glaube, Molly hat uns beiden geholfen." Ohne sie hätte Nathan sich nie auf die Suche nach Emma gemacht. „Ich denke, sie wird Winter jetzt wohl tatsächlich behalten wollen."

„Nun, ich sage es ja nur ungern, aber sie hatte nie die Absicht, dir das Pferd jemals zurückzugeben."

Nathan grinste. „Sie kann gut mit Tieren umgehen. Vielleicht sollte ich ihr Black schenken."

„Wag es ja nicht. Ich habe vor, sie nicht mal in die Nähe dieses Hengstes zu lassen. Nur noch Stuten und Wallache."

Nathan nickte. „Schon gut, ich verstehe schon. Vielleicht kann Black ein paar Fohlen mit Winter zeugen."

„Du hast vor, hier in der Gegend zu bleiben?"

„Ich habe darüber nachgedacht."

„Dann wird mein Pa gerne mit dir darüber reden. Er hat dich immer als weiteren Sohn angesehen. Aber jetzt gehen wir besser nach unten, sonst kommst du noch zu spät zu deiner Hochzeit."

Der Himmel war klar und strahlend blau und der Tag ungewöhnlich warm für November, also hatte Susanna entschieden, dass die Zeremonie im Freien stattfinden würde. Sie hatte einen Altar neben dem Haupthaus aufbauen lassen, der mit hübschen weißen Orchideen aus Dallas geschmückt war. Nathan stand im großen Eingangsbereich des Hauses.

„Pa ist wieder da", sagte Matt.

Nathan trat auf die Veranda und sah, dass Jonathan seiner Mutter aus dem Pferdewagen half. Sie wirkte kleiner und zerbrechlicher, als er sie in Erinnerung hatte, und plötzlich schoss ihm der Gedanke in den Sinn, dass es ein Fehler gewesen war, sie hierher einzuladen. Rasch lief er ihr entgegen.

Sie lächelte Nathan strahlend an, als sie ihn entdeckte, und um ihre Augen bildeten sich tiefe Fältchen. „Nathan, mein Junge."

„Mama." Sie schlang die Arme fest um ihn, und er erwiderte die Umarmung vorsichtig, weil er Angst hatte, sie zu zerdrücken. Wann war sie so alt geworden? „Es war falsch von mir, so lange wegzubleiben. Es tut mir leid."

Seine Mutter löste sich von ihm und schaute ihn aus tränenerfüllten Augen an. „Es ist so wundervoll, dich zu sehen. Ich bin so froh, dass ich endlich hier bin."

„Die Reise war sicher beschwerlich. Du solltest dich etwas ausruhen."

„Aber fängt die Zeremonie nicht gleich an?", fragte sie.

„Bald."

„Dann lass uns gehen. Ausruhen kann ich mich später noch. Ich hatte schon Angst, dass ich die Trauung vielleicht ganz verpasse. Und wo ist dein Mädchen?"

„Drinnen", antwortete Nathan. „Wegen Pa …"

Sie drückte seine Hände. „Ich habe mit ihm gesprochen – in einem Traum." Seine Mutter lachte. „Er hat mir gesagt, dass er auch mit dir geredet hat. Es tut mir alles so leid. Ich hätte es dir erzählen müssen, aber ich wusste auch nicht alles. Kannst du mir vergeben?"

„Ja."

„Er sagte, dass dein Mädchen etwas Besonderes ist. Er meinte, sie ist wie ich."

„Ich denke, du wirst sie mögen, Ma."

UND SO SCHRITT Emma schließlich in einem hübschen weißen, spitzenbesetzten Kleid zu Nathan, der vor dem Pastor auf sie wartete. Am rechten Handgelenk trug sie das Türkis-Armband, das die Hopi ihr geschenkt hatten. Matt hatte seinen Platz neben Nathan eingenommen, und sie sahen beide sehr gut aus in ihren weißen Hemden, schwarzen Anzügen und Halsbinden. Molly fungierte als Emmas Trauzeugin.

Jonathan führte sie den kurzen Gang zwischen den rund zwanzig Stühlen hinunter, auf denen hauptsächlich Männer und Frauen, die auf der SR arbeiteten, Platz genommen hatten. Doch da waren auch Claire, Logan und Jimmy. Susanna saß neben ihrem Ehemann und Tante Catherine neben einer älteren Dame, die wohl Nathans Mutter sein musste.

Emma lächelte ihr zu, bevor sie ihren Platz neben Nathan einnahm. Als sie die Hand in seine Ellenbeuge schob, löste eine Brise einige Haarsträhnen aus ihrer Hochsteckfrisur und hob den Schleier an, der ihr über den Rücken hing.

Sie schaute Nathan in die braunen Augen und spürte die Verbindung zwischen ihnen tief in ihrer Seele. Lange bevor sie ihn getroffen hatte, war er ihr bereits in Visionen erschienen. Hatte sie die Zukunft gesehen? Oder waren es die Erinnerungen aus einer anderen Zeit, als sie schon einmal vereint gewesen waren? Sie kannten sich noch gar nicht so lange, aber Emma hatte ein Gefühl, als wären sie schon immer zusammen gewesen. Vielleicht trafen sich Seelen wirklich zu unterschiedlichen Zeiten an unterschiedlichen Orten wieder. Und vielleicht fanden diese Seelen sich auch immer wieder, egal, *wo* sie sich gerade aufhielten.

Aber im Moment schwelgte sie in dem Gefühl, *hier* zu sein, mit dem Mann, den sie liebte, und ihm das Eheversprechen zu geben.

Sie war glücklich.

Nathan und sie sprachen ihre Gelübde, und dann überraschte er sie mit einem glänzenden goldenen Ring, den er ihr über den Mittelfinger streifte.

Mann und Frau.

Nathan küsste sie und besiegelte damit das Band, das sie bereits lange vor ihrem ersten Treffen verbunden hatte.

Zwei Tage später nahm Nathan Emma zu einem Ausflug im Pferdewagen mit. Er bestand darauf, dass sie in ihrem Zustand nicht mehr ritt. Es war bereits Abend, und der Himmel färbte sich in leuchtenden Orange- und Rottönen. Emma zog Nathans Staubmantel fester um sich. Er hatte auch darauf bestanden, dass sie seinen Mantel trug, um sich gegen die Novemberkälte zu schützen.

„Wohin fahren wir?", fragte sie. „Wir werden zu spät zum Abendessen kommen." Nathans Mutter war noch immer bei ihnen zu Besuch, und Emma genoss die Abende mit ihr. Zu Beginn hatten sie nicht recht gewusst, wie sie miteinander umgehen sollten, aber ihre Gemeinsamkeit – Dinge zu sehen, die den meisten anderen Menschen verborgen blieben – hatte sie rasch näher zusammengebracht. Die Erfahrungen von Nathans Mutter glichen in vielerlei Hinsicht ihren eigenen, doch es gab auch Unterschiede. Sie konnte noch viel von der Frau lernen.

Nach einer Weile hielt Nathan den Wagen an, sprang vom Kutschbock und half Emma beim Aussteigen. Sie gingen ein paar Schritte, und Emma stockte der Atem. Vor ihnen lag die Prärie, deren flache Weite von Steilhängen durchbrochen wurde. Der endlose Himmel dominierte die Szenerie. Emma spürte, wie sich Energie in ihr ausbreitete, und atmete tief durch.

„Was ist das für ein Ort?", fragte sie. „Es gefällt mir hier."

„Ich hatte gehofft, dass du das sagst." Nathan hatte die Hände in die Hüften gestemmt. „Das gehörte zum Land deiner Eltern."

Sie schaute ihn an.

„Seit ihrem Tod befindet es sich in treuhänderischer Verwahrung", fuhr er fort. „Wenn du es haben willst, gehört es uns, Emma."

„Wie? Was ist mit Molly und Mary?"

„Das Land kann nur den Ehemännern überschrieben werden. Jonathan hat vor Marys Hochzeit Kontakt mit ihr aufgenommen, doch ihr Ehemann wollte lieber im Arizona-Territorium leben, also haben sie abgelehnt. Matt und Molly sind mit dem Land zufrieden, das sie von Jonathan bekommen haben. Also gehört das hier uns."

„Möchtest du das denn?"

Er grinste. „Und wie. Das sind über zweiunddreißigtausend Morgen Land."

Emma lachte.

„Ich werde den Dienst bei den Rangern beenden", erklärte Nathan und wurde wieder ernst. „Wir werden Vieh züchten. Und hier unsere Kinder großziehen."

Emma betrachtete die Landschaft und spürte bereits jetzt eine starke Verbindung. Der Wind strich ihr übers Gesicht, und sie schloss die Augen und genoss die Kraft der Erde, die sich in ihrem ganzen Körper ausbreitete.

Sie war zu Hause.

Emma gab Nathan einen Kuss auf die Wange. „Danke."

Er suchte mit den Lippen ihre. „Sehr gerne."

Als er über ihre Schulter schaute, erstarrte er. Besorgt drehte Emma sich um.

„Siehst du das auch?", fragte Nathan leise.

Wärme durchströmte sie. Ihre Verbindung zu Mutter Erde hatte wohl ihre Krafttiere herbeigerufen. „Ja, aber ich bin überrascht, dass du sie auch wahrnimmst."

Sperling und Una standen nebeneinander, Riddle hatte sich vor ihnen zusammengerollt.

„Also, den Puma kenne ich", meinte Nathan. „Und von dem Vogel habe ich gehört. Aber die Schlange ist neu und macht mich ein bisschen nervös."

„Er beißt nur, wenn man ihn provoziert. Wie ich."

„Das behalte ich im Hinterkopf."

„Ich denke, sie geben uns ihren Segen", sagte Emma.

Nathan legte einen Arm um ihre Taille. „Wir danken euch."

Emma konnte kaum fassen, dass Nathan diesen seltsamen Moment so einfach akzeptierte. „Danke. Dass du dem so offen begegnest."

„Ich glaube nicht, dass ich eine andere Wahl habe. Können sie sprechen?" Er deutete mit dem Kopf in Richtung der Krafttiere.

„Oh ja. Ich kann dich mit auf ein Abenteuer nehmen. Lass mich dir meine Welt zeigen."

Das Abendessen konnte warten. Emma wollte mit Nathan eine außergewöhnliche Reise machen. Lachend ergriff sie seine Hand.

Die untergehende Sonne verschwand hinter dem Horizont, und Schatten zogen über die karge Landschaft. In der Ferne rannte eine Berglöwin mit ausdauernden, kraftvollen Sprüngen, jede Bewegung geschmeidig und voller Anmut. Als das Tier stehen blieb, segelte ein Sperling über seinen Kopf hinweg, vollführte Sturzflüge und spielte mit dem Wind wie ein Kind mit Schmetterlingen.

Dann verschwanden sie gemeinsam in der Nacht.

Vor ihnen lag die große weite Welt,
Wo sie den Ruheplatz sich wählen konnten,
Die Vorsehung des Herrn als Führerin.
Sie wanderten mit langsam zagem Schritt
Und Hand in Hand aus Eden ihres Wegs.
~ John Milton, *Das verlorene Paradies*

Die Legende

D ie Geschichte wurde erst nur flüsternd geteilt, als hätten die Erzählenden Angst, die Worte laut zu äußern. Diejenigen, die sie hörten, waren von Ehrfurcht erfüllt, und die meisten drängte es, ihr Wissen weiterzugeben. Das Wissen um Emma Hart Blackmore und darum, was sie getan hatte.

Man kannte sie als die weiße Frau, die sich den Dämonen der Vergangenheit gestellt hatte, dem Bösen, das zu allen Zeiten in vielen Formen gewirkt hatte. In ihrer Zeit war es in Gestalt eines Mannes erschienen, der Seelen stahl. Emma wurde Schamanin genannt, Medizinfrau, Heilerin, die Frau, die mit den Toten spricht. Und die, in deren Herzen Angst wohnte, nannten sie eine Hexe.

Sie hatte die große Schlucht im Land der Hopi und Havasupai bezwungen und war in einer Flut geschwommen, der sie unbeschadet wieder entstiegen war. Man schrieb ihr zu, die Natur und ihre temperamentvollen Elemente zu beherrschen; Erde, Wasser, Luft und sogar das Feuer lenken zu können.

Bei ihrem Kampf gegen den Herrn der Finsternis, der Seelen wie Fleisch verschlang, hatte sie eine andere Gestalt angenommen, war zu ihrem Krafttier Sperling geworden. Man erzählte sich, dass sie mit diesen und allen anderen Vögeln sprechen und ihnen befehlen konnte.

Sie hatte sich der großen Leere gestellt, um einen Kampf mit wenig mehr als ihrem tollkühnen Mut für einen heiligen Zweck auszufechten. Sie rettete die

Hilflosen und schwang dabei ein Schwert, das aus Angst und Macht geschmiedet worden war. Die Geschichten handelten auch von ihrem Gefährten, einem Krieger des weißen Volkes, einem Mann des Wassers. Er war ihre große Liebe und schenkte ihr viele Söhne, von denen einige ihre Gabe erbten.

Die Menschen berichteten, woher sie kam, wer sie zu Beginn gewesen war, und die Geschichte ihrer Kindertage galt als Testament für die Unwägbarkeiten, die das Universum den Menschen auferlegt, bevor sie zu Ruhm gelangen. Emma überlebte die Bluttat, der ihre Familie zum Opfer fiel, und lebte danach weit entfernt von ihrem Zuhause, gezwungen, sich ihren Weg zurück zur Quelle zu suchen.

Ihre Schwester Molly überwand den Tod und lebte mit den Comanche, bevor sie viele Jahre später zu ihrem eigenen Volk zurückkehrte, wo man sie zunächst für einen Geist hielt, und berichtete, was ihre Familie hatte erleiden müssen.

Emma selbst dagegen ahnte kaum, welches Erbe sie im Jahr 1877 im Arizona-Territorium zurückgelassen hatte. Mit der unerschütterlichen Unterstützung ihres Ehemannes zog sie ihre Söhne auf und stand täglich mit der Welt jenseits ihrer eigenen in Kontakt. Sie entwickelte ihre Gabe weiter und erlangte durch Sperling und andere Geistlehrer großes Wissen in der Heilkunst. Sie half denen, die sie um Hilfe baten, und betete für die, die es nicht taten. Und am Ende ihres Lebens ging sie erfüllt von Glück und Frieden auf die andere Seite, um sich dort wieder mit Nathan zu vereinen, dem Mann ihrer Visionen und ihres Herzens.

Bald werden sie von Neuem beginnen.

Anmerkungen der Autorin

Erst 1938 gelang es zwei Frauen, den Colorado River durch den Grand Canyon erfolgreich zu befahren. Viele wollten Lois Jotter und Elzada Clover, die beide Botanik studiert hatten, von dieser wahnwitzigen Reise abbringen. Überschattet wurde diese zudem vom Verschwinden von Bessie Hyde, die 1929 mit ihrem Ehemann auf dem Fluss unterwegs gewesen war. Das Ehepaar verschwand unter mysteriösen Umständen kurz vor seinem Ziel und wurde nie wieder gesehen. Doch Jotter und Clover erreichten ihr Ziel und sammelten während der Fahrt wie geplant Pflanzenproben entlang des Ufers. Damit widerlegten sie Buzz Holmstroms Behauptung, dass der Fluss „kein Ort für eine Frau" sei, und bewiesen Zweiflern das Gegenteil.

Ich gebe gerne zu, dass ich mich ziemlich weit aus dem Fenster gelehnt habe, indem ich Emma Hart bereits im Jahr 1877 auf den Colorado geschickt habe, nur sechs Jahre nach John Wesley Powells zweiter Expedition. Aber sie besitzt so viele der Charaktereigenschaften dieser frühen Forscher – die Liebe zum Abenteuer, den Wunsch, das zu tun, was andere für unmöglich halten, und eine naive, unbesorgte Einstellung dem gegenüber, was vor ihr liegt. Emma und Nathan sind den mutigen Abenteurern nicht unähnlich, deren Taten tief in unserer Geschichte verwurzelt sind – auch wenn manche sie als verrückt bezeichnen würden.

Alle Fans und Kenner des Grand Canyon bitte ich um Nachsicht, denn ich habe mir einige schriftstellerische Freiheiten herausgenommen. So habe ich für den Roman eine niedrige bis mittlere Fließgeschwindigkeit des Colorado River angenommen (140 Kubikmeter pro Sekunde oder weniger), zumindest bis zur Flutwelle am Ende des Buches. Das hat es Diamond und den Baxter-Brüdern erlaubt, den Fluss im Bright Angel Canyon zu Fuß zu überqueren. Dadurch konnten Diamond und Emma zum ersten Mal aufeinandertreffen. Heute gibt es an dieser Stelle eine Fußgängerbrücke, die Wanderern einen bequemen Übergang von der Südseite nach Phantom Ranch auf der Nordseite ermöglicht.

Aber bei niedrigem Wasserstand würden bei den Stromschnellen mehr Felsen an der Oberfläche liegen. Das betraf vor allem die Hance Rapid, die Emma allein durchquert hat, während Nathan vom Ufer aus zugesehen hat. Die realistischere Option für diese Szene wäre gewesen, das Boot über diesen Abschnitt zu treideln und/oder es über Land zu tragen, aber ich gestehe, dass es mir nicht annähernd so interessant erschien, das zu schreiben. Daher ihr mutiges Solo in einem Wildwasser, das manchmal auch als Pingpong-Fahrt bezeichnet wird.

Auch an der Mündung des Havasu Creek in den Colorado River habe ich mir ein wenig künstlerische Freiheit gegönnt. Hier lassen Nathan und Emma ihr Boot zurück, um den Havasu Canyon zu erforschen. Wegen der senkrecht aus dem Wasser aufragenden Felswände kann man hier wohl kaum ein Boot festmachen, das dann zudem nach mehreren Tagen noch an Ort und Stelle wäre. Da dieser Ort aber den Wendepunkt der Geschichte markiert, musste das Boot bleiben. Heutzutage können Boote an im Stein versenkten Vorrichtungen verankert werden, wenn Besucher hier aussteigen wollen.

Und schließlich noch für diejenigen, die mit den Holzbooten von Powells Expedition vertraut sind: Ein Element, das Emmas

Boot *Paradise* fehlt, ist eine Dolle am Heck, in der ein weiteres Ruder für mehr Richtungskontrolle sorgte. Mein Grund dafür ist einfach erklärt: Emma besaß nicht genug nautisches Wissen dafür.

Ich habe mir Mühe gegeben, die großen Stromschnellen und Meilensteine entlang des Flusses (die Kornkammern von Nankoweap, Redwall Cavern, die Anasazi-Ruinen, Vulcan's Anvil usw.) authentisch darzustellen, doch es war mir ebenso wichtig, die spirituelle Landschaft abzubilden. Diese Geschichte ist weniger ein Reisetagebuch als eine Entdeckungsreise in den tieferen, komplexeren Schichten des Canyons durch Emmas und Nathans Erlebnisse. Das Terrain, so wie ich es interpretiert habe, bot die Vorlage für die mentale Reise, auf die Emma sich begeben hat. Diese Reise ins Innere der Erde – wie eine Reise in die versteckten Potenziale des eigenen Ichs – repräsentiert einen Katalysator für eine Persönlichkeitsentwicklung. Nur am Scheideweg zwischen Veränderung und Chaos entwickelt man sich weiter. Ich bedanke mich bei Ihnen dafür, dass Sie mich auf dieser Fahrt begleitet haben.

Nachwort der Autorin

Es ist mir leider nicht möglich, mich bei jeder Quelle zu bedanken, weil das Schreiben eines Buches ein ständiger Prozess ist, der aus dem Zusammenspiel von Vorstellungskraft und Recherche besteht. Einige möchte ich jedoch besonders hervorheben.

Für ein besseres Verständnis der Landschaft des Grand Canyon und seiner Stromschnellen am Ende des 19. Jahrhunderts empfehle ich *Grand Canyon, A Century of Change: Rephotography of the 1889–1890 Stanton Expedition* von Robert H. Webb.

Als Referenz für die mündlich überlieferten Legenden und Traditionen der Hopi habe ich *The Fourth World of the Hopis* von Harold Courlander genutzt, eine sehr umfassende Erklärung.

Für die Havasupai empfehle ich *I Am the Grand Canyon: The Story of the Havasupai People* von Stephen Hirst und *Havasupai Legends: Religion and Mythology of the Havasupai Indians of the Grand Canyon* von Carma Lee Smithson und Robert C. Euler.

Die kontrovers diskutierte These von Kannibalismus während des Angriffs auf Awatovi (Ende des 17. Jahrhunderts) wurde von dem Anthropologen Christy Turner aufgestellt. Seine vollständige Analyse kann man in *Man Corn: Cannibalism and Violence in the*

Prehistoric American Southwest von Christy G. Turner II and Jacqueline A. Turner nachlesen. Dazu sei gesagt, dass Turners Forschungen von vielen kritisiert werden und es zudem Einwände der Hopi gegen die Behauptung gibt, ihr Volk hätte Frauen und Kinder des eigenen Stammes massakriert, verstümmelt und gegessen. Turner führt jedoch detaillierte und überzeugende Beweise für seine These an. Weitere seiner Forschungen zum Untergang der Anasazi (Vorfahren der Hopi) im Jahr 1150 n. Chr. enthüllen ferner einen möglichen Auslöser für den Kannibalismus. 1992 entdeckte man bei der Ausgrabung einer *Kiva* am Fuß des Sleeping Ute Mountain in Colorado eine zentrale Herdstelle, die aus menschlichen Exkrementen gebaut worden war. Spätere Analysen belegten, dass die Probe verdautes Menschenfleisch enthielt. Angesichts der zuvor entdeckten Überreste von zerhackten, gekochten und verbrannten Menschenknochen an der gleichen Stelle lag die Vermutung nahe, dass hier ein gewaltsamer Akt stattgefunden haben musste. Die vielen Körper deuteten außerdem darauf hin, dass die Ursache für den Kannibalismus vermutlich kein drohender Hungertod war. Da zum gleichen Zeitpunkt die Anasazi-Kultur in der Four-Corners-Region der USA kollabierte, stellt Turner die Hypothese auf, dass die Anasazi den Mittelpunkt ihrer Zivilisation – den Chaco Canyon in New Mexico – verließen. Grund dafür waren seiner Meinung nach Unterwanderung und gezielte terroristische Kontrolltaktiken (allen voran Kannibalismus) durch mesoamerikanische Kulturen. Es gibt eine starke Korrelation zwischen der mesoamerikanischen Gottheit Xipe Totec, einem Gott des Lebens, des Todes und der Wiedergeburt in der aztekischen Mythologie, und der Hopi-Gottheit Masau'u. Beide wurden unter anderem mit Menschenopfern assoziiert.

Über Schamanismus gibt es eine ganze Reihe großartiger Bücher, von denen *Dreamgates: Exploring the Worlds of Soul, Imagination, and Life Beyond Death* von Robert Moss mein Favorit war. Eine spirituelle Persönlichkeitsentwicklung wie jene, die Emma auf dieser Reise im Schnelldurchlauf vollzogen hat, dauert wohl oft Jahre. Es heißt jedoch, dass in den unsichtbaren Welten sogar umfängliche Lehren in einer Zeitspanne erteilt werden können, die nach unserer Zeitrechnung nur wenige Augenblicke in Anspruch nehmen würde.

Zu guter Letzt möchte ich meiner Schwester Michelle Kearney danken, die Park-Rangerin im Grand Canyon ist und mir ihr Wissen zur Verfügung gestellt und meine Fragen im Verlauf des Schreibprozesses beantwortet hat. Meistens hat sie mir geraten, in den Canyon zu fahren und es selbst zu erleben. Um es mit den Worten des verstorbenen Joseph Campbell, eines Autors und Lehrers der komparativen Mythologie, auszudrücken: „Your sacred space is a place where you can find yourself again and again." Der Grand Canyon ist so ein heiliger Ort, an dem Dunkelheit und Licht aufeinandertreffen.

Danksagung

Ich freue mich sehr, dass Sie sich für *Verliebt am Grand Canyon* entschieden haben. Und ich hoffe aufrichtig, dass Ihnen die Geschichte gefallen hat. Über eine Rezension würde ich mich sehr freuen, denn das ist eine große Hilfe für Autor*innen und andere Leser*innen.

Herzlichen Dank. ~ Kristy

Melden Sie sich für Buchneuigkeiten zu Kristys deutschem Newsletter an: kmccaffrey.com/GermanNewsletterSignUp

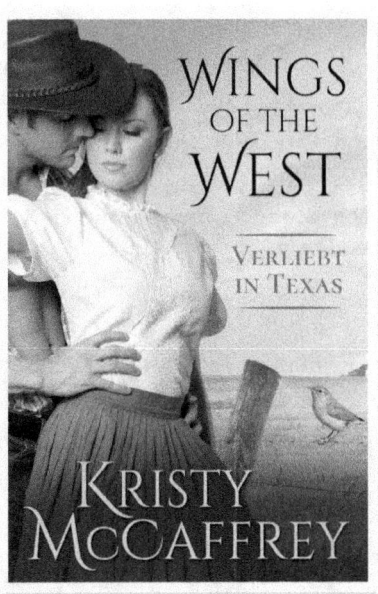

Verliebt in Texas
Wings of the West: Buch 1

Zehn Jahre sind vergangen, seit ihr Zuhause überfallen, ihre Eltern ermordet und Molly Hart entführt wurde. Nachdem sie den Großteil ihrer Kindheit bei den Kwahadi-Comanche verbracht hat, kehrt sie endlich heim nach Texas. Sie findet jedoch nichts weiter vor als ein verfallenes Anwesen. Mit Schaudern entdeckt sie ihren eigenen Grabstein und trifft auf Matt, der ihr schon früher viel bedeutet hat. Entschlossen, das Rätsel ihrer Vergangenheit aufzuklären, beschließt Molly, den Mörder ihrer Eltern zu suchen. Dabei setzt sie nicht nur ihr Leben, sondern auch ihre Liebe zu Matt aufs Spiel ...

Getrieben von den Dämonen der Vergangenheit steht Matt Ryan vor den Überresten der Hart-Ranch. Zehn Jahre lang hat er als Soldat und Texas Ranger sein Leben aufs Spiel gesetzt, stets auf der Suche nach Gerechtigkeit für den grausamen Mord an einem kleinen Mädchen. Nun kehrt er, seelisch und körperlich angeschlagen, zurück an den Ort, wo alles begann. Dort trifft er überraschend auf eine Frau mit denselben blauen Augen wie das Mädchen, das er nie vergessen konnte. Für ihn ist klar: Um jeden Preis will er Molly zu ihrem Glück verhelfen, auch wenn er dafür riskieren muss, sie ein zweites Mal zu verlieren …

„… McCaffreys Westernromane zeichnen sich durch ein realistisches Setting und die detailgetreue Darstellung historischer Ereignisse aus." ~ Romantic Times BOOKclub

„Ich bin ein großer Fan von Western-Liebesromanen und dieses Buch ist wirklich außergewöhnlich. Ein schöner Auftakt zu einer tollen Serie." ~ The Romance Studio

„Attraktive, verwegene Helden, starke Heldinnen und eine ausgezeichnete Story machen diesen Roman zum bleibenden Lesegenuss." ~ The Best Reviews

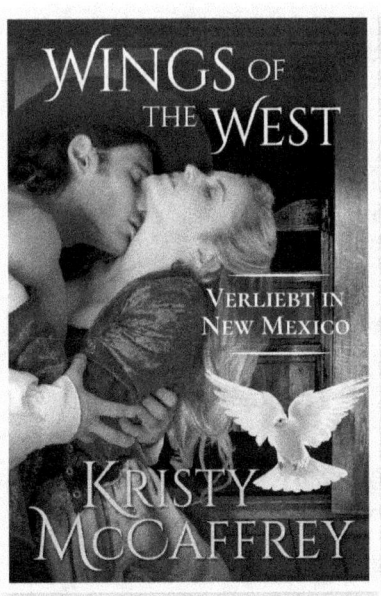

Verliebt in New Mexico
Wings of the West: Buch 2

Ex-Deputy Logan Ryan ist überrascht, als er Claire Waters inmitten einer quirligen Stadt am Santa Fe Trail wiedersieht. Denn die Frau, an die er sich erinnert, ist verschwunden. An ihre Stelle ist eine betörende Bardame getreten, die ihn in die größten Schwierigkeiten bringen kann. Als Claire in ein gefährliches Netz aus Intrigen gerät, versucht Logan, sie zu beschützen. Doch er erkennt nicht, dass seine Vergangenheit die größte Bedrohung für sie darstellt.

Claire würde am liebsten vor Scham im Boden versinken, als sie auf den Stufen des „White Dove Saloon" mit Logan Ryan zusammenstößt. Sie lässt zu, dass er das Schlimmste von ihr denkt. Dabei verschweigt sie, dass sie nur als Bardame arbeitet, weil ihre Mutter, die Besitzerin des Saloons, verschwunden ist. Deshalb kann sie es sich auch nicht leisten, sein Hilfsangebot abzulehnen.

Verzweifelt bemüht, ihr Leben in Ordnung zu bringen, begibt sie sich mit ihm auf die Reise und stellt dabei fest, dass die Versuchung, Logan ihr Herz zu öffnen, sie in größte Gefahr bringt.

„… eine wundervolle Beschreibung des Sangre-de-Cristo-Gebirges, von Las Vegas im späten 19. Jahrhundert und der Ranch der Ryans. Die Rezensentin fühlte sich beim Lesen in diese Zeit und an die beschriebenen Orte versetzt." ~ Love Romances

„Ms McCaffrey schreibt aus dem Herzen … definitiv eine Leseempfehlung." ~ The Romance Studio

„Wenn Sie Liebesromane, die im Wilden Westen spielen, mögen, dann sollten Sie dieses Buch lesen." ~ Romance Junkies

Verliebt in Arizona
Wings of the West: Buch 4

Kopfgeldjäger Cale Walker ist nach Tucson gereist, um J. Howard „Hank" Carlisle auf Bitten seiner Tochter Tess zu suchen. Hank hat Cale unter seine Fittiche genommen, bevor ein Streit die beiden entzweite und Cale durch einen Puma-Angriff beinahe ums Leben kam. Er wurde von einer Gruppe Nednai-Apachen gerettet, die seine Wunden für ein mächtiges Omen hielten. Deshalb führte man ihn in die Kunst eines *di-yin* ein, eines Schamanen. Um Hank zu finden, muss Cale sich zu den Dragoon Mountains begeben und sich mit zwei Welten auseinandersetzen, die nicht länger im Gleichgewicht sind. Doch er hat noch ein viel größeres Problem – sich in das Herz einer jungen Frau zu schmuggeln, die entschlossen ist, das Leben an sich vorbeirauschen zu lassen.

Zwei Jahre lang hat Tess Carlisle versucht, die seelischen und körperlichen Wunden eines tödlichen Angriffs durch einen der

Männer ihres Vaters zu heilen. Dem Brauchtum ihres mexikanischen Erbes folgend, hat sie ihre Fähigkeiten als *cuentista* verfeinert, eine Erzählerin und Bewahrerin der Traditionen. Doch seit dem Angriff hat sie keinen Kontakt mehr zu ihrem Vater und befürchtet das Schlimmste. Tess weiß, dass es gefährlich werden kann, sich erneut in Hank Carlisles Welt zu wagen. Ihre einzige Hoffnung ist Cale Walker. Einem Mann wie ihm ist sie noch nie begegnet. Entschlossen, sich auf eine Reise zu begeben, die sie direkt in die Arme ihres Angreifers führen könnte, sammelt sie all ihren Mut und stählt ihr Herz. Doch Cale weckt in ihr sehnsuchtsvolle Gefühle, denen sie längst abgeschworen hatte: Liebe.

„Fiese Bösewichte, jede Menge Action, eine starke Heldin, überraschende Wendungen, ein sexy Cowboy und eine sinnliche Liebesgeschichte – dieser historische Western-Liebesroman bietet von allem und für alle etwas." ~ Janna Shay, InD'tale Magazine

„… ergreifend und fesselnd … kaum aus der Hand zu legen." ~ Chanticleer Book Reviews

Verliebt in Colorado
Wings of the West: Buch 5

Molly Rose Simms verlässt das Arizona-Territorium voller Abenteuerlust, um nach Colorado zu reisen und ihren Bruder zu besuchen. Robert hatte sich vor zwei Jahren auf den Weg in die aufblühende Silberstadt Creede gemacht. Nun hofft Molly Rose, ihn dazu zu überreden, dass er sie nach San Francisco, New York oder womöglich sogar nach Europa begleitet. Robert ist jedoch verschwunden. Molly Rose trifft nur noch seinen Partner an, einen geheimnisvollen Mann, den man den Schakal nennt.

Jake McKenna hat die belebten Straßen Istanbuls durchstreift, faszinierende Häfen in China besucht und die Wüsten von Marokko bereist. Seine Rastlosigkeit und Entdeckerlust ist die einzige Konstante in seinem Leben. Als ihm die Suche nach der sagenumwobenen Bluebird-Mine eine neue Partnerin beschert, muss er sich fragen, wie weit er wohl gehen würde, um die atemberaubende junge Frau zu beschützen, die ihren Bruder sucht. Sich niederzulassen und eine Familie zu gründen waren zwar nie Teil seiner Zukunftspläne, aber Molly Rose Simms könnte die Welt des Schakals in jeder erdenklichen Hinsicht auf den Kopf stellen …

„… rasant erzählt mit tiefgründigen Charakteren und einer Geschichte, die mich von der ersten bis zur letzten Seite in ihrem Bann hielt …" ~ Jo, Romance Junkies

„… vollgepackt mit Abenteuer und atemberaubender Action … ein fantastisches Buch … ich konnte es nicht mehr aus der Hand legen!" ~ Maia, The Silver Dagger Scriptorium

„So spannend, dass ich wie gefesselt war … ein unterhaltsames Leseerlebnis!"

~ Belinda Wilson, InD'tale Magazine, a Crowned Heart review

Als Kind hat Kristy McCaffrey sich selbst häufig Geschichten erzählt. Schon bald wurde offensichtlich, dass sie eine Neigung zum Schreiben verspürte. Sie ist mit Science-Fiction, Fantasy und den Legenden um König Artus aufgewachsen und übertrug diese Vorliebe für Mythen schon bald auf das Schreiben eigener Westernromane. Nach einer Ingenieurausbildung entschied sie sich dafür, Hausfrau und Mutter zu werden und nebenbei Romane zu schreiben. Sie und ihr Ehemann leben in der Wüste von Arizona, wo ihre vier Kinder nach und nach flügge werden. Kristy ist fest davon überzeugt, dass man dem Leben mit Neugier, Mitgefühl und Dankbarkeit begegnen sollte, möglichst mit Hund an der Seite. Sie schläft gerne lange aus, mag mexikanisches Essen und Yoga im Pyjama.

Wenn Sie regelmäßig über Neuerscheinungen informiert werden wollen, können Sie Kristys englischsprachigen Newsletter (kmccaffrey.com/subscribe) abonnieren oder besuchen Sie ihre englische Webseite (kmccaffrey.com) oder ihren Blog, um mehr über ihre Arbeit zu erfahren. Sie finden sie außerdem auf Facebook (facebook.com/AuthorKristyMcCaffrey), Instagram (instagram.com/kristymccaffreybooks) und TikTok (tiktok.com/@kristymccaffrey).

MELDEN Sie sich für Buchneuigkeiten zu Kristys deutschem Newsletter an: kmccaffrey.com/GermanNewsletterSignUp